汪文学学术作品集

温柔敦厚：中国古典诗学理想

汪文学 著

贵州出版集团
贵州人民出版社

作者简介

汪文学,男,1970年生,苗族,贵州思南人,文学博士,教授。现任贵州省安顺市人民政府副市长,九三学社贵州省委副主委,贵州省政协委员。曾任贵州民族大学图书馆副馆长、文学院院长、教务处处长,贵州省旅游发展委员会副主任、贵州省文化和旅游厅副厅长,全国青联第十、十一届委员。曾获得"全国各族青年团结进步优秀奖""贵州青年五四奖章",获得"国务院全国民族团结模范个人""贵州省甲秀文化人才"称号,被评为贵州省高校哲学社会科学学术带头人、贵州省教学名师。主讲的"中国人的精神传统"被评为国家级中国大学精品视频公开课,获得贵州省哲学社会科学优秀成果奖、贵州省文艺奖、贵州省高校人文社科优秀成果奖、贵州省高校教学成果奖多项。主要从事中国古代文化与文学、贵州地域文化与文学研究,独立主持国家社科基金课题研究2项,发表学术论文60余篇,出版学术著述10余种,即《正统论——发现东方政治智慧》(2002)、《汉晋文化思潮变迁研究》(2003)、《传统人伦关系的现代诠释》(2004)、《汉唐文化与文学论集》(2008)、《贵州古近代文学理论辑释》(2009)、《诗性风月——中国古典文学中的情爱》(2011)、《中国古代性别与诗学研究》(2012)、《中国人的精神传统》(2012)、《道真契约文书汇编》(2014)、《边省地域与文学生产》(2016)、《扬雄与六朝之学》(2019)、《蟫香馆使黔日记(点校)》(2019)、《贵州地域文化精神研究》(2020)、《贵州地域形象史研究》(2020)、《温柔敦厚:中国古典诗学理想》(2020)等,主编大型地域文献丛书《中国乌江流域民国档案丛刊》《贵州古近代名人日记丛刊》《中国西南布依族抄本文献丛刊》等数种。

"汪文学学术作品集"序

在新近出版的一本学术专著的"后记"中,我曾写下这样一段话:"人到中年,经营一些大的课题,常感力不从心。但此生已无改行的可能,学问之路还得继续走下去,只能勉力为之。孤灯夜伴,展玩书卷,摆弄文字,后半生的日子大概只能这样去过了。"(《边省地域与文学生产——文学地理学视野下的黔中古近代文学生产和传播研究》,上海古籍出版社2016年版)。当时提笔写下这段文字的时候,我的内心是真诚的,绝无半点矫情。可大大出乎意料的是,在我写下这段文字之后不到三个月,不可能的事情终于发生了,我真的改行了,从工作了二十三年的大学教师岗位,调到政府部门做公务员,从事文化和旅游管理工作。说实在的,这个变动完全出乎我的意料,真的是人世变幻,沧海桑田,人在江湖,身不由己。二十三年的学术生涯,几乎占去了一个人可以正常工作时间的三分之二,剩下三分之一的时间得从头开始去做一件完全陌生的工作,想起来确是心有余悸。从专业的学术研究者转身为职业的行政工作者,师友间戏称为是"学而优则仕",或者称之为"华丽转身"。这个"转身"是否可称作"华丽",

现在很难断言。

在这样一个人生与学术之重要转折时期，对既往的学术工作进行总结，对未来的业余学术研究进行规划，当是一件很有意义的事情。因此，编辑个人学术作品集的计划便提上议事日程，并得到出版界朋友的积极支持和大力襄助。

在过去二十余年的学术经历中，我先后出版专题研究著述五种（《正统论——发现东方政治智慧》《汉晋文化思潮变迁研究——以尚通意趣为中心》《传统人伦关系的现代诠释》《诗性风月——中国古典文学中的情爱》《边省地域与文学生产——文学地理学视野下的黔中古近代文学生产和传播研究》），学术论文集两种（《汉唐文化与文学论集》《中国古代性别与诗学研究》），文献整理著述三种（《贵州古近代文学理论辑释》《道真契约文书汇编》《蟫香馆使黔日记》），学术普及读物一种（《中国人的精神传统》），主编地域文献丛刊两种（《贵州古近代名人日记丛刊》《中国乌江流域民国档案丛刊·沿河卷》），待出版的专题学术著述四种（《扬雄与六朝之学》《温柔敦厚：中国古典诗学理想》《贵州地域文化精神研究》《贵州地域形象史研究》），等等。

如今编选个人学术作品集，并非是对个人学术作品的汇编，而是选择其中自认为比较重要，有出版和再版之价值，围绕某问题进行专题研究并提出核心观点且能自圆其说的专题学术著述。经过慎重选择，共计十种：《正统论——中国古代政治权力合法性理论研究》《汉晋文化思潮变迁研究——以尚通意趣为中心》《中国传统人伦关系的现代诠释》《诗性风月之光华——传统中国语境中的情爱精神研究》《中国人的精神传统》《边省地域与文学生产——文学地理学视野下的黔中古近代文学生产和传播研究》《扬雄与六朝之学》《温柔敦厚：中国古典诗学理想》《贵州地域形象史研究》《贵州地域文化精神研究》。以下，略述各书要旨，以便读者选择阅读。

《正统论——中国古代政治权力合法性理论研究》。此书于 2002 年由陕西人民出版社首次出版，原名为《正统论——发现东方政治智慧》，这是当时应出版社的要求改定，现更名为《正统论——中国古代政治权力合法性理论研究》，如此与书稿本身的内容更加吻合。与传统学者仅仅将正统论视为一种史学观念不同，本书认为，作为一种观念或理论，正统论既属于史学范畴，又属于政治学范畴。准确地说，它首先是一种政治观念，然后才是一种史学观念。虽然古代中国的正统之争多以史书为载体，通过史家的褒贬书法表现出来。但是，史学上的正统之争是政治上的正统之争的一种手段，并且不是唯一的手段。所以，正统论，本质上是一种政治理论；正统之争，本质上是一种政治权力的合法与非法之争；正统论是具有古代中国特色的权力合法性理论。本书分析其产生的社会根源，探讨其本身的理论结构及其对中国古代政治文化的影响，辨析其与西方权力合法性理论之异同。通过这项研究，一方面试图对中国历史上遗留下来的一些聚讼不已的政治、文化问题提供一种可能的解释，另一方面是藉此发掘出中国古代的政治智慧，为当代中国的政治文化建设提供一些可资借鉴的制度文化资源。本书是我的第一本学术著作，写作于十五年前，虽然文字表述不免稚嫩，但其基本观点至今仍然坚持。本次再版，仅作部分文字上的修订和润饰，基本内容和框架结构未作大的改动。

《汉晋文化思潮变迁研究——以尚通意趣为中心》。此书于 2003 年由贵州人民出版社首次出版。本书研究汉晋文化思潮之变迁，以汉末魏初为转折点,以汉朝四百年为一阶段,以魏晋六朝四百年为一整体。汉晋文化思潮发生根本性的改变,是在东汉末年,与当时盛行的人物品鉴和尚通意趣,有密切关系。或者说,魏晋之学始于汉末,始于汉末之人物品鉴,起于汉末知识界盛行的尚通意趣。本书力图从汉末魏晋六朝知识界广泛盛行的尚通意趣之角度,对汉晋八百年间文化思潮之变迁作总体的考察,探讨其变迁之"内在理路"。揭示出在汉末魏晋六朝知识界普遍盛行而又被现当代学术界普遍忽略的尚通意趣,分析这种具有时代精神特点的尚通意趣,对其间人物品鉴、士风、学风和文风的影响。本书的目的在于,通过尚通意趣这个独特的视角,对汉晋文化思想史上的若干分歧问题,对汉晋文化思潮变迁之"内在理路"问题,增加一个理解的层面,提供一种可能的诠释。此次再版,在引用的材料上做了部分增减和再次核实,在文字上作了一些润饰和调整,但基本观点未作任何变动。

《中国传统人伦关系的现代诠释》。此书于2004年由贵州民族出版社首次出版,原名为《传统人伦关系的现代诠释》,现更名为《中国传统人伦关系的现代诠释》。本书研究传统中国社会的人伦关系,以儒家五伦(君臣、父子、夫妇、兄弟、朋友)为基础,旁及由父子伦理衍生而来的祖父、母子、父女、师徒伦理,援用现代社会心理学、民俗学等理论,对其伦理现状形成之原因,从历史、文化、心理、习俗等方面,进行追本溯源的诠释。尤其是对传统民间社会诸多隐而不显的人伦现状,或者是被道德家有意掩饰的人伦关系的真面目,进行充分的揭示和深入的阐释,从而展示传统中国民间社会秩序的真实状态。真实地展现传统人伦关系的本来面目,并用现代观点予以充分诠释,是本书的宗旨。本次再版,在章节题目上作了较大的变动,使之更为醒目；删去部分略显枝蔓的文字，使之更为紧凑；在文字表述上作了一些润饰，使之更为简练；在材料上作了部分补充，使之更为充实。至于其基本观点，则未作任何改动。

《诗性风月之光华——传统中国语境中的情爱精神研究》。此书于2011年由中央编译出版社首次出版，原名为《诗性风月——中国古典文学中的情爱》，这是当时应出版社的要求改定，现更名为《诗性风月之光华——传统中国语境中的情爱精神研究》。本书综论传统中国社会两性情爱关系之现状，研究传统中国人情爱生活的理想追求与现实现状的反差，讨论传统中国人诗意化、审美化的人生态度，探讨华夏民族文化心理中的诗性精神。传统中国人的诗性精神，在其情爱生活中得到最充分的体现。研究华夏族人的文化心理和诗性精神在其情爱生活中的具体呈现，是本书的主要目的。我们认为：诗性精神是传统中国社会情爱生活的基本特征。古典艺术作品是传统中国人诗性精神的直接体现，传统情爱生活是古代中国人诗性精神的间接展现。研究传统中国人的诗性精神，艺术作品是文本依据，情爱生活是鲜活证据。本次再版，在不影响整体阅读的情况下，删去了与《中国传统人伦关系的现代诠释》雷同的部分，增补了部分材料，在文字表述上作了一些修改。

《中国人的精神传统》。此书于2012年由武汉大学出版社首次出版。本书非专题研究著作，而是将自己过去从事的几项专题研究成果中，比较适合大众接受的十二个专题，如中国人的盛世精神、家国观念、经典意识、诗学理想、诗教传统、山水情怀、逐鹿策略、英雄崇拜、师道传统、父子伦理、地域意识、乡土情怀等，以通俗易懂、生动有趣的形式，呈现给读者。因此，本书介于专业研究与学术普及之间，论题的专业性与表述的通俗化，是我的工作目标和努力方向。因此，本书虽非专题学术著作，但论题的专业性是可以保证的，论题之观点亦非常识介绍，而是基于个人独立的学术见解。在表述上亦非原文照抄，而是做了尽量的通俗化和趣味性处理。本书曾作为大学文科学生通识课教材，部分内容录制成教学视频，发布在教育部"爱课程""网易公开课"等网站，被评为"中国大学精品视频公开课"。所以，作为"作品集"中的一种单独出版，亦有一定的价值。

《边省地域与文学生产——文学地理学视野下的黔中古近代文学生产和传播研究》。此书是 2012 年度立项的国家社科基金课题"边省地域对文学生产和传播的影响研究"的研究报告，于 2016 年由上海古籍出版社首次出版。本书以黔中古近代文学为例，依据文学地理学的理论和方法，研究边省地域空间对文学活动的影响，探讨边省地理环境、地域区位和地域文化对文学生产和传播的影响。认为以"多山多石"之黔中地理特征和"不边不内"之黔中地域区位为特点的黔中大山地理，孕育了多姿多彩、五方杂处、和而不同的黔中大山文化。在黔中大山地理和大山文化之影响下产生的黔中大山文学，不仅它的传播受到大山地理和大山文化之影响和制约，它的生产亦深深地打上了大山地理和大山文化的烙印。黔中大山地理和大山文化赋予黔中大山文学的创新精神和边缘活力，制约了黔中大山文学的文体选择，影响了大山文学的题材取舍，铸就了大山文学的大山风格。本次再版，在引用的资料上做再次核实，在文字表述上稍作修改，其他则未作大的改动。

《扬雄与六朝之学》。此书是我的博士论文，尚未公开出版。本书研究之论域有二：一是关于扬雄学术思想文化及其影响的研究，二是关于六朝之学之渊源的研究。简言之，就是关于扬雄与六朝之学之渊源影响关系的研究。通过对扬雄之生平经历、家族背景、师友网络、人生哲学、性情好尚等方面的研究，揭示其影响六朝之学的可能性；通过对其学术渊源、思想背景、学术观念、学术方法、学术思想、文学创作和文学理论等方面研究，揭示其对六朝之学的具体影响。其最终目的，就是证实"六朝之学始于扬雄"这个学术"假说"。本书是在《汉晋文化思潮变迁研究——以尚通意趣为中心》一书之基础上，在尚通意趣这个大背景下，对汉晋文化思潮变迁的持续研究，其基本观点亦有进一步的深化和修正（即从"魏晋之学始于汉末"发展至"六朝之学始于扬雄"）。

《温柔敦厚：中国古典诗学理想》。此书尚未公开出版，部分内容在研究生课程上讲授过。本书在区分中国古代诗学的古典美和现代性之基础上，力图呈现中国古典诗学之理想品格——温柔敦厚产生的理论基础、思想背景，分析其基本内涵和在诗歌创作中的体现，探讨其对中国文化特质之形成和中国人的精神传统之涵养所产生的影响，以及对当代国民教育的借鉴意义，对当代精神文化建设的现代价值。中国古典诗学以均衡、和谐为主要特征，以雅、厚、和为最高追求，以温柔敦厚为理想品格。本书即是从温柔敦厚这个理想品格的角度，讨论中国古典诗学的一般性特征，包括审美特征和教化功能。彰显温柔敦厚说的现实意义，消除长期以来积压在温柔敦厚之上的偏见和误解，还诗教说以本来面目，阐释诗教说的社会价值，是本书的主要目的。

《贵州地域形象史研究》。此书尚未公开出版。本书研究贵州地域形象的建构、解构和重构的历史过程，从对地域研究现状的反思和相关概念的界定入手，讨论地域意识之发生和地域形象的建构，分析地域形象建构之主体（"谁在建构"）、路径（"如何建构"）和目的（"为何建构"），并在地域历史的语境中，讨论作为地域称谓、地域空间、地域族群、地域文化和地域经济的"贵州"，回答"何谓贵州？何以贵州？"的问题。分析历代中央王朝对贵州的态度，呈现国家视野下的贵州形象。研究"他者"对贵州的异域感、"畏黔"心理及其在述异心态下对贵州的异化描写，"我者"的"去黔"心理、"向化"追求及其在"向化"追求的影响下对贵州地域文献的整理和地域文脉之建构。讨论在新时期建构"多彩贵州"地域新形象的方法和路径，建构以贵州形象、贵州精神和贵州文化三位一体的当代贵州精神文化体系的必要性和可能性。

《贵州地域文化精神研究》。此书尚未公开出版。本书通过对贵州地域文化及其所体现的文化精神的研究，呈现贵州地域文化精神的基本特质，揭示贵州地域文化精神的地理成因和文化背景，彰显贵州地域文化精神的现代价值，为建构"当代贵州人文精神"和"新时代贵州精神"提供文化资源，为建构以贵州形象、贵州精神和贵州文化三位一体的当代贵州精神文化体系提供理论支撑。概括地说，贵州地域文化精神，可名之为"大山精神"。"大山精神"是一种傲岸质直的精神，是一种包容创新的精神，是一种诗性浪漫的精神，是一种忠烈勇武的精神，是一种天人合一的精神。具体而言，多山多石的地理环境培育了贵州人的傲岸质直性格，不边不内的通道区位涵育了贵州人的包容创新精神，以阳明心学为核心的地域人文传统培育了贵州人的求真贵新精神，以游戏、情爱、歌舞为代表的民间文化传统培养了贵州人的浪漫精神和诗性气质，普遍流行的黑神崇拜培植了贵州人的忠烈勇武性格，广泛存在的生态民俗涵养了贵州人的"天人合一"精神。

从事学术研究，尤其是从事博大精深、积淀深厚的中国传统文化的研究，学术积累是一个长期的过程，传统经典文本和学者的研究著述，堪称汗牛充栋，需要大量的时间去理解、消化和思考。所以，在这个学科领域，"晚成"是必然的。在一般情况下，"不惑"之年方可"登堂"，"知天命"之年才算"入室"，"耳顺"之年才渐入佳境。而我在尚未步入"知天命"之年，就着手治学反思和学术总结，并编辑出版个人学术作品集，我深知这种做法有欠妥当，但亦是不得已而为之。在个人学术经历由"专业"转身"业余"之际，反思过往，展望未来，编选作品集，于自己是一个总结，亦是一个纪念；于长期以来关心、鼓励和支持我的师友，亦是一个交代。

汪文学

二〇一八年五月二十日

目 录

"汪文学学术作品集"序 　　　　　　　　　　　　　001

绪 论　　　　　　　　　　　　　　　　　　　001
　一、选题缘起　　　　　　　　　　　　　　　　001
　二、概念诠释　　　　　　　　　　　　　　　　007
　三、研究目标　　　　　　　　　　　　　　　　015
　四、本书要旨　　　　　　　　　　　　　　　　019

第一章 温柔敦厚：中国古典诗学的理想品格　　027
　一、"温柔敦厚"释义　　　　　　　　　　　　028
　二、温柔敦厚是中国古典诗学的理想品格　　　　036
　三、温柔敦厚诗学理想的理论渊源和现实呈现　　043

第二章 扬刘韩顾：中国古典诗学理想的建构、解构和重构　054
　一、扬雄：中国古典诗学理想的建构　　　　　　055
　二、刘勰：中国古典诗学理想的理论阐释　　　　063

三、韩愈：中国古典诗学理想的解构　　072

四、顾随：中国古典诗学理想的重构　　077

第三章　同祖风骚：中国古典诗学源流论　　085

一、说"风骚"：关于"风骚"之本义及其引申的考察　　085

二、"同祖风骚"的文学史观和诗骚之辨　　094

三、诗文各有体：诗是体现中国古典美学理想的最佳文体　　114

第四章　诗心文胆：中国古典诗学创作论　　134

一、陶钧文思，贵在虚静：中国古典诗学构思论　　135

二、诗心与诗情：顾随情操诗学理论探讨　　144

三、诗心与爱心：创作心态与恋爱心理的相似性　　161

第五章　圆美流转：中国古典诗学技巧论　　172

一、好诗圆美流转如弹丸　　172

二、诗之为技：中国古典诗艺的圆美特征和敦厚追求　　177

三、含蓄蕴藉：中国古典诗歌的表情方式　　208

第六章　悲欢离合：中国古典诗学情感论　　217

一、诗言志：中国古典诗学的抒情传统　　217

二、发乎情，止乎礼义：中国古典诗学的情感界定　　229

三、从真情到正情：中国古典诗学的情感取向　　238

第七章 物色之动：中国古典诗学题材论　　253
　　一、于诗得意多因月：中国古典诗学的题材选择　　253
　　二、江山之助：中国古典诗学的山水情怀　　267
　　三、性别诗学：中国古典诗学的柔性特征　　277

第八章 诗教中国：中国古典诗学教化论　　290
　　一、诗教："以诗教民"或"以诗化民"　　290
　　二、以诗为教的可能性和必要性　　300
　　三、当代国民教育现状与儒家诗教的现代价值　　321

第九章 诗意栖居：传统中国人的诗性精神　　327
　　一、诗性精神与自由精神　　327
　　二、诗性精神：传统中国文化精神之特质　　336
　　三、诗性人生：传统中国人的生活状态　　345

结语 中国古典诗学理想的现代价值　　354

参考文献　　371

"汪文学学术作品集"后记　　377

绪 论

一、选题缘起

选择"中国古典诗学理想"作为研究对象,一方面是由于个人的内心向往和学术兴趣,另一方面是基于中国古典诗学理想品格的独特价值,于当代精神文化建设有着比较重要的意义。主观上的学术兴趣和客观上的现实价值,促使我从温柔敦厚层面彰显中国古典诗学理想,发掘其有益于世道人心的现代价值。让我们从一个阿拉伯民间故事说起。

在中国流传甚广的阿拉伯故事集《一千零一夜》,其中有一篇《辛伯达航海》,讲述阿拉伯人辛伯达的航海经历,故事宣扬的是阿拉伯人在开疆拓土中的冒险精神,以及探求新生事物、拓展生存空间的生活态度。辛伯达共有七次航海经历,其前六次出海,都表现出生命不息、冒险不止的探索、进取精神。但是,第七次航海却改变了他的人生经历、生活态度和精神面目。这一次,他的冒险之船,于"天气清和,风平浪静"之际,"一帆风顺地到达中国境界"。后来在海上遇难,漂流到中国的一座城市,被一位慈善可亲的老人援救。据他说:"我被他家当上宾招待,饮食很好,起居非常舒适。过了三天,我的精神逐渐恢复过来,情绪既安定,心胸也开朗,健康全部恢复。"老人很喜欢他,希望他入赘为婿,定居中国。他答应了,"从此决心不再航海旅行","和家人共叙天伦之乐,享受安静的田园生活,以终余年"。这个故事,不仅体现了阿拉伯人的冒险探索精神,更重要的意义是,中国之行改变了辛伯达的人生态度和价值观念,他在中国找到了理想的生活方式和人生的完美归宿,隐喻的是以天伦之乐为核心的中国经验消解了以冒险旅行为特征的西方态度,以温柔敦厚为特征的中国品格解构了以激越刚强为特点的西方精神。二者之间孰优孰劣,谁是谁非,暂且不论。但可以肯定的是,狂风暴雨过后必然迎来风清气爽,昂扬激越与敦厚和平互为表里。当人类经历了彷徨流离、流浪追索之探险历程,必归于心平气和、闲适自在的日常家居。辛伯达航海故事的象征意义,就在于此。

辛伯达最终驻足中国,安居中国,隐喻的是他对中国文化、中国精神和中国经验的认可与皈依。中国经验和中国精神的核心或实质是什么? 我们认为,是诗性智慧和诗性精神。传统中国可名之曰"诗教中国",传统中国人的人生可称为"诗性人生",传统中国精神可命之曰"诗性精神"。诗性精神渗透到中国文化和中国人生的方方面面,所以,钱穆说:"吾尝谓中国史乃如一首诗。余又谓中国传统文化,乃一最富艺术性之文化。故中国人之理想人品,必求其诗味艺术味。"[1] 或者认为传统中国人普遍具有艺术癖,中国文化本质上就是一种诗性文化,"中国文化的根本秘密正在于中国诗学之中"。正如

---

[1] 钱穆:《品与味》,见《中国文学论丛》,生活·读书·新知三联书店2002年版,第221页。

探究西方文化的奥秘，必从其信仰的宗教入手；而探究中国文化之奥秘，必由其爱好和创作的诗歌入手，因为"中国的诗在中国代替了宗教的任务"。[1]

诗意栖居，是人类理想的生活方式。中国经验为人类理想的诗意栖居生活方式提供了一个范型。经历了六次航海冒险的辛伯达，最终望峰息心，驻足中国，安然定居下来，正是基于对这种诗意栖居的中国经验的追慕和向往。以诗性智慧为特质的中国经验，其最根本的特征，就是中和。可以说，传统中国人在人生行为方式上崇尚中庸之道，在诗学理想上追求温柔敦厚，在审美观念上推崇中和之美，三者之间互为表里，相互支撑，共同构成了"和为贵"的中国经验。但是，随着高歌猛进的现代化进程和全球化趋势，此种"和为贵"的中国经验正在逐渐沦丧。或如学者所说：

> 在当前这个浮躁的商品化和功利性社会中，中国人过去的那种经过真正中国式文明教育的表情消失了，中国人的表情都发生了翻天覆地的变化。那种土地的表情，那种纯朴的表情，真的在消失。……中国人的表情在消失，实际上是中国人的经验在消失。一个不能保持经验的积累和持续发展的民族，一个不能保持土地的表情和纯朴的表情的民族，一定是精神世界的遗传基因出现了什么缺陷。中国人的表情为什么在消失？这是我们不得不认真思考的严肃问题。如果我们想唤起对中国人表情的记忆，重新恢复土地的表情和纯朴的表情，也许就应该经常去阅读古典诗歌。[2]

通过阅读古典诗歌，使身心浸润在温柔敦厚的古典诗学境界中，

---

[1] 林语堂：《吾国与吾民》，陕西师范大学出版社2002年版，第226页。
[2] 张三夕：《诗歌与经验——中国古典诗歌论稿》之"前言"，岳麓书社2008年版。

从而"重新恢复土地的表情和纯朴的表情",进而重建中国经验,重构中国精神,这就是传统儒家提倡的"以诗教民"或"以诗化民"的"诗教",亦近似于席勒所谓的审美教育或蔡元培强调的美育。为达成此目标,开展中国古典诗学理想品格的现代诠释和教化功能的推广研究,便成为复兴中华优秀传统文化的一项重要工作。

研讨中国古典诗学,是一项庞大的工程和复杂的课题。一方面是由于研究对象本身的丰富性与复杂性,任何宏观的表述皆可能遭到大而不当的批评,具体而微的局部探讨又常常有见树不见林的弊病。另一方面,古今中外的学者关于中国古典诗学的言说,实在是过于丰富,过于繁杂,或者感兴体悟,或者专题言说,或者体系建构,可谓汗牛充栋,不可胜数。尤其是流传至今数以千计的诗话著作,于今日之研究者而言,可谓喜忧参半。喜的是研究资料的丰富,取之不尽,用之不竭,任何标新立异的观点皆可以从前人提供的丰富资料中获得支撑。忧的是研究资料过于丰富,过于零散,以个人之有限精力实在无法全面驾驭和系统梳理,故而常有望洋兴叹之感。总之,研究课题特别宏大,研究内容异常复杂,研究资料特别丰富,学术积淀非常深厚,使中国古典诗学成为一个对学者既有特别吸引力而又有相当难度的研究领域。

本书研究中国古典诗学,并非是对中国古典诗学作通盘的考察和宏观的描述,此既为笔者学识所不及,亦为事实所不许。因此,为避免空疏和琐碎,本书力求宏观与微观的统一,高度与深度的结合,即从温柔敦厚这个理想品格之角度讨论中国古典诗学,呈现中国古典诗学的一般性特征。或者说,本书研究的论域,是中国古典诗学温柔敦厚理想品格的基本特征,在文学创作活动中的体现,以及在中国文化史上的影响。首先,本书以"中国古典诗学理想"为题,其核心概念是"诗学"，即关于诗歌的理论或学术。其次，本书讨论的是古典诗学而非现代诗学，即诗歌中的古典美而非现代性，力求在现代性之观照下彰显古典美的独特个性和社会价值。再次，本书讨论的是中国古典诗学而非西方古典诗学，力求在西方诗学理论之观照下呈现中国古典诗学的独特性。另外，本书讨论"中国古典诗学理想"，并非是对中国古代诗歌创作现状的描述，而是力求通过现状与理想的对照，呈现中国古典诗学的理想品格和独特价值，包括审美价值和社会价值。简言之，本书的关键词是"温柔敦厚"，本书预设的理论前提是"温柔敦厚是中国古典诗学的理想品格"。本书研究的内容是诗学，是古典诗学，是中国古典诗学，是中国古典诗学理想，是中国古典诗学的理想品格——温柔敦厚。

学术界关于中国古代诗学的探讨，已有相当丰富的研究成果，既有关于历代诗人之生平、思想和作品的细致研究，亦有关于历代诗歌流派的深入讨论，还有关于诗歌发展史的系统梳理，以及诗学范畴的深度阐释。本书研究中国古典诗学，此"古典诗学"与"古代诗学"是两个不同的概念，"古代诗学"中既有古典美，亦有现代性，"古典诗学"则是专指具有古典美的诗学。因此，本书并非是对中国古代诗学作通盘考察和宏观描述，亦非对个别诗人或诗歌流派作深入研究和系统阐释，而是重点探讨中国古代诗学古典美的内涵、表现和影响。在本书的论域中，古典与现代是相对的，古典美是针对现代性而言的。与现代性的新奇、怪异不同，古典美以均衡、和谐为主要特征，以雅、厚、和为最高追求。中国古典诗学的理想品格，一言以蔽之，就是温柔敦厚。于作者而言，需有温柔敦厚之心；于作品而言，需有温柔敦厚之质；于读者而言，需有温柔敦厚之教。温柔敦厚的精神品质体现在中国古典诗学之方方面面。本书即是从温柔敦厚这个理想品格的角度讨论中国古典诗学的一般性特征，包括审美特征和教化功能。概括地说，本书研究的主要内容有二：一是以温柔敦厚为特征的中国古典诗学之理想品格的具体呈现；二是以诗教为核心的诗歌教化功能之实现的可能性和必要性。

学术界关于中国古代诗学的古典美和现代性问题，已有一定的研究。如顾随关于中国古代诗学古典美的讨论，有相当深刻的见解和通达的阐释，惜其散见于他的课堂讲授中，未有系统周全的表述。傅斯年提出中国古代文学古典美之建构始于扬雄的观点，但未有具体深入的说明和阐释。关于中国古代诗学的现代性，江弱水以为始于南朝，蒋寅以为始于中唐，皆有比较详细的说明。我们认为，现代性是对古典美的解构，中国古代诗学之古典美有一个从建构到解构到重构的过程。大体而言，它建构于扬雄，理论表述于刘勰，解构于韩愈，重构于顾随。但是，从扬雄到刘勰到韩愈到顾随这样一个从建构到解构到重构的过程，未能得到系统的梳理和充分的阐释。

中国古典诗学的理想品格是温柔敦厚。但是，自明清以来，这种理想品格即遭到"异端"思想家的尖锐批评，特别是在近现代，在西方诗学观念的比照下，这种传统的古典诗学观念，受到反封建礼教的激进思想家的强烈攻击，被视为反动、落后、守旧的观念。究其原因，是未能对温柔敦厚之本义进行深入研究而做出的轻率结论。徐复观《释诗的温柔敦厚》对传统的偏见有拨乱反正的功效，是目前所见对温柔敦厚之本义所做出的最通达、最明确的诠释。但其中尚有进一步申说的空间，尤其是关于温柔敦厚理想品格的理论渊源，及其在中国古典诗学之源流、创作、技巧、情感、题材、教化等方面的表现，目前尚未见有深入细致的讨论。

古代中国尤其重视诗歌的教化功能，诗教是儒家教书育人的重要内容。但是，自汉魏以来，诗教说便不断遭到学者的批评和质疑。尤其是在近现代以来，在"为艺术而艺术"的纯文学观念之影响下，诗教说便被视为阻碍文学进步和发展的落后观念。其实，正像温柔敦厚的诗学品格之价值需要重估一样，诗教说之可能性和必要性亦需要作进一步的研究。

基于上述研究现状，本书在清理中国古代诗学古典美的建构、解构和重构之历史过程的基础上，重估温柔敦厚诗学理想品格的理论价值，揭示此种理想品格在诗学活动中的具体表现，纠正历代学者对诗教说的片面理解，探讨"以诗教民"或"以诗化民"的可能性和必要性，及其在当代国民教育中的现实意义。

二、概念诠释

在本书中，"诗学""古典""古典美""现代"和"现代性"是关键词。为讨论和陈述的方便，我们首先必须对这几个概念进行界定和诠释。

从源头上看，"诗学"是一个外来词，虽然清代以来的学者常用此词，但其渊源则是来自西方，是Poetis的译名，始于亚里士多德《诗学》一书。就今日学术界对"诗学"这个概念的使用情况来看，大体上有广义和狭义之分。广义的诗学，是包括一切文学艺术理论在内的学术，基本上等同于作为学科的"文艺学"或者作为课程的"文学理论"。狭义的诗学则是专指关于诗歌这种文体的学术或理论。

"诗学"概念有广义和狭义之分，在具体的使用中，因其过于笼统而缺乏客观的界定。所以，当代学术界对此概念的使用是含混不清的，其含混之程度甚至超过了诗或文学本身。就像古今中外的学者在对待诗或文学之定义问题上，所呈现出来的众说纷纭的情况一样，对待诗学或文艺学的界定，亦常常是莫衷一是。由此导致诗学或文艺学在学科领域中的尴尬地位，亦是学者有目共睹的。

就中国古代文学创作和理论的实际情况看，狭义的诗学与文艺学，或者说诗学思想与文学思想，确有相当程度的重合之处。如萧华荣说：

> 中国古代传统文学理论中，赋论断续而零散，词论、戏曲论、小说论晚起，能够贯穿这二千年始终的惟有文（散文）论与诗论，而传统文论泰半是议论文、应用文的理论，较少纯粹的文学理论，属于纯粹的文学理论而又能够贯穿始终的惟有诗论而已，由之最便于考察中国传统文学理论一脉相传芊延不绝的演化变迁。从这种意义上说，所谓中国诗学思想史，也可以说是以诗学思想为主线的中国文学思想史。[1]

或者说，中国古代的文学理论就是关于以诗歌文体为主的理论，就是狭义的诗学理论。

在广义上使用"诗学"这个概念，很容易遭受质疑。因为即便是亚里士多德的《诗学》，亦主要是关于诗歌这种文体的理论。即便是古希腊罗马文学，其主要文体如史诗、剧诗、抒情诗，亦仍是以诗为主，所以便产生了亚里士多德《诗学》和贺拉斯《诗艺》这样的诗学理论著作。因此，蒋寅认为：希腊语"诗学"Poietice 与中国古代"诗学"意思差不多，亚里士多德的"诗学"不能等同于今日之文艺学或文学理论。既然文学和文学理论的概念形成得如此之晚，古老的"诗学"概念怎能和文学理论等同呢？[2]

因此，在传统中国文化背景上使用"诗学"这个概念，我们还是

---

[1] 萧华荣：《中国古典诗学理论史》，华东师范大学出版社 2005 年版，第 1 页。
[2] 蒋寅：《古典诗学的现代诠释》，中华书局 2003 年版，第 10～11 页。

倾向于取其狭义层面的意义，并略作修正。就文学本身的类别而言，概括地说，可分为抒情文学和叙事文学两类。与西方文学相比，中国古代文学中的抒情文学源远流长，抒情特征相当显著，陈世骧、高友工、柯庆明等学者言之甚详，兹不具论。[1]中国古代文学的主流是抒情文学，诗是其大宗，称为"诗余"的词、曲是其余响。所以，中国古代的诗学理论，实际上就是关于以诗为主的抒情文学理论。本书讨论"中国古典诗学理想"，其"诗学"概念，即取此义。

本书讨论"中国古典诗学理想"，重点探讨的是中国古代诗学古典美理想的内涵、表现和影响。在本书的论域中，古典与现代是相对而言的，古典美是针对现代性来说的。因此，在展开本书的讨论之前，有必要对"古典"与"现代"、"古典美"与"现代性"概念的内涵及其差异，略作说明。

先说"古典"和"古典美"。在当代学术界，于"古典"与"古代"二词，不加区别地含混使用，是一个普遍情况，如称"古代文学"为"古典文学"，称"古代美学"为"古典美学"，等等，就是显明的例子。其实，稍加推究，可以发现，二者之间虽有联系，但其区别亦是显而易见。"古典的"不一定就是"古代的"，"古代的"不一定能成为"古典的"。一般而言，"古代"仅仅是一个时间概念，于中国学者的常识而言，鸦片战争以前皆称"古代"。而"古典"则是一个联合词型，包括"古"和"典"两方面的内容。"古"是时间性概念，即"古代"；"典"则是指风格或特征，即典雅和典范。或者说，"典"亦有二义，

---

[1] 高友工：《中国文化史中的抒情传统》，见《美典：中国文学研究论集》，生活·读书·新知三联书店2008年版。陈世骧：《中国的抒情传统》，见《陈世骧文存》，辽宁教育出版社1998年版。柯庆明：《从"现实反应"到"抒情表现"——略论〈古诗十九首〉与中国诗歌的发展》，见《中国文学的美感》，河北教育出版社2001年版。

即典范之义和典雅之义。因典雅而成为典范，因是典范故而称为典雅。"古典"即是因"古"而成为"典"，此与传统中国人的崇古观念有关。即典雅的品质或者成为典范的东西，往往是古代的。所以，就其本义而言，"古典"原本是一个具有时间规定性的风格概念。但是，古代的东西并不都是典雅的，亦不可能全部成为今日仿效之典范。因此，统称"古代文学"为"古典文学"，以"古典美学"代指"古代美学"，从严格意义上讲，是不准确的，亦是不科学的。另外，"古典"一词虽然是一个有时间规定性的风格概念，但是，在现代汉语语境中，其时间规定性又常常被消解，往往用来指称一种艺术风格或者审美观念。比如，我们说某位女性身上有一种古典美，就与时间规定性无关，而是指她身上有一种符合古典规范的美。所以，古典美不仅存在于古代，亦体现在当代。古代文学中有古典美，现当代文学中亦依然有古典美。

再说"现代"与"现代性"。"现代"是与"古典"相对而言的，"现代性"的追求与"古典美"的特征是背道而驰的。"现代"即非"古典"，"古典"即非"现代"，"现代性"是对"古典美"的叛逆，这是人所共知的常识判断。深究起来，"现代"一词在日常使用中的状况，又与"古典"一词的遭遇颇为相似。所谓"现代"，即与"古典"相对，它首先是一个时间概念。于中国学者的常识而言，"五四"以后直至1949年这三十年间，即是人们常说的"现代"。另一方面，"现代"或"现代性"与"古典"或"古典美"相似，又是特指一种风格、属性或者态度，即产生于现代社会的、与"古典美"相对立的一种属性或态度。因此，与"古典"或"古典美"一样，"现代"或"现代性"又是一个具有时间规定的属性或态度的概念，即因时代变迁而产生的与古典美相对立的审美属性和审美态度。同样，在现当代，学者使用"现代"或"现代性"概念，亦往往消解其时间属性，而倾向于特指一种艺术风格或者审美态度。如福柯在《何为启蒙》一文中说：

> 我自问：人们是否能把现代性看作一种态度而不是历史的一个时期。我说的态度是指对于现时性的一种关系方式：一些人所作的自愿选择，一种思考和感觉的方式，一种行动、行为的方式。它既标志着属性也表现为一种使命。当然，它也有一点像希腊人叫做ethos（气质）的东西。[1]

这正是企图消解其时间属性的"现代性"理解。所以，江弱水说得明白："'现代性'是指特定的思想、言语、感受的方式，它标志着某种属性，且不拘现代才有，古人也可以有。"[2]

古典美以均衡、和谐为主要特征，以雅、厚、和为最高审美追求。与现代性的新奇、怪异不同，古典美体现为"故正平常"。如蒋寅所说："古典美的要义不外乎这样几个层次：内容是典雅的，形式是和谐的，内在精神与传统有着密切的联系，而直观上又能给予欣赏者感官上的愉悦。"[3] 而且，无论是在东方，还是在西方，古典美都是文学艺术、思想文化和道德伦理的最高价值所在。而现代性概念则是与现代工业社会相伴而生的，"现代性概念本身就隐含着与古典或传统的互文关系。一旦我们使用现代性概念，就意味着是在谈论某种非古典、非传统的东西。所以，文学的现代性，就是反古典、反传统的特征或倾向"。[4] 关于现代性的特征，标志着现代性写作诞生的西方象征主义诗人波德莱尔有一个很明确的表述，他在《再论埃德加·

---

[1] ［法］福柯：《何谓启蒙》，见杜小真编选《福柯集》，上海远东出版社1998年版，第534页。

[2] 江弱水：《古典诗的现代性》，生活·读书·新知三联书店2010年版，第4页。

[3] 蒋寅：《百代之中——中唐的诗歌史意义》，北京大学出版社2013年版，第172页。

[4] 蒋寅：《百代之中——中唐的诗歌史意义》，北京大学出版社2013年版，第189页。

爱伦·坡》里说：

> 如果诗人追求一种道德目的，他就减弱了诗的力量；说他的作品拙劣，亦不冒昧。诗不能等同于科学和道德，否则诗就会衰退和死亡；它不以真实为对象，它以自身为目的。表现真实的方式是另外的方式，在别的地方。真实与诗毫无干系。造就一首诗的魅力，优雅和不可抗拒性的一切东西将会剥夺真实的权威和力量。[1]

这段文字可以看作是对中西古典诗学的全面颠覆，标志着现代性诗学的诞生。无论是中西古典诗学，还是现代性诗学，其共同的目标皆是对美的追求。相较而言，以表现论为核心的中国古典诗学，以善为理想境界，力求在善的基础上追求美，所以，学者以为中国古典诗学的主流是政教文学。[2] 但是，在波德莱尔看来，此种善的呈现是"追求一种道德目的"，它"减弱了诗的力量"，因而是拙劣的。即在追求现代性的诗人看来，中国古典诗歌是拙劣的。以再现论为核心的西方古典诗学，以真为理想境界，力求在真的呈现中追求美。西方文学首先被认为是一种认识真理的方式，因此对它的价值评价主要以其认识真理的可能性为尺度。但是，在追求现代性的诗人看来，"真实与诗毫无关系"，诗"不以真实为对象，它以自身为目的"。即在波德莱尔等现代性诗人眼中，西方古典诗学亦是误入歧途。波德莱尔直接宣称："诗不能等同于科学和道德，否则诗就会衰退和死亡。"这实际上就是对中西古典诗学的全盘否定。现代性诗歌"以自身为目的"，

---

[1] ［法］波德莱尔：《波德莱尔美学论文选》，郭宏安译，人民文学出版社1987年版，第205页。

[2] 陆晓光：《中国政教文学之起源——先秦说诗论考》，华东师范大学出版社1994年版，第1页。

它既不像中国古典诗学那样于善中求美，亦不像西方古典诗学那样于真中求美。它拒绝真，排斥善，他只追求自身的美。美是它的唯一追求，亦是它的最高理想。

讨论中国古代诗学的古典美与现代性，德国古典美学家歌德、席勒的"古典主义"理论是一个可以比照的参考系。在歌德时代，"古典"与"浪漫"是欧洲学术界的一个热门话题，正如歌德所说：

> 古典诗和浪漫诗的概念现在已传遍全世界，引起许多争执和分歧。这个概念起源于席勒和我两人。……史雷格尔弟兄抓住这个看法把它加以发挥，因此它就在全世界传遍了，目前人人都在谈古典主义和浪漫主义，这是五十年前没有人想得到的区别。[1]

作为浪漫主义的积极推动者与践行者的歌德和席勒，其实他们在艺术观念和思想渊源上，更倾向于以古希腊文化为代表的"古典主义"。如歌德在《浮士德》第二部里，假借人造人何蒙古鲁士之口对梅菲斯特说："你所认识的只是浪漫的妖精，真正的妖精要古典的才行。"[2] 就体现了他关于古典精神优越于浪漫精神的观点。他说：

> 我把"古典的"叫做"健康的"，把"浪漫的"叫做"病态的"。这样看，《尼伯龙根之歌》就和荷马史诗一样是古典的，因为这两部诗都是健康的、有生命力的。最近一些作品之所以是浪漫的，并不是因为新，而是因为它们病态、软弱；古代作品之所以是古典的，也并不是因为古老，而是因为强壮、新鲜、愉快、健康。如果我们按照这些本质来区分古典

---

[1] ［德］歌德：《歌德谈话录》1830年3月21日，朱光潜译，人民文学出版社1997年版，第221页。

[2] ［德］歌德：《浮士德》（第2部），绿原译，人民文学出版社2003年版，第120页。

的和浪漫的，就会知所适从了。[1]

作为浪漫主义运动积极推动者的歌德，他之所以又反对浪漫主义，是因为他认为浪漫的诗是"病态的诗"，它使人消沉、堕落；而古典的诗是"战斗的诗"，给人生活的勇气。他的意图是借古典主义之"健康"疗治浪漫主义的"病态"，借古典主义之"强壮""新鲜"和"欢乐"拯救浪漫主义的"软弱"和"感伤"。

同样的观点亦见于席勒的《论素朴的诗和感伤的诗》。大体而言，"古典"与"浪漫"之分，近似于席勒所谓的"素朴"与"感伤"之别，或者就是"古典"与"近代"之别。《论素朴的诗和感伤的诗》是一篇全面系统讨论"古典"文艺与"近代"文艺之特征及其区别的重要论文。席勒所谓的"素朴的诗"，就是"古典"诗；"感伤诗"就是"近代"或"浪漫"诗。按照席勒的观点，"古典"诗歌表现现实，是现实主义的；"近代"诗歌表现理想，是浪漫主义的。"古典"诗中人与自然（包括外在自然与内在自然）合二为一；"近代"诗中人与自然由分裂而对立。"古典"诗人是客观的，"近代"诗人是主观的。并且，"古典"（素朴诗）与"近代"（感伤诗）的区别不在于时代的不同，而在于诗人对待自然之态度的不同，"古典"诗人中有写"感伤诗"的，"近代"诗人中有写"素朴诗"的。与歌德一样，席勒崇尚"素朴诗"，推崇健康、活泼的"古典"艺术。他用来开展审美教育的文艺，不是"近代"的"感伤诗"，而是"古典"的"素朴诗"。

简单地将德国古典美学中"古典"与"浪漫"、"素朴"与"感伤"等概念与中国古代诗学中的古典美与现代性进行比附，显然是不恰当的，因为它们之间确有较多无法类比的地方。但是，其相似相通之处，

---

[1] ［德］歌德：《歌德谈话录》，朱光潜译，人民文学出版社1997年，第188页。

亦是显而易见的，具体表现在以下几个方面：

第一，无论是中国古典诗人，还是歌德、席勒等德国古典美学家，他们皆推崇"古典"贬抑"近代"，以为"古典"艺术是人类艺术的最高典范。

第二，他们所推崇的"古典"艺术的特征大体相似，其所贬抑的"近代"艺术之特点亦基本相同。即皆认为"古典"艺术是健康的、和谐的、欢乐的，"近代"艺术是软弱的、病态的、虚诞的。

第三，他们用以进行审美教育或诗教的艺术皆是"古典"的艺术，认为"古典"艺术是健康的、和谐的，通过它可以培育人类优美的心智和高尚的品格。"古典"艺术有益于人的身心健康，"近代"艺术是病态的、虚诞的，它使人消沉，让人堕落，无益于人的身心健康，因而不适合用来开展审美教育或诗教。

第四，他们皆认为"古典"并非全然是古代的，"近代"诗人亦能写出"古典"风格的诗歌，"古典"时代的诗人亦可能创作出虚诞的、感伤的作品。"古典"与"近代"之别，非仅是时代之别，乃是体格之殊。

正是由于二者之间具有上述相似相通之处，所以，德国古典美学家关于"古典"与"近代"之分别，可以作为我们讨论中国古代诗学古典美与现代性的参照系，有助于我们对中国古代诗学中古典美和现代性的理解和诠释。

三、研究目标

古典美与现代性，作为一种艺术属性或者审美态度，有自然呈现和自觉追求之分别。具体对于中国古代诗学而言，有自然呈现的古典美和自觉追求的古典美之分，有自发的现代性和外来的现代性之别。

大体而言，中国古代诗学的总体发展趋势是崇尚古典，以古典美为最高境界。尽管部分诗人在写作实践中偏离了古典美而呈现出现代性特征，但是，亦仍然没有从根本上放弃古典美理想和背叛古典美原则。因此，概括地称中国古代诗学为"古典诗学"，大体符合实际。

中国古代诗学古典美之表现，有自然呈现和自觉追求之分别。其中，两汉之际是一个重要转捩点，扬雄是其中的关键性人物。具体地说，两汉之际以前是古典美的自然呈现时期，"乐而不淫，哀而不伤"，"好色而不淫，怨诽而不乱"的《诗经》，是其源头，是其典范。《诗经》的古典美是一种自然的呈现，或者说，是因其符合后人的古典美理想而被追认为古典美的典范。两汉之际是古典美的建构和实践时期，亦是古典美的自觉追求时期，扬雄是其中的一位承上启下的人物。

中国古代诗学现代性的呈现，有自发和自觉之别，或者说有自发的现代性与外来的现代性之分。在现当代，学者讨论中国文学的现代性，常常是以"五四"为起点，认为是"五四"时期随着西方文化的输入而引进的。或者更早一点，如王德威所说，只有晚清而不是"五四"，才能代表中国文学现代性兴起的重要阶段。的确如此，晚清以来的诗学逐渐脱离了中国古典诗学的发展取向，逐渐与中国古典诗学划清界限，而呈现出西化倾向，体现出显明的现代性特征。这是一种自觉的现代性追求，当然亦是在西方文学现代性刺激下的追求。这种现代性，用日本学者沟口雄三的话说，就是"外来的现代性"。

中国古代诗学自觉的现代性追求是在"外来的现代性"之刺激下产生的，那末，在古代中国，有无"自发的现代性"呢？答案是肯定的，至于这种"自发的现代性"之呈显是在何时开始的？目前尚有不同的意见，其中南朝说和中唐说最具代表性。江弱水主张南朝说，蒋寅坚持中唐说。无论是南朝文学的现代性呈现，还是中唐文人对现代性的追求，皆是中国文学内部"自发的现代性"。相较而言，如果说南朝文人的现代性追求，还是自发的，零散的。那末，中唐文人则是有明显的自觉意识，并形成了以韩愈为中心的创作团队，有鲜明的主张和自觉的意识，以及有意推动集体创作倾向的目的。因此，从其影响和效果来看，如果说南朝文学是中国文学现代性写作的萌芽，那末，中唐文学则是中国文学现代性写作的全面呈现。

在中国文学史上，实际上存在着古典美和现代性两种截然不同的审美追求。前者是显性的，后者是隐性的；前者是主流，后者是暗流；前者是主流文人的理想，后者是异端文人的追求；前者对后者是竭力压制，后者对前者是尽力叛逆。就其发展变迁之轨迹看，两汉之际和唐宋之际是两大重要转折点，扬雄和韩愈是其中的两位代表性人物。如果说先秦西汉之文学可命名为"古代文学"，东汉至中唐的文学则可称之为"古典文学"，中唐以后之文学则是"近世文学"或者"现代文学"。扬雄结束了"古代文学"而开启了"古典文学"，是中国文学古典美之开创者。韩愈结束了"古典文学"而开启了"现代文学"，是中国"古典文学"颠覆者和"现代文学"的开创者。中国古代文学审美观念之演变，大势如此。扬雄和韩愈在中国文学史上的地位和影响，大体如此。

如前所述，中国古代诗学存在着古典美和现代性两种审美形态。虽然在总体上前者对后者呈现出压倒性状态，但是，中唐以后现代性对古典美的反叛和颠覆，亦是显而易见的。当现代性诗学由发生、发展到渐成时代趋势的中晚唐之际，古典美诗学的独尊地位亦渐趋动摇，并在宋元以后呈现出颠覆之势。宋元以后，虽然部分诗人仍然坚守古典美理想，维护古典诗学的独尊地位。而事实上，历经沧海桑田的时势变迁之后，古典美已沦为一种理想状态，是一种在现代性的冲击下需要坚守和维护的理想。进一步说，古典与现实往往是脱节的，现实世界的俗与古典领域的雅，从来就是难于兼容的。因此，从古典美被建构伊始，它因与现实的脱节就天然地具有理想化的特征，因而是需要坚守和维护的。南朝以后特别是中唐以来，在经历了现代性的冲击与颠覆之后，古典美作为一种理想化的审美形态，尤其需要坚守，特别需要维护。因此，可以说，在中国古代诗学发展史上，古典诗学自始至终皆具有理想化特征，故本书名之曰"中国古典诗学理想"。

中国古典诗学理想，一言以蔽之，即温柔敦厚。或者说，中国古典诗学的最佳理想状态是温柔敦厚。于作者而言，需有温柔敦厚之心；于作品而言，需有温柔敦厚之质；于读者而言，需有温柔敦厚之教。温柔敦厚之精神品质贯穿于中国古典诗学之方方面面。本书以"温柔敦厚：中国古典诗学理想"为题，其关键词有三，即"古典诗学""理想品格"和"教化功能"；其核心词有一，即"温柔敦厚"。本书在概述传统中国社会诗歌与人生的一般性关系和意义之基础上，重点围绕上述一个核心词和三个关键词，具体展开以下三个问题的研究。

第一，中国古代诗学古典美的建构、解构和重构历程。我们认为，中国古代诗学之古典美自然呈现于《诗经》中，自觉建构于扬雄之手，系统的理论表述在刘勰的《文心雕龙》中，解构于韩愈之手，重构于顾随之手。本书将具体探讨从《诗经》到扬雄到刘勰到韩愈到顾随的自然呈现、自觉建构、理论表述、解构和重构过程。

第二，中国古典诗学的理想品格及其具体呈现。本书将具体探讨温柔敦厚诗学理想品格的本质特征和理论渊源，阐释其对诗歌和人生的正面价值，探讨其在中国古典诗学之源流、创作、技巧、情感、题材和教化等方面的具体表现。

第三，中国古典诗学实现教化功能的可能性和必要性。中国古典诗学主张以温柔敦厚之诗人创作温柔敦厚的诗歌，以温柔敦厚之诗歌教化成温柔敦厚的国民。本书在呈现古代中国"以诗教民"或"以诗化民"的一般状态之基础上，在席勒"审美教育"理论和蔡元培"美育"说之观照下，探讨诗教说之可能性和必要性；在考察当代国民精神和国民教育现状之基础上，研究诗教说的现代价值，为当代国民教育提供精神资源和历史借鉴。

总之，中国古代诗学中以古典美为内涵的古典诗学，其理想品格是温柔敦厚。温柔敦厚的古典诗学理想品格，体现在古代诗学活动的方方面面。以"温柔敦厚"为理想品格的古典诗学强调"以诗化民"，提倡诗教。揭示温柔敦厚的理想品格在诗学活动中的具体表现，消除长期以来积压在温柔敦厚之上的偏见和误解，还诗教说以本来面目，阐说诗教说的现代价值，彰显温柔敦厚说的诗学价值和现实意义，是本书的研究目标。

四、本书要旨

温柔敦厚是中国古典诗学的理想品格，亦是传统中国人的人生理想状态。中国古典文化正是力求以温柔敦厚的古典诗学品格引导人生进入温柔敦厚的理想状态。本书第一章"温柔敦厚：中国古典诗学的理想品格"，探讨温柔敦厚的本质特征及其对人生的价值和意义，清理长期以来叠加在其上的功利元素，以及因过度阐释而造成的误解，讨论温柔敦厚与"思无邪""诗可以怨"之关系，以为孔子提出"思无邪""诗可以怨"，正是为了使作者和读者实现温柔敦厚的理想人格，使作品达成温柔敦厚的理想品格。研究其理论基础，以为传统中国人在人生行为方式上讲中庸之道，在审美观念上讲中和之美，在诗学理想上重温柔敦厚，三者之间互为表里，相互渗透，彼此影响。温柔敦厚以传统中国社会的中和思想、中庸观念为思想背景和理论基础，是中国古典诗学的理想品格。

在中和思想和中庸观念之思想背景下形成的温柔敦厚的中国古典诗学理想品格，亦有一个建构、解构和重构的发展过程。第二章"扬刘韩顾：中国古典诗学理想品格的建构、解构与重构"，对中国古典诗学理想品格之发生发展过程，进行探讨。以为中国古典诗学之理想品格，建构于扬雄，阐释于刘勰，解构于韩愈，重构于顾随。《诗经》是中国古典诗学理想品格的源头，两汉之际是古典美的建构和实践时期，扬雄是其中的关键人物，其"引书助文"和"以学为文"的创作特点，实是中国"古典文学"之开启者，古典美理想品格的开创者。与扬雄有明显渊源关系的刘勰，基于明道、征圣、宗经之观念，建构起来的文学理论体系，实是对发端于扬雄的中国古典诗学理想品格的理论阐释。中唐是中国古今文学发展之关键，建构于扬雄而阐释于刘勰的中国古典诗学古典美理想，于中唐时期在以韩愈为代表的韩孟诗派那里，被解构和颠覆，刺激、强烈、紧张、怪异、变形的审美追求取代了均衡、和谐、典雅、中和、完满的温柔敦厚的理想品格，中国古代诗学的现代性由此发生。长期以来湮没无闻的民国学者顾随，建构起以"诗心"为核心的情操诗学理论，实可谓是对被解构和颠覆了近千年的中国古典诗学理想品格的重构。

第三章"同祖风骚：中国古典诗学源流论"，从探索"风骚"一词的本义及其与文人、文学之关系入手，探讨古代中国"同祖风骚"文学史观之发生、发展和影响，梳理历代学者关于"诗骚之辨"所提出的种种观点，分析传统中国诗、文、赋、词、曲、小说六大文体的基本特征，以及唐型诗和宋型诗之区别。以为"同祖风骚"的文学史观发端于汉代，成熟于六朝，盛行于唐代以后。文学创作"同祖风骚"而又各有特点，"风""骚"二派之对峙，实为"诗言志"与"诗缘情"两种诗学理论之并立，"写实"与"传奇"两种文学类型之并存，"素朴"与"感伤"两种诗歌风格之并存。在温柔敦厚诗教观念之影响下，中国古典诗学的理想取向，则普遍存在着扬"风"抑"骚"之特点。虽然"同祖风骚"，但其中尚有祖、宗之别。诗、文、赋、词、曲、小说是中国古代六大文体，但文和赋是刚性的，有硬的特点；词的特征又过于柔性，皆与温柔敦厚的理想品格和中和的审美理想不合。词、曲、小说的通俗特性，又与古典审美理想之雅正追求相扞格。所以，与文、赋、词、曲、小说相比，诗更能体现中国古典美学理想。而诗之类型，又有唐诗、宋诗之分，相对于"以文为诗""以议论为诗""以才学为诗"的宋诗取向和以"筋骨思理"见胜的宋诗特征，以"风神情韵"见长和"惟在兴趣"的唐诗，更能体现中国古典诗学温柔敦厚的理想品格。

古人有"诗心文胆"之说，意谓以心为诗，以胆为文。此语不仅道出了诗、文体式风格之差异，亦体现了诗、文创作态度之不同。诗、文各有体，一般而言，诗"丽则清越，言畅而意美"，文"高壮广厚，词正而理备"。诗是柔性的，文是刚性的。诗是柔性的，所以"丽则清越"；诗是感性的，所以"言畅而意美"。创作此种柔性、感性之诗，当以心呈情，以心示意，故称"诗心"。文是刚性的，所以"高壮广厚"；文是理性的，所以"词正而理备"。创作此种刚性、理性之文，当以胆论断，以胆显识，故称"文胆"。第四章"诗心文胆：中国古典诗学创作论"，探讨中国古代文学中"诗心"与"文胆"之异同，以顾随情操诗学理论之"诗心"论为例，讨论"诗心"之构成和特点，并通过"诗心"与爱心之比较,呈现"诗心"的一般性特征。"诗心"之论,实际上就是诗歌创作中的审美心胸理论。"陶钧文思,贵在虚静",刘勰在继承前人论说之基础上,建构起以"虚静"说为核心的艺术构思理论。顾随在刘勰"虚静"说之基础上,建构起以"诗心"和"诗情"为核心,以"诗心"节制"诗情"的情操诗学理论。情操诗学理论集"虚静"说与温柔敦厚论为一体,具有兼综儒道的特点,是对中国古典诗学创作论的一次集大成式的总结。

为实现温柔敦厚的诗学理想品格,在创作技巧上必有一番特别的讲究,方能达成此目标。第五章"圆美流转:中国古典诗学技巧论",探讨中国古典诗学如何通过技巧上的讲究以实现温柔敦厚的理想品格。如果说温柔敦厚是对中国古典诗学理想品格的总体概括,侧重于情感和内容;那末"圆美流转"则是对中国古典诗学创作技巧的表述。或者说,为实现温柔敦厚的诗学理想品格,必须使诗歌具备"圆美流转"的艺术特征。"圆美流转"的艺术特征,主要体现在诗体、音律、字形和句法等方面。虽说"四言正体,五言流调",但是,在汉语词汇复音化趋势逐渐明显的语言环境下,最能体现中国古典诗学形式上之"圆美流转"理想和内容之上温柔敦厚品格的,主要还是五言诗。《文心雕龙·情采》说:"立文之道,其理有三:一曰形文,五色是也;二曰声文,五音是也;三曰情文,五性是也。"立文之道,"声文"和"形文"至关重要,句法亦不能忽略,因为它们是构成诗歌"圆美流转"之理想品格的必要条件,《文心雕龙》之《声律》篇专论"声文",《练字》篇专论"形文",《章句》篇专论句法。本章在《文心雕龙》之基础上,进一步探讨由讲究"声文""形文"和句法所造成的"圆美流转"之诗歌境界,于实现温柔敦厚之古典诗学理想品格的意义。"圆美流转"的艺术要求,还体现在诗歌情感的表达方式上。古典诗歌追求韵味、厚度和远境，因而要求情感是温柔敦厚的，表情方式是含蓄蕴藉的。具体地说，就是"不指切事情"，或者使用比兴，或者以景结情，强调"结句须要放开"，达到"言已尽而意无穷"的效果。

"诗言志"是中国古典诗学的"开山纲领"，"发乎情，止乎礼义"是中国古典诗学的情感原则，温柔敦厚是中国古典诗学的情感特征。第六章"悲欢离合：中国古典诗学情感论"，呈现中国古典诗学的抒情精神和"抒情美典"，探讨在此基础上形成的抒情传统，分析中国古典诗学对情感的选择和界定。自先秦以来，中国文学逐渐形成一个从"诗言志"到"诗缘情"到"诗本情志"的系统自足的抒情传统，呈现出"情""志"合一的发展趋势。在现当代，在西方文学的比照下，这个抒情传统中的抒情精神和"抒情美典"得到充分的显现，从而在世界文学视野下使中国文学获得了独立的身份标识。以温柔敦厚为理想品格的中国古典诗学，对情感有特别的界定和选择，它既不同于《楚辞》以"孤绝与哀求"为特色的"激切奋昂"之情，亦不同于西方文学中的抒情诗那种远离公共意义和政治关怀的个体性抒情，它是以"圆足与愉悦"为特色的"素朴率真"之情，简言之，是一种温柔敦厚的中和之情，是一种有公共意义和政治关怀的情感。它以"发乎情，止乎礼义"为宗旨，追求自然性情感与社会性情感、个人性情感与群体性情感、深情与高情、真情与正情的有机统一。

"物色之动，心亦摇焉"，情和物是文学创作的基本题材。前章讨论作为文学题材的情感，第七章以"物色之动：中国古典诗学题材论"为题，讨论作为古典诗歌题材之物色的特征。情与物作为文学题材，而物最为根本，因为"人心之动，物使之然"，情感应物色之感而动，因此，在中国文学理论史上，即有源远流长、影响深远的物感说。从理论上讲，万物皆可入诗。但是，在具体的写作实践中，文体的特征、物色的性质、作家的性情、创作的环境等等，皆可能对文学题材的选择发生重要影响。尤其是对于以温柔敦厚为理想品格的古典诗学，要求作为题材的物色必须具备温柔敦厚的审美属性。所以，"于诗得意多因月""物物秋来总是诗"，就是因为月亮和秋天是具有温柔敦厚审美属性的物色。本章以自然山水和女性题材为例，讨论古典诗学的题材选择。山水与文人之间存在着相需相待和知音相赏的亲密关系，山水与文人"气类而情属"，皆具有本真之情和静朴之性。所以，"山情即我情"，"水性即我性"，山水与文人之间"相看两不厌"。因此，诗人创作往往得"山水之助"，自然山水是中国古典诗学的理想题材。以温柔敦厚为理想品格的古典诗学，具有相当明显的柔性特征。女人如诗，诗似女人，女性就是诗性，女心就是诗心，这在古典诗人中是比较普遍的看法。他们"爱诗如爱色"，"选诗如选色"。女性与艺术审美之间的亲密关系，远远大于男性。因此，女性不仅是天生的艺术家，女性特有的柔顺、闲静、媚态和韵趣，完全符合温柔敦厚的古典诗学理想品格。所以，女性是古典诗歌的理想题材。

"以诗教民"或"以诗化民"，是中国古典诗学社会价值的主要体现。第八章"诗教中国：中国古典诗学教化论"，探讨儒家诗教说的具体内涵，"以诗教民"的可能性和必要性，分析当前国民教育之现状，以及儒家诗教说对当代国民教育的启示意义。如果说早期儒家诗教的目的是"诗以言志"，那末，汉代以后之诗教，则是"以诗教民"或"以诗化民"，即以诗歌作为政治教化之工具。传统中国社会的诗教，有一个从"《诗》教"（先秦两汉时期以《诗经》为教）至"诗教"（六朝以后以一般意义上的古典诗歌为教）的发展历程。诗教即德教，诗教的出发点和归宿都是德教。通过艺术教育方式开展的德教,与席勒的审美教育论,有异曲同工之处。它们皆是通过艺术教育的方式来改革人性,培育理想人格和优美心灵;二者均是在不触动社会根本秩序之前提下,以人性改良的方式提升人的道德境界和性格情操,从而实现社会的稳定与和平;二者均是在情感与理性、个性与理智、个人性与社会性之矛盾冲突中寻求第三条道路以调和矛盾,解决问题;二者皆是以柔性特征的古典艺术作为艺术审美教育的范本。当代国民教育存在着两个比较严重的问题:一是将德育与美育截然分离,重德育而轻美育;二是将德育等同于政治思想教育。其结果是导致国民普遍缺乏基本的人文素养和健康的审美观念,以及人文精神的普遍失落。儒家以温柔敦厚为核心的诗教说,正可为当代国民教育提供有益的启示。

温柔敦厚的古典诗学理想孕育出传统中国社会浓郁的诗性氛围,涵养了中国文化的诗性特质,锻炼了传统中国人的诗性精神。第九章"诗意栖居:传统中国人的诗性精神",探讨诗性精神的基本特点,讨论中国文化的诗性特征,呈现中国人的诗性精神,展现中国古典诗学理想品格的现实影响。诗意栖居是人类理想的生活状态,诗性精神是人类精神境界的高级形态。诗性精神之本质,是游的精神,是自由精神。人类在游的状态下产生自由精神,在自由精神之基础上形成诗性精神。中国文化是一种诗性文化,中国文化传统中的礼乐文化最能体现中国文化的诗性精神。人生艺术化,生活礼乐化,栖居诗意化,是传统中国人日常生活的基本状态和价值追求。

需要说明的是,本书讨论中国古典诗学的源流论(包括文体论)、创作(构思)论、技巧论、情感论、题材论、教化论等等,基本囊括了诗歌理论的方方面面内容,而唯独没有专章讨论古典诗学的风格论。风格论是文学艺术和诗歌理论的重要组成部分,本书讨论中国古典诗学理想，未专列风格论，是因为本书讨论的核心内容——作为中国古典诗学理想品格的温柔敦厚，本身就是古典诗学的风格问题，诸如源流论、创作论、技巧论、情感论、题材论和教化论的探讨，皆是围绕温柔敦厚这个理想品格或诗学风格展开的，因而不再另列专章。特此说明，尚希读者鉴察。

作为一项学术论题，中国古典诗学的论域是相当广泛的。本书选择中国古典诗学的理想品格加以研究，目的就是为了呈现温柔敦厚的中国古典诗学理想品格的基本内涵，及其产生的理论基础和思想背景，在诗歌创作中的具体体现，对中国文化特质之形成和中国人的精神传统之涵养所发生的影响，以及对当代国民教育的借鉴意义，对当代精神文化建设的现代价值。

第一章 温柔敦厚：中国古典诗学的理想品格

作为群经之首的《诗经》，以《关雎》置于书首，应当是有其特别用意。或者说，《诗经》以《关雎》开篇，即便《诗经》编纂者并无特别用意，而《诗经》诠释者亦要尽力诠释出其中的深意来。概括地说，《诗经》以《关雎》开篇，当有两层意义：其一，有标示诗学理想的意义，即孔子所谓"《关雎》，乐而不淫，哀而不伤"是也；其二，有体现伦理秩序的意义，即《礼记》所谓"君子之道造端乎夫妇"是也。[1]

"乐而不淫，哀而不伤"，保持情感上的中正和平，或者说温柔敦厚，是中国古典诗学的理想品格。温柔敦厚的诗学理想，要求诗歌在题材上具有雅与洁的特点，在风格上具有厚与纯的特征，在情感上具有真与正的特点。诗学上的温柔敦厚，与美学上的中和之美，以及处世上的中庸之道，是互为表里、相互渗透、彼此影响的关系。

---

[1] 汪文学：《诗性风月——中国古典文学中的情爱》，中央编译出版社2011年版，第75页。

一、"温柔敦厚"释义

"温柔敦厚"一词,据汉人的记录,是出于孔子之口。孔子说:"入其国,其教可知也。其为人也,温柔敦厚,诗教也。"[1] 按照孔子的意思,一国之国民,其为人温柔敦厚,是由于诗歌教化的结果。诗歌教化能使一国之民温柔敦厚,是因为诗歌本身具有温柔敦厚的品格。或者说,温柔敦厚的诗人写出温柔敦厚的诗歌,温柔敦厚的诗歌教化出温柔敦厚的国民。

何谓"温柔敦厚"?据孔颖达解释说:"温谓颜色温润,柔谓性情柔和。诗依违讽谏,不指切事情,故云温柔敦厚,是诗教也。"[2] 这段解释文字,亦适用于国民性格、诗人感情和诗学品格。即诗人具有温柔敦厚的性情,发而为诗,成为温柔敦厚的语言和韵律,形成温柔敦厚的诗歌品格,再以温柔敦厚的诗歌教化民众,形成温柔敦厚的国民精神。在传统儒家学者看来,温柔敦厚既是理想的诗歌境界,又是理想的国民精神。作为群经之首的《诗经》,所标示的正是这种理想的诗歌品格。因此,孔子说:"'诗三百',一言以蔽之,曰:思无邪。"[3] 刘安说:"国风好色而不淫,小雅怨诽而不乱。"[4] 而作为《诗经》之首篇的《关雎》,就是这种诗学理想品格的典范。孔子说:"《关雎》,乐而不淫,哀而不伤。"[5] 即以《关雎》为代表的《诗经》,在情感上具有中正和平、温柔敦厚的特点。这种情感特点,奠定了中国文学的情感基础,亦直接影响了传统中国社会的国民精神。所以,

---

[1] 《礼记·经解》。
[2] 《礼记·经解正义》。
[3] 《论语·为政》。
[4] 《史记·屈原贾生列传》。
[5] 《论语·八佾》。

柯庆明说：

> 中国文学的根源于一部包涵社会各阶层，大体以日常生活的各方面为主的抒情诗歌集的《诗经》，而非如许多西方国家的根源于少数英雄之杀伐战斗作为主题的史诗，是一具有深远意义的事实。因为它确认了温柔敦厚之仁远胜于骄傲刚强之勇。……这种以百姓家居为理想，以温柔抒情为主调的文学精神，事实上成为中国文学后来发展的基础。[1]

正是这种"以温柔抒情为主调的文学精神"成为中国文学后来发展的基础。在其影响下，中国古典诗学一直以温柔敦厚为理想品格。如唐君毅说：

> 中国艺术之精神，不重在表明强烈之生命力、精神力。中国艺术之价值，亦不重在引起人一往向上向外之企慕向往之情。中国艺术之伟大，非只显高卓性之英雄式的伟大，而为平顺宽阔之圣贤式、仙佛式之伟大，故伟大而若平凡，并期其物质性之减少，富虚实相涵及回环悠扬之美，可使吾人精神藏修息游于其中，当下得其安顿，以陶养其性情。[2]

或者说，中国艺术不像西方艺术那样，崇尚壮美，表现"强烈之生命力、精神力"，彰显"高卓性之英雄式的伟大"，体现"向上向外之企慕向往之情"，而是偏重于优美，追求"虚实相涵及回环悠扬之美"，追求心灵之安顿和性情之陶养，在平凡中见其伟大。这种"平顺宽阔"之优美，亦正是温柔敦厚诗学理想的具体体现。傅庚生亦说：

---

[1] 柯庆明：《中国文学之美的价值性》，见《中国文学的美感》，河北教育出版社2001年版，第4～5页。

[2] 唐君毅：《中国文化之精神价值》，广西师范大学出版社2005年版，第232页。

>　　文学之于人生，宜若甘露时雨之润芽甲也；人生之于文学，宜其优游容与以致和平也。"《国风》好色而不淫，《小雅》怨诽而不乱"。盖履中蹈和，为文学之正鹄；或失夫此，亦何取于孜孜以学文耶？……自后代趋文而远于质，文学之途，往往出于峻切，其能复于渊雅者盖少；宜知所勉矣。[1]

古典诗歌"履中蹈和""优游容与"，是"文学之正鹄"。而后世诗歌"过于峻切"，故有伤"渊雅"，有失温柔敦厚之致。

"温柔敦厚"一词之核心是"温"，因"温"而"柔"，因"温柔"而"敦厚"，故曰"温柔敦厚"。"温"字从水，其本义当指水之温度，即水之不冷不热谓之"温"。前引孔颖达以"颜色温润"释"温"，是其引申义。据考察，在《诗经》时代，"温"即是一种美好品德的典范，《诗经》中称述人之美德，多以"温"指，如《邶风·燕燕》："终温且惠，淑慎其身。"《小雅·小宛》："饮酒温克。""温温恭人。"《小雅·宾之初筵》："温温其恭。"《大雅·抑》："温温恭人，维德之基。"《商颂·那》："温恭朝夕。"在这些诗句中，"温"为德行之标准和范型，是道德修养的最高境界，包括宽、柔、恕、恭、敬等内容。所以，学者认为："温柔敦厚是源于《诗》本身的德行理念。"[2]其次，"温"作为德行的标准和范型，与周代玉文化的深刻内涵有密切关系。如《召南·野有死麕》："白茅纯束，有女如玉。"毛传云："德如玉也。"《小雅·白驹》："生刍一束，其人如玉。"郑笺云："其德如玉然。"《秦风·小戎》："言念君子，温其如玉。"郑笺云："念君子之性，温然如玉。"孔疏曰："我念君子之德行，其心性温然如玉，无有瑕恶之处也。"周代常将君子之德比作玉，即有如玉一样温润的

---

[1]　傅庚生：《中国文学欣赏举隅》，北京出版社2003年版，第136页。

[2]　谭德兴：《汉代〈诗〉学研究》，贵州人民出版社2003年版，第257页。

美德。玉文化在《诗经》中有广泛的表现,其最重要的特点就是"比德于玉"。所以,学者指出:温柔敦厚实质上亦是"比德于玉"的产物,温柔敦厚的《诗》教理论脱胎于玉文化之中。[1]因此,概括地说,温柔敦厚是产生于《诗经》时代的德行理念,是当时社会"比德于玉"风尚的产物。

所以,温柔敦厚的诗学理论虽为汉儒所提出(出自《礼记·经解》,其书为汉儒所编),但其思想却是渊源有自。朱自清说:"'温柔敦厚'是'和'、是'亲',也是'节'、是'敬',也是'中'。这代表殷周以来的传统思想。"[2]如《尚书·尧典》载帝尧语云:

> 夔,命汝典乐,教胄子。……诗言志,歌永言,声依永,律和声,八音克谐,无相夺伦,神人以和。直而温,宽而栗,刚而无虐,简而无傲。

"直而温,宽而栗",就是一种温柔敦厚的品格。另外,季札观乐所作的评价,如"勤而不怨""忧而不困""思而不惧""乐而不淫""险而易行""思而不二""怨而不言""直而不倨"等等,皆体现一种中和之美,可视为汉儒温柔敦厚诗学理想之先声。

中国古典诗学温柔敦厚的理想品格,自明清以来,即遭到异端思想家的尖锐批评,特别是近现代以来,受到反封建礼教的激进思想家的强烈攻击。其原因,我们认为,主要有以下三个方面。首先,在于历代儒家特别是宋元以来的儒家,对温柔敦厚的过度阐释,以及在层层累积的阐释中,叠加在温柔敦厚之上的政治性和道德性功利因素,使温柔敦厚成为儒家政治道德功利的宣传品,而淹没了最

---

[1] 谭德兴:《汉代〈诗〉学研究》,贵州人民出版社2003年版,第257～259页。
[2] 朱自清:《诗言志辨》,华东师范大学出版社1996年版,第132页。

初的本来意义。所以，明清以来尚真重情的文人，斥责温柔敦厚，甚至否定它是孔子的思想，如袁枚《答李少鹤书》说："孔子论诗，可信者兴观群怨，不可信者温柔敦厚也。"其次，在近现代以来，激进思想家提倡科学与民主，反对封建礼教，儒家提倡的中和之美和中庸之道，受到强烈攻击，而建立在这个基础上的温柔敦厚的诗学理想，亦被视为反动落后的文学观念。第三，特别是在近现代全盘西化潮流的影响下，西方文学作品和文学理论的输入，在西方文艺思想的比照之下，温柔敦厚的诗学理想与之迥然有别，所以亦就相形见绌，因而亦就遭到严厉的批评。

其实，这些意见，都是因为没有对作为诗教的温柔敦厚的本义进行深入研究，而做出的轻率批评。关于温柔敦厚的根本涵义，徐复观的解释最为通达，最为明确。他认为：温柔敦厚是指诗人流注于诗中的感情来说的。诗人将温柔敦厚的感情，发而为温柔敦厚的语言和韵律，这便形成了温柔敦厚的诗歌性格。在他看来：不太冷，亦不太热，就是温。温的感情以适当的时间为条件，不远不近的适当时间距离的感情，是不太热不太冷的温的感情，这正是创作诗的基盘感情。温的感情最适合于诗。首先，温的感情有柔的特点，太热的感情是刚烈的性格，太冷的感情是僵冻的性格。这都没有弹性，因此亦没有吸引力，是一种不容易使人亲近的感情。在太热与太冷之间的温的感情，是有弹性的，有吸引力的，容易使人亲近，是柔和的感情。其次，温的感情有敦厚的特点，敦厚指的是富于深度、富有远意的感情，是有多层次，乃至有无限层次的感情。太热与太冷的情感，不管多么强硬，常常只有一个层次，突破了这一层次，便空无所有。而温柔的感情，是千层万层重叠起来的敦厚的感情。这种敦厚的感情，就像一个大的磁场，它含有永恒的感染力。[1] 这是目前为止我们读到的对"温柔敦厚"一词的涵义做出的最通达最明确的解释。

概言之，温柔敦厚的情感，是柔和的情感，是有弹性、有深度、有远意的情感，是使人亲近的情感。如何看待温柔敦厚这种情感，以及由温柔敦厚之情感导致的乐天知命的人生态度？顾随的意见值得参考。他说：

> 中国人爱和平，故敌不住外来力量，此精神一直遗传。即以"三百篇"言之，只见温柔敦厚，无热烈感情。此确是悲惨，是失败，然非耻辱，是光明的。因"三百篇"所表现乃最富于人味的生活。
> 《江有汜》与前首之《小星》不能说他无忧，但不是伤感，不是悲哀。……看《小星》《江有汜》，绝不愉快，但几乎看不出一点怨来。因知命，则安心，则能排忧乐，了死生，齐物我（鲁迅先生或者要骂这是奴隶的道德），但余总承认这是一种美德。在此时期、此时代，这种道德也许是不相宜，犹如在强盗群里讲仁义、说道德。但曰其不识时务、不知进退则可，谓其非道德则不可。当然也许是无用的。如果只以有用与否而决定之，则吾无言矣。[2]

温柔敦厚的情感，因为缺乏战斗性，所以"敌不住外来力量"，常常显得不合时宜。但是，它体现的确是"最富于人味的生活"，虽然"不识时务，不知进退"，但它一定是一种美德，是一种理想的情感状态或生活状态。

我们认为，对于人类的精神或情感状态而言，温柔敦厚是人生的正常状态，亦是人生的理想状态；太热或太冷的情感，都不是正常状

---

[1] 徐复观：《释诗的温柔敦厚》，见《中国文学精神》，华东师范大学出版社2004年版，第35～37页。

[2] 顾随：《传诗录一》，见《顾随全集》卷五，河北教育出版社2014年版，第85、87页。

态的情感，亦不是理想状态的情感。太热或太冷的情感，都是因为受到某种外界因素的强烈刺激，而导致的情感失衡状态。当外界因素的强烈刺激消失以后，情感又回复到温柔敦厚的正常状态。所以，温柔敦厚是人生的正常状态。进一步说，外界因素的强烈刺激，无论是使人高兴的刺激，还是使人悲痛的刺激，它总是使人处于紧张、焦躁、不安的状态。但是，从内心深处的本能需求来说，人类总是更喜欢平静、安闲的生活，追求闲适、安逸的情感状态。所以，温柔敦厚亦是人生的理想状态。在现实生活中，我们有时的确不免金刚怒目，或者愤世嫉俗，或者悲痛欲绝，或者欢天喜地。但是，在通常情况下，我们是温柔敦厚的，是安静平和的。相对于紧张、焦躁、不安，人类从本能上更倾向于安静、和平、闲适。从人类文明的进程看，金刚怒目或愤世嫉俗，都是刚性的、强硬的，因而亦是野性的；温柔敦厚是柔性的、敦厚的，是经过文明洗礼的，因而是文明的，所以亦是人类所理想的。

温柔敦厚是人生的理想状态，亦是中国古典诗学的理想境界。中国古典文化正是力求以温柔敦厚的古典诗学品格引导人生进入温柔敦厚的正常状态或理想状态。故《管子·内业》说：

> 凡人之生也，必以平正。所以失之，必以喜怒忧患。是故止怒莫若《诗》，去忧莫若乐，节乐莫若礼，守礼莫若敬，守敬莫若静。

所谓"止怒莫若《诗》"，即通过温柔敦厚之《诗》调适人生喜怒哀乐之情，使之进入"平正"状态，即温柔敦厚的人生理想状态。故朱自清说："'止怒莫若《诗》'一语，更得温柔敦厚之旨。"[1] 诗歌于人生确实有此特殊功效，如钟嵘《诗品序》说："使贫贱易安，

---

[1] 朱自清：《诗言志辨》，华东师范大学出版社1996年版，第130页。

幽居靡闷，莫尚于诗。"诗歌之所以具备"止怒"的功效，诗歌之所以能够"使贫贱易安，幽居靡闷"，就是因为它具有温柔敦厚的品格。日本学者青木正儿亦说：

> 儒学具有指导文学的伟力，虽有时候有过于好管闲事的倾向，可是往往当文学要流入放纵之路的时候，它能导之不使逸出常轨。例如儒家说《诗经》教人的本领曰：温柔敦厚，《诗》教也。……这种观念指导后世之诗论，往往以此儆作诗者。这是抑制诗人徒然兴奋，作些激越的文字，或启示徒事文字之修饰而不以吐露真情为念的不对。此于引之入正道，效果是很大的。论诗者动辄说：诗人忠厚之旨。"忠厚"是温柔敦厚的约言，"诗人"是指《诗经》之作者，这是儒家教给后世诗人的最尊贵的赐物吧。[1]

总之，照徐复观的说法，温的情感是柔性的，因而有弹性，有吸引力，有感觉柔和、使人亲近的特点；温的情感是敦厚的，因而富于深度，富有远意，是有无限层次的情感。笔者则进一步认为：温柔敦厚是人生的正常状态，亦是人生的理想状态。诗歌是情动于中的产物，诗歌固然可以表现人生的异常状态，但更应该表现人生的正常状态。所以，温柔敦厚是人生的理想状态,亦是中国古典诗学的理想境界。《诗经》首篇《关雎》，孔子说它是"乐而不淫，哀而不伤"，符合温柔敦厚的古典诗学理想。因此，《诗经》以《关雎》开篇，在编辑者或诠释者看来，它在中国古典诗学史上，是有典范意义的作品。

---

[1] ［日］青木正儿：《中国文学概说》，隋树森译，重庆出版社1982年版。

二、温柔敦厚是中国古典诗学的理想品格

温柔敦厚是中国古典诗学的理想品格,《诗经》就是这种理想品格的典范。此为中国古典诗人之共识,亦为坚守古典诗学理想者之通识。如《荀子·劝学》说:"诗者,中声之所止也。"所谓"中声",即合于"中"之"声",即"乐而不淫,哀而不伤"的温柔敦厚之"声"。刘勰《文心雕龙·宗经》说:"诗言志……藻辞谲喻,温柔在诵,故最附深衷矣。"吴乔《围炉诗话》说:"诗以和缓优柔,而忌率直迫切。""诗以温柔敦厚为教,非可豪举者也。"沈德潜《说诗晬语》说:"温柔敦厚,斯为极则。"说的就是这个意思。

古者诗、乐相通,诗主温柔,乐尚中和。《乐记》说:"乐以和通为体。""乐者,天地之和也。""乐者,天地之命,中和之纪,人情之所不能免也。"《吕氏春秋·适音》说:"夫音亦有适……太巨太小,太清太浊,皆非适也。何谓适?衷,音之适也。何谓衷?小不出钧,重不过石,大小轻重之衷也。""衷"与"中"通,"适"有"节"意。朱自清说:"'温柔敦厚'是'和'、是'亲',也是'节'、是'敬',也是'适',是'中'。这代表殷、周以来的传统思想。儒家重中道,就是继承这种传统思想。"[1] 所以,温柔敦厚不仅是中国古典诗学的理想品格,亦是中国古典艺术的理想品格,更是中国古典文化的理想品格。

《诗经》是中国古典诗学理想品格之典范,故孔子称道它是"乐而不淫,哀而不伤",刘安说它是"好色而不淫,怨诽而不乱"。许学夷《诗源辨体》亦说:"风人之诗既出乎性情之正,而复得乎声气之和,故其言微婉而敦厚,优柔而不迫,为万古诗人之经。"然而,

---

[1] 朱自清:《诗言志辨》,华东师范大学出版社1996年版,第132页。

毋庸讳言的是，在《诗经》中，确有不少并不温柔敦厚的诗篇。据陆晓光统计，《诗经》中百分之五十四的诗篇有怨愁之情。[1] 所以，陆游所谓"《三百篇》中半是愁"，[2] 是大体切合实情的判断。比如，在郑卫之音中，就基本上是男女言情之作，并未达到"好色而不淫"或"乐而不淫"的境界，故孔子亦说"郑声淫"。在《小雅》中，亦不乏"指切事情"的诗篇，亦未达到"怨诽而不乱"或者"哀而不伤"的境界。在这样一部经过圣人删定的经典著作和古典诗学的典范之作中，居然还保留着这么多"好色"而"淫"的男女言情之作，以及若干"指切事情"的"怨诽"之作。它显然有悖于温柔敦厚的中国古典诗学的理想品格，而孔子又说它是"无邪"之作，这不是自相矛盾吗？这的确是一个让汉代以来的儒家学者和古典诗人颇感困惑的问题。如何解释这个自相矛盾的难题，亦让学者颇费周章。例如，汉儒提出美刺说为之辩护，认为"二南"中有关两性情爱的作品，全在"美诗"之列；"变风"中的两性情爱诗篇，则是"刺淫"或"伤时"之作。到宋代，朱熹又发现汉儒的"刺淫"说有些牵强附会，难以令人信服，他又提出淫诗说，承认《诗经》中确有不少"男女淫奔期会之诗"，但是，他要求读者以无邪之思去读有邪的作品。或者说，汉儒强调《诗经》中的言情之作，作者创作的目的是"刺淫"，读者当以批评的态度阅读；朱熹强调它本身就是淫诗，读者当以拒淫之心去读有淫之作。所以，我们以为，《诗经》的编纂者亦许并不完全是为了标示温柔敦厚的诗歌理想，《诗经》是提倡温柔敦厚诗学理想品格的儒家学者，选择的一个诠释文本。因此，它不一定完全符合温柔敦厚的诗学理想

---

[1] 陆晓光：《中国政教文学之起源——先秦说诗论考》，华东师范大学出版社1994年版，第47页。

[2] 陆游：《剑南诗稿》卷八十《读唐人愁诗戏作》。

品格，而解经者为了维护经典的权威地位，为了宣扬温柔敦厚的诗歌理想品格，采用"六经注我"的办法，甚至不惜牵强附会，曲为己说，使之迁就自己的诗学理想。所以，对于解经者来说，温柔敦厚仍然只是一种理想的诗学品格。另外，问题的关键还在于我们如何解释孔子提出的"思无邪"和"诗可以怨"这两个命题。

先说"思无邪"。孔子说："'诗三百'，一言以蔽之，曰：思无邪。"[1]"思无邪"一语出自《诗经·鲁颂·駉》，孔子断章取义，以此"一言以蔽""诗三百"之意。故姚际恒说："'思无邪'，……语自圣人，心眼迥别。断章取义，以该全诗，千古遂不可磨灭，然与此诗之旨无涉也。"[2]"思无邪"与《鲁颂·駉》之本旨无涉。那末，孔子"断章"所取之"义"到底何指？关于这个问题，学者众说纷纭，多数学者认为此语是孔子对《诗经》思想内容的概括，如邢昺《论语注疏》说："曰'思无邪'者，《诗》之为体，论功颂德，止僻防邪，大抵归于正。故此一句可以当之也。"事实上，如前所述，《诗经》之思想内容并非全然是"无邪"的，其愁怨之诗篇居半数以上，以为"思无邪"是对《诗经》内容的概括，确有扞格不通之处。故朱熹另立新说，以为"思无邪"是就诗歌的教育功能而言，其云："凡《诗》之言善者，可以感发人之善；恶者，可以惩创人之逸志。其用归于使人得其性情之正而已。故夫子言'诗三百篇'，而惟此一言足以尽盖其义。"[3]响应朱熹之说者，代不乏人。如元人胡炳文《论语通》说："诸家之说，皆谓作《诗》者如此。而独《集注》以为《诗》功用能使学者如此。夫子恐人但知《诗》之有邪正，而不知《诗》

---

[1]　《论语·为政》。

[2]　姚际恒：《诗经通论》，中华书局1958年版。

[3]　朱熹：《论语集注》卷一《为政第二》，中国书店1985年据世界书局影印本影印。

之用皆欲使人归于正。故于其中揭出此一句以示人。"或以为是指诗人的创作意图而言,如张栻《癸巳论语解》说:"'诗三百篇'美恶怨刺虽有不同,而其言之发,皆出于恻怛之公心,而非有它也。故'思无邪'一语可以当之。"所谓"恻怛之心",即作家的"无邪"之"公心"。总之,孔子之所谓"思无邪",学者或以为是就诗歌内容而言,或者是就诗歌功能而言,或以为是就诗人之创作意图而言。台湾学者黄永武总结说:"孔子所举'思无邪'三字,不全用《鲁颂》篇中原文的意思,而是兼有选诗的标准、作诗的典范、学诗的功用等等,是综合作品、作者、读者三方面都适用的精辟的看法。"[1]

综观上述三种观点,似为一以贯之之论,即诗人以"恻怛之心"(即"无邪"之心)创作出思想内容"无邪"之作品,以思想内容"无邪"之诗作感发读者,"使人得性情之正"而怀"无邪"之心。此种一以贯之的阐释,虽然在理论上显得颇为通达,但是落实到具体环节,又确有难通之处。于此,陆晓光的意见值得参考。他通过对《论语》中"思"字出现的十余处二十余次的使用情况的考察,认为"思"的主要意义是指思念和希望。因此,他说:"思无邪"一句,"从词性角度言,'思'字与其说是表示某种思想的名词,不如说是表示期望、希望的动词;从语法结构角度言,其'思'与'无邪'关系与其说是偏正,不如说是动宾;又从该三字所表达的意义角度言,与其译解为'思想纯正无邪',不如译解为'期望达到纯正无邪'"。他断言:"此语确实并非指《诗》作品本身内容性质,而是指其功能。换言之,孔子说这番话的意思是:他希望借助于《诗》来达到其推崇的'无邪'

---

[1] 黄永武:《中国诗学——思想篇》,台湾巨流图书公司1983年版,第109页。

境界。"[1]

笔者赞同陆晓光将"思"解释为期望或希望,将"思无邪"解释为"期望达到纯正无邪"。但是,认为它仅是指《诗》之功能而言,则未免褊狭。我们认为,"思无邪"既是指作者的思想境界,亦是指作品的内容特点,还是指作品的教化功能。进一步说,在孔子的诗学观念中,既期望诗人的思想境界达到纯正无邪,亦期望作品的思想内容达到纯正无邪,还希望纯正无邪的诗歌教化出纯正无邪的国民。正如孔子讲温柔敦厚的"诗教"一样,他是期望温柔敦厚的诗人写出温柔敦厚的诗歌,温柔敦厚的诗歌教化出温柔敦厚的国民。甚至可以说,"温柔敦厚"就是"思无邪",两者异名而同义。如前所述,"温柔敦厚"是中国古典诗学的理想品格,因为尽管如《诗经》之作品、作者,亦并非全然皆是温柔敦厚的。"思无邪"亦是中国古典诗学的理想境界,即使是在古典诗学之典范作品《诗经》中,亦确有哀伤、怨诽之作品,亦有不完全符合古典诗学之理想品格的作品。但是,作为一种理想品格或者理想境界,仍为历代古典诗人所坚守和追慕。

再说"诗可以怨"。孔子说:"诗可以兴,可以观,可以群,可以怨。"[2] 兴观群怨说,是孔子就诗歌的社会功能所发表的重要见解。就"兴""观""群"三者而言,皆无碍于温柔敦厚的古典诗学理想。唯有"诗可以怨",似与孔子提倡的温柔敦厚理想品格颇相扞格。因为在孔子的思想世界里,"怨"从来就是一种否定性的品格。孔子理想中的君子人格的重要特征是"无怨"。在他看来,君子"不怨天,

---

[1] 陆晓光:《中国政教文学之起源——先秦说诗论考》,华东师范大学出版社1994年版,第102~103页。

[2] 《论语·阳货》。

不尤人"；[1] 君子"在邦无怨，在家无怨"；[2] 君子"事父母几谏，见志不从，又敬不违，劳而不怨"。[3] 陆晓光通过对《论语》中"怨"字具体用法的全面研究后指出："从《论语》中我们可以发现一个非常突出、却很少为人注意的现象，即孔子对于'怨'这种情感常常持否定贬斥的态度，将之视为与仁人君子人格要求相违背的一种情绪表现。"或者是"施行仁政者当克服消弭的有害情感"。[4] 那末，为什么孔子一方面要提倡温柔敦厚，另一方面却又说"诗可以怨"？温柔敦厚的诗歌怎么"可以怨"呢？"可以怨"的诗歌怎么又能够称得上是温柔敦厚呢？

孔子提出的"诗可以怨"，虽然与他所褒扬《诗经》"乐而不淫，哀而不伤"的温柔敦厚之理想品格，表面上看是相违背的。但是，必须承认的是，"诗可以怨"又是一个基于客观事实的正确判断。因为如前所述，《诗经》中半数以上作品确实是怨诗。基于事实的正确判断与基于理想的诗学品格之间发生了矛盾，那末，我们又如何来解释这个矛盾呢？或者说，孔子基于事实而做出这样的判断，是否另有用意？我们认为，必须是另有用意，方能解释这个自相矛盾的问题。于此，陆晓光的意见值得参考。他认为，在孔子的思想观念中，"诗可以怨"既是一个事实判断，更是一个价值判断。他之所以提倡以诗抒怨，当另有价值观方面的原因。因为"承认'诗三百'中有大量怨诗，乃至承认诗歌这一文学样式具有抒发愤懑之情的功能是一回事，是否积极地倡导以诗抒怨则又是一回事。对前者的肯定未必导致对后者的肯

---

[1]　《论语·宪问》。

[2]　《论语·颜渊》。

[3]　《论语·里仁》。

[4]　陆晓光：《中国政教文学之起源——先秦说诗论考》，华东师范大学出版社1994年版，第45~46页。

定，因为前者虽然是后者的必要条件，却尚非充分条件"。[1] 考虑到孔子提出的"兴观群怨"说，是就诗歌之审美价值、认识价值和教育价值三大社会功能而言。那末，其"诗可以怨"之意义，除了事实判断外，当另有所指，可能就是指诗的社会功能而言。或者说是"在提倡以引诗或作诗的方式去抒怨的意义上而讲"。[2] 陆晓光说："孔子之提倡以诗抒怨正是为了使人们在实际生活中平息消弭某种必然产生的怨情。"[3] "怨情的产生根基于人性嗜欲的必然性与社会礼法规范的必要性这一冲突之中……当一种社会规范愈是与人性嗜欲相矛盾，愈是需要压抑这种嗜欲，那么怨情就愈可能产生，从而也就愈是需要有'怨诗'这种特殊手段作为辅助方式进行调节缓和。对怨诗这一文学样式高度重视并竭力肯定提倡的人之所以恰恰都是对封建礼法之必要性深信不疑并热诚维护者，原因就在于此。""以诗抒怨正是使作为孔子理想人格的仁人君子们在现实生活中受压抑挫折而仍然能够遵从礼的行为规范的必要手段。如果说'礼'提出了'无怨'人格的必要性，那么诗乐则为一必要性提供了实现的可能性。"[4] 因此，"诗可以怨"是为了平息消弭实际生活中必然产生的怨情，是为了实现温柔敦厚的理想境界，是为了培育理想的君子人格。所以，它是就诗的社会功能而言的。《管子·内业》说："止怒莫若《诗》。"钟嵘《诗品序》说："使贫贱易安，幽居靡闷，莫尚于诗。"从作者的角度讲，

---

[1] 陆晓光：《中国政教文学之起源——先秦说诗论考》，华东师范大学出版社 1994 年版，第 48～49 页。

[2] 陆晓光：《中国政教文学之起源——先秦说诗论考》，华东师范大学出版社 1994 年版，第 49 页。

[3] 陆晓光：《中国政教文学之起源——先秦说诗论考》，华东师范大学出版社 1994 年版，第 55 页。

[4] 陆晓光：《中国政教文学之起源——先秦说诗论考》，华东师范大学出版社 1994 年版，第 56～57 页。

通过写诗释放内心的怨情，从而达成温柔敦厚之境。从读者的角度说，通过读诗缓解内心的不平之气，从而获得温柔敦厚之境。这或许就是孔子提出"诗可以怨"的真实意图。从这个意义上看，"诗可以怨"与温柔敦厚并不矛盾，而是相互依存的。即提出"诗可以怨"，是为了达成温柔敦厚，通过写诗和读诗以消除怨情，进而使人心进入温柔敦厚之境。

如前所论，温柔敦厚和"思无邪"是就作者、作品和读者三者而言的。"诗可以怨"亦与此三者相关联，就作品而言，"诗可以怨"是基于诗歌思想内容的事实判断。就作者而言，"诗可以怨"是通过抒发胸中的怨情而满足个体的倾诉欲望，最终达到温柔敦厚的理想境界。就读者而言，"诗可以怨"则是通过阅读有怨情的作品，从而引起与作者的情感共鸣，达到"释怨""止怒""去忧"之目的，通过调节缓和怨情而进入温柔敦厚之理想人格境界。所以，无论是"思无邪"，还是"诗可以怨"，它们与温柔敦厚并无明显的扞格。相反，孔子提倡"思无邪"和"诗可以怨"，正是为了使作者和读者实现温柔敦厚的理想人格，使作品达到温柔敦厚的理想品格。

三、温柔敦厚诗学理想的理论渊源和现实呈现

儒家学者以"乐而不淫，哀而不伤"的《诗经》为古典诗歌典范，追求温柔敦厚的诗学理想品格，这与他们在审美观念上追求中和之美，在人生行为方式上讲求中庸之道，是互为表里，相互渗透，彼此影响的。或者说，儒家学者因为在人生行为方式上讲求中庸之道，所以在审美观念上重视中和之美，因而在诗学理想上追求温柔敦厚。因此，这种诗学理想并非空穴来风，它是建立在当时社会人们的处世方式和审美

观念之基础上的。由于儒家思想被树立为二千年中国古代社会的统治思想，有政治权力支撑的儒家观念，在传统中国社会占据主流地位，与之相联系的温柔敦厚的诗学精神，亦就成为传统社会影响最广泛的诗学理想，成为中国古典诗学追求的最佳理想品格。

温柔敦厚的中国古典诗学理想品格，是以传统中国社会的中和思想、中庸观念为理论基础和思想背景的。换句话说，是在古代中和思想之影响下产生了温柔敦厚的古典诗学理想。《礼记·中庸》说："中也者，天下之大本也。和也者，天下之达道也。致中和，天地位焉，万物育焉。""中"与"和"是天下之"大本"和"达道"。"中"为本，"和"为用。"中和"是天地万物的"位育"之道。应该说，这是中国古典文化发展的大纲领，亦是中国古典文化的基本特质。何谓"中"？《尚书·盘庚》记载盘庚迁都前训导臣民说："各设中于乃心。"此外，《立政》《吕刑》等篇亦多言及"中"或"中正"。高亨解释《易传》"刚柔得中"一语说："正中之道德，不偏不邪也，无过无不及也。中则必正，正则必中，中正二名实为一义。《易传》又认为人有正中之道德，而能实践之，则能胜利，故得中为吉利之象。"[1]杨伯峻解释《论语·尧曰》"允执厥中"一语为："诚实地保持着那正确罢。"[2]即以"正确"释"中"。据此，在先秦典籍中，"中"的基本含义是合理、正确、得当。"中正"，即因"中"而得"正"，"正"即正确、得当。尚"中"崇"正"，即是对正确、得当、合理的崇尚和追求。"中正"是一种正确的德行，值得肯定的美德。故孔子说："中庸之为德也，其至矣乎，民鲜久矣。"[3]"中庸"即"用中"，"中庸之为德"，即

---

[1] 高亨：《周易大传今注》，齐鲁书社1998年版，第33页。

[2] 杨伯峻：《论语译注》，中华书局1958年版，第214页。

[3] 《论语·雍也》。

尚"中"用"中"之德。但是，尚需说明的是，"中"并非是两端之间的正中点。《中庸》说："执其两端，用其中于民。"即"执两用中"，事物皆有两极，其两极是矛盾对立的。"执两用中"，即是在事物的对立矛盾的两端之间选取其正确、合理之点，而此点不一定居于正中，它或左或右，或上或下，总之，以正确、合理为原则。凡持事用心能"执两用中"，避免对立两端的矛盾冲突，即可入于"正"，故称"中正"。此乃中国古典文化之精义所在，亦是与西方文化迥异的特别之处。

因"中"而"正"，由"中"致"和"。"中"是"大本"，"和"和"正"是"达道"。古人尚"和"，史伯曰："和实生物。"[1]万物之生皆因"和"。晏婴曰："和如羹焉。"[2]美味之成亦因"和"。州鸠曰："声应相保曰和。"[3]音乐之美在"和"，故《乐记》云："乐以和通为体。""乐者，天地之和也。""乐者敦和。"人际交往亦因"和"而成伦理，孔子说："君子和而不同，小人同而不和。"[4]《易·乾卦·彖传》云："乾道变化，各正性命。保合大和，乃'利贞'。"所谓"大和"，就是宇宙间最大的和谐。因"各正性命"乃能"保合大和"，即宇宙万物在各持自身性命之正的基础上，通过相参相化的运动而构成此"大和"之境。能成"大和"，故而"利贞"。所以，学者以为："先秦尚'和'思想的主要理论特征在于：以不同的'多'（万事万物）和对立的'两'（阴阳、刚柔等等）为前提，通过它们互相联结交流、互济互泄，转化生成的运动过程，最终使统

---

[1] 《国语·郑语》。
[2] 《左传·昭公二十年》。
[3] 《国语·周语》。
[4] 《论语·子路》。

一体臻于最佳和谐状态。"[1]

"致中和",天地万物皆得"位育"之道。"中"是"大体","和"是"达道"。"中"为体,"和"为用。"中"是"中和"的内在特质,它掌控着合理、正确的思想原则。"和"是"中和"的外在呈现,它表现为一种普遍的和谐状态。因"中"而"正",由"中"致"和",由"正"即"和"。所以,"中和是一种以正确性原则为内在精神的、具有辩证色彩和价值论色彩的普遍和谐观"。[2]

中国古典诗学温柔敦厚的理想品格,就是建立在这种以"中和"为核心内容的普遍和谐观之基础上的。故《荀子·劝学》说:"诗者,中声之所止也。""中声"即"中和"之声。孔子所谓"乐而不淫,哀而不伤",刘安所谓"好色而不淫,怨诽而不乱",皆是此种"中和"思想在诗学领域的具体表现。汉魏以来崇尚古典美理想的诗人和学者,其对古典美理想的坚守和对异端美学观念的批评,皆以"中和"为核心的普遍和谐观为思想背景。

一般而言,与汉魏以后的诗歌相比,《诗经》中的大多数作品,基本上与上古三代纯朴厚重的民情风俗相吻合,大体上符合温柔敦厚的古典诗学理想品格。孔子说它"乐而不淫,哀而不伤",刘安说它"好色而不淫,怨诽而不乱",基本符合实际。

《诗经》这种温柔敦厚特质,顾随有比较充分的阐释,他说:

---

[1] 张国庆:《中国古代美学要题新论》,中国社会科学出版社1994年版,第12页。
[2] 张国庆:《中国古代美学要题新论》,中国社会科学出版社1994年版,第19页。

"'三百篇'共同色彩是笃厚。""'三百篇'富弹性。"[1] 所谓"笃厚"或"弹性",就是汉儒所谓的温柔敦厚。上古三代纯朴厚重之民风,在《七月》中有具体的再现,清人牛运震《诗志》说《七月》"平平常常,痴痴钝钝",有"充悦和厚"和"典则古雅"的特点。顾随借题发挥,以为"充,充满之意,诚于中形于外,内心充满则所表现自是悦",认为"充悦和厚,典则古雅,中国旧美学之高处便在此。""充悦和厚,典则古雅",换句话说,就是温柔敦厚。顾随以为"《诗经·豳风·七月》真是一篇杰作",就是因为它表现了"中国旧美学之高处"。他说:

> 《七月》又写出中国人民之乐天性,这是好是坏很难说。……中国人易于满足现实,这就是乐天。乐天是保守,不长进;而乐天自有其伟大在,不是说它消极保守,是从积极上说,人必在自己职业中找到乐趣,才能做得好,有成就。《七月》写人民生活,不得不谓之勤劳,每年每月都有事,而他们总是高高兴兴的。这样的民族是有希望的,不会灭亡的。[2]

当然,在《诗经》中,并不是所有作品都这样温柔敦厚,如此充悦和厚,其中亦不乏"指切事情"的"怨诽"之作。汉儒言《诗》,有正、变之说,有治世之音、乱世之音与亡国之音之分。按照他们的观点,《诗》之"风"和"雅",只有正风、正雅才体现充悦和厚、

---

[1] 顾随:《顾随诗文丛论》(增定版),顾之京整理,天津人民出版社1997年版,第3页。顾随说:"'三百篇'富弹性,至曹孟德四言则锤炼气力胜。……然仍不如'三百篇'之有弹性,含不尽之意于言外,言有尽而意无穷。陶似较曹有情韵,然弹性仍不及'三百篇'。此非后人才力不及前人,恐系静安先生所谓'运会'(风气),乃自然之演变。"(同上,第131~132页)又说:"'三百篇'共同色彩是笃厚,孟德是峭厉,向上一路,千圣不传。"(同上,第148页)

[2] 顾随:《顾随诗文丛论》(增定版),顾之京整理,天津人民出版社1997年版,第3页。

中正和平与温柔敦厚之美，是"治世之音"。变风、变雅既不温柔敦厚，亦不充悦和厚，是"乱世之音"或"亡国之音"。在民风谨厚纯朴之上古三代，尚且如此，而随着时代的发展，社会生活的日趋复杂，人性的多样性在复杂的社会现实面前充分暴露，世风日下，正衰变长，在诗歌领域亦有充分体现。实际上，从"诗三百"到汉乐府，从《关雎》至《陌上桑》，我们确能体认到民情风俗之变迁，感觉到世风日下之趋势，而古典诗学理想品格之沦丧，亦就在这个过程中逐渐呈现出来。

比如，从《诗经》中的《伯兮》和《君子于役》，到汉乐府中的《陌上桑》和《古诗十九首》中的《行行重行行》，就体现了从周代到汉末，民情世风之变迁，诗学精神之流转。《伯兮》和《君子于役》这两首诗，描述的是思妇对征人的思念之情。在《伯兮》中，丈夫远出，为国征战，"伯兮朅兮，邦之桀兮。伯也执殳，为王前驱"。思妇对丈夫情深意长，为丈夫的地位、勇气和武艺，而倍感自豪，甘愿承受独处闺中的思念之苦，以及因思念而带来的体肤之痛，所以是"愿言思伯，甘心首疾"，"愿言思伯，使我心痗"。"女为悦己者容"，丈夫外出为国征战，思妇独处闺中，无心妆扮，是"首如飞蓬"，即头上的乱发如飞散的蓬草。"岂无膏沐，谁适为容"，难道家中没有油膏和汤沐之类的化妆品吗？只是因为夫君不在家，修饰容貌亦就显得毫无意义。亦就是说，思妇家中是有膏沐的，当丈夫家居时，思妇定当常常以汤沐洗发，用油膏润发，来取悦夫君。因此，这首诗中的思妇，对丈夫不仅感情强烈，而且忠贞不渝。再说《君子于役》，写妇人怀念久役在外的丈夫。丈夫从军在外，不仅是"不日不月"，时间漫长，而且还是"不知其期"，回家的日子遥遥无期。妇人思念心切，埋怨夫君："君子于役，如之何勿思"。但是，妇人并没有因为夫君迟迟不归而心怀他想，反而是很关心夫君的饮食起居和身体健康："君子于役，苟无饥渴"。所以，从《伯兮》和《君子于役》这两首诗，我们确能感觉到《诗经》时代纯朴敦厚的民风。其诗歌情感亦是"哀而不伤"，是"怨诽而不乱"，符合温柔敦厚的理想品格。到了东汉后期，民情和世风就发生了变化。《陌上桑》中的罗敷，就与《伯兮》诗中的思妇形象截然不同。从《陌上桑》的内容看，罗敷是有夫之妇，其夫君"白马从骊驹，青丝系马尾，黄金络马头。腰中鹿卢剑，可直千万余。十五府小吏，二十朝大夫。三十侍中郎，四十专城居。为人洁白晳，鬑鬑颇有须。盈盈公府步，冉冉府中趋"，是一位风流倜傥、功成名就、英俊潇洒的美丈夫。据诗中所述，罗敷的丈夫是外出做官，罗敷是独守闺中。按照传统观念，罗敷应当"首如飞蓬"，足不出户，独守空闺。可是，且看诗中的罗敷："青丝为笼系，桂枝为笼钩。头上倭堕髻，耳中明月珠。湘绮为下裙，紫绮为上襦。"康正果说得对："在《陌上桑》之前，从来还没有把良家妇女作为迷人的对象去描绘的作品。"《陌上桑》是一个开端，它不仅把罗敷这位良家妇女作为迷人的对象来描写，而且还将罗敷这位本该"首如飞蓬"的有夫之妇的美貌，展示在众人面前。按照班昭《女诫》的要求，妇人不该"出则窈窕作态"，应当"出无冶容"。但是，罗敷在丈夫外出的情况下，穿着华贵，装扮时髦，还公然出现在南来北往的城南这个交通要道的桑田里采桑叶，引来各色男子驻足观赏。罗敷的行为，与《伯兮》诗中的思妇迥然不同，她虽然没有流于放荡和低级趣味，但是，在她的身上，确实隐含着"调情"的意味。[1]所以，从《伯兮》到《陌上桑》，一定程度上体现了周汉时期社会风尚的变迁。

再看《古诗十九首》中的《行行重行行》，这首诗描述女子思念远行异乡的情人，女子对远行的情人情深意长，所以是"相去日已远，衣带日已缓"，情人远行不归，女子不免有埋怨，"胡马依

---

[1] 康正果：《风骚与艳情》，上海文艺出版社2001年版，第100页。

北风,越鸟巢南枝",描述的就是这种埋怨之情。不过,这亦正常,《君子于役》中的女子,不是亦埋怨夫君"如之何勿思"吗?但是,与《君子于役》不同的是,《行行重行行》中,不仅有埋怨,还有猜忌,猜忌情人久出不归的原因,可能是在外地另有新欢,"浮云蔽白日,游子不顾反",说的就是这个意思。《诗经》时代,民风淳朴,人心忠诚,彼此信任。所以,即使丈夫久出不归,妻子亦只有思念,没有猜忌。汉魏时期,人心不古,世风日下,人与人之间的信任度和忠诚度减小了,猜忌亦就由此而生。还有,《君子于役》中,妻子虽然埋怨丈夫久出不归,但是,她在心里还是很关心她的丈夫:"君子于役,苟无饥渴"。然而,在《行行重行行》中,女子不再关心情人的饥渴,而是勉励自己:"弃捐勿复道,努力加餐饭"。意思是说:别去想他了,好好吃饭,把自己的身体养好,才是最重要的事情。所以,《君子于役》中的女子,为夫君考虑,是为人的;《行行重行行》中的女子,为自己的考虑,则是为己的。另外,因为"思君令人老,岁月忽已晚",所以才是"弃捐勿复道,努力加餐饭",从这里,我们能够隐约地感觉到,诗中女子的内心深处,有一种守与不守的矛盾和挣扎,这是《伯兮》和《君子于役》这两首诗中没有的感情。所以,从《君子于役》到《行行重行行》,一定程度上亦体现了周汉时期社会风尚的变迁。因此,就诗歌内容上的温柔敦厚而言,与汉魏诗歌比较,《诗经》确是典范之作。

温柔敦厚诗学理想的提出,是以传统中国人的中和观念为理论背景的。传统中国人以和为贵,以中为美,反对一切极端倾向和偏激观点,认为任何极端和偏激的言行,都有背于中,有害于和,有乖于美。甚至那种特别高昂和过于低沉的情绪,亦没有美感,因为它有失温柔,不够敦厚。那种特别富有刺激性的声音和物象,亦不美,因为它既不中,亦不和。在这样的文化背景上形成的诗歌审美理想，固然应当以温柔敦厚为宗旨。比如，在诗歌表达的情感上，它的典范，应当是孔子所称道的《关雎》那种"乐而不淫，哀而不伤"式的。那种特别高昂的情绪，不免有粗豪之嫌；那种过分悲伤的情绪，则不免有低沉之弊。在诗歌的题材上，春、江、花、月、夜，最适合于诗，不仅因为它们美，而且亦因为它们有温柔敦厚的特点，或者说，因为它们是温柔敦厚的，所以是美的。再如，一年四季中，春、秋适合于诗，冬、夏则不适合于诗。因为春、秋二季温柔敦厚，冬、夏二季，或者温度太低，或者温度太高，太富于刺激性，既不中，亦不和，更不温柔敦厚，所以不适合于诗。因此，古代中国诗人写冬天的雪景，往往用春天的温煦来调节它，如岑参《白雪歌送武判官归京》"忽如一夜春风来，千树万树梨花开"，就是一个典型的例子；写夏天的炎热，往往用冷色调来冲淡它，如杨万里《闲居初夏午睡起》"芭蕉分绿与窗纱"，就是一个典型的例子。又如，太阳与月亮，月亮适合于诗，因为它有柔顺和闲静的特点，符合温柔敦厚之旨；太阳不适合于诗，特别是夏天中午的炎炎烈日，因为它太有刺激性，如李贺《秦王饮酒》以"羲和敲日玻璃声"写日光，的确很新奇，但不美。符合温柔敦厚之旨的日光，是夕阳和朝阳。所以，古代诗人写太阳，不是写朝阳，便是写夕阳，极少有写正午烈日的。还有，以人伦入诗，友情（朋友）和爱情（情人）题材占有极大的比重，其次是母子之情，兄弟、父子之情的抒写就比较少，对于君臣之义，又常常是转化成情人关系来表现。似乎友情和爱情更有诗意，更适合于诗，母子之情次之，而兄弟、父子、君臣则不适合于诗。再说，中唐韩孟诗派中的孟郊、贾岛，有"郊寒岛瘦"之称，他们的诗歌，虽然新奇，但不美，因为它不和谐，不敦厚。至于当时那些追求险怪的诗人，以蛇、臭虫、跳蚤、粪蛆、老而丑的妓女入诗，则更是等而下之，不足称道了。

总之，传统中国人以温柔敦厚为古典诗学的理想品格，实际上亦是基于人的生理和心理健康状态而提出的。人的正常状态应该是"履中蹈和"的，应当是温柔敦厚的。太热或太冷的情感皆是人的感情脱离正常状态发生的结果，因其是非正常的，所以是不纯正的，亦是不健康的。儒家学者提倡温柔敦厚，就是力图使人回复到健康状态或正常状态。所以，学者认为：

> 孔子评《关雎》是"乐而不淫，哀而不伤"。就诗歌情绪表达的适中和适度而言，孔子的诗评符合生理性健康要求，但就诗歌宣泄情绪有时需要激烈、尽兴而言，孔子的想法则显得有些拘谨。人们的实际爱情生活往往是"乐而淫，哀而伤"。鼓吹"乐而不淫，哀而不伤"，在一定程度上限制了中国古典诗歌表达狂欢的精神性需求。[1]

实际上，这种"符合生理性健康要求"之"适中和适度"的诗歌情绪表达，正是古典诗歌创作的基本要求。若是激烈地、尽兴地"表达狂欢的精神性需求"，则是近似于西方所谓的现代性写作了。朱光潜《说"曲终人不见，江上数峰青"——答夏丏尊先生》说：

> 艺术的最高境界都不在热烈。就诗人之所以为人而论，他所感到的欢喜和愁苦也许比常人所感的更加热烈。就诗人之所以为诗人而论，热烈的欢喜和热烈的愁苦经过诗表现出来以后，都好比黄酒经过长久年代的储藏，失去它的辣性，只剩一味醇朴。

这个"醇朴"就是"静穆"。他认为："所谓'静穆'（serenity）自然只是一种最高理想，不是在一般诗里所能找到的。"他说：

---

[1] 张三夕：《江边诗话》，见《诗歌与经验——中国古典诗歌论稿》，岳麓书社2008年版，第22页。

"静穆"是一种豁然大悟，得到归依的心情。它好比低眉默想的观音大士，超一切忧喜，同时你也可以说它泯化一切忧喜。这种境界在中国诗里不多见。屈原、阮籍、李白、杜甫都不免有些像金刚怒目、愤愤不平的样子。陶潜浑身是"静穆"，所以他伟大。[1]

"静穆"的境界，就是温柔敦厚的境界，就是中国古典诗学的理想品格。平心而论，当年由此文引发的朱光潜与鲁迅先生之间的那场争论，于鲁迅先生而言，多少是有些意气用事的。正是因为古典诗人坚守着温柔敦厚的理想品格进行创作，才导致中西诗歌特征呈现出显而易见的差别。所以，钱锺书说：

　　与西洋诗相形之下，中国旧诗大体上显得情感不奔放，说话不唠叨，嗓门儿不提得那么高，力气不使得那么狠，颜色不着得那么浓。在中国诗里算是"浪漫"的，和西洋诗相比之下，仍然是"古典"的；在中国诗里算是痛快的，比起西洋诗，仍然不失为含蓄的。我们以为词华够鲜艳了，看惯粉红骇绿的他们还欣赏它的素淡；我们以为"直恁响喉咙"了，听惯大声高唱的他们只觉得是低言软语。[2]

中国古典诗歌感情不奔放，说话不唠叨，嗓门不高，力气不狠，颜色不浓，简言之，就是温柔敦厚。这种特点，形成于先秦时代，奠定于《诗经》中，是中国古典诗学发展的主旋律。

---

[1]　朱光潜：《朱光潜全集》第八卷，安徽教育出版社1992年版。
[2]　钱锺书：《中国画与中国诗》（下），见《旧文四篇》，上海古籍出版社1979年版。

第二章 扬刘韩顾：中国古典诗学理想的建构、解构和重构

以古典美为特征、以温柔敦厚为内涵的中国古典诗学理想，有一个从自然呈现到自觉建构到理论阐释的演绎过程，还有一个从建构到解构到重构的发展过程。大体而言，从先秦到西汉时期是古典美自然呈现的时期。在中国古典诗学发展史上，两汉之际和唐宋之际是两个重要的转折点。古典美的自觉建构始于两汉之际的扬雄，刘勰的《文心雕龙》对以温柔敦厚为内涵的古典美理想进行了系统的理论阐释，建构起古典美的理论体系。中晚唐时期，以韩愈为代表的韩孟诗派，解构了以温柔敦厚为内涵的古典美理想，表现出明显的现代性追求。近代学者顾随建构起以"诗心"为核心的情操诗学理论，是对被解构了千余年的古典美理想的重构。概括地说，以温柔敦厚为内涵的中国古典诗学理想建构于扬雄、阐释于刘勰、解构于韩愈、重构于顾随。这是笔者关于中国古典诗学理想发展史的一个宏观认识，深入细致的分梳、阐释和论证，有待将来开展专题研究。在本章，笔者仅略述其梗概，以明中国古典诗学理想的大体发展历程。

一、扬雄：中国古典诗学理想的建构

中国古代诗学古典美的表现，有自然呈现和自觉追求之分别。从自然呈现到自觉追求，两汉之际是一个重要转捩点，扬雄是其中的关键性人物。具体地说，两汉之际以前是古典美的自然呈现时期，"乐而不淫，哀而不伤"，"好色而不淫，怨诽而不乱"的"诗三百"，是其源头，是其典范。《诗经》的古典美是一种自然的呈现，或者说，是因其符合后人的古典美理想而被追认为古典美的典范。两汉之际是古典美的建构和实践时期，亦是古典美的自觉追求时期，扬雄是其中一位承上启下的人物。

扬雄在中国文学史上的转折性意义，前贤时彦均有详略不同的指示。如刘勰《文心雕龙·才略》说："自卿、渊已前，多俊（役）才而不课学。雄、向以后，颇引书以助文。"[1] 以为文学创作从"役才而不课学"发展至"引书以助文"之关键人物是扬雄、刘向。刘咸炘说："西汉儒者犹有质行之意，能持宗旨，无骛于文者，骛文自扬雄始，桓谭继之。""大抵宋儒未出以前，儒者醇谨多文者皆扬雄之流。"[2] 是以扬雄为"文儒"之始。傅斯年认为："西汉扬子云的古典主义与东汉近，反和西汉初世中世甚远；东汉的文章又和魏晋近，和西汉远。"[3] 把扬雄作为"古代文学"到"古典文学"之间的转折性人物。陆侃如《中古文学系年》以扬雄为开篇人物，虽未陈述其所以如此安排的理由，鉴于他曾对扬雄有过专门研究，曾著文考证扬雄之生平和经历，故此安排并非率意而为，实亦体现了他以扬雄为中古文学之起

---

[1] 范文澜：《文心雕龙注》，人民文学出版社1978年版，第699～700页。
[2] 刘咸炘：《刘咸炘学术论集·子学编上》，广西师范大学出版社2007年版，第162、157页。
[3] 傅斯年：《中国古代文学史讲义》，时代文艺出版社2009年版，第3页。

点的意义。许结亦认为："文学思想方面，扬雄由语言文学口语型向文字型转变。"在汉代文学史上，扬雄"堪称由正而变的转扭"。[1]还有学者以为扬雄是中国文学史上文学自觉时代的开创性人物。

归纳起来，以上意见，或以为扬雄开启"引书以助文"之新风气，或以为"儒者骛文自扬雄始"，或以为扬雄开创了"古典文学"创作新风尚，或认为扬雄是中古文学之起点，或以为扬雄引导了文学创作由"口语型向文字型"的新转变。总之，皆在揭示扬雄在两汉文学史上的转折性意义，在中古文学史上的开创性意义，在古代审美观念史上的承上启下的意义。我们认为，扬雄在中古乃至在中国文学史上的转折性或开创性意义，就在于他率先自觉建构起以古典美为核心的中国古典诗学理想范式。

扬雄对中国古代诗学古典美的建构，主要体现在他对文学语言的雅和文学内容的正的自觉追求上，即以形式上的雅和内容上的正建构起以雅正为核心的中国古代诗学古典美的理想品格。

扬雄对中国古代诗学古典美的建构，首先表现在他对文学语言形式的雅的自觉追求上，体现在他从"文言"进入"古文"的创作实践中。

文学是语言的艺术，文学创作以语言文字为载体，所以，语言文字的发展变化必然影响文学创作风尚之迁转演变，此乃文学发展之一般规律，古今中外概莫能外。于中国古代文学发展而言，郭绍虞指出：战国至两汉时代，"是中国文学史上一个极重要的时代，因为是语文变化最显著的时代"。[2]秦汉时期语文的显著变化，主要表现在语言和文字的分途发展上。语文的这种变化，对文学所发生的影响，于迎

---

[1] 许结：《汉代文学思想史》，人民文学出版社2010年版，第194、203页。

[2] 郭绍虞：《中国语言与文字之分歧在文学史上的演变现象》，见《照隅室古典文学论集》（上册），上海古籍出版社1983年版。

春有比较深入的阐释,他说:

> 在这一时期,中国不仅拥有了统一的文字和文字语体系,而且还在此基础上,进一步形成了一套体系化的文人文学语言及行文规范和修辞美化方式,这一体系不仅异于人们的日常说话,甚至与一般的书面表达也不完全等趣。自此,文言,或者称精雅的书面语,遂成为千年来学者和文人写作相沿不替的单一语言系统。[1]

语言与文字的分途发展,书面写作之语言系统的形成,之所以发生在两汉时代,是由于当时社会对言说和书写的高度重视。在先秦时期,"立言"即与"立德"和"立功"并列,是实现人生不朽的三大手段。其时之"立言",虽然包括书写和言说,但其重点则是偏向于言说。在汉代,言说虽然仍是"立言"之重要方式,但却明显偏向于书写,并逐渐形成了以书写成著作的"文人"传统。[2] "文人"以书写为职,以著作立世,精思为文,联结篇章,入雅弃俗,从"恁地说出"到"做文字",必然导致语言与文字的分途发展。言说侧重于言,虽然先秦诸子尤其是纵横家很重视言说的修饰性,但毕竟是"恁地说出",故其特征近于语言。书写侧重于文,书写是文人的有意制作,虽然亦有用意模仿口语的制作,但毕竟是"做文字",故其特征是明显有文。两汉时期言说与书写并重,而又特别偏重书写,形成以书写为职志的文人传统,这就必然导致语言与文字的分途发展。

讨论古代中国语言与文字之分途发展,及其在文学史上的影响,最深切著明者,当推傅斯年。他考察古代中国语言文字之演进,将其分为"语言"(标准语)、"文言"和"古文"三个发展阶段。在社

---

[1] 于迎春:《汉代文人与文学观念的演进》,东方出版社1997年版,第130~131页。
[2] 龚鹏程:《文人传统之形成》,见《汉代思潮》,商务印书馆2005年版。

会力量尤其是文人群体的共同努力下,"语言"在方言、阶级语之基础上逐步发展成为"标准语"。"文言"是在"标准语"之基础上的进一步发展。至战国时期,如《孟子》《庄子》《荀子》,以及记录纵横家辞令之《国语》和《战国策》,其文辞之装饰性就比较明显,"文言"特征就相当显著。到以屈原、宋玉为代表的"楚辞"作家,以及西汉以司马相如为代表的赋作家的创作,则是典型的"文言",即文饰之言。从"语言"到"文言",是一个自然的发展过程,再进一层,便进入到所谓的"古文"时代。"文言"是"文饰之言",根本上还是今人之言,还是"语言"。而"古文"则是"以学为文,以古人之言为言"。从"文言"发展至"古文",当是在西汉后期。傅斯年说:

> 自昭、宣后,王子渊、刘子政、谷子云的文章,无论所美在笔札,所创作在颂箴,都是以用典为风采,引书为富赡,依陈言以开新辞,遵典型而成己体。从此语言与文辞断然地分为两途,言自言,文自文。从这时期以下的著作我们标作"古文"。

此种以"用典""引书"为能事,以"依陈言""遵典型"为路径的"古文"创作,其标志性人物是两汉之际的扬雄。傅斯年说:"自扬子云以来,依经典一线下来之文章变化,已经脱离了文言的地步而入古文了。"[1]

在《文心雕龙》中就有与此大致相近的说法,如《才略》说:"自卿、渊已前,多俊(役)才而不课学;雄、向以后,颇引书以助文。"[2]"引书助文"就是以"学"为文。《事类》说:

> 观夫屈、宋属篇,号依诗人,虽引古事,而莫取旧辞。唯贾谊《鵩

---

[1] 傅斯年:《中国古代文学史讲义》,时代文艺出版社2009年,第20~23页。
[2] 范文澜:《文心雕龙注》,人民文学出版社1978年版,第699~700页。

赋》，始用《鹖冠》之说；相如《上林》，撮引李斯之书，此万分之一会也。及扬雄《百官箴》，颇酌于诗书；刘歆《遂初赋》，历叙于纪传，渐渐综采矣。至于崔、班、张、蔡，遂捃摭经史，华实布濩，因书立功，皆后人之范式也。

夫经典沉深，载籍浩瀚，实群言之奥区，而才思之神皋也。扬、班以下，莫不取资，任力耕耨，纵意渔猎，操刀能割，必列膏腴。是以将赡才力，务在博见。[1]

《时序》讨论汉代文学风气之变迁说："中兴之后，群才稍改前辙，华实所附，斟酌经辞，盖历政讲聚，故渐靡儒风者也。"[2] 刘勰以为扬雄开创的"引书助文""酌于诗书""捃摭经书"的创作风尚，开启东汉六朝"斟酌经辞""因书立功"的文学创作新范式，实为前引傅斯年说之所本。

扬雄"引书助文"或"以学为文"的创作新特点，以及对古典美的自觉追求，其对六朝文风之影响，乃至在中国文学史上之影响，实堪注意。

基于此种认识，傅斯年以为唐代是古今文学转移之关键，唐代以前是"古代文学"，唐代以后则是"近世文学"。就唐代以前的"古代文学"而言，"以自殷周至西汉末为古代文学之正身，以八代为古代文学之殿军者，正因周汉八代是一线，虽新文学历代多有萌芽，而成正统大风气之新文学，至唐代方见到滋长"[3]。在中国"古代文学"阶段，以西汉末为界，以扬雄为标志，前期是"古代文学"，后期是"古典文学"，即扬雄是从"古代文学"到"古典文学"的转折性人物。

---

[1] 范文澜：《文心雕龙注》，人民文学出版社1978年版，第615页。

[2] 范文澜：《文心雕龙注》，人民文学出版社1978年版，第673页。

[3] 傅斯年：《中国古代文学史讲义》，时代文艺出版社2009年版，第3页。

他认为，"扬子云正是古典文学的大成就"。[1] 因为"自扬子云开始，求整，用古，成为文学之当然风气"。[2] 扬雄在唐前文学史上之转折性意义，就在于他的"求整"和"用古"，在于他于"文言"之基础上，"捃摭诗书""引书助文"，以促成"古文"之确立。中国语言文字和文学发展至扬雄，遂造成语言与文字的彻底分离。扬雄而后之"古文"确立并日趋兴盛，文人"以写在书上的古人语代替口头的今人语"，造成"文即是言，言即是文"之混同局面。[3] 中国文学之发展，因扬雄的创作而呈现出由"口语型向文字型之转变"，[4] 中国文学的古典美形态亦由此正式确立。[5]

扬雄开启的"引书助文"和"以学为文"的创作新风尚，推进了语言与文字的分途发展，促成了古代文学古典美在形式范式上的确立。另外，扬雄关于中国古典诗学古典美理想的建构，体现在他对文学内容的正的追求上，具体表现就是他建立起明道、征圣、宗经三位一体的经典文学思想。

大体而言，以"明道"为中心的"明道""征圣""宗经"三位一体的"文以明道"或"文以载道"论，起源于孔孟，发展于扬雄，定型于刘勰，而流变于唐宋古文家和道学家。扬雄和刘勰在其中起着关键作用，并且前者对后者有相当重要的影响。

扬雄论文，以"明道"为核心，建立起以"明道""征圣""宗经"三位一体为宗旨的文学思想。扬雄所谓之"道"，是"天道"

---

[1] 傅斯年：《中国古代文学史讲义》，时代文艺出版社2009年版，第29页。
[2] 傅斯年：《中国古代文学史讲义》，时代文艺出版社2009年版，第4页。
[3] 傅斯年：《中国古代文学史讲义》，时代文艺出版社2009年版，第13页。
[4] 许结：《汉代文学思想史》，人民文学出版社2010年版，第194页。
[5] 参见汪文学：《扬雄与六朝之学》第六章《扬雄在中古文学史上的转折性意义》，贵州人民出版社2019年版。

或"天地之道"。他认为："天地之道"幽远难测，颜渊尚且"未达一间"，常人更是等而下之。能以"大聪明"之资质"潜心"于天地之间而通达"天地之道"者，唯有圣人。故学者欲"明道"，则必须"征圣"。在汉代知识群体中，扬雄之"征圣"，最为突出。据统计，在《法言》一书中，"圣人"一词凡五十八见，单称"圣"者有十五例，另有"圣门""圣行""圣言""圣道"等复合词，共有八十四例，[1]其"征圣"之言论亦屡见不鲜。扬雄之"征圣"，与今文学者以孔子为"素王"的观点不同，亦与汉代一般学者因"征圣"而神化孔子的取向迥异。他之"征圣"，主要还是侧重于将孔子理解为真理之掌握者或者道之传承者，强调的是孔子的智慧德性和理性精神。所以，他说："天下有三门：由于情欲，入自禽门。由于礼义，入自人门。由于独智，入自圣门。"[2]圣人之异于常人，就在于"独智"。因此，他说："圣人聪明渊懿，继天测灵，冠乎群伦。"[3]圣人之所以能够"继天测灵"，取得"冠乎群伦"之影响，就在于他的"聪明渊懿"。所以，他之论道与"征圣"，皆富有明显的理性主义精神，在今文经学繁琐和迷信之现实文化背景上，确有卓尔不群的"异端"特质。

抽象隐秘的"天地之道"，经过圣人的体察而得以呈现，经过圣人之言说而得以彰显。圣人言说道的方式有两种：一是聚徒以言传身教之，二是撰为著述以传承之。无论是对道的言说，还是书写，唯有圣人方能担当。《法言·问神》云：

---

[1] 郭君铭：《扬雄〈法言〉研究》，巴蜀书社2006年版，第42页。
[2] 汪荣宝：《法言义疏》，中华书局1987年版，第104页。
[3] 汪荣宝：《法言义疏》，中华书局1987年版，第571页。

> 言不能达其心，书不能达其言，难矣哉！惟圣人得言之解，得书之体。白日以照之，江、河以涤之，灏灏乎其莫之御也。[1]

"心"有"神"性，所以，有人问"神"，扬雄即以"心"作答。圣人体察"天地之道"而存于心中，故心即道，道即心，皆有"神"性，故而难测难言。于常人言，"言不能达其心，书不能达其言"，唯有圣人，因其"得言之解，得书之体"，故能"潜心"于道，而成为道之体察者和传承者。圣之言说和书写，形诸文字，即为经典。学者"明道"，必然"征圣"，必须"宗经"。因此，作为"恒久之至道，不刊之鸿教"之经典，不仅是言说、书写之准绳，亦是日常生活之依据。在他看来，《五经》为"济道"之途径，为众说中最富于"辩"者，故为"众说郛"。"言天地人"而与"经"相符，则称有"德"。所以，扬雄宣称："书不经，非书也；言不经，非言也。"人类的一切言说和书写，皆当以"经"为准绳，此之谓"宗经"。

概括地说，在扬雄的思想中，"明道""征圣""宗经"是三位一体的，"明道"是人生之终极追求，在人类群体中，于道之体察与把握最深且透，并能付诸生活以践行之者，无过于圣人。故学者"明道"必须"征圣"。圣人于道，或言说之，或书写之，或践行之，著为言辞，则称为"经"。故"征圣"必要"宗经"。

扬雄以"明道"为核心内容的文学思想，在中国文学理论史上具有承上启下之意义。较早提出"明道"思想，可称为"明道""征圣""宗经"文学观念之先驱者，是荀子。扬雄"明道"文学思想显然是在荀子思想之基础上提出来的，而比之更深入具体、更具理论色彩和系统特征。真正完备周详、旗帜鲜明地提出"明道""征圣"和"宗经"

---

[1] 汪荣宝：《法言义疏》，中华书局1987年版，第159页。

之文学理论，并以之为论文之枢纽者，是刘勰的《文心雕龙》。[1]

总之，文学之构成，不外形式和内容两端。扬雄开启"斟酌经辞""因书立功""引书助文""以学为文"的创作新风尚，建构起以雅为特质的古代诗学古典美在形式上的新范式。扬雄以"明道"为中心，建立起"明道""征圣""宗经"三位一体的文学思想体系，建构起以正为特质的古代诗学古典美在内容上的新"范式"。雅正是古代诗学古典美的基本特征，扬雄是古代诗学古典美的建构者。

二、刘勰：中国古典诗学理想的理论阐释

刘勰《文心雕龙》是中国古代文学理论发展史上的集大成之作。其重要贡献之一，就是对自然呈现于《诗经》、自觉建构于扬雄的中国古代诗学古典美，进行系统周详的理论阐释。换言之，以温柔敦厚为内涵的中国古代诗学古典美理想，建构于扬雄而阐释于刘勰。刘勰阐释的古典美理论体系，以孔圣儒学为依归，以雅正为特质，以温柔敦厚为要义。其"体大思精"，系统周详，非本节所能具论。在此仅就刘勰与扬雄之间的渊源影响关系，略作陈述，以明二者关于古典美建构与阐释之间的承继关系。

刘勰与扬雄之间在诗学理论上的渊源影响关系，首先值得注意的，就是他们皆高度重视孔子，以孔子学说为依据建立自己的理论体系。而且，刘勰之推尊孔子，明显是受到扬雄的影响。如扬雄推崇孔子，他认为："好书而不要诸仲尼，书肆也；好说而不要诸仲尼，说铃

---

[1] 参见汪文学：《扬雄与六朝之学》第七章第一节《扬雄"明道"论之学术内涵和历史影响》，贵州人民出版社2019年版。

也。"[1]"万物淆错则悬诸天,众言淆乱则折诸圣。"[2] 实际上,他在文学上的立论,就是以孔子学说为依据,以"孔氏之门为户"。刘勰亦是如此,他在《序志》篇陈述撰写《文心雕龙》的动机说:

> 予生七龄,乃梦彩云若锦,则攀而采之。齿在逾立,则尝夜梦执丹漆之礼器,随仲尼而南行。旦而寤,乃怡然而喜。大哉圣人之难见矣!乃小子之垂梦与?自生人以来,未有如夫子者也。敷赞圣旨,莫若注经,而马、郑诸儒,弘之已精,就有深解,未足立家。唯文章之用,实经典枝条;五礼资之以成,六典因之致用,君臣所以炳焕,军国所以昭明,详其本源,莫非经典。而去圣久远,文体解散,辞人爱奇,言贵浮诡,饰羽尚画,文绣鞶帨,离本弥甚,将遂讹滥。盖《周书》论辞,贵乎体要;尼父陈训,恶乎异端;辞训之异,宜体于要,于是搦笔和墨,乃始论文。[3]

据此可知,刘勰撰著《文心雕龙》的直接触媒,是夜梦"随仲尼而南行",鉴于注经而"未足立家",于是"搦笔和墨,乃始论文",其以孔圣学说为论文之准绳,昭然可见。故邓国光说:"刘勰追随孔子,衷心而生;颂美孔子,具见全书。""《文心雕龙》之所以能够独树一帜,永存人间,正因为深得孔子精神。"[4] 而刘勰之推尊孔子,以孔圣学说为立论之指南,可能就是受到扬雄的影响。如,范文澜《文心雕龙注·征圣》就认为扬雄是刘勰尊圣的原型。[5] 日本学者兴膳宏亦认为:

---

[1] 汪荣宝:《法言义疏》,中华书局1987年版,第74页。
[2] 汪荣宝:《法言义疏》,中华书局1987年版,第82页。
[3] 范文澜:《文心雕龙注》,人民文学出版社1978年版,第725~726页。
[4] 邓国光:《〈文心雕龙〉文理研究——以孔子、屈原为枢纽轴心的要义》,上海古籍出版社2012年版,第16页。
[5] 范文澜:《文心雕龙注》,人民文学出版社1978年版,第17页。

> 刘勰在尊孔的态度上效学孟轲、扬雄。……从《法言》各篇中可知扬雄在尊孔方面也是可与孟子比美的。……同时刘勰引用扬雄之言处甚多，可以说他把扬雄视为具有卓越见识的前辈，表示了充分的敬意。[1]

扬雄以"孔氏之门为户"，以孔圣学说为依据建构中国诗学古典美范式。受扬雄影响而推尊孔圣学说的刘勰，亦以孔圣学说为论文之准绳。二者之间在古典美之建构和阐释上的渊源影响关系，清晰可见。

刘勰推尊扬雄，在扬雄关于古典美建构的理论和实践之基础上，作进一步的系统阐释，还体现在刘勰论文，于扬雄之文学思想有深度的契合上。刘勰论文以孔圣为依归，于"近代之论文者"多有批评，他说：

> 详观近代之论文者多矣，至于魏文述典，陈思序书，应场文论，陆机《文赋》，仲洽《流别》，弘范《翰林》，各照隅隙，鲜观衢路。或臧否当时之才，或铨品前修之文，或泛举雅俗之旨，或撮题篇章之意。魏典密而不周，陈书辩而无当，应论华而疏略，陆赋巧而碎乱，《流别》精而少巧，《翰林》浅而寡要。又君山、公幹之徒，吉甫、士龙之辈，泛议文意，往往间出，并未能振叶以寻根，观澜而索源。不述先哲之诰，无益后生之虑。[2]

近代以来之论文者，虽各有所得，而缺失亦多，或者"各照隅隙，鲜观衢路"，或者未能"振叶以寻根，观澜而索源"，皆有或此或彼，或轻或重之缺点。值得注意的是，刘勰评述"近代论文者"之缺陷而及于两汉之际的桓谭，却于与桓谭同时且关系密切之扬雄，只字不提。

---

[1] [日]兴膳宏：《〈文心雕龙〉论文集》，彭恩华编译，齐鲁书社1984年版，第102～103页。

[2] 范文澜：《文心雕龙注》，人民文学出版社1978年版，第726页。

并非扬雄之论文可以忽略不计,刘勰甚重扬雄文论,在《文心雕龙》中多次引述扬雄之文论以证成己说。唯一的可能是,刘勰推崇扬雄,以扬雄为论文之知音,虽然他对扬雄亦偶有批评,但大体上以扬雄文论为论文之依据。据统计,《文心雕龙》一书论及扬雄者有二十篇,凡四十余处,常常以扬雄作品作为"选文定篇"之典范,往往引用扬雄文论作为自己立论之依据。故徐复观说:

> 扬雄的文学活动,给刘彦和以莫大的影响……扬雄有关文学的言论,皆成为彦和论文的准绳。扬雄与文学生活有关的片断,彦和心目中皆为文坛的掌故。扬雄的各种作品,《文心雕龙》中无不论到。我认为最能了解扬雄文学的,古今无如彦和。[1]

通观《文心雕龙》,刘勰论文之见解,与扬雄的观点有深度的契合,故徐复观"最能了解扬雄的,古今无如彦和"的断语,良非虚言。

扬雄和刘勰的文论,皆依孔圣立言,而刘勰又常以扬雄为准绳,故二人在文学思想上实有明显的渊源关系。这种渊源关系,在"明道"论上有明显体现。《文心雕龙》首列《原道》《征圣》《宗经》《辨骚》和《正纬》五篇,以为"《文心》之作也,本乎道,师乎圣,体乎经,酌乎纬,变乎骚。文之枢纽,亦云极矣"。[2]虽然此五篇皆为"文之枢纽",但是,此五篇中又以前三篇为主,后两篇实有补充说明之附录性质,即"辨骚""正纬"之目的,是为"原道""征圣"和"宗经",是为突显经典和圣人的核心地位。刘勰之"原道"文学思想与扬雄之"明道"论,有明显的渊源关系,或者说,前者是对后者的理论提升和系统表述。唐宋以来之古文家和理学家,又在刘、扬论说之基础上作进

---

[1] 徐复观:《两汉思想史》(二),九州出版社2014年版,第430~431页。
[2] 范文澜:《文心雕龙注》,人民文学出版社1978年版,第727页。

一步的引申和发挥，分别提出"载道"说和"贯道"论，虽然其观点已经逐渐远离扬雄、刘勰之本意。[1]

刘勰《文心雕龙》开篇即以"原道"为题。其"道"为何？学界有不同说法，如黄侃以为是"自然之道"，其云：

> 《序志》篇云：《文心》之作也，本乎道。案彦和之意，以为文章本由自然生，故篇中数言自然，一则曰：心生而言立，言立而文明，自然之道也。再则曰：夫岂外饰，盖自然耳。三则曰：谁其尸之，亦神理而已。寻绎其旨，甚为平易。盖人有思心，即有言语；既有言语，即有文章。言语以表思心，文章以代言语，惟圣人为能尽文之妙，所谓道者，如此而已。[2]

马宏山以为是佛道，认为《文心雕龙》中"自然"和"神理"同是"道"的名称，是"佛道"；刘勰把"神理"和"自然"都按照"佛性"的意义来使用。[3]虽然刘勰曾入寺为僧，于佛道有深入探究，佛道思想亦渗透在《文心雕龙》一书中，但遽然断定刘勰"原道"之"道"即为"佛道"，学者少有认同，故可置而勿论。争论的焦点聚集在"自然之道""天地之道"和"儒家之道"上。笔者认为，这些争论，往往有拘泥于概念和胶着于文字之嫌疑，实际上三者之间不无相通之处，或者说根本上就是一义三名。于此，郭绍虞的观点最为中肯，他说：刘勰论文，"一方面由流以溯源，而主张宗经"，故有《宗经篇》；"一方面又从末以返本，而主张原道"，故有《原道篇》；"《原道篇》

---

[1] 参见郭绍虞：《中国文学批评理论中"道"的问题》，见《照隅室古典文学论集》（下册），上海古籍出版社1983年版。

[2] 黄侃：《〈文心雕龙〉札记》，华东师范大学出版社1996年版，第3页。

[3] 马宏山：《〈文心雕龙〉散论》，新疆人民出版社1982年版，第4~5页。

所说的道,是指自然之道,所以说'文之为德与天地并生',《宗经篇》所说的道,是指儒家之道,所以说:'经也者,恒久之至道,不刊之鸿教也。'""《文心雕龙》之所谓道,不妨有此二种意义;因为这二种意义,在刘勰讲来是并不冲突的。他因论文而推到为文之本,认识到文学是从观察现实得来的……照这样讲,刘勰之所谓道,确是指自然之道,确是指万物之情。然而他推到为文之源,又不能不承认圣人在中间所起的作用……也就必然以经典为宗主,而所谓道,也只成为儒家一家之道了"。他认为:自然之道与儒家之道并不冲突,"道是根据人生行为来的,所以是自然之道;可是,反过来,道又可以指示人生行为,起教育作用的,所以在封建社会也就不妨说是儒家一家之道"。[1]

与郭绍虞之观点略为相近的,是徐复观。他力驳黄侃"自然之道"说,以为"自然"一词首见于《老子》,《老子》书中关于"自然"一词的四个方面的应用(以"自然"说明道自身的形成、以"自然"说明道创造万物的情形、言人民的"自然"、言人生的"自然"),均与刘勰之"自然"无关,亦与作为"自然界"之"自然"无关。刘勰之"自然",义近"当然""固然",指的是"自自然然地如此"。[2]认为刘勰所谓的"道",不是《老子》"先天地生"之"道",而指的是"天道",或者"天地之道"。此"天道"之内容就是刘勰所谓"盖道之文也"的"文",故有"言之文也,天地之心哉"之说。他说:

> 彦和以六经为文学的总根源,六经是圣人的"文"。更由圣人之"文"

---

[1] 郭绍虞:《中国文学批评理论中"道"的问题》,见《照隅室古典文学论集》(下册),上海古籍出版社1983年版,第35~36页。

[2] 徐复观:《〈文心雕龙〉浅论之一——自然与文学的根源问题》,见《中国文学精神》,上海书店出版社2004年版,第171~174页。

上推，而认为天道的内容即是"文"，天道直接所表现的是"文"，由天所生的人当然也具有"文"的本性。由是而说文乃"与天地并生"，有天地即有"文"。[1]

"道之文"在内容上并不止于是儒家之"文"，因为它把自然界的"文"也包括在内。但道之文向人文落实，便成为儒家的周孔之文。于是道的更落实、更具体的内容性格，没有办法不承认是孔子"熔钧六经"之道，亦即是儒家之道。[2]

即刘勰之道，既是"天地之道"，亦是"儒家之道"，二者一义而二名，并无实质性的冲突。徐复观的此种观点，在邓国光那里有更充分的发挥，他说：

> 刘勰用《易传》义以成《原道》，本"天地"一义立说；其中"道"义和"天地"为互文，"天地之心"即"道心"为互待。圣人深存"天地之心"直接体现"道"；本天地之心，明道救世；圣人为此而立文立言，文辞意在淑世，与造化同功，是称之为"明道"。[3]

即在天德与文德之间，圣德起着转化作用。在天地之心与文心之间，道心起着中介作用。天德、文德、圣德与天地之心、文心、道心之间，是相通相融的关系。因此，笼统一点说，"天地之道"就是"自然之道"，并无细分之必要。关于刘勰之"道"，到底是"自然之道"，还是"儒家之道"，还是"天地之道"，是不必劳心费神争论的。

---

[1] 徐复观：《〈文心雕龙〉浅论之二——〈原道〉篇通释》，见《中国文学精神》，上海书店出版社2004年版，第175～176页。

[2] 徐复观：《〈文心雕龙〉浅论之二——〈原道〉篇通释》，见《中国文学精神》，上海书店出版社2004年版，第177页。

[3] 邓国光：《〈文心雕龙〉文理研究：以孔子、屈原为枢纽轴心的要义》，上海古籍出版社2012年版，第17页。

综上，刘勰《原道》之"道"，既是"天地之道"或"自然之道"，亦是"儒家之道"。通过比较可以发现，刘勰之"道"与扬雄之"道"有明显的相似之处。如前所述，扬雄所谓之"道"，即"天道"或"天地之道"；儒家之圣人最明此道，把对此道之体察述作于经典之中，故而"天地之道"亦就成了"儒家之道"。在儒家思想尚未教条化的时代，我们不得不承认，儒家之道、天地之道、自然之道三者完全可以互通互释。鉴于刘勰和扬雄共同尊奉孔子，以孔圣学说为立论准则；刘勰又特别推崇扬雄，以扬雄之作品为"选文定篇"之范本，以扬雄之言论为立说论文之依据。故刘勰于"道"理解与扬雄之"道"的显著相似，绝非巧合，乃刘勰有意学习效仿的结果。扬雄文学思想于刘勰之影响，于此可见一斑。

　　如前所述，中国文学批评史上的"明道"论，发端于荀子，发展于扬雄，定型于刘勰，而流变于唐宋古文家和理学家，扬雄在其中起着至关重要的作用，他直接启发和影响了刘勰以"原道"为核心的"文之枢纽"说的建构。大体而言，扬雄、刘勰的"明道"论，是儒家思想尚未教条化之前的创建，故其所谓之"道"，既是"儒家之道"，亦是"自然之道"或"天地之道"，三者三名而一义。唐宋以来的古文家特别是道学家，在"明道"论之基础上发展成"载道"说，则是儒家思想逐渐教条化后的建构，故其所谓"道"，则是专指"儒家之道"。如果说唐宋以后之古文家特别是理学家提倡的"载道"说，必然导致重道轻文，以道为本，以文为末，文仅仅成为"载道"之工具或手段。而扬雄、刘勰的"明道"论，则是"从哲学上穷究文学的根源，而其内心实系以六经根于天道，文学出于六经，以尊圣、尊经者尊文学，并端正文学的方向"。[1]如果说前者(古文家、理学家)是为道,后者(扬雄、刘勰)则是为文。后者趋向于"哲学性的文学起源"的阐释,实际上体现的是他们在文学本体论建构上的努力,这与六朝时期的思想家热衷于思想本体建构的时代风尚是吻合的。虽然如徐复观所说,这种"为了提倡文应宗经,因而将经推向形而上之道,认为文乃本于形而上之道,这种哲学性的文学起源说,在今天看来并无多大意义。今日研究文学史的结论,大概都可以承认文学起于集体创作的歌谣、舞蹈,远在文字出现之前"。[2]但是,在文学发展之早期,此论对于彰显文学之意义,提升文学之价值,高扬文学之地位,其正面价值和积极影响,不容低估。正如邓国光所说:

> 中国传统文学的"文"与"道"问题,不是某一位作家或论者一时意兴的梦呓。这一对于文明史进程相参照的观念,是中国文学的核心意识,讨论中国文学思想,根本不能绕过。严肃的文学研究,必须要正视"文"与"道"的问题,从而开敞文学本体的义理。[3]

文学本体意义或形上属性之建构,实际上是恢复或彰显文学书写的严肃性和重要性,对过分突出"抒情语体"创作所带来的种种弊端之矫正,有重要促进。因为文学创作过度倾向于抒情一面,"势必陷入矫情虚饰,标奇立异,逞强一时","结果是诗、文、小说、戏曲之外,大量古代累积下来的文章,皆遭割弃不顾。另一方面,闲适性与才子气泛滥,

---

[1] 徐复观:《〈文心雕龙〉浅论之二——〈原道〉篇通释》,见《中国文学精神》,上海书店出版社2004年版,第176页。

[2] 徐复观:《〈文心雕龙〉浅论之二——〈原道〉篇通释》,见《中国文学精神》,上海书店出版社2004年版,第179页。

[3] 邓国光:《〈文心雕龙〉文理研究:以孔子、屈原为枢纽轴心的要义》,上海古籍出版社2012年版,第6页。

突出各抒己见。闲言闲语把弄文学的严肃性，弃斥于不同的生活与学术层面，甚至把文学世界推向直觉、平面、单调的文字组装的可怜状态之中，殁殍于轻松的话头"。[1] 所以，对于矫正文学的低俗化和过分地闲适性发展，扬雄、刘勰提出的具有本体论特点和形上论特质的"明道"论，仍有相当重要的现实价值。

总之，开启于荀子而彰显于扬雄的"明道"论，是扬雄建构中国诗学古典美的理论基础和思想背景。刘勰尊孔子，师范扬雄，以"原道""征圣""宗经"为"文之枢纽"，在扬雄"明道"论之基础上，进一步强调道于文学之价值，道为文学之本体，不仅从哲学层面穷究文学的根源，而且在实践层面端正文学的方向，彰显文学的意义，提升文学的价值，强调文学书写的严肃性和重要性，是对开启于扬雄的中国诗学古典美建构的理论升华和学理阐释。我们提出中国诗学古典美建构于扬雄而阐释于刘勰的观点，主要便是从这个层面而言的。至于在具体的创作实践层面，刘勰不满当代文坛"文体解散，辞人爱奇，言贵浮诡，饰羽尚画，文绣鞶帨，离本弥甚，将遂讹滥"的创作风尚，依据孔圣学说和扬雄古典美创作实践，对古典美的创作经验进行了全面系统的总结。兹事体大，尚需专题讨论，此不赘言。

三、韩愈：中国古典诗学理想的解构

古典美的天敌是现代性，现代性的兴起必然导致古典美的解体，因为现代性的工作目标就是解构古典美。古典美与现代性势不两立，不是你死，就是我活。因此，讨论以古典美为标识，以温柔敦厚为特

---

[1] 邓国光：《〈文心雕龙〉文理研究：以孔子、屈原为枢纽轴心的要义》，上海古籍出版社2012年版，第5～6页。

征的中国古典诗学理想的解体或者被解构,首先需要搞清楚的,是中国文学中的现代性发生于何时,是如何发生的。

中国文学现代性的呈现,有自发和自觉之别,或者说,有"自发的现代性"与"外来的现代性"之分。一般地说,学者讨论中国文学的"现代性",常常是以"五四"为起点,以为是"五四"时期随着西方文化的输入而引进的。或者更早一点,如王德威所说,只有晚清而不是"五四",才能代表中国文学现代性兴起的重要阶段。的确,晚清以来的诗学逐渐脱离了中国古典诗学的发展取向,逐渐与中国古典诗学划清界限,而呈现出西化倾向,体现出显明的现代性特征。这是一种自觉的现代性追求,当然亦是在西方文学现代性刺激下的追求。这种现代性,用日本学者沟口雄三的话说,就是"外来的现代性"。

中国文学自觉的现代性追求是在"外来的现代性"刺激下产生的,那末,在古代中国,有无"自发的现代性"呢?答案是肯定的,问题是,这种"自发的现代性"之呈显是在何时开始的?对于这个问题,目前学界尚有不同的意见,其中的南朝说和中唐说最具代表性。江弱水力主南朝说,他认为,在中国古代文学史上,存在着两种平行的写作传统,一是以《诗经》为源头,经由陶渊明、李白、韩愈、白居易、苏轼、辛弃疾的发展,着重语言秩序和意义传达的写作传统;二是从南朝开始,经由杜甫、李商隐、李贺、周邦彦、姜夔、吴文英的发展,而形成的写作传统。前者是古典美传统,后者是现代性传统。他认为,中国文学现代性写作的萌生时期是在南朝。南朝文学的总体特征是"颓而荡"和"讹而新",具体表现是轻实用的唯美主义、轻内容的形式主义、反传统的实验主义和反道德的颓废主义,其精神上的颓废、艺术上的新奇、语言上的断续和互文,就是文学现代性的具体呈现。所以,江弱水说:

具有现代诗语特质的，不是连续而是断裂的语言形式，在此际发育成熟。语言文字的意义被稀释了，本身固有的声音与色彩得到了强调，语词本身渐趋于获得其自足的存在价值。这一切构成了南朝文学的主要成就，泽惠所及，已然构成一个相对独立的现代性传统。[1]

文学现代性的呈现，不仅体现在内容上的颓废主义特征，而且亦表现在形式上的唯美主义特点，还体现在语言形式的断裂和文字意义的稀释。这些特征与南朝文学"颓而荡"和"讹而新"的特点正相吻合。所以，江弱水断言：中国文学发展到南朝时期，已经产生了"自发的现代性"。

与江弱水的南朝说不同，蒋寅力主中唐说。他著有《百代之中——中唐的诗歌史意义》，在他看来，中唐时期作为"百代之中"，其在诗歌史上的重要意义之一，就是在诗歌内部产生了"自发的现代性"，其标志性事件，就是以韩愈为代表的韩孟诗派在中唐时期的高调登场。他认为：以韩愈为代表的韩孟诗派所追求的险怪和瘦硬诗风，对《诗经》以来的古典美构成强烈的冲击，才是真正具有现代性特点的文学。他说：

> 元和时代的五位大诗人——白居易、韩愈、柳宗元、刘禹锡、元稹……在近体诗日益走向成熟，尤其是在大历诗专工近体，古诗写作严重律化的情况下，他们重张盛唐的古诗和乐府传统，以庞大的体制和冗长的诗题来强化诗歌的纪实性和叙事性，用取材的无所不包、表达的反复变异、声律的避熟用生来开拓新奇的诗境，用写作日常化、语言口语化、形式游戏化的实验写作来反抗陈熟的诗歌经验，一扫大历诗的陈意、陈调、陈体，达到"惟陈言之务去"的目的。所有这一切变革都凝聚为一股探求诗体潜能与语言张力的动力，制导着元和时代总体上颠覆传统感觉秩序，脱逸古典诗歌规范，破坏古典美学趣味的强烈倾向——举凡均衡、

---

[1] 江弱水：《古典诗的现代性》，生活·读书·新知三联书店2013年版，第23页。

对称、和谐、典雅、有据等艺术原则都受到了不同程度的冲击，诗歌的古典审美理想中开始渗进不和谐因素。正是在这个意义上，元和诗可以说是"百代之中"，成为划分中国古代诗歌史前后两大阶段的分水岭。[1]

在这样一个由古典美向现代性发展演进之分水岭上的代表人物，就是韩愈。蒋寅认为，韩愈的诗歌创作，是对传统艺术趣味毫无顾忌的肆意凌躐，使古典艺术和谐典雅的审美理想受到极大冲击。其具体表现：一是在题材上以怪异、俚俗入诗，是对古典美的雅润的颠覆；二是在语言上下狠猛语、粗俗语、生涩语，是对古典美的和谐的颠覆；三是在声律上有明显的反和谐倾向，是对古典美的平衡的颠覆；四是在风格上追求生涩瘦硬，是对古典美的"圆美流转"的颠覆。所以，韩愈诗歌创作的文学史意义，"可以理解为纯粹古典时代的结束，富有个性色彩的近代性的萌芽出现"。[2] 在韩愈诗歌中，"放弃古来以纯粹、秩序、整齐、对称、均衡、完满、中和为理想的艺术原则，代之以刺激、强烈、紧张、分裂、怪异、变形的多样化追求，实质上就是对古典美学的全面反叛，意味着'诗到元和体变新'的时代风气中，躁动着一股颠覆、摈弃古典美学传统的叛逆冲动，同时也意味着古典审美理想已发生裂变，并开始其漫长的现代性过程。韩愈诗歌的艺术精神，核心是放弃对感官愉悦的重视和追求，这与现代艺术的精神恰好是一脉相通的。……从这个意义上说，韩愈对古典美学理想的颠覆，也不妨视为中国文学中现代性的发生"。[3]

---

[1] 蒋寅：《百代之中——中唐的诗歌史意义》，北京大学出版社 2013 年版，第 18～19 页。

[2] 蒋寅：《百代之中——中唐的诗歌史意义》，北京大学出版社 2013 年版，第 23 页。

[3] 蒋寅：《百代之中——中唐的诗歌史意义》，北京大学出版社 2013 年版，第 186～187 页。

中国古代诗学发展到中唐时期，无论是题材内容和风格特点，还是创作技巧和情感表达，都发生了显著变化。"诗到元和体变新"，就是对这种显著变化的具体概括。其"新"，主要体现在韩孟诗派的险怪取向和元白诗派的通俗追求上。这种"新"的取向和追求，实质上就是对以温柔敦厚为内涵、以雅正为特征的中国古代诗学古典美的解构。尤其是以韩愈为代表的韩孟诗派，其所追求的险怪诗风而呈现出来的现代性特征，对温柔敦厚的古典诗学理想构成了致命的解构，从而导致中国古代诗学的发展在此间呈现出深刻的变化。

无论是南朝文学的现代性呈现，还是中唐文人对现代性的追求，皆是中国文学内部产生的"自发的现代性"。相较而言，如果说南朝文人的现代性追求，还是自发的，零散的，那末，中唐文人则是有明显的自觉意识，并形成了以韩愈为中心的创作团队，有鲜明的主张和有意推动集体创作倾向的目的。因为，从其影响力和效果而言，如果说南朝文学是中国文学现代性写作的萌芽，那末，中唐文学则是中国文学现代性写作的全面呈现。相应地，对以温柔敦厚为特质的中国古典诗学古典美的解构，亦是发生于南朝，而完成于中唐。中唐以后，古典美理想虽然仍被大多数古典诗人所坚守，但现代性写作亦呈不可遏止之趋势发展。

综上，在中国文学史上，实际上存在着古典美和现代性两种截然不同的审美追求。前者是显性的，后者是隐性的；前者是主流，后者是暗流；前者是主流文人的理想，后者是异端文人的追求；前者对后者是竭力压制，后者对前者是尽力叛逆。就其发展变迁之轨迹看，两汉之际和唐宋之际是两大重要转折点，扬雄和韩愈是其中的两位代表性人物。如果说先秦西汉之文学可命名为"古代文学"，东汉至中唐的文学则可称之为"古典文学"，中唐以后之文学则是"近世文学"

或者"现代文学"。扬雄结束了"古代文学"而开启了"古典文学"，是中国文学古典美之开创者。韩愈结束了"古典文学"而开启"现代文学"，是中国"古典文学"颠覆者和"现代文学"的开创者。中国古代文学审美观念之演变，大体如此；扬雄和韩愈在中国文学史上的地位和影响，亦大体如此。

四、顾随：中国古典诗学理想的重构

以温柔敦厚为特质的中国古典诗学古典美，解构于中唐时期以韩愈为代表的韩孟诗派之手。中唐以后，中国古代诗学呈现出古典美与现代性并行发展的趋势，其间的起伏变化甚为复杂。比较明显的是，古典美虽然仍被部分古典诗人所坚守，但其衰败之势不可逆转；温柔敦厚的古典诗学理想虽然亦常常挂在理论家的口头上，但对它的尖锐批评亦不绝如缕。明清以降，重构温柔敦厚的古典诗学理想品格的呼声很强烈，部分理论家为此做出了努力，亦取得一定的成就和影响。但是，就其理论之系统性、深刻性和创造性而言，则以顾随的情操诗学理论最具代表性。

顾随的情操诗学理论，散见于他的课堂讲授和部分论文中。他没有撰文专题阐释这种理论（这正是他的这个颇具创造性的理论不为人知、不为人重的主要原因）。但是，通过对其讲义和论文的仔细钩沉和认真梳理，可以发现他的这套理论很精密，很系统，并且一以贯之地体现在他对历代诗体、诗派、诗人和诗歌的评价中。

顾随对中国古典诗学理想的重构，主要体现在他建构的以"诗心"为核心的情操诗学理论中。其情操诗学理论，以温柔敦厚为宗旨，体现出非常明显的古典美追求。笔者将在本书第四章之"诗心与诗情：

顾随情操诗学理论探讨"一节详论。在此，仅略述大概，以明其在中国古典诗学理想发展史上的地位和作用。

顾随情操诗学理论的核心概念是"诗心"。何谓"诗心"？他解释说：

> 诗人情感要热烈，感觉要敏锐，此乃余前数年思想，因情不热、感不敏则成常人矣。近日则觉得除此之外，诗人尚应有"诗心"。诗心二字含义甚宽，如科学家之谓宇宙，佛家之谓道。诗心亦有二条件，一要恬静（恬静与热烈非二事，尽管热烈，同时也尽管恬静），一要宽裕。这样写出作品才能活泼泼地。感觉敏锐固能使诗心活泼泼地，而又必须恬静宽裕才能"心"转"物"而成诗。[1]

顾随论诗，以"诗心"与"诗情"并举。"情感要热烈，感觉要敏锐"是指"诗情"而言。诗人具备"诗情"，其"写出作品才能活泼泼地"。但是，优秀的诗人必须将"诗情"与"诗心"合而为一。他说："一方面说活泼泼地，一方面说恬静宽裕，二者非二事。若但恬静宽裕而不活泼，则成为死人，麻木不仁。必须二者打成一片。"[2] 通观顾随论诗，"诗情"是指诗人个人的喜怒哀乐之情，包括闲情和激情、痛苦与欢乐、悲伤与欣喜，即"任何心情"都在内。而"诗心"则是驾驭这"任何心情"而使之不溢出边界的手段或工具。因此，具备了"诗情"，能否写出好诗，主要依靠"诗心"。在他看来，"只有感情真实没有

---

[1] 顾随：《顾随诗文丛论》（增定版），顾之京整理，天津人民出版社1997年版，第124页。

[2] 顾随：《顾随诗文丛论》（增定版），顾之京整理，天津人民出版社1997年版，第125页。

情操不能写出好诗"。[1] "情操"在这里是指"诗心","感情真实"即有"诗情"。只有"诗情"而没有"诗心",可以写诗,但写不出好诗。他说:

> 吾人尚可学诗,即走晚唐一条路,以涵养诗心。或者浅不伟大,而是真的诗心。写有闲生活可抱此心情写,即使写奋斗扎挣之诗,亦可仍抱此心情,如陶之诗。诗中任何心情皆可写,而诗心不可破坏。写热烈时亦必须冷静。只热烈是诗情不是诗心,易使人写诗而不见得写出好诗。[2]

在他看来,"诗心"是写出好诗之关键,是成就一位伟大诗人的前提条件。他说:"常人每以为坏诗是情感不热烈,实则有许多诗人因情感热烈把诗的美破坏了。"[3] 如果"诗情"没有经过"诗心"的节制而自由泛滥,就会"把诗的美破坏了"。以"诗心"节制"诗情",目的就是使诗之情感符合古典诗学理想的温柔敦厚之旨,做到"发乎情,止乎礼义",做到"履中蹈和"。

"诗心"为诗歌创作者之必需和必具,亦是成就一位大诗人的前提。顾随建议学者学诗"走晚唐一路,以涵养诗心",晚唐时期以杜牧、李商隐为代表的诗人,有"自持的功夫",是"观照的诗人",能用"诗心"节制"诗情","用观照将情绪升华",因而具有最健全的"诗心"。能将"感慨牢骚"以"和谐婉妙"的方式表现出来,因而符合温柔敦厚的中国古典诗学理想。

---

[1] 顾随:《顾随诗文丛论》(增定版),顾之京整理,天津人民出版社1997年版,第56页。

[2] 顾随:《顾随诗文丛论》(增定版),顾之京整理,天津人民出版社1997年版,第37页。

[3] 顾随:《顾随诗文丛论》(增定版),顾之京整理,天津人民出版社1997年版,第54页。

顾随所谓的"诗心"之形成,有两个条件:一是恬静,二是宽裕。简言之,就是"虚静"。他说:"宽裕然后能'容',诗心能容则境界自广,材料自富,内容自然充实,并非仅风雅而已。恬静然后能'会',流水不能照影,必静水始可,亦可说恬静然后能观。"[1] 心胸"虚静",故能"恬静"和"宽裕",能够做到"无计较""无利害"和"无善恶",做到"无伪与专一"之"诚"。更进一步,心胸"虚静",则能"欣赏"和"有闲",这亦是一位优秀诗人必须具备的条件。顾随说:

> 一个诗人无论写什么皆须有一种有闲的心情。可以写痛苦、激昂、奋斗,然必须精神有闲,否则只是呼号不是诗。……诗人应养成此有闲心情,否则便将艺术品毁了。

除了"有闲",尚须"欣赏"。他说:"欣赏的心情是诗人不能少的。无论何种派别诗人,皆须有欣赏心情。"作为一位有"诗心"的诗人,皆须具备此种"有闲"的精神和"欣赏"的态度,他说:"精神的有闲、欣赏,是人格的修养。江西派只是工具上——文字上的功夫,只重'诗笔',不重'诗情'。无论激昂、慷慨、愤怒,要保持精神的有闲、欣赏的态度。"[2] "一个诗人文人什么都能写,只要是保持欣赏的态度,有闲的精神。"[3]

无论是"欣赏"的态度,还是"有闲"的精神,其前提皆是静。静则能"欣赏",包括自我欣赏和欣赏他人与外物。静则"有闲",

---

[1] 顾随:《顾随诗文丛论》(增定版),顾之京整理,天津人民出版社1997年版,第125页。

[2] 顾随:《顾随诗文丛论》(增定版),顾之京整理,天津人民出版社1997年版,第40页。

[3] 顾随:《顾随诗文丛论》(增定版),顾之京整理,天津人民出版社1997年版,第38页。

因静而闲，由闲而静。顾随认为具有"诗心"修养的人，皆有静的功夫。如果说包括喜怒哀乐在内的"诗情"是动的，那末，包括"欣赏"精神和"有闲"态度的"诗心"则是静的。"动中之静是诗的功夫，静中有动是诗的成因"，[1] 前者说的是"诗心"，后者说的是"诗情"。以"诗心"节制"诗情"，是以静制动。"诗心"重静忌躁，他认为："破坏了诗心的调和便不能写好诗，最怕急躁，一急躁便不能欣赏"，亦不能"有闲"。基于这样的观点，他认为汉人不适合作诗，因为汉人"使力"，太躁，"多叫嚣，夸大"，"好大喜功"，"文气发煌"。六朝人擅长诗，甚至以诗为文，文章的诗味很重。因为六朝人静，所以"六朝人文章静，一点叫嚣气没有"。[2]"诗所以推盛唐，亦因太平时代人最容易用静的功夫，故质、理俱优"。

在顾随的诗学理论中，"情操"是一个有特定意义的诗学范畴。他常以"情操"论诗人，说曹丕、李商隐有"情操"，曹植、李陵无"情操"。认为"只有感情真实没有情操不能写出好诗"。"情操"对于诗人至关重要。在六朝诗人中，顾随首推曹丕、陶渊明，就是因为他们有"情操"。在唐代诗人中，他对杜甫不乏微词，似乎更推尊李商隐，亦是因为李商隐其人有"情操"，其《锦瑟》是有"情操"的诗人之作。

那末，"情操"到底何指？顾随说："人与文均须有情操。情，情感；操，纪律中有活动，活动中有纪律，即所谓操。意志要能训

---

[1] 顾随：《顾随诗文丛论》（增定版），顾之京整理，天津人民出版社1997年版，第125页。

[2] 顾随：《顾随诗文丛论》（增定版），顾之京整理，天津人民出版社1997年版，第351页。

练感情,可是不能无感情。"[1]又说:"前所说情操,情是热烈的,而操是节奏的,有纪律的。使热烈的情感合乎纪律,即最高的诗的境界。"[2]据此,"情操"是由"情"和"操"二义构成的一个合成词,前者是"诗情",是热烈的,动态的;后者是"诗心",是纪律,是节奏。"诗心"节制"诗情"而构成"情操",如此便使"热烈的情感合乎纪律",从而达到"最高的诗的境界"。将"诗情"与"诗心"合二为一,将"情"与"操"打成一片,才构成"情操"。有"情操"的人则既有作诗之冲动,即"诗情";亦有作诗的功夫,即"诗心"。此为成就一位伟大诗人的前提和条件。

有"情操"的诗人,能将"诗心"与"诗情"打成一片,即以"诗心"节制"诗情",使诗人既有写诗的冲动,又有作诗的功夫。这种"情操"论,体现在艺术效果上,就是生气与高致的合二为一。他认为:优秀的诗人对于宇宙人生,既能"入乎其内",又能"出乎其外";优秀的诗作,是既有生气,又有高致。诗人对于宇宙人生能"入乎其内",故有"诗情",其创作便有生气;能"出乎其外",故有"诗心",其创作便有高致。既能"出乎其外"亦能"入乎其内"的诗人,是既有"诗情"又有"诗心"的有"情操"诗人,故其创作是既有生气又有高致。古今诗人能达此境界者,唯有陶渊明一人而已。李白诗有高致而乏生气,因为他"入人生不深"。即李白有"诗心"而乏"诗情",故无"情操"。孟郊是有生气而乏高致,因为他能入不能出,所以他是有"诗情"而乏"诗心",亦是无"情操"。即便是杜甫,有时亦是能入而不能出,故其有的诗篇亦是有生气而乏高致,其"情操"亦略有欠缺。

---

[1] 顾随:《顾随诗文丛论》(增定版),顾之京整理,天津人民出版社1997年版,第362页。

[2] 顾随:《顾随诗文丛论》(增定版),顾之京整理,天津人民出版社1997年版,第371页。

顾随以"诗心"和"诗情"为核心的情操诗学理论，其基本内容大体如上所述。其"诗心"之论，大致相当于传统学者讲的"虚静"之说，略近于西方学者所谓的无利害关系的审美心胸理论。无论是他强调的"诗心"的二条件（即恬静和宽裕），还是他提出的"诗心"的"有闲"精神和"欣赏"态度，抑或是他重视的"诗心"的"无伪与专一"，或者他提出的"诗心"就是"寂寞心"的观点，皆可发现"诗心"就是无是非、无善恶、无利害的超越之心，与传统学者讲的"虚静"之说，并无本质的区别。值得注意的是，他在区分"诗心"与"诗情"之基础上力图将二者打成一片所构成"情操"论，则是对"虚静"说的发展和提升。将以道家思想为背景的"虚静"论解脱出来，沟通儒道，建构起他的情操诗学理论，实与儒家提倡的温柔敦厚的诗学理想，有异曲同工之妙。

　　在具体的文学批评中，顾随集中讨论过《诗经》、汉魏乐府、魏晋古诗、唐诗、宋词，重点评述过曹操、曹丕、陶渊明、王维、李白、杜甫、韩愈、李商隐、杜牧等人的诗歌。在古今诗体中，他对《诗经》推崇备至；在古今诗人中，他最推崇陶渊明，欣赏李商隐和杜牧，对李白和杜甫均不乏微词。同时，他对诗歌创作中的题材、风格、情感、技巧和体式，都发表过很多独特的见解，其议论之权衡，用以评价古今诗体和诗人的依据和标准，就是他的情操诗学理论，就是以温柔敦厚为特质的古典诗学理想。本书在讨论古典诗学的源流论、创作论、技巧论、情感论、题材论和教化论等章节，对其观点多有引用和阐发，为避重复，兹不赘论。

　　我们认为，顾随以"诗心"论为主要内容建构的情操诗学理论，与儒家学者提倡的温柔敦厚诗学理想，皆是就创作主体在艺术创作之审美构思活动中的修养而言。"情操"论的基本指向就是温柔敦厚，或者说，无论是"情操"论，还是温柔敦厚说，皆要求对创作主体的情绪进行节制，使之达到"发乎情，止乎礼义"的状态。所以，创作主体在审美构思活动中，以温柔敦厚为"情操"，是中国古典诗学创作构思理论的一个重要内容。顾随的情操诗学理论，沟通儒道，综合了儒道两家诗学思想之精华，发展和提升了道家的"虚静"说，使其摆脱神秘性，具有世俗化和普遍性的特点；深化了儒家温柔敦厚的诗教理论，使其摆脱了浅表的功利性，从而具有思想的深度和理论的高度。应当说，顾随的情操诗学理论，是近代学者关于中国古典诗学理论的一次全面、系统、深刻的总结，是对被解构了千余年的中国诗学古典美理想品格的一次重新建构。

综上，以温柔敦厚为特质的中国古典诗学理想品格，自发呈现于《诗经》时代，《诗经》是古代诗学古典美的典范之作。自觉建构于两汉之际，扬雄是中国中古文学史上的转折性人物。系统阐释于刘勰的《文心雕龙》中，《文心雕龙》"原道""征圣""宗经"三位一体的文学观，是古典诗学理想品格的理论基石。解构于中唐时期以韩愈为代表的韩孟诗派之手，韩愈是中国古代诗歌史上承上启下的代表性人物。重构于民国学者顾随之手，顾随的情操诗学理论是关于中国古典诗学理论的集大成式总结。本章略述中国古典诗学理想品格的建构、解构和重构的大体进程，详细的讨论和细密的分疏，则有待将来开展专题研究。

第三章 同祖风骚：中国古典诗学源流论

汉魏以来，学者讨论中国古典诗学的源流变迁，大体皆持"同祖风骚"的文学史观。考察"风骚"词义之引申与转移，可以发现文人、女人、文学皆有"风骚"的特点。魏晋以来，诗、骚体式特征之辨析，成为学者讨论中国古典诗学源流变迁的重要话题。本章通过对"风骚"词义引申之考察，呈现中国古代诗学的一般性特点。通过对"同祖风骚"文学史观的考察，辨析历代学者关于诗、骚体式异同的讨论，呈现中国古典诗学理想品格的演变与发展。通过对诗、文、赋、词、曲、小说等古代中国六大文体的辨析，彰显中国古典诗学的理想特征。通过对四言、五言、七言等诗歌形式的讨论，通过对唐诗、宋诗之比较，呈显中国古典诗学的理想品格。

一、说"风骚"：关于"风骚"之本义及其引申的考察

"风骚"一词之语源，早期是指《诗经》和《楚辞》，是一个中性词，不含褒贬色彩。"风"是指《诗经》中的"十五国风"，因为它最能代表《诗经》的思想价值和艺术成就，故古代学者常以"风"概指《诗

经》。"骚"乃《楚辞》中的《离骚》,因为它是《楚辞》中最具代表性的篇章,故古代学者亦常以"骚"概指《楚辞》。如钟嵘《诗品序》说:"夫四言文约意广,取效风骚,便可多得。"沈约《宋书·谢灵运传论》亦说:"是以一世之士,各相慕习,原其飚流所始,莫不同祖风骚。"贾岛《喜李馀自蜀至》诗云:"往来自此过,词体近风骚。"这里的"风骚",皆是以偏概全,指称《诗经》和《楚辞》。再进一步引申,则以"风骚"一词泛指诗文,如《文选·任昉〈奉答敕示七夕诗启〉》云:"窃惟帝迹多绪,俯同不一,托情风什,希世罕王。"李周翰注云:"风什,谓篇章也。"高适《同崔员外綦毋拾遗九日宴京兆府李士曹》曰:"晚晴催翰墨,秋兴引风骚。"苏舜钦《奉酬公素学士见招之作》云:"留连日日奉杯宴,殊无间隙吟风骚。"另外,魏晋以来,学者亦常以"风人""骚人"代指诗人或文人,如《文选·曹植〈求通亲亲表〉》说:"是以雍雍穆穆,风人咏之。"吕延济注云:"风人,诗人也。"《文心雕龙·明诗》曰:"自王泽殄竭,风人辍采。"萧统《文选序》说:"骚人之文,自兹而作。"其"风人""骚人",皆泛指诗人或文人。

"风骚"一词,由特指"十五国风"和《离骚》,到概指《诗经》和《楚辞》,到泛指诗文,再引申为诗人或文人之通称,其义皆与文学有关,并且不含褒贬色彩。宋元以来,"风骚"词义之引申,则逐渐染上感情色彩,或作褒义使用,指文采、才情,如郑光祖《倩女离魂》第一折:"他多管是意不平自发扬,心不遂间缀作,十分的卖风骚,显秀丽,夸才调。"或指体态俊俏美好,如《红楼梦》第三回说王熙凤"身量苗条,体格风骚"。无心子《金雀记·定婚》说:"有貌有貌多俊俏,陈平说我最风骚。"值得注意的是,"风骚"一词在宋元以后的贬义引申,专指男女在性行为上的轻佻放荡,如《醒世恒言·一文钱小隙造奇冤》说:"那老儿虽然风骚,到底老人家,只好虚应故事，怎能勾满其所欲？"梁辰鱼《浣沙记·见王》说："我为人性格风骚，洞房中最怕寂寥。"李渔《怜香伴·女校》说："他出这等风致题目，一定是个老风骚，做首肉麻的诗应付他。"在近现代汉语中，"风骚"作为贬义词使用，指行为上风流不羁、不拘礼法、放荡轻佻，尤其是指女性在两性关系上的放荡和不检点。因此，在现代汉语语境里，说一个女人"风骚"，无疑是对她人品、操行的全盘否定。

此外，与"风骚"一词之词义引申同步发生的，是构成"风骚"这个合成词的两个词根的词义，自宋元以来，亦分别朝着两性风情、男女性事方面的意义引申。宋元以来的戏曲小说中，与"风"有关，或者以"风"为词根构成的词汇，如"争风吃醋""风情""风花雪月""风尘""风月""风月馆""风流债""风流韵事"等等，皆与两性情爱之事有关。其中"风月"一词，义近"风骚"，既可用来指称文学作品，亦可用来指称两性情爱之事，如韦庄《多情》诗云："一生风月供惆怅，到处烟花恨别离。"《金瓶梅词话》第一回回目云："景阳刚武松打虎，潘金莲嫌夫卖风月。"《二刻拍案惊奇》卷三八说："四娘为人心情风月，好结识个把风流子弟，私人往来。"即以"风月"指称男女情爱之事。欧阳修《赠王介甫》诗说："翰林风月三千首，吏部文章二百年。"罗烨《醉翁谈录·小说引子》说："编成风月三千卷，散与知音论古今。"此以"风月"指称文学作品。又如"骚"字，明清以来多用指两性关系上的不检点行为，如《初刻拍案惊奇》卷二六云："可恨那老和尚又骚又吃醋，极不长进。"《儒林外史》第四三回云："今日还那得工夫去看那骚婊子。"以"骚"为词根构成的词，如用"骚托托"形容女子的淫荡，如《初刻拍案惊奇》卷三一："我看这妇人，日里也骚托托的，做妖撒娇，捉身不住。"如以"骚货"指淫荡的女人，以"骚情"指男女间的风骚艳情。

综上，"风骚"一词，从早期特指"十五国风"和《离骚》，发展到概指《诗经》和《楚辞》，到泛指诗文，再引申为诗人之通称，其义皆与文学有关，且不含褒贬色彩。宋元以来，其词义则溢出文学范畴，并且逐渐染上褒贬色彩，或褒指女性的俊俏体态，或喻指文人的才情风流，而最为普遍的用法，则是专指男女、特别是女性在两性关系上的放荡风流和不检点行为。

考察"风骚"词义的引申演进，闻一多的观点最有启发性。据王瑶在《念闻一多先生》一文中说：

> 他讲《诗经》中的风诗是爱情诗，就从"风"字的古义讲起，说"風"字从虫，"虫"就是《书经·仲虺之诰》中的"虺"字的原字，即蛇；然后又叙述《论衡》和《新序》中记载的孙叔敖见两头蛇的故事，习俗认为不祥，见之者死，其实就是蛇在交尾，这是'虺'字的原义。《颜氏家训·勉学篇》引《庄子》佚文就说"魄（虺）二首"，它本来就是指异性相接，所以《左传》上说"风马牛不相及"，意思是说马牛不同类，故不能"风"；后世训"风"为"远"，实误。由此发展下来的词汇，如风流、风韵、风情、风月、风骚等，皆与异性相慕之情有关。[1]

所谓"两头蛇"，实际上是两条蛇在交尾，即民间所谓的"蛇相晤"，见之者不祥，当有大祸，非死即病，今日民间仍有此说。据此，"风"字本有雌雄交配、异性寻欢之意。

此说征诸文献，亦可得到证实，如《尚书·费誓》说："马牛其风，臣妾逋逃，勿敢越逐。"孔颖达疏云："僖四年《左传》云：'唯是风马牛不相及也。'贾逵云：'风，放也。牝牡相诱谓之风。'"《左

---

[1] 转引自闻黎明、侯菊坤：《闻一多年谱长编》，湖北人民出版社1994年版，第473页。

传·昭公元年》载：

> 晋侯求医于秦，秦伯使医和视之，曰："疾不可为也，是谓近女室，疾如蛊。非鬼非食，惑以丧志。良臣将死，天命不祐。"……赵孟曰："何谓蛊？"对曰："淫溺惑乱之所生也。于文，皿虫为蛊。谷之飞亦为蛊。在《周易》，女惑男、风落山谓之蛊。皆同物也。"[1]

《周易》"蛊"卦的卦象是巽上艮下，巽代表长女，象征风；艮代表少男，象征山木。长女以自己的魅力诱惑比自己年少的男子，使之爱悦于己，神魂颠倒，好像风吹拂开去能把山木摇落一样。在这里，"风是女性媚惑于男子，使男子迷痴的喻象"，"风不是一般女性的象征，而是那种对男子有挑逗、媚惑意味的女性的象征"。[2]又《庄子·天运》云：

> 夫白鹢之相视，眸子不运而风化。虫，雄鸣于上风，雌应于下风而风化。类自为雌雄，故风化。

"风化"指动物两性间的偶合受孕过程，风就是白鹢雌雄间达成交合与受孕的物质媒介。叶舒宪借用心理分析学家荣格的观点，分析指出：风是携带和运载着神圣生命的气息，在神话和幻觉中出现的风，常常带有性的意蕴，宇宙间运动着的风云雨露，皆可作为天神实施其生化意向的特质媒介，是生命力运行的表现，从运行流转的意义上又可以

---

[1] 杜预：《春秋左传集解》，上海人民出版社1977年版，第1201～1202页。
[2] 王政：《〈周易〉〈焦氏易林〉中的婚配喻象》，见叶舒宪主编《性别诗学》，社会科学文献出版社1999年版。

产生"风流""风骚""风情"等系列词汇。[1]

另外,在云南丽江纳西族的青年男女之间,普遍存在着一种为追求自由爱情而发生的殉情现象,那些殉情而死的女性,在东巴教中被称为"风鬼",东巴教为殉情者举行的祭奠仪式称为"奠风"。风是纳西族青年男女殉情的一种契机,成为殉情者通往圣域的一种神秘媒介。在很多殉情故事中,都讲到风传送来殉情鬼的弦歌妙乐,使恋爱中的男女心神恍惚,不能自持地去殉情,去追随她们,因此在风与殉情之间形成一种密切的关系。据说,在纳西语中,"风"这一词汇与男女情爱有着某种特殊的内在联系,"风"在纳西语中兼有"风流""风骚""浪荡""不正经"等贬义,如某个人在男女关系上放荡不羁,不正经,过于随便,就被斥为"哈斯",直译的意思是"挟带着风",其语源与东巴教中所说的风鬼阿莎咪等挟带着风,领着风兵云将作祟人间的传说有关。这个贬义词仍用于现代纳西口语中,并且多用来指称放荡、风骚的女人。[2] 在纳西语中,从以女性为风鬼之母,到以"风"指称风骚放荡的女人,这一语言现象,为我们的上述讨论提供了一个有趣的民俗例证。

关于"骚",起初亦有不正、过分、淫荡之义,如《方言》卷六说:"吴楚偏蹇曰骚。"《广雅·释诂三》说:"骚,蹇也。"蹇者,跛行,即行不正。梁同书《直语补证》说:"《方言》:'吴楚偏蹇曰骚。'本言行不正也,今俗以媚容取悦曰骚。"即从走路不正引申为行为不正,以媚容取悦于人是品行操守上的不正,故亦称"骚"。

总之,"风""骚"二词之本义,或指异性相慕,或指行为放荡风流,

---

[1] 叶舒宪:《风、云、雨、露的隐喻通释——兼论汉语中性语汇的文化编码逻辑》,见叶舒宪主编《性别诗学》,社会科学文献出版社1999年版。

[2] 杨福泉:《殉情》,江西教育出版社、海天出版社1999年版,第48页。

合而言之，皆与男女情爱之事相关。后因"风""骚"分别作为《诗经》《楚辞》之篇名，遂被借用来概指《诗经》和《楚辞》，进而以之泛指一切文学作品，或指称诗人，或指称才情。宋元以后，又用以指称男女情爱之事，特别是指女性在两性情爱关系上的主动姿态。宋元以来的这种用法，正是"风骚"一词的本义回归。

"风骚"一词与两性情爱相关，特别是指女性在两性关系上的主动姿态；与文学有关，系指以《诗经》《楚辞》为代表的诗文作品；与文人有关，用以之为词根构成的"风人""骚人"指称文人。实际上，通过对"风骚"词义引申过程的考察，我们已经注意到女人、文学、文人三者与"风骚"一词的内在联系，即"风骚"是女人、文人、文学三者的共同特点。这使人联想到林语堂关于"文人似女人"的妙喻，即文人薄命与红颜薄命同；文人相轻与女人喜欢互相评头品足同；文人可以叫条子，妓女亦可以叫条子。[1]需要补充说明的是，文人的风流与女人的风骚相通。女人在两性关系上的主动态度被称作"风骚"，文人的拈花惹草被称作"风流"。风流是才子必具之品性，一个才子，若不风流，便难称才子。所以，风流才子，常被世人所称道，亦为佳人所青睐。

古代中国人的爱情理想有二：一是才子佳人，二是英雄美人。才子之所以恋佳人，佳人之所以慕才子，就在于他们都具有风骚情性。才子佳人之恋爱，实为才子之才与佳人之色的互动，是才色之恋。才子重色，佳人尚才，"有情必有才，才若疏，则情不挚"。[2]佳人钟情于才子之才，即钟情于才子的深情与义气。才子、佳人都有风骚情性，皆是具有诗性精神和艺术特质的人格范型。牟宗三说：

---

[1] 林语堂：《人生的盛宴》，湖南文艺出版社1988年版，第297~298页。
[2] 《青楼梦》第一回潇湘馆侍者评语。

> 从草莽中起而打天下的英雄人物，其背后精神，吾曾名之曰"综合的尽气之精神"。尽才尽情尽气，这是一串。尽心尽性尽伦尽制这一串代表中国文化的理性世界，而尽才尽情尽气，则代表天才世界。诗人、情人、江湖义侠，以至于打天下的草莽英雄，都是天才世界中的人物。……这是一种艺术性的人格表现。与"综合的尽理之精神"下的圣贤人格相反。这两种基本精神笼罩了中国的整个文化生命。[1]

牟氏之论，高屋建瓴，很深刻地指出了才、情、气三者的相通之处，以及诗人、情人、义侠和英雄的艺术性人格特征。分而言之，才子代表才，情人代表情，英雄代表气。才、情、气相通，故才子、情人、英雄三者之间具有天然的亲和力。合而言之，才、情、气三者都是具有诗性精神的品格，才子、情人、英雄身上都具有此种诗性精神，因而亦较其他群体更有亲和力。[2] 所以，才子佳人，英雄美人，自古以来就被人们视为天作之合。黄家遵通过对才子佳人风流韵事之考察，指出传统中国人对才子佳人的两点态度：

> 第一，调戏人家妇女，在唐宋时自然是一种妨害风化而应受处罚的事，可是如果他是一个书生，他是一个能诗者，他们就可以任意胡为，不受责罚，甚至反要加赏。第二，才子佳人好象是天生的匹配，所以统治者遇到才子佳人私奔或单恋的案件，却反要替他们撮合，好像这是"替天行道"。这种现象是当时社会制度上的矛盾，这种矛盾显示着礼教对于性的禁压的无用。[3]

---

[1] 牟宗三：《中国文化的特质》，见《道德理想主义的重建》，中国广播电视出版社1993年版，第60页。

[2] 汪文学：《传统人伦关系的现代诠释》，贵州民族出版社2004年版，第142、155页。

[3] 黄家遵著、卞恩才整理：《中国古代婚姻史研究》，广东人民出版社1995年版，第339~340页。

才子以风流著称，虽始于汉代的司马相如，但风流作为才子的普遍特征，并为世人所艳羡，则是自唐宋始。这与古代诗人地位之升降有关，与古人对诗歌社会功能的界定有关。唐宋以前，诗歌被界定为"经夫妇，成孝敬，厚人伦，美教化，移风俗"的政教工具，诗人的身份是政治教化的执行者，故而诗人之品性必须是端庄稳重的。唐宋以后，诗歌的社会功能和诗人的社会身份皆发生显著变化，逐渐朝着世俗化、个人化、抒情化方向发展，诗歌被普遍视为抒写个人情性的载体，诗人以展现个人才性的姿态出现，个性化和自由化成为诗人的主要特点，对自然本性之追求，成为诗人的目标。于是，文人身上的风流情性亦就得到充分的显示和发挥。

诗歌功能的变迁，诗人地位的变化，文人风流情性之发扬，与魏晋时期"人的自觉"以及随之而来的"文的自觉"密切相关，但它的普泛化，则是在唐宋时期。因此，"文人无行"的话题亦兴起于魏晋，[1]盛行于唐宋，成为宋元以来的道德家老生常谈的一个话题。魏晋学者谈论"文人无行"，多指文人放任旷达、任性不羁、目中无人等不良品性。唐宋以来的道德家谈论"文人无行"，则于上述内容之外加上风流放荡一目，这正如鲁迅先生所说："轻薄，浮躁、酗酒、嫖妓而至于闹事，偷香而至于害人，这是古来之所谓'文人无行'。"[2]应该说，这是"人的自觉"的必然结果。追求"人的自觉"的先驱者——文人，其追求人的自然本性之实现，必将男女情爱置于首要位置，并必然表现出风流情性。所以，"文人无行"是文学艺术的本质要求，文人的风流品性，是由他们从事的艺术创作这项工作决定的。从这个层面上讲，文人、女人和文学三者是相通的，即皆具有风骚的特点。

---

[1] 汪文学：《汉晋文化思潮变迁研究》，贵州人民出版社2003年版，第181～191页。
[2] 鲁迅：《集外集拾遗·辩"文人无行"》，人民文学出版社1976年版。

"风骚"一词，作为贬义词使用，专指女性在两性关系上的主动姿态，是宋元以来的引申。同样，文人的放荡风流，作为道德品质上的一个缺陷，成为道德家指责"文人无行"的口实，亦是宋元以来的事情。宋代以前，人们对诗人的放诞风流，总能持一种宽容和庇护的态度。这两种现象的同时出现，与宋元以来儒家礼教的深入影响，有密切关系。

从"风骚"词义的引申演变过程，我们至少可以获得这样几点认识：首先，文学与两性情爱关系密切。文学以书写情性为目的，两性情爱是人类情性中最基本最深沉的内容。所以，无论古今中外，两性情爱皆是文学创作最基本的题材。其次，文学与女性关系密切。尤其是在中国古典诗学中，美人如诗，诗似女人，由此决定中国古典诗歌显而易见的柔性特征。最后，由"风骚"词义之引申演变过程，我们亦可以发现以温柔敦厚为特质的中国古典诗学古典美的基本内涵及其发展流变。

二、"同祖风骚"的文学史观和诗骚之辨

现当代的文学史家在梳理中国古代文学发展之大体趋势和演变脉络时，常常借鉴西方文学理论中的"现实主义"和"浪漫主义"批评术语，将两千多年的中国古代文学史厘分为现实主义文学和浪漫主义文学两大派别，以为《诗经》是现实主义文学的源头，杜甫代表此派文学的最高成就；《楚辞》是浪漫主义文学的源头，李白代表此派文学的最高成就。将纷繁复杂的两千多年的中国文学发展史做如此大而化之的厘分，尤其是借用西方文学史上的"现实主义"和"浪漫主义"两大文学流派的名称指称中国古代文学，虽然颇遭非议，且有削足适

履之嫌。但因长期使用而约定成俗，成为学者讨论中国古代文学的思维定式。因此，文学史家叙述某位作家，往往首先要做的就是对作家身份的定性，判断他是现实主义作家还是浪漫主义作家。犹如哲学史和思想史叙述某位哲学家或思想家，首先必须得厘定他是唯物主义思想家还是唯心主义思想家一样。

我们认为，将中国文学发展史厘定为以《诗经》为源头的现实主义文学和以《楚辞》为代表的浪漫主义文学两大派别，虽然是西学东渐后受西方文学史观念之影响下形成的文学史观。但是，这种认识亦自有其本土学术渊源，即发源于汉代、成熟于六朝、盛行于唐代以后的"同祖风骚"文学史观。

"同祖风骚"的文学史观发生于汉代。汉人依经立论，以为天下文章莫不"同祖风骚"。在汉代，《诗经》和《离骚》先后上升至经典地位，被称为《诗经》和《离骚经》，成为百代诗章的祖源和最高法则。如扬雄区分赋体，以为"诗人之赋丽以则，辞人之赋丽以淫"，[1] 将赋区分为"诗人之赋"和"辞人之赋"两类，实际上是认为赋体文学起源于《诗经》和《楚辞》。这与刘勰《文心雕龙·诠赋》讨论赋体源流时所作的"受命于诗人，拓宇于楚辞"的判断，如出一辙，体现了"同祖风骚"的文学史观。汉人这种文学史观，在六朝时期得到发扬光大。如钟嵘《诗品》对汉魏六朝时期的一百三十多位诗人进行追本溯源的研究，把所有诗人归于《诗经》和《楚辞》两大系统，分隶于《国风》《小雅》和《楚辞》三个源头，这无疑是典型的"同祖风骚"的文学史观。此种观念，应是当时学者的共识。如刘勰《文心雕龙·辨骚》论作文之准则，是"凭轼以倚雅颂，悬辔以驭楚辞"；《序志》论为文之"枢纽"，是"本乎道，师乎圣，体乎经，酌乎纬，

---

[1] 《法言·吾子》。

变乎骚"，以《诗》《骚》为作文之准则和为文之"枢纽"，体现的亦是"同祖风骚"的文学史观。"同祖风骚"一语出自沈约，他在《宋书·谢灵运传论》中论汉魏文体之源流时说："其飚流所始，莫不同祖风骚。"近似的说法见于檀道鸾《续晋阳秋》，《世说新语·文学》注引之曰："自司马相如、王褒、扬雄诸贤，世尚赋颂，皆体则诗、骚，傍综百家之言。""体则诗骚"，亦就是沈约所说的"同祖风骚"。唐宋以来，此种观念成为学者之通识，此不赘述。

以《诗经》《楚辞》为中国古代诗学之源头，以"风""骚"二派概括中国古代诗学之流变，不仅是汉魏以来古代学者之共识，亦是现当代文学史家之通论。关于这两派文学之源与流，清人纪昀有一个极精审的概括，他说：

> 风人骚人，邈哉邈矣，非后人所能拟议也，而流别所自，正变递乘。分支于"三百篇"者，为两汉遗音；沿波于屈、宋者，为六朝绮语。上下两千余年，刻骨镂心，千汇万状，大约皆此两派之变相耳。……余谓西河卜子传《诗》于尼山者也，《大序》一篇，确有授受，不比诸篇小序为经师递有加增。其中"发乎情，止乎礼义"二语，实探风雅之大原，后人各明一义，渐失其宗。一则知止乎礼义，而不必发乎其情，流而为金仁山濂洛风雅一派，使严沧浪辈激而为"不涉理路，不落言筌"之论；一则知发乎情，而不必其止乎礼义，自陆平原"缘情"一语引入歧途，其究乃至于绘画横陈，不诚已甚与！[1]

温柔敦厚的古典诗学理想，在情感内容上的体现，就是"发乎情，止乎礼义"，故纪昀称之为"风雅之大原"。此后发展为两派，一派以"诗三百"为源头，其流是"两汉遗音"，其极为"濂洛风雅一派"；

---

[1] 纪昀：《云林诗钞序》，《纪文达公遗集》卷九。

一派以屈、宋之《楚辞》为源头，其流为"六朝绮语"，其极为"绘画横陈"之"歧途"。用纪昀的话说，中国古代诗学之"千汇万状"，"大约皆此两派之变相"。

大体而言，中国古代诗学就是在风、骚二派的矛盾、斗争而又相互渗透、彼此影响的情形下发展起来的。二派之并峙，体现的就是正与变、理与情、言志与抒情、写实与传奇、素朴与感伤、教化与审美的对立矛盾。以下分别就此种对峙情况略作陈述。

第一，中国古代诗学风、骚二派的并存，实为"言志"与"缘情"二种诗学思想的对峙。概括地说，风派主张"诗言志"，骚派主张"诗缘情"。

"诗言志"作为一个诗学命题，首次在《尚书·尧典》中提出，其云："诗言志，歌永言，声依永，律和声。八音克谐，无相夺伦，神人以和。"朱自清称"诗言志"为中国古代诗学的"开山纲领"。[1] 所谓"志"，据闻一多《歌与诗》考释说："志字从㞢，卜辞㞢作㞢，从止下一，象人足停止在地上，所以㞢本训停止。……志从㞢从心，本义是停止在心上，停在心上亦可说是藏在心里。"[2] 那末，停止在心上或者藏在心里的东西是什么呢？当然不外乎是人的思想感情。所以，所谓"诗言志"，简单地说，即诗歌是表现人的喜怒哀乐等思想感情。故《毛诗序》说："诗者，志之所之也。在心为志，发言为诗。"停留在心上或藏在心里的"志"，既包括感性的情感，即个人性的喜怒哀乐之情；亦包括理性的情感，即与国家军国大事和社会普遍伦理相关的社会性情感。"诗言志"之本义当包含这两个方面，其最初并无偏向。但是，

---

[1] 朱自清：《诗言志辨》篇首，华东师范大学出版社1996年版。
[2] 闻一多：《歌与诗》，见《闻一多全集》（第一册），生活·读书·新知三联书店1982年版，第185页。

随着社会的发展，社会生活的日趋复杂化与多样性，为了维护现存社会秩序的统一性，对感性的个体情感欲求的压制和对理性的社会性情感的提倡，就是一个必然的趋势。于是，便有孔子提出的"思无邪"，汉儒倡导的温柔敦厚的诗教，以及"发乎情，止乎礼义"的限制，个人性的感性情感受到节制，社会性的理性情感得到张扬，"诗言志"获得的新诠释，就是"志"的范围被限定在社会性的理性情感中，因而其局限性亦就日益显现出来。正是因为"诗言志"之"志"被限定所导致的局限，促成了"诗缘情"说的产生。

"诗缘情"作为一个诗学理论，首次正式提出，是陆机的《文赋》。但其理论却是渊源有自，甚至《尚书·尧典》的"诗言志"说，亦当包含"缘情"的内容。而在《荀子·乐论》中有更充分的阐述，其云：

> 夫乐者，乐也，人情之所必不免也。故人不能无乐，乐则必发于声音，形于动静。而人之道，声音动静，性术之变尽是矣。[1]

《乐记》亦说："乐者，音之所由生也，其本在于人心之感于物也。""凡音者，生人心者也，情动于中，故形于言，声成文，谓之音。"这和陆机提出的"诗缘情"，并无本质的不同。不过，尚需注意的是，无论是《乐论》，还是《乐记》，在论及乐缘于情时，皆有对情的节制。如《荀子·乐论》说：

> 故人不能不乐，乐则不能无形，形而不为道，则不能无乱。先王恶其乱也，故制雅颂之声以道之。使其声足以乐而不流，使其文足以辨而不 。[2]

---

[1] 王先谦：《荀子集解》（诸子集成本），上海书店1986年版，第252页。
[2] 王先谦：《荀子集解》（诸子集成本），上海书店1986年版，第252页。

《乐记》说：

> 凡音者，生于人心者也。乐者，通伦理者也。是故知声而不知音者，禽兽是也。知音而不知乐者，众庶是也，惟君子为能知乐。

声成文谓之音，音合于雅颂而通于伦理，才是乐。这实际上就是对情的节制，与《毛诗序》"发乎情，止乎礼义"的观点近似。而陆机《文赋》提出的"诗缘情"，则无视这些对情的节制，首次将诗的抒情特征以理论的形式固定下来，所以，朱自清说："诗言志，指的表见德性，……可是'缘情'的五言诗发达了，'言志'以外迫切的需要一个新标目，于是陆机《文赋》第一次铸成'诗缘情而绮靡'这个新语。"[1]

如果说经过汉儒诠释过的"诗言志"之"志"是社会性的情感，那末，"诗缘情"之"情"则是个人性的情感。前者是理性的，后者是感性的。陆机提出"诗缘情"，正是高扬个人性情感以纠正被汉儒诠释过的"诗言志"的缺失，其流弊就是泛情主义，乃至发展到南朝的宫体诗，如纪昀所谓"绘画横陈"的泛情主义倾向。而试图将"诗言志"与"诗缘情"统一起来，回复到"诗言志"之早期理论状态的，是初唐的孔颖达和李善。孔颖达《左传昭公十五年·正义》说："在己为情，情动为志。情、志一也。"李善《文选·文赋》注："诗以言志，故曰缘情。"在他们看来，"言志"和"缘情"并无本质的区别，而是内涵完全等同的两个诗学命题。

概括地说，中国古代诗学中的风、骚之别，大体相当于"言志"与"缘情"之分。萧华荣说："屈原创作自陈的最大特点，便是特别

---

[1] 朱自清：《诗言志辨》，华东师范大学出版社1996年版，第35页。

突出地强调了诗的抒情性，从'诗人'的创作自诉到'骚人'的创作自诉，似乎预演了一番从'诗言志'到'诗缘情'。"[1] 风、骚之别，就是志、情之分，理性与感性之别，社会性与个人性之分，甚至是正、变之争，是情与礼的冲突。骚体文学强烈的抒情特征，不符合儒家"发乎情，止乎礼义"的节制，与儒家提倡的"乐而不淫，哀而不伤"、"好色而不淫，怨诽而不乱"的温柔敦厚的古典诗学理想相暌违。故宗尚儒家诗教、推尊言志传统者，往往对楚骚的"发愤以抒情"论持否定态度。因此，如果说以《诗经》为源头的"诗言志"论主张"发乎情，止乎礼义"；那末，以《楚辞》为源头的"诗缘情"论则是主张"一往情深"。明乎此，追求"一往情深"的魏晋名士，喜欢诵读《离骚》，以诵读《离骚》为名士之必修功课，就是情理中事。而陆游之所以一再提到他喜欢醉中读《骚》，亦可获得有效解释。如陆游《读书》云："病里犹须看《周易》，醉中亦复读《离骚》。"《六言杂兴》说："病里正须《周易》，醉中却要《离骚》。"《自诒》说："病中看《周易》，醉后读《离骚》。"《闭门》说："研朱点《周易》，饮酒读《离骚》。"《书怀示子遹》说："问看饮酒咏《离骚》，何时焚香对《周易》。"《杂赋》说："体不佳时看《周易》，酒痛饮后读《离骚》。"如此反复地言说"醉后读《离骚》"，非仅是诗人在创作中的自我重复，而是有意揭示阅读《离骚》的心境与心情问题，即"发愤以抒情"之《离骚》与酒醉后的"一往深情"正相吻合。

屈原在《惜诵》中说："惜诵以致愍兮，发愤以抒情。所非忠而言之兮，指苍天以为正。"[2] 与儒家主张的"诗言志"异趣，屈原在这里明确提出"发愤以抒情"。其后与司马迁的"发愤著书"说和陆

---

[1] 萧华荣：《中国古典诗学理论史》，华东师范大学出版社1994年版，第25页。
[2] 朱熹：《楚辞集注》，上海古籍出版社1979年版，第73页。

机的"诗缘情"论，构成一个一脉相承的诗学系统。这个系统与儒家的"诗言志"说并行不废，共同组成中国古代诗学理论发展史上的两大统系。其实，深情为人生之所难免，儒家亦讲"诗可以怨"，但儒家所讲的"诗可以怨"与屈原所说的"发愤以抒情"，其"怨"与"愤"，不仅在情绪的程度上有轻重之别，就是在偏重和动机上亦有所不同。儒家所说的"怨"，是"怨诽而不乱"，其"怨"是"发乎情"，其"不怨"是"止乎礼义"，总之是以温柔敦厚为准则。陆晓光说："'发愤以抒情'较之'诗可以怨'，前者偏重于个体需要，后者偏重于群体规范；前者的动机主要是内在的，后者的动机主要是外在的。"[1] 换句话说，前者是感性的，后者是理性的；前者是个人性情感，后者是社会性情感；前者以激越抒情为特征，后者以温柔敦厚为主调。以温柔敦厚的古典诗学理想来衡量，前者是变，后者是正；前者是极端，后者是中和；前者是现代性，后者是古典美。

第二，中国古代诗学中风、骚二派的并存，亦是"写实"与"传奇"两种文学风格的并存，套用西方文学批评术语，大体近似于现实主义与浪漫主义的并存。

"写实"与"传奇"是西方文学批评中的两个重要概念，近似于现实主义和浪漫主义。现当代的中国文学史家习惯以现实主义和浪漫主义比附中国文学，以为中国文学史上存在着以《诗经》为源头、以杜甫为代表的现实主义和以《楚辞》为源头、以李白为代表的浪漫主义两大文学流派。这种做法已被当代学者逐渐"扬弃"，因为一种创作倾向要上升到"主义"的高度，必须有开宗立派的自觉意识。事实上，在古代中国，有侧重关注民生、反映现实的"写实"性创作，而

---

[1] 陆晓光：《中国政教文学之起源——先秦说诗论考》，华中师范大学出版社1994年版，第173页。

没有开宗立派的自觉的现实主义创作；有侧重关注自我、抒写理想的"传奇"性写作，亦没有开宗立派的自觉的浪漫主义创作。浪漫主义是18世纪欧洲文学史上流行的一种文学创作思潮，现实主义则是19世纪欧洲文学史上流行的创作思潮。因此，以浪漫主义和现实主义比附中国文学，不如径直以"写实"和"传奇"指称这两种创作倾向，更符合中国古代文学发展之实际情况。

概括地说，《诗经》是"写实"性的，《楚辞》是"传奇"性的。由《诗经》开创的诗教传统偏重于现实人生的"写实"性观照，由《楚辞》开创的楚骚传统偏重于理想人生的"传奇"性观照。台湾学者柯庆明就曾以"写实"和"传奇"两个概念分析《诗经》和《楚辞》，探讨"中国文学之美的价值性"。他认为，《诗经》在中国文学之美的价值及其主要贡献，就是"人情之美的发现"。透过人情来体认世界，是《诗经》奠定的中国文学的一个基本的抒情传统。他说：

> 中国文学的根源于一部包涵社会各阶层，大体以日常生活的各方面为主的抒情诗歌集的《诗经》，而非如许多西方国家的根源于少数英雄之杀伐战斗作为主题的史诗，是一具有深远意义的事实。因为它确认了温柔敦厚之仁远胜于骄傲刚强之勇。

或者说，由《诗经》开创的中国古典诗学，是一种"尊崇圣贤而非尊崇英雄"的文化传统。所以，"中国文学从《诗经》时代起即是民众的文学，并且更重要的，中国文化基本上是以日常的家居生活为理想的文化。所以，英雄将领的战功似乎比不上'有敦瓜苦，蒸在栗薪'，一个家里的苦匏令人感动。这种以百姓家居为理想，以温柔抒情为主调的文学精神，事实上成为中国文学后来发展的基础"。与《诗经》这种对日常家居生活以及由此而扩大的社会礼教生活的关切不同，《楚辞》则是侧重于四处上下遨游追寻的精神体验。他说:"屈原使《楚辞》基本上反映出一种由家居、由京城被逐,而于上下四方彷徨流荡、痛苦追索的无处安心、无家可归的远别流浪的情怀。"因此,与《诗经》中的诗人主体人格之平凡委顺不同,《楚辞》则是"孤臣孽子"一往情深的诉说,"是一个具有高度文化修养的敏锐心灵,对于时代社会之病征的痛切反省。它透过一种高卓的文化理想,一种广博的历史知识,以一种忧心如焚的激切之情来关怀国家社会,来抨击时代的堕落、人们的谬误。它的美是一种对于高远的理想的执著追寻之美"。在他看来,"假如《诗经》反映的大体上只是常人之情的话,《楚辞》中反映的却是屈原的志士哲人的忧国忧世之情,因此它的美也同时是伟大人格的自我流露之美"。因此,如果说《诗经》开启了对普遍人情之美的书写传统,《楚辞》则"开启了以诗人自身人格为表现的伟大的诗歌传统"。基于上述特征,柯庆明称以《诗经》为代表的书写素朴的日常生活之情,为"写实"风格;以《楚辞》为代表的书写高远理想和忧国忧世之情,为"传奇"风格。他说:"'写实'与'传奇'自《诗经》与《楚辞》之后,遂成为中国文学的两种基本典型的美。"[1]

  应该说,柯庆明对中国诗学早期源头的分析很深刻,亦极有理据。概括地说,"诗"之一派开启了温柔抒情的传统,"骚"之一派则是以激越抒情为特点;"诗"体关注现实人生,书写日常家居,是家居的文学,是平民的文学;"骚"体关注理想人生,书写流浪追寻,是流浪的文学,是贵族(精神贵族)的文学;"诗"体呈现人情之美,"骚"体彰显人格之美;"诗"体抒写平凡人士的家居日常之情,"骚"体抒写志士哲人的忧世忧生之感;"诗"之一派是现实的,因而是"写

---

[1] 柯庆明:《中国文学之美的价值性》,见《中国文学的美感》,河北教育出版社2001年版,第3~7页。

实"的；"骚"之一派是想象或幻想的，因而是"传奇"的。

前面提到，柯庆明指出中国文学根源于《诗经》书写日常生活的传统，非如西方文学根源于少数英雄杀伐战斗的史诗，以为在中国文学中温柔敦厚之仁远胜于骄傲刚强之勇，并形成一种"尊崇圣贤而非尊崇英雄——尤其是军事英雄——的文化"。[1] 这亦许是中西古典诗学的显著区别之一。而以《楚辞》为源头的楚骚传统，虽然与以《诗经》为源头的书写日常生活的传统迥异，却与西方文学的英雄传统近似，虽然其中没有杀伐战斗，但骄傲刚强却是有的，其忧心如焚的激切之情与英雄情怀无异，其对自身伟岸人格的张扬，亦与英雄气质近似。只不过西方文学侧重杀伐战斗的军事英雄，楚骚传统呈现的是追求文化理想的精神英雄或人格英雄。这或许就是楚骚传统虽然是中国古代诗学的两大重要传统，而与诗教传统相比，则始终处于次要位置或"变"之状态的主要原因。

以《楚辞》为代表的"传奇"一派，因书写理想生活，描绘英雄人格，故而与"写实"一派迥异，更侧重于想象和幻想，力图在现实世界之外，建构一个象征人类心灵的奇幻文学世界。但是，通过想象和幻想构筑奇幻的文学世界和心灵世界，似非中国文人所擅长。或者说，传统中国文人更擅长"写实"，而不偏尚"传奇"。近代学者顾随亦有用"写实"和"传奇"概括中国古代诗学的观点。他说：

  对人生须深入咀嚼始能深，否则须有幻想。中国幻想不发达，千古以来仅一屈子，连宋玉都不成，汉人简直老实近于愚，何能学《骚》？后之诗人亦做不到，但流恋诗酒风花，不高不下何足贵？而此种诗车载

---

[1] 柯庆明：《中国文学之美的价值性》，见《中国文学的美感》，河北教育出版社2001年版，第4～5页。

斗量。屈子之后，诗人有近似《离骚》而富于幻想者，不得不推李白。[1]

认为李白诗之所以有高致，就是因为他能幻想。他说："诗人富幻想者好用比，如李白；老杜偏于赋，皇皇大篇，直陈其事，故有'诗史'之称。太白号称仙才，以其富于幻想、联想，天才，多用比也。"[2]李贺亦有幻想，他说："李长吉年龄有限，经验功夫不到，若年岁稍长，或当更有好诗。然而读其诗并不白废，即因其尚有幻想。此条路自《庄子》《楚辞》后，几于茅塞。至唐而有长吉。"[3]所谓"幻想"，即非真实，义近于"传奇"。他说："幻想说得严肃一点便是理想。人生总是有缺陷的，而理想是完美的。诗人不满于现实，故要求理想之完美。"在他看来，"长吉有幻想，而幻想与人生不能成一个，不能一致，若能则真了不起。吾国人少幻想又找不到人生。老杜抓住人生而无空际幻想，长吉有幻想而无实际人生。幻想中若无实际人生则不必要，故鬼怪故事在故事中价值最低。"[4]顾随虽然强调幻想于文学之重要性，但是，比较而言，对于幻想的文学，顾随更推崇的书写现实人生、表达日常人伦之情的写实的文学，因为它更符合温柔敦厚的古典诗学传统。所以，顾随情操诗学理论之立足点，是写实的文学，不是幻想的文学。

第三，中国古代诗学的风、骚二派，就其风格而言，略近于席勒

---

[1] 顾随：《顾随诗文丛论》（增定版），顾之京整理，天津人民出版社1997年版，第9页。

[2] 顾随：《顾随诗文丛论》（增定版），顾之京整理，天津人民出版社1997年版，第1页。

[3] 顾随：《顾随诗文丛论》（增定版），顾之京整理，天津人民出版社1997年版，第25页。

[4] 顾随：《顾随诗文丛论》（增定版），顾之京整理，天津人民出版社1997年版，第26页。

所说的"素朴的诗"和"感伤的诗"两种类型。

席勒在《论素朴的诗和感伤的诗》这篇论文中,将诗歌分为"素朴的诗"和"感伤的诗"两类,分别代表古典主义文艺和浪漫主义文艺,或者现实主义文艺和近代文艺。席勒的观点与歌德近似,认为"素朴的诗"是健康的,"感伤的诗"是病态的。他依据人与自然(包括外在自然和内在自然)的关系状态区分"素朴的诗"和"感伤的诗"。他说:"诗人或则就是自然,或则追寻自然,二者必居其一。前者使人成为素朴的诗人,后者使他成为感伤的诗人。""素朴的诗"是"写实"的,"感伤的诗"是"传奇"的。"素朴的诗"表现现实人生,"感伤的诗"表现理想人生。"素朴诗人"反映的是直接现实,"感伤诗人"反映的是由现实提升的理想。前者是纯粹客观的,后者是透过主观的态度来反映客观世界。因为"素朴的诗"与"感伤的诗"的对立,就是现实主义与理想主义的对立。[1] "素朴诗人"对现实有一种满足感,满足于人与自然的和谐,主体与对象的统一,因而是完美的、健康的。"感伤诗人"对现实持批判态度,不满意现实中主体与对象的分裂,希望回到人与自然的和谐状态,因而是病态的、感伤的。"素朴的诗"的典范是古希腊诗歌,"感伤的诗"的典范是近代浪漫主义诗歌。但是,作为诗歌风格,"素朴的诗"并不专属于古代,"感伤的诗"亦不是近代才有的。古希腊罗马时代有"感伤的诗",近代亦不乏"素朴的诗"。

席勒关于"素朴的诗"与"感伤的诗"的分别和阐释,是针对西方文学而言的,简单地将之用来比附中国古代诗学,确有不伦不类之嫌疑。但是,因为二者确有许多相近相似之处,而引起学者的注意。如日本学者小川环树在《风与云——感伤文学的起源》一文中,通过对先秦两汉以及魏晋六朝文学中"风"和"云"两个文学意象之意义

---

[1] 朱光潜:《西方美学史》(下),人民文学出版社1979年版,第462～463页。

的发展变迁研究,揭示出上古自然观与汉代以后自然观的区别。他发现,"自汉魏而下及至六朝(前3世纪~6世纪),通过眺望流云而寄托对亲人友朋之思念的抒情方法,被运用得极为广泛,成为广大诗人十分喜爱的一种表现模式"。在这时候,"风本是没有感情之自然现象,然而诗人却屡屡不胜其悲"。但是,"对上古人来说,眺望流云之举不会成为引发感伤之情的契机","观察一番《诗经》里的云,我们就会看到完全不同的另一番景象,那里面的'云'简直像漂流到了别的精神国度,给人以截然不同的印象","像汉以后的诗那样,借风声传悲情的抒情方法,在《诗经》里是完全看不到的"。因此,他断言:"周代文学(姑且以《诗经》为代表)与汉代文学的差异,正相当于西方文论中所谓素朴文学与感伤文学的区别。"小川环树所说的"汉代文学",侧重指汉代的楚声歌,他所考察的汉代文学的感伤特质,亦主要是以汉代楚声歌为例。他说:

> 如果要探寻贯穿在以诗为中心的中国文学里的感伤主义的起源,那么,它的源头不在《诗经》,而必须到《楚辞》那里去寻觅。换句话说,感伤主义并非源于周人,而是源于楚人。[1]

所以,概而言之,感伤文学的源头在《楚辞》,素朴文学的源头在《诗经》;进一步说,诗教传统的文学有"素朴"的特点,楚骚传统的文学有"感伤"的特点。中国古代诗学发展史上之风、骚二派,亦就是"素朴"与"感伤"二派。

"素朴的诗"和"感伤的诗"虽同为中国古代诗学发展史上之两大流派,但就其实际影响之深度和广深而言,"素朴的诗"因更符合

---

[1] [日]小川环树:《风与云——中国诗文论集》,周先民译,中华书局2005年版,第5~18页。

传统中国人的古典诗学理想和诗教传统,其影响力明显大于"感伤的诗"。"素朴的诗"偏重于现实人生的写实性观照,如《诗经》中的《七月》就典型地体现了这种写实性特征。顾随说:

> 《诗经·豳风·七月》真是一篇杰作。唯有《七月》一类诗难写,没有一点幻想色彩,也没有一点传奇色彩,全是真实的,故难写成诗。[1]

《七月》所写的是老百姓的平常生活,全是写实的,亦是"素朴"的,没有一点"传奇"色彩和"感伤"情绪。所以,这种诗是健康的,平和的,不像"感伤"诗那样病态。顾随说:

> 《七月》又写出了中国人民之乐天性,这是好是坏很难说。……中国人易于满足现实,这就是乐天。乐天是保守,不长进;而乐天自有其伟大在,不是说它是消极保守,是从积极上说,人必在自己职业中找到乐趣,才能做得好,有成就。《七月》写人民生活,不得不谓之勤劳,每年每月都有事,而他们总是高高兴兴的。这样的民族是有希望的,不会灭亡的。[2]

所谓"乐天性",就是席勒论"素朴的诗"之特征时所讲的人与自然的和谐统一。因其是和谐的,所以其感情是健康的、乐观的,因而是"素朴"的而非"感伤"的。一般而言,"感伤的诗"是个人性的,突出个体理想人格和理想人生的强烈追求,是对奇幻的理想生活的书写。而"素朴的诗"是社会性的,是社会群体对现实人生之安居与和谐的

---

[1] 顾随:《顾随诗文丛论》(增定版),顾之京整理,天津人民出版社1997年版,第2页。

[2] 顾随:《顾随诗文丛论》(增定版),顾之京整理,天津人民出版社1997年版,第3页。

追求，是对平凡的日常生活的书写。这种特征亦体现在《七月》中，顾随特别强调《七月》的集团性特征，认为它书写的是群体老百姓的日常生活，"真是集团性的，不是写的一两个人，是写豳地所有人民"。[1] 他甚至认为像《琵琶行》《长恨歌》《北征》《自京赴奉先咏怀五百字》等诗篇以自我为中心，个人色彩太重，少普遍性，不如《七月》那样写豳地所有人民一年四季的日常生活。所以，《七月》的写实性、乐天性、集团性、平凡性，皆足以说明它是席勒理想的"素朴的诗"。顾随对《七月》的分析，明显有席勒"素朴的诗"之理论因素渗透其中，虽然他在这里并没有明确地标示。

中国古典诗学在温柔敦厚理想品格之影响下，一直关注着平常人的日常生活，关注平常人的生存焦虑和喜怒哀乐，并且始终呈现出"素朴"的风格和乐天知命的特点，《古诗十九首》就是典型代表。据柯庆明说：在中国古代，才智之士的存在焦虑，首先出现在思想家孔子、庄子和辞赋家屈原、贾谊的文辞中。但是平常人的存在焦虑则始见于《古诗十九首》。他说：

> 死之恨与生之别，就成为中国文学两大最动人最强烈的情绪了。汉代的五言诗娓娓抒发的正是最浓郁的这种死恨与生别的情怀。但是这种情怀不是激越的，而是温厚平和的。因为一股对于特殊对象——夫妻、友朋、亲人，对于特殊地域——故乡、京城，对于世界，甚至对于自己生命的款款深情，润泽且支持了对这些必然的死亡、变故与隔离之命运的负荷。深切感动而不失内心的宁静，强烈渴望而不失精神的淡泊，似乎正是这些诗歌始终成为中国文化的中庸精神之最佳典范的原因。所以，它们在情感的抒发中，虽然所抒发的都是最为惯常的人生感慨与离合悲欢，但却流漾着一种特具伦理意味的操持之美。

---

[1] 顾随：《顾随诗文丛论》（增定版），顾之京整理，天津人民出版社1997年版，第2页。

情感表现的合于伦理性，似乎正是汉诗独具的美。[1]

死之恨与生之别是中国文学中最动人最强烈的情绪，但是，《古诗十九首》在表达这种情绪时，"深切感动而不失内心的宁静，强烈渴望而不失精神的淡泊"，简言之，就是"情感表现的合于伦理性"，因而成为《诗经》之后古典诗歌的典范作品。

综上，以《诗经》《楚辞》为源头的中国古代诗学史上的风、骚二派之分别，具体体现为"言志"与"缘情"、"写实"与"传奇"、"素朴"与"感伤"之分别。历史上所谓的诗、骚之辨，亦大体没有超出上述三项内容。在温柔敦厚诗教观念之影响下，中国古典诗学的理想取向，则是普遍存在着扬"诗"抑"骚"的特点。因为《楚辞》在内容上的"发愤"取向，在创作方式上的"传奇"特质，在艺术风格上的"感伤"特征，实与儒家的古典诗学理想精神，如内容上的"言志"取径，方法上的"写实"特征和风格上的"素朴"特质，颇相扞格。故汉魏以来宗经征圣、信而好古的儒家学者，皆对楚骚诗学精神有或轻或重、或明或暗的贬抑态度。正如鲁迅先生所说：楚骚"较之《诗》，则其言甚长，其思甚幻，其文甚丽，其旨甚明，凭心而论，不遵矩度。故后儒之服膺诗教者，或訾而诎之"。[2]

在汉代，因楚文化的影响，楚声歌流行于汉官，楚骚亦受到社会各阶层人的喜爱，评论和研读楚骚作品成当时学者的一项重要工作，据《文心雕龙·辨骚》说：

---

[1] 柯庆明：《中国文学之美的价值性》，见《中国文学的美感》，河北教育出版社2001年版，第18页。

[2] 鲁迅：《鲁迅全集》卷九，人民文学出版社1981年版，第390页。

昔汉武爱《骚》，而淮南作传，以为"《国风》好色而不淫，《小雅》怨诽而不乱，若《离骚》者可谓兼之。蝉蜕秽浊之中，浮游尘埃之外，皭然涅而不缁，虽与日月争光可也"。班固以为露才扬己，忿怼沉江；羿浇二姚，与《左氏》不合；昆仑悬圃，非经义所载。然其文辞丽雅，为词赋之宗，虽非明哲，可谓妙才。王逸以为诗人提耳，屈原婉顺，《离骚》之文，依经立义；驷虬乘鹥，则时乘六龙；昆仑流沙，则《禹贡》敷土。名儒辞赋，莫不拟其仪表，所谓"金相玉质，百世无匹"者也。及汉宣嗟叹，以为皆合经术；扬雄讽味，亦言体同《诗》雅。四家举以方经，而孟坚谓不合传。褒贬任声，抑扬过实，可谓鉴而弗精，习而未核者也。[1]

汉人评论屈原和《离骚》，主要有上述五家。值得注意的是，无论是"举以方经"的四家（刘安、王逸、汉宣帝、扬雄），还是"谓不合传"的班固，其或褒或贬，态度或有不同，而据以立论之依据，皆是儒家经典，特别是《诗经》。这当然是儒学独尊之后学者"依经立义"的学术惯性思维之产物，但同时亦说明一个事实，即楚骚作品的合法性和权威性，需得合于古典《诗》学传统，获得《诗》学法则的支撑。如刘安以为《离骚》的价值"与日月争光可也"，是因为它兼有"《国风》好色而不淫，《小雅》怨诽而不乱"的特点。王逸以为《离骚》有"金相玉质，百世无匹"的价值，不仅是因为它"依经立义"，还由于"屈原婉顺"优于"诗人提耳"，符合温柔敦厚之《诗》学宗旨，亦是以"诗三百"为参照论定《离骚》的价值。汉宣帝嘉奖诵读《楚辞》之九江被公，以为"辞赋大者与古诗同义，小者辩丽可喜"，"尚有仁义讽谕，鸟兽草木多闻之观"，仍是以《诗》学宗旨论定《楚辞》的价值。扬雄所谓《楚辞》"体同《诗》雅"之语，虽不可详考，但亦仍然是"依经立义"。而班固批评屈原，说《离骚》的内容"与《左氏》不合""非

---

[1] 范文澜：《文心雕龙注》（上），人民文学出版社1958年版，第45～46页。

经义所载",同样是"依经立义"。总之,汉代大部分学者推崇《楚辞》,或者将《离骚》提升为"经",甚至《诗》《骚》并举,开创了"同祖风骚"的文学史观。但是,他们对于《诗》《骚》二者仍有轻重、主次和正变之别。在汉人的观念中,《诗》是主、是正,《骚》是次、是变。《骚》的合理性和合法性需以合乎《诗》学宗旨为前提,需要《诗》学理论的支撑。

这种"同祖风骚"而又有轻重、主次、正变之别的诗骚之辨,一直延续下来,成为魏晋以后学者之通识。如六朝文人将汉人"同祖风骚"的文学史观发扬光大,但其中仍有正变、主次之分。如刘勰《文心雕龙》著有《辩骚》一篇,以为《楚辞》有"典诰之体""规讽之旨""比兴之义""忠怨之辞","观兹四事,同于《风》《雅》者也"。同样是"依经立义",以《诗》之宗旨论《骚》。然而又因其有"诡异之辞""谲怪之谈""狷狭之志""荒淫之意","摘此四事,异乎经典者也",故而楚骚只是"《雅》《颂》之博徒",其主次、轻重、褒贬之意甚明。

钟嵘《诗品》将汉魏六朝一百三十多位诗人进行追本溯源的考察,并归结为"国风""小雅"和"楚辞"三个系列,体现了"同祖风骚"的文学史观,但亦明显有扬"风"抑"骚"的倾向。大体上讲,钟嵘的思想与时代相违背而倾向于传统儒学,如朱东润说:"论文之士,不为时代所左右,不顾事势之利钝,与潮流相违,卓然自信者,求之六代,钟嵘一人而已。"[1] 又说:"仲伟持论,归于雅正,故对于诸家,虽各有定评,恒以能雅与否,为之乘除。"[2] 因此,他在《诗品》里强调诗人的古典修养,明显偏祖受儒学影响很深且能实践儒家文学

---

[1] 朱东润:《中国文学批评史大纲》,古典文学出版社1957年版,第54页。

[2] 朱东润:《中国文学批评史大纲》,古典文学出版社1957年版,第59页。

思想的曹植一派，这从他对上品十二位诗人的排列顺序可以看出。据《诗品序》说：同品诗人排列顺序是"略以世代为先后，不以优劣为铨次"。但在上品十二位诗人的排列上，却没有认真履行这条撰例，他把"古诗"（东汉）排在李陵、班婕妤（西汉）之前，曹植（192年~232年）排在王粲（177年~217年）之前，陆机（261年~303年）排在潘岳（247年~300年）之前。在他的诗学统系中，"古诗"、曹植、陆机源出《国风》，李陵、班婕妤、王粲、潘岳源于《楚辞》。很明显，这样的安排是有深意的，就是要扬曹、陆等以渊雅为特色的《国风》一派，抑王、潘等以清净为特色的《楚辞》一派。[1] 至于裴子野的《雕虫论》，则是极端的贬"骚"扬"风"，以为"骚"不能与"风"相提并论，认为"摈落六艺，吟咏情性"的六朝"今体"之始作俑者就是"骚"。所以，他批评骚体作家说："后之作者，思存枝叶，繁华蕴藻，用以自通。若悱恻芳芬，楚骚为之祖；靡曼容与，相如扣其音。由是随声逐影之俦，弃指归而无执。"[2]

这种对骚体的贬抑，在唐代亦很普遍。如王勃《上吏部裴侍郎启》说："屈、宋导浇源于前，枚、马张淫风于后。"[3] 柳冕《答荆南裴尚书论文书》说："及王泽竭而诗不作，骚人起而淫丽兴，文与教分而为二。"[4]《与滑州卢大夫论文书》说：

> 屈、宋以降，则感哀乐而亡雅正；魏、晋以还，则感声色而亡风教；宋、齐以下，则感声色而亡兴致。教衰兴亡，则君子之风尽。故淫丽形似之文，

---

[1] 汪文学：《论魏晋六朝文学创作中的保守与创新二派》，见《汉唐文化与文学论集》，贵州大学出版社2008年版。
[2] 《全梁文》卷五十三。
[3] 蒋清翊：《王子安集注》卷八，上海古籍出版社1995年版。
[4] 《全唐文》卷五百二十七。

皆亡国哀思之音也。[1]

更有甚者如李白，其诗风本与屈原骚体有明显的渊源关系，却亦对骚体持贬抑态度，其《古风》（其一）说：

> 大雅久不作，吾衰竟谁陈。王风委蔓草，战国多荆榛。龙虎相啖食，兵戈逮狂秦。正声何微茫，哀怨起骚人。扬马激颓波，开流荡无垠。

萧华荣发现唐人在评价屈原问题上的矛盾态度，他说："在创作时是一位真正的诗人，同情屈原的命运，称赏屈原的作品，而在一本正经谈论文学史和文学理论问题时却摆出俨然的复古面孔，贬抑甚至攻讦屈原及其作品，这种矛盾的态度，在唐代大有其人。"[2] 如上面提到的王勃、李白等人，皆是如此。这种矛盾，正说明扬"风"抑"骚"的文学观念在汉魏以来所发生的根深蒂固的影响，乃至成为文人学士的一种习惯性思维。

所以，在中国古代诗学发展史上，"同祖风骚"的文学史观虽然开创于汉代而绵延于整个古代中国，至今依然有相当明显的影响。但是，在中国古典诗学理想中，"风骚"虽为"同祖"，但其中还是有"祖"与"宗"之别，普遍存在着扬"风"抑"骚"的取向。

三、诗文各有体：诗是体现中国古典美学理想的最佳文体

中国古代文学文体丰富多彩，品类繁多。古代文论家讨论文学，热衷于文体辨析，通过辨析文体以明其特征，如曹丕有四科八体之

---

[1] 《全唐文》卷五百二十七。

[2] 萧华荣：《中国古典诗学理论史》，华东师范大学出版社2005年版，第104页。

论,陆机有文体十分之说,挚虞论"文章流别"实是论文学体裁,《文选》分别文体为三十七类,《文心雕龙》泛论文体二十大类若干小类,吴讷《文章辨体》区分文体为五十九类,徐师曾《文体明辨》区分为一百二十七类。因研究之深入而辨明文体之差异,遂至文体之区分呈现出日趋繁富的发展态势。但是,概括地说,中国古代最主要的文学体裁是诗、文、赋、词、曲、小说六大类,其他若干繁富的文体类别,皆可归并到此六大文体之中。

学者讨论中国古代文学文体之发展演变,常常联系时代变迁与时代精神之流转,而提出"一代有一代之文学"的观点,通常的表述是汉赋、唐诗、宋词、元曲、明清小说。[1]一种文体能成为时代性的文体,与该文体的体式特征相关,与该时期的时代精神相关。或者说,是该文体的体式特征与该时期的时代精神正相吻合,从而使该文体成为该时代的"一代之文学"。比如汉赋,汉人擅长赋,与汉人铺张扬厉、高昂进取的性格有关,虽然汉代以后的赋体创作仍在持续,但始终超越不了汉代这座高峰,就是因为汉代以后的文人缺乏汉人那种崇高的精神和恢宏的气度。但是,这种过于高昂的精神和特别恢宏的气度不适合于诗。按照中国古典诗学理想,诗人首先是温柔敦厚的,写出来的诗才是温柔敦厚的,教化出来的国民亦才是温柔敦厚的。用顾随的话说,汉人"叫嚣气"太重,"汉人文章使'力',盖汉人注意事功,

---

[1] 较早提出这个观点是元代虞集,他说:"一代之兴,必生妙才,必有一代之绝艺,足称于后世者。汉之文章,唐之律诗,宋之道学,国朝之今乐府。"(孔齐《至正直记》引)焦循《易余籥录》卷十五云:"夫一代有一代之所胜,舍其所胜,以就其所不胜,皆寄人篱下者耳。余尝欲自楚辞以下至明八股,撰为一集,汉则专取其赋,魏晋六朝至隋则专取其五言诗,唐则专取其律诗,宋则专取其词,元则专取其曲,明专取其八股。一代还其一代之所胜。"当然,说得最明白的是王国维的《宋元戏曲史序》,其云:"凡一代有一代之文学,楚之骚,汉之赋,六代之骈语,唐之诗,宋之词,元之曲,皆所谓一代之文学,而后世莫能继焉者也。"

思想亦基于事实,是'力'的表现。总欲有所作为,向外的多",[1]故不适合做以温柔敦厚为特征的诗。汉人的豪气与诗境颇为扞格,因为在中国古典诗学理想中,"豪气不可靠,颇近于佛家所谓'无明'(即俗所谓'愚')。一有豪气则成为感情用事,感情虽非理智,但真正的感情亦非豪气。因为真正的感情是充实的,沉着的,豪气则不充实,不沉着,易流于空虚浮飘。……豪气如烟酒,能刺激人的神经,而不可持久。豪气虽好,诗人之豪气则好大言,其实则成为自欺,故诗少成就"。[2] 这段话于豪气不适合诗,说得很明白。简言之,诗是温柔敦厚的,豪气太有力,故不适合诗。所以,汉人的豪气,适合创作赋体,适合搞雕塑,诗歌则绝非所长。而宋人又太弱,过于内向,特别理性,这种性格不适合写赋,即便写出来,亦只能叫"文赋",与汉人的大赋风格迥异;亦不适合诗,特别是不适合做具有古典美的诗。宋人的性格适合填词,特别是婉约词,因为宋人那种无可奈何的小家子气,倒是与婉约词的柔靡细腻风格很近似。而明清文人,最擅长戏曲、小说这种通俗文学。实际上,与唐前文人学士的雅致比起来,明清文人的确不免俗气。这种性格上的俗气,拿魏晋名士与晚明名士作比较,便能明显地表现出来。所以,俗气之明清文人最擅长通俗的戏曲、小说,亦是情理中事。因此,明清文人虽亦著赋、写诗、填词,但终非所长,难以逾越汉赋、唐诗、宋词这三座高峰,只能在戏曲、小说这种通俗文学中显现才华。相较而言,唐人最擅长诗,唐人的性格最适合诗,他们既有汉人的那种力量,但却不流于叫嚣和豪气;既有宋人的那份细腻柔情,但又没有宋人的那种小家子气。他们既有阳刚的一面,亦

---

[1] 顾随:《顾随诗文丛论》(增定版),顾之京整理,天津人民出版社1997年版,第351页。

[2] 顾随:《顾随诗文丛论》(增定版),顾之京整理,天津人民出版社1997年版,第15页。

有阴柔的一面，是阳刚与阴柔的有机统一；他们既好动，亦好静，是动与静的有机结合；他们既能写出豪迈奔放的边塞诗，亦能写出风流柔媚的山水田园诗。总之，他们的性格是温柔敦厚的，故能写出温柔敦厚之诗，他们的诗歌充分体现了中国古典诗学的理想品格。

受日本学者内藤湖南、宫崎市定为代表的京都学派之"唐宋转型"论影响，中国学者讨论中国历史，亦常常把唐宋之际视为中国文化思想史上的重要转折时刻。其实，唐宋之际亦是中国文学发展史上的重要转折点。如前所述，中国古代文学文体丰富多彩，品类繁多，但最具代表性的只有诗、文、赋、词、曲、小说六种文体。这六种文体，又大体分为两类：一是从风格上看，可分为雅、俗两类，即诗、文、赋是雅的文体，词、曲、小说是俗的文体；二是从时间上看，可分为唐前、唐后两类，即诗、文、赋盛行于唐前，词、曲、小说风行于唐后。由此可以断言，中国古代文学在整体上呈现出由雅入俗的发展趋势，其发展变迁之转折点就在唐宋之际。具体而言，唐宋之际以前是雅文学占主导地位的时期，以后则是俗文学占主导地位的时期。古典美是尚雅轻俗的，尚雅是古典美最重要的特征。因此，讨论何种文体最能体现中国古代的古典审美趣味，词、曲、小说显然不是选择的对象，因为它们那种俗的特性与古典美是完全不相干的。那末，诗、文、赋这三种文体中，何者最能体现古代中国的古典审美趣味呢？这正是我们下面将要讨论的问题。

在前述六种文体中，若要举出一种最具中国特色且不为他国所有的文体，当首推赋体。文、诗、词、曲、小说五体，他国皆有。唯独赋体，为中国所特有，且为中国人所独擅。但是，赋之一体在传统中国社会中的地位，颇为特别，并不因为它是中国所独有而就享有独尊的地位。一般而言，文人热衷它，统治者喜欢它，而道德家往往排斥它。这种矛盾处境和尴尬地位，在汉代就有所呈现。汉代文人热衷于赋体创作，以致成为汉代"一代之所胜"。汉代统治者喜欢这种文体，因为它的基本内容是歌功颂德的，即便有所讽谏，亦是"劝百讽一"，故能满足统治者好大喜功的虚荣心。但是理论家和道德家又常常批评它，认为它是"雕虫篆刻，壮夫不为"，是"劝百讽一"。虽然有学者如班固企图将之附会于《诗》，认为它是"古诗之流"，是"雅颂之亚"，以提升其地位。但是批评它为"虚辞滥说""没其讽谕之义"的声音亦从未断绝。值得注意的是，极端的批评未能打消文人的创作热情，即便是在高潮不在的汉代以后，文人学士亦仍未放弃对它的创作。实际上，汉代以后直至晚清时期，文人学士擅长的和不擅长的，写得好的和写不好的，都会提笔写赋，并且往往将之置于文集之卷首。这说明，古代中国文人实在是特别看重这种文体。其原因，是由于这种文体的写作难度比较大，天才如司马相如创作《子虚上林赋》，都是"几百日而后成"，扬雄作赋更是劳心费力，"梦五脏坠地"，左思花了十余年功夫才写成《三都赋》。因此，能写作此种文体，颇能代表自己的写作技巧和文学水平，最能呈显自己的才学。正如许结所说："诗赋的不同点，一个比较重才情，一个比较重才学，古人反复强调赋兼才学，赋往往是一种学问的东西，不是纯文学的东西，后来发展成为一种文体，而注重的还是才学。"[1] 所以，在传统社会，文人学士热衷赋体创作，一定程度上存在着炫耀才学的心理。但是，此种最具民族特色和最能展现文人才学的文体，却不是最能体现中国古典美学理想的文体，因为它的铺张扬厉特点，或者说，它的"虚辞滥说"缺点，与温柔敦厚的古典审美理想格格不入。尽管学者亦竭力将之与《诗》附会，认为它是"古诗之流"，是"雅颂之亚"，像《诗》一样可以

---

[1] 许结：《赋学讲演录》，北京大学出版社2009年版。

做到"宣上德以尽忠孝，抒下情以通讽谕"，但依然摆脱不了"虚辞滥说"的毛病和炫耀才学的嫌疑。

诗文各有体，诗和文在体式特征上的差别显而易见。但是，要准确地界定诗与文的区别，又是相当困难的事情，因为这无异于要给诗和文下一个定义，说明什么是诗？什么是文？这不是一件容易的事情。不过，古人的一些意见值得我们参考，如柳宗元《杨评事文集后序》说：

> 文有二道：辞令褒贬，本乎著述者也；导扬讽谕，本乎比兴者也。著述者流，盖出于《书》之谟、训，《易》之象、系，《春秋》之笔削，其要在于高壮广厚，词正而理备，谓宜藏于简册也。比兴者流，盖出于虞、夏之咏歌，殷、周之风雅，其要在于丽则清越，言畅而意美，谓宜流于谣诵也。兹二者，考其旨义，乖离不合，故秉笔之士，恒偏胜独得，而罕有兼者也。[1]

此段文字对于诗、文二者之区别，概括得相当准确和全面。诗、文二体之"乖离不合"，不仅体现在渊源流别、表达方式上，亦体现在风格特点和功能用途上。尤其是在艺术风格上，文之"高壮广厚，词正而理备"与诗之"丽则清越，言畅而意美"，更是其根本性的差异。如果说柳宗元的理论概论是全面具体的，那末，刘熙载、吴乔关于诗、文差异的比喻则是形象生动的。刘熙载《艺概·诗概》说：

> 文所不能言之意，诗或能言之。大抵文善醒，诗善醉，醉中语亦有醒时道不到者。盖其天机之发，不可思议也。[2]

---

[1] 柳宗元：《柳宗元全集》卷二十一，中国书店1991年据世界书局1935年本影印。
[2] 刘熙载：《艺概》，上海古籍出版社1978年版，第80页。

刘熙载着眼于诗、文创作中作者精神状态之差异来讨论诗、文的区别。用柳宗元的话说，文"高壮广厚，词正而理备"，故创作者必须具备冷静清醒的头脑和严密谨致之思维，故曰"文善醒"。诗乃兴致之作，用柳宗元的话说，诗"丽则清越，言畅而意美"，故创作者必须具备或激越或柔媚之诗情，故曰"诗善醉"。文是理性的，诗是感性的，"醉中语亦有醒时道不到者"，即过于理智、冷静、客观的头脑不适合作诗。通过醒、醉之喻诠释诗、文之别，讲得更加充分的是吴乔，他在《答万季野诗问》中说：

> 又问：诗与文之辨？答曰：二者意岂有异？唯是体制辞语不同耳。意谓之米，文喻之炊而为饭，诗喻之酿而为酒；饭不变米形，酒形质尽变。噉饭则饱，可以养生，可以尽年，为人事之正道；饮酒则醉，忧者以乐，喜者以悲，有不知其所以然者。[1]

吴乔以饭比文，以酒喻诗。其与刘熙载所谓"文善醒"和"诗善醉"的说法，大体相同，皆在强调文之理性与诗之感性，作文之理智与吟诗之兴致。其所谓文"不变米质"而诗则是"形质尽变"，是就诗、文表现方法之异同而言。文重"直遂"，即直抒其情、直纪其事，故"不变米质"；诗重"微婉"，委婉曲折，故"形质尽变"。至于"噉饭则饱"和"饮酒则醉"之说，则是就诗、文之欣赏效果而言。文"词正而理备"，读之使人明智，通达事理，犹如吃饭可以养身。诗"言畅而意美"，读之使人动情，沉潜于情绪之中，犹如饮酒可以养心。引申言之，欣赏作为"醒语"之文和作为"醉语"之诗，亦当有不同的心态。欣赏"词正而理备"

---

[1] 丁福保：《清诗话》（上册），上海古籍出版社1963年版，第27页。

之"醒语",当有冷静清明之头脑;鉴赏"丽则清越"之"醉语",当有玲珑活络之诗心。若以醉眼看"醒语",或以醒眼看"醉语",皆不得其正解。

诗"丽则清越",文"高壮广厚"。此当是古近代学者的共识,故学者常常持此标准赏诗评文。如袁枚评王安石说:

> 王荆公作文,落笔便古;王荆公论诗,开口便错。何也?文尽平衍,而公天性拗执,故琢句造词,迥不犹人。诗贵温柔,而公性情刻酷,故凿险缒幽,自坠魔障。[1]

于文"刚"诗"柔"之区别,顾随亦有进解,他说:

> 就文体言之,诗为柔,文为刚。而有人以写文之法写诗;又有人以写诗之法写文。……此言诗为柔文为刚乃大较之言。亦如男女二性,在许多女人身上,带有几分男性,有的男人身上带几分女性。

此为切近之言。一般地说,著文重"浩然之气",如孟子、贾谊。还有如韩愈,强调"不平则鸣",亦有阳刚之美。一般情况很少有将文写成柔媚婉转的,虽然如曹丕等六朝文人之文章,"迹近美媛",有

---

[1] 袁枚:《随园诗话》卷六,人民文学出版社1982年版,第167页。

柔媚之态，用顾随的话说，那是"以写诗之法写文"，[1]不是文章正道。文章正道是刚性的，犹如赋体之豪气。汉人长于赋，亦长于文，而不长于诗。因为诗是柔性的，顾随解释陆机《文赋》"诗缘情而绮靡"一语说：

> 余以为绮靡，绮，美也。靡，柔也。凡缘情之作无不美不柔者。诗是软性的，而在诗史上，诗是由软性发展成硬性，由缘情而变为理智。文是由硬性变软性。宋诗是理智、硬性；六朝文是绮靡、软性。[2]

诗本是柔性或软性的，其"由软性发展成为硬性，由缘情而变为

---

[1] 顾随一再指出六朝文章的诗性特征，六朝人以写诗之法写文，认为"六朝文是绮靡，软性"，如《世说新语》《水经注》《洛阳伽蓝记》《宋书》等等，以为"六朝文写什么都成美文了"，这是"诗之美影响到散文"的结果。"这就无怪乎陆氏写《文赋》这么美，刘氏写《文心》也那么美。写文表现诗的美，今人要学六朝文不行了，因为已无那种诗的修养"。他说："有的无韵散文未必不是诗，如《洛阳伽蓝记》《世说新语》，有的地方颇有诗意。《世说新语》上关于桓温有几条颇有诗意，王、谢家子弟有诗意因其为文人，至于桓温则为推官，但有时确有诗味，其行为言语颇有诗味。"（顾随：《顾随诗文丛论》（增定版），顾之京整理，天津人民出版社1997年版，第290页）又说："陆（机）乃抒情诗人，而诗不佳。……陆氏不论写什么，总是抒情的情调，但怪的是他写不到诗里，反而写到文里来。他有抒情诗人天才，但写诗时总不能运转自如，他的诗情都用到文里去了。……陆氏文甚至比诗还有抒情诗味。"（同上，第319页）"魏文帝散文真是抒情诗，有天才，有苦心。"（同上，第362页）"魏文帝之与《与吴质书》只是抒情，虽散文而有诗之美，可称散文诗。"（同上，第363页）"六朝文章静，一点叫器气没有。"（同上，第351页）"所以有人说明末小品文是文学新运动，复古，复六朝之古。明末有几部书盛行——《世说新语》《水经注》《三国志注》。"（同上，第288页）顾随之前的袁枚亦曾有此论，据《随园诗话》卷二说："刘曾灯下诵《文选》，倦而就寝，梦一古衣冠人告之曰：魏晋之文，文中之诗也；宋元之诗，诗中之文也。既醒，述其言于余。余曰：此余夙论如此。"按：六朝散文的诗性特征，这确是一个值得研究的问题。

[2] 顾随：《顾随诗文丛论》（增定版），顾之京整理，天津人民出版社1997年版，第288页。

理智",是由"唐诗"发展至"宋诗",是由"软性""缘情"之正演绎成"硬性""理智"之变。文本是刚性或硬性的,其"由硬性变成软性",由理性变为抒情,是由汉文发展至六朝文,是由"硬性""理性"之正变成"软性""抒情"之变。

相较则言,文和赋是刚性的,硬性的,有浩然之豪气。而词则是柔性的,比起诗之柔性特征,它显得更弱。如果说诗是因温柔而敦厚,那末词则是因柔而媚而弱。"诗文各有体",而诗与词的区别,则更是显而易见,约而言之,有如下数端。

第一,在题材内容上,"词能言诗之所不能言,而不能尽言诗之所能言"。[1] 从传统的观点看,诗的题材范围广泛,上至军国大事,下至个人的喜怒哀乐,举凡日常生活中的所见所闻所思所感,皆可入诗。而词的题材范围相对狭窄,主要偏向于个人的喜怒哀乐,尤其是男女情思方面。虽然如苏轼、辛弃疾等豪放词人有意突破这种题材上的局限,但却遭到传统文人所谓"虽极天工,要非本色"的批评。综观欧阳修、范仲淹等人的创作,即可见宋代一般文人对诗、词题材范围的区分是相当清楚的,即关于军国大事的见解,关于士大夫豪情壮志或人生感怀,皆在诗或文中表达;而关于个人的儿女私情,尤其是内心深处对情爱的倾慕与追思,皆在词中表达。所以,如欧阳修、范仲淹这样的文人,在诗、文中和在词里就完全是截然相反的两幅面孔,一面是道貌岸然的君子风范,一面则是温柔缠绵的多情小生。甚至如日本学者村上哲见在《唐五代北宋词研究》中所说,这些人在表象上多少都有点人格分裂的问题。事实上,这不是人格分裂,而是他们在创作中有意识地将创作题材做出了文体上的划分。当然,在诗中亦可

---

[1] 王国维:《人间词话删稿》,见徐调孚《人间词话注》,人民文学出版社1984年版,第226页。

以表达男女情爱，爱情诗历来就是中国古典诗歌的一个重要类别。但是，诗中表达的爱情当以《诗经·关雎》为典范，即要做到"乐而不淫，哀而不伤"。如南朝的宫体诗或晚唐小李杜的爱情诗，则不免于情色倾向，或者过于哀伤，过于柔靡，因而遭到传统学者的批评。因为此种过于低沉哀怨的情思或者有情色倾向的作品，不符合温柔敦厚的古典诗学理想，倒是词的当行本色。词追求的就是这种境界，如沈义父《乐府指迷》说：

> 作诗与作词不同，纵是用花草之类，亦须略用情意，或要入闺房之意。……若只直咏花草，而不著些艳词，又不是词家体例。[1]

钱锺书《宋诗选注序》说：

> 从唐宋两代的诗词来看，也许可以说，爱情，尤其是在封建礼教眼开眼闭的监视之下的那种公然走私的爱情，从古体诗差不多全部撤退到近体诗里，又从近体诗里大部分迁移到词里。[2]

所以，王国维说"词能言诗之不能言"，是指词擅长表述在诗中不宜表达的过于低沉、哀婉、缠绵、柔靡的男女情思；"不能尽言诗之所能言"，是说词专注于表述男女情思，不如诗之题材广泛，可以涵盖生活中方方面面的内容。

第二，在风格特点上，"诗庄词媚，其体元别"。[3] 古代中国以诗教民，以诗化民，诗歌承担着"经夫妇，成孝敬，厚人伦，美教化，

---

[1] 唐圭璋：《词话丛编》，中华书局1986年版。
[2] 钱锺书：《宋诗选注》卷首，人民文学出版社2005年版。
[3] 王又华：《古今词论》引李东琪语，见唐圭璋《词话丛编》，中华书局1986年版。

移风俗"的重大社会使命，具有"感天地，动鬼神"的效果，故其风格必须典雅庄严、温柔敦厚。只有如此，才能担当这样重大的社会使命和产生如此深远的影响。至于词，因其题材性质决定其风格特点必然是柔媚婉转的。所以，在历史上，词虽有婉妁、豪放二派之分，但是，在传统文人的心目中，词体正宗当是婉约，而非豪放，即便是豪放词人，如苏轼、辛弃疾等人的词作，亦颇遭非议。因为他们是以诗为词，将诗的典雅庄严渗透到词体之中，故陈师道《后山诗话》说："子瞻以诗为词，如教坊雷大使之舞，虽极天下之工，要非本色。"王直方《诗话录》亦说："东坡尝以所作小词示无咎（晁补之）、文潜（张耒）曰：何如少游（秦观）？二人皆对曰：少游诗似词，先生词似诗。"实际上，以诗为词或以词为诗，皆是否定性命题，即混淆了二者在风格、题材和表述上的区别。张宗橚《词林纪事》说：

> 元献尚有《示张寺丞王校勘》七律一首……细玩"无可奈何"一联，意致缠绵，语调谐婉，的是倚声家语。若作七律，未免软弱矣。[1]

"无可奈何"一联，即晏殊"无可奈何花落去，似曾相识燕归来"，此联最先出现在晏殊的七言律诗中，但不为人所知。后来晏殊原封不动地将之写入词中，遂成为词作中的千古名句。同一个句子在诗和词中产生不同的影响效果，这说明，"无可奈何"一联"意致缠绵，语调谐婉"的风格特点，更适合于词，故为人所欣赏。而放在七言律诗中，就显得"软弱"，故而不为人所重。这个例子很好地说明了诗和词在风格特征上的显著区别。所以，田同之《西圃词说》说：

---

[1] 张宗橚：《词林纪事》卷三，成都古籍书店1982年影印本。

> 诗贵庄而词不嫌佻，诗贵厚而词不嫌薄，诗贵含蓄而词不嫌流露。之三者不可不知。[1]

这是对诗、词风格特征之差异最简明的概括和总结。

第三，在表现方式上，"诗之境阔，词之言长"。[2] 意谓诗之境界广阔，一句一境，通过概括性手段创造一种阔大的境象。词之境界狭深，通过细腻的笔触描绘细微的境象，呈现曲折婉转的心绪。如王懋《野客丛谈》卷二十《词句祖古人意》说：

> 晏叔原"今宵剩把银釭照，犹恐相逢是梦中"，盖出于老杜"夜阑更秉烛，相对如梦寐"，戴叔伦"还作江南别，翻疑梦里逢"，司空曙"乍见翻疑梦，相悲各问年"之意。

就句意和句法看，晏几道词句与杜甫诗句相似度更高，通过二者的比较，诗句与词句在表达方式上的差异，便是显而易见。二者之上句皆写久别重逢后惊魂未定，深夜点灯确认真假，杜诗言时辰为"夜阑"，晏词则是"今宵"，杜诗似更具体，晏词略显笼统。杜诗言"更"，即不信真有相逢而点灯确认；晏词言"剩把"，即"尽把"，把所有的灯都点上；晏词比杜诗更细腻具体，尤其能够体现惊魂未定之状。杜诗言"秉烛"，乃白描；晏词作"银釭照"，自是词家本色。二者之下句写惊魂未定，迷离恍惚，"相逢是梦中"同"相对如梦寐"，而晏词之前缀"犹恐"一语，更是细腻深刻，曲折委婉。诗词表现方法之不同，于此可见一斑。

---

[1] 唐圭璋：《词话丛编》，中华书局1986年版。

[2] 王国维：《人间词话删稿》，见徐调孚《人间词话注》，人民文学出版社1984年版，第226页。

比较诗词表现方法之差异，在相同题材的作品中，尤其是在有影响关系的作品之间比较，更能呈现。如李清照《如梦令》"昨夜雨疏风骤"，据明人张綖《草堂诗余笔录》云：

韩偓诗云："昨夜三更雨，今朝一阵寒。海棠花在否？侧卧卷帘看。"此词（即李清照《如梦令》）盖用其语点缀，结句尤为委曲精工，含蓄无穷之意焉，可谓女流之藻思者矣。[1]

其实，李清照这首词不仅与韩偓《懒起》诗之后四句相近，更与孟浩然《春晓》相似。通过孟浩然《春晓》、韩偓《懒起》和李清照的《如梦令》"昨夜雨疏风骤"这三篇作品的比较，诗词表现方法之差别，就更是显而易见。就孟浩然《春晓》和李清照的《如梦令》"昨夜雨疏风骤"来说，这两篇作品有比较的基础，因为它们表达的感情是一致的，抒情的层次结构亦很相似。[2] 甚至可以说，李清照在写作《昨夜雨疏风骤》时，或许参考过韩偓《懒起》，亦可能参考过孟浩然《春晓》，不然不会如此相似。这两篇作品的句子，可分成三组来比较：一是《春晓》中的"春眠不觉晓"与《昨夜雨疏风骤》中的"浓睡不消残酒"。二是《春晓》中的"夜来风雨声"与《昨夜雨疏风骤》中的"昨夜雨疏风骤"。三是《春晓》中的"花落知多少"与《昨夜雨疏风骤》中的"试问卷帘人，却道海棠依旧。知否？知否？应是绿肥红瘦"。通过对这三组句子的比较，可以发现，诗中的句子都是概括

---

[1] 唐圭璋：《词话丛编》，中华书局1986年版。
[2] 唐圭璋《词学论丛·读李清照词札记》说："'绿肥红瘦'与孟浩然诗同妙。……此词与诗所写，一样浓睡初醒，一样回忆夜来风雨，一样关心小园花朵。二人时代虽不同，诗与词体格虽不同，朴素与凝练之表现手法虽不同，但二人爱花心灵则完全一致。宜乎并垂不朽云。"

性的,词中的句子都是细致的、细腻的。比如,诗中说"春眠不觉晓",并未交代"不觉晓"的原因,亦没有说明睡态。在词句中,却对此做了一一交代,睡态是"浓睡","浓睡"的原因是"不消残酒"。再看第二组句子,孟诗中只是概括地说,昨天晚上下雨了,刮风了,即"夜来风雨声"。但是,多大的雨?多大的风?诗人都没有说。韩诗亦只是概括地说"昨夜三更雨",亦未言雨的大或小。但是,在词句中就很具体,雨是"疏"风是"骤",是"雨疏风骤"。第三组句子的区别更显著。在孟诗中,诗人只是随随便便地问了一句"花落知多少",问的神态啥样?没说明。问的是谁?不知道。对方如何回答?不知道。对方回答后诗人的感受如何?不知道。在韩诗中亦只是概括地说"侧卧卷帘看",同样没有交代看后的感受。可这些没说明和不知道的内容,在词句里都有明确的交代。词人是"试问",一个"试"字,把词人想问又不想问、想问又不敢问的神态,非常形象逼真地描绘出来了。词人想问,是想知道海棠花到底怎么样啦?词人不想问,是因为"雨疏风骤",海棠花肯定是"绿肥红瘦",不问亦知道结果,问了亦等于白问。词人想问又不敢问,明知是"绿肥红瘦",但又害怕从"卷帘人"那里听到这个事实,词人在心底里还在企盼着有意外,但她又明知这个意外是不可能发生的。所以,一个"试"字,把词人犹豫不决、矛盾复杂的心态充分地表现出来了。词人问的是"卷帘人",卷帘人回答的是"海棠依旧",听到卷帘人的回答后,词人的感情是"知否?知否?应是绿肥红瘦"。通过以上比较,两篇作品的明显区别,就显而易见,即诗句都是概括性的,点到为止;词句都是细致的,深入的。因此,诗句都是含蓄的,词句往往是直白的。特别是第三组,分别作为两篇作品结尾的句子,其效果完全不一样,诗句中留下了很大的想象空间,让读者通过联想来充实弥补诗歌内容,所以显得很含蓄，有言外之意，是典型的"言已尽而意无穷"。而在词句中，却是一股脑儿地全道出来了，基本上没有给读者留下想象空间，所以，在言外之意这一点上，词作就不如诗歌。再说，两篇作品表达的感情一样，都是对花的飘零、美好事物的消失而发生的感伤情绪，但是，情感的程度却是大有区别。在诗中，诗人只是轻描淡写地问了一句"花落知多少"，他有感伤，要不然，他不会大清早起床后，第一件事就问"花落知多少"。但是，他的感伤程度是有限的，他只是这么轻描淡写地问了一下，好像并不是很关心结果。韩诗里亦只是交代一句"侧卧卷帘看"，其情感状态与《春晓》相近，并未见特别的悲伤。所以，笔者以为：《春晓》和《懒起》诗里表现的，主要是一种无所关心的满足。这是一种典型的诗歌情绪，一种符合中国古典诗学温柔敦厚理想品格的感情。但是，在《昨夜雨疏风骤》里，词人的感情就要细腻得多，强烈得多，听到卷帘人的回答后，词人的反应是"知否？知否？应是绿肥红瘦"，很激动，很生气。一般来说，人在情绪特别激动的时候，说话就会结巴。"知否？知否？"表现的就是词人在情绪特别激动时，说话结巴的状态。不是"海棠依旧"，"应是绿肥红瘦"，看得出词人很生气的样子。所以，《昨夜雨疏风骤》里表达的感情，不是温柔敦厚的，因此，这种感情，不是诗歌的，而是词的。实际上，我们在上述比较中看到的差别，不仅仅是孟浩然《春晓》、韩偓《懒起》和李清照《昨夜雨疏风骤》这几篇作品的差别，而且亦是诗和词这两种文体的区别。

综上所述，文和赋皆是刚性的，有硬的特点，与温柔敦厚的古典美理想不吻合。所以，它们虽然是中国古代比较重要的两种文体，但并不能完全体现中国古典美学理想。词体是柔性的，有软的特点，与温柔敦厚的古典美理想亦有较大的差距。中国古典诗歌虽然亦有柔性特征，但它不像词那样，因柔性而软弱柔靡，而是因柔而厚，柔中见刚，是由温柔而敦厚，故而最能体现中国古典美学温柔敦厚的审美理想。再则，古典美必定是雅致的，不是通俗的；必定是贵族的，不是平民的。诗之一体正具此种古典的贵族气质，顾随说："就广义言，词、曲皆诗；就狭义言，诗有诗格。如此则词、曲亦有格，不敢分高低，唯可言词、曲风格比诗更平民一点，不古典一点。"[1]即诗是古典的，词、曲，包括小说，则是平民的。"中国诗自六朝而后，渐渐变为古典的，非平民的"，"古体诗更古典贵族"。[2]所以，与赋、文、词、曲、小说等文体相比，诗更能呈现中国古典美学理想。

虽说诗最能体现中国古典美学温柔敦厚的理想品格，但亦未可一概而论，因为诗中亦有古典美诗歌与现代性诗歌之分，现代性诗歌就与温柔敦厚的理想品格相违背。诗中还有唐诗与宋诗之别，宋诗亦与古典美学的温柔敦厚品格相扞格。唐诗与宋诗之别，自南宋以来便是古代诗歌史上一段备受关注的公案。如杨慎《升庵诗话》说："唐诗人主情，去三百篇近；宋诗人主理，去三百篇远。"[3]王士禛《答师友诗传录》说："唐人主情，故多蕴藉。宋诗主气，故多径露。"邵长蘅《研堂诗稿序》说：

> 诗之不得不趋于宋，势也。盖宋人实学唐而能逸唐轨，大放厥词。唐人尚酝藉，宋人喜径露。唐人情与景涵，才为法敛。宋人无不可状之景，无不可状之情。故负奇之士不趋于宋，不足以泄其纵横驰骤之气，而逞

---

[1] 顾随：《顾随诗文丛论》（增定版），顾之京整理，天津人民出版社1997年版，第78页。

[2] 顾随：《顾随诗文丛论》（增定版），顾之京整理，天津人民出版社1997年版，第79页。

[3] 丁福保：《历代诗话续编》，中华书局1983年版。

其赡博雄悍之才，故曰势也。[1]

吴乔《围炉诗话》说：

唐诗有意，而托比兴以杂出之，其词微而婉，如人而衣冠。宋诗亦有意，惟赋而少比兴，其词径以直，如人而赤体。

缪钺《论宋诗》说：

唐诗以韵胜，故浑雅，而贵蕴藉空灵；宋诗以意胜，故精能，而贵深析透辟。唐诗之美在情辞，故丰腴；宋诗之美在气骨，故瘦劲。唐诗如芍药海棠，秾华繁采；宋诗如寒梅秋菊，幽韵冷香。唐诗如啖荔枝，一颗入口，则甘芳盈颊；宋诗如食橄榄，初觉生涩，而回味隽永。譬诸修园林，唐诗则如叠石凿池，筑亭辟馆；宋诗则如亭馆之中，饰以绮疏雕槛，水石之侧，植以异卉名葩。譬诸游山水，唐诗则如高峰远望，意气浩然；宋诗则如曲涧寻幽，情境冷峭。唐诗之弊为肤廓平滑，宋诗之弊为生涩枯淡。虽唐诗之中，亦有下开宋派者；宋诗之中，亦有酷肖唐人者。然论其大较，固如此矣。[2]

钱锺书说：

唐诗，宋诗，亦非仅朝代之别，乃体格性分之殊，天下有两种人，斯分两种诗。唐诗多以丰神情韵擅长，宋诗多以筋骨思理见胜。……非必唐诗必出唐人，宋诗必出宋人也。故唐之少陵、昌黎、香山、东野，实唐人之开宋调者；宋之柯山、白石、九僧、四灵，则宋人之有唐音

---

[1] 邵长蘅：《邵子湘全集·青门剩稿》卷四。
[2] 缪钺：《诗词散论》，上海古籍出版社1982年版。

者。……夫人禀性，各有偏至。发为声诗，高明者近唐，沈潜者近宋，有不期而然者。……且又一集之内，一生之中，少年才气发扬，遂为唐体，晚节思虑深沉，乃染宋调。[1]

另外，日本汉学家小川环树发现纪昀多用"浅、露、率、粗、犷"和"俚、鄙、俗、恶、未雅"等评语点评苏轼诗歌，即批评苏轼情感表达方式的过于浅近，诗歌用语的过于卑俗。以苏轼为代表的宋代诗人的这种浅近和卑俗的做法，是对《诗经》以来的中国文学传统的破坏。他说：

> 在表现方法上，尽可能地避免直露、粗率，用间接法，委婉曲折地表情达意，是我们在儒家对《诗经》的解释里所能看到的，它是中国文学的一个根深蒂固的传统。……宋诗在表现上一般给人以强悍硬朗的印象。当它因过于用强，被评为生硬、生涩之时，就不能不说它是对中国诗自六朝以来长期积淀而形成的和谐安定的特质造成了某种损害。……宋诗在某种程度上打破了在唐代基本完成定型的诗的和谐感和均衡感。[2]

综合上述言论，简括地说，唐诗主情，宋诗主理；唐诗善用比兴，宋诗多用赋体；唐诗蕴藉，宋诗径露；唐诗微而婉，宋诗径以直；唐诗和谐均衡，宋诗强悍生硬；唐诗以韵胜，宋诗以意胜；唐诗空灵，宋诗透辟；唐诗浑雅，宋诗精能；唐诗丰腴，宋诗瘦劲；唐诗高明，宋诗沉潜；唐诗雅致，宋诗卑俗；唐诗以丰神情韵擅长，宋诗以筋骨思理见胜；唐诗秋华繁采，宋诗幽韵冷香；唐诗意气浩然，宋诗情境冷峭；唐诗才气发扬，宋诗思虑深沉；唐诗"去'诗三百'近"，宋

---

[1] 钱锺书：《谈艺录》"诗分唐宋"条，中华书局1998年版。

[2] ［日］小川环树：《风与云——中唐诗文论集》，周先民译，中华书局2005年版，第239、244、245页。

诗"去'诗三百'远"。

所以，如果说唐诗呈现的是古典美，宋诗则是在中唐以来以韩愈为代表的现代性诗风影响下的创作。中国古代诗歌由唐诗向宋诗的转型，实际上体现的是中国古代诗学由古典美向现代性的发展。因此，我们说诗最能呈现温柔敦厚的中国古典美学理想，更准确的表述是：唐以前的诗歌包括唐诗最能呈现中国古典美学理想。

第四章 诗心文胆：中国古典诗学创作论

古人有"诗心文胆"之说，意谓以心作诗，以胆著文。此语不仅道出了诗、文体式风格之差别，亦体现了诗、文创作态度之不同。诗、文各有体，一般而言，诗"丽则清越，言畅而意美"，文"高壮广厚，词正而理备"。诗是柔性的，文是刚性的。诗是柔性的，所以"丽则清越"；诗是感性的，所以"言畅而意美"。创作此种柔性、感性之诗，当以心呈情，以心示意，故称"诗心"。文是刚性的，所以"高壮广厚"；文是理性的，所以"词正而理备"。创作此种刚性、理性之文，当以胆论断，以胆显识，故称"文胆"。本章以"诗心文胆"为题，而仅论"诗心"，探究诗人为诗之用心。"诗心"之论，实际上就是诗歌创作中的审美心胸理论。"陶钧文思，贵在虚静"，刘勰在继承前人论说之基础上，建构起以"虚静"说为核心的艺术构思理论。近代学人顾随在刘勰"虚静"说之基础上，建构起以"诗心"和"诗情"为核心，以"诗心"节制"诗情"的情操诗学理论。情操诗学理论集"虚静"说与"温柔敦厚"论为一体，具有兼综儒道的特点，实是对中国古典诗学创作论的一次集大成式的总结。

一、陶钧文思，贵在虚静：中国古典诗学构思论

刘勰《文心雕龙·神思》说："陶钧文思，贵在虚静。"所谓"文思"，即作家在创作活动中的艺术构思。所谓"虚静"，指"虚壹而静"，即作家在创作活动中具备的审美心胸。"陶钧文思，贵在虚静"，即以"虚静"之审美心胸开展艺术构思（"文思"）工作。中国古典诗学关于艺术构思和审美心胸的探讨，可谓源远流长，自成体系，影响深远。

先秦两汉的思想家，特别是道家学者，在艺术构思方面进行过一些有益的探索。但是，他们的着眼点或泛指一般的技艺，或针对养生保性，不完全或者说不主要是针对文学艺术而发。全面系统、深入细致地研讨艺术构思问题，是六朝时期的文论家，其中又以陆机《文赋》和刘勰《文心雕龙·神思》为代表。章学诚说："古人论文，惟论文辞而已矣。刘勰氏出，本陆机氏说而昌论文心。"[1]这是很深刻的见解，指出了陆机、刘勰二人文论之中心是"文心"。所谓"文心"，用刘勰的话说，就是"言为文之用心"，即文学创作中的艺术构思问题。

先说陆机《文赋》。陆机是中国文学史上第一个从理论高度阐释艺术构思的文论家，他在《文赋序》之开篇便说："余每观才士之所作，窃有以得其用心。"所谓"得其用心"，郭绍虞、王文生注云："指窥见作品中用心之所在，与心之如何用，全文主旨重在讨论构思。"[2]陆机《文赋》的主要贡献，就在于他探讨了为文如何用心，[3]提出了

---

[1] 章学诚：《文史通义·文德篇》，古籍出版社1956年版。

[2] 郭绍虞、王文生主编：《中国历代文论选》（一卷本），上海古籍出版社1979年版，第71页。

[3] 按，以"心"论文始于司马相如，发展于扬雄。司马相如有"赋心"论，其云："赋家之心，苞括宇宙，总览人物，斯乃得之于内，不可得而传。"（《西京杂记》卷二）扬雄有"心画心声"论，《法言·问神》说："故言，心声也；书，心画也。"

以艺术构思为中心的文学创作论。他说：

> 其始也，皆收视反听，耽思傍讯，精骛八极，心游万仞。其致也，情瞳昽而弥鲜，物昭晰而互进，倾群言之沥液，漱六艺之芳润，浮天渊以安流，濯下泉而潜浸。于是沈辞怫悦，若游鱼衔钩而出重渊之深；浮藻联翩，若翰鸟缨缴而坠曾云之峻。收百世之阙文，采千载之遗韵。谢朝华于已披，启夕秀之未振。观古今于须臾，抚四海于一瞬。[1]

这是直接讲艺术构思活动，涉及艺术构思中意与物、意与辞的关系。全文讨论艺术创作的各个环节，多是从艺术构思的角度着眼，如讲"选义按部，考辞就班"，是关于意与辞的部署问题；亦讲到"罄澄心以凝思，眇众虑而为言"，即要求对"或因枝以振叶，或沿波而讨流"的不同情形，进行慎密的思考。如讲"伊兹事之可乐，固圣贤之所钦"，是说关于行文之乐；亦讲到"课虚无以责有，叩寂寞而求音，函绵邈于尺素，吐滂沛乎寸心"，实际上亦是在讲构思之乐。如论文体的运用、论作文利害、论为文之弊等等，皆涉及艺术构思。最后讲"应感之会，通塞之纪"，亦涉及艺术构思中思路的通塞问题。所以，陆机《文赋》虽然论及许多具体的创作方法和技巧，但大都从艺术构思着眼，或者与构思密切相关。[2]

再说刘勰《文心雕龙》。《文心雕龙》一书，凡五十篇，主要包括四个部分，即总论、文体论、创作论和批评论。其中，从《神思》

---

[1] 张少康：《文赋集释》，人民文学出版社2002年版，第36页。

[2] 牟世金：《〈文赋〉的主要贡献何在》，见《雕龙集》，中国社会科学出版社1983年版，第134～135页。

到《总术》共十九篇，属于创作论，[1]当代学者皆认为《神思》是创作论的总纲。[2]其实，这不只是当代学者的发挥，刘勰本人在建构他的文论体系时，就有相当的自觉。从他把"神思"视为"驭文之首术，谋篇之大端"这点看，他就是把《神思》作为整个《文心雕龙》创作论之总纲看待的。所谓"神思"，或称艺术构思，或曰形象思维。其实，名目虽异，其义则同。想象是艺术构思之运思手段，形象思维是艺术构思的思维方式。"神思"包括想象，想象在"神思"中占有很重要的位置。所以，所谓"神思"，就是以想象为手段的艺术构思。《文心雕龙》以《神思》为创作论之总纲，以"神思"为"驭文之首术，谋篇之大端"，说明刘勰与陆机一样，是以艺术构思为中心来建构他的文学创作论。

从陆机提出艺术构思问题，以艺术构思为中心讨论文学创作，后经刘勰的进一步发挥创造，并以"神思"概称艺术构思，艺术构思问题遂引起当时文学艺术界的普遍重视，"神思"亦成为学者讨论艺术构思的专用名词。如萧子显《南齐书·文学传论》说："属文之道，

---

[1] 《文心雕龙》凡五十篇，前二十五篇之次第，未有异议。后二十五篇的次第，则问题较多，争议较大，范文澜、杨明照、刘永济、郭晋稀等学者都提出了自己的篇次意见，这里依据的是通行本的篇次。另外，关于后二十五篇，哪些篇章属于创作论？哪些篇章属于批评论？学术界亦有不同的意见。罗根泽、刘大杰、詹锳、牟世金等学者亦提出了自己的意见，这里采用的是牟世金的观点，即以《神思》以下至《总术》共十九篇属创作论。（参见牟世金《〈文心雕龙〉理论体系初探》，见《雕龙集》，中国社会科学出版社1983年版）

[2] 范文澜《文心雕龙注》列表阐释了《文心雕龙》以《神思》为创作论总纲的体系。王元化说："《神思》篇是《文心雕龙》创作论的总纲，几乎统摄了创作论以下诸篇的各重要论点。"（《文心雕龙创作论》，上海古籍出版社1979年版，第191页）牟世金说："刘勰的创作论，全部内容都是按照《神思》中提出的纲领来论述的，他在具体论述中，虽然有所侧重，但《神思》以下二十一篇的主旨，并没有超出其总纲的范围。"（《〈文心雕龙译注〉引论》，见《雕龙集》，中国社会科学出版社1983年版，第249页）

事出神思。"把艺术构思视为文学创作的必经途径。萧统编《文选》，以"事出于沈思，义归于翰藻"为选文标准，[1] 把是否经过艺术构思作为区分文学与非文学的重要标志。以上事实说明，艺术构思是六朝文学创作论的中心问题。

艺术构思作为一项特殊的精神活动，要求构思主体必须具备一种特别的能力和修养，才能有效地从事这项精神活动。大体而言，"博练"是构思主体必具的能力，"虚静"是构思主体必备的修养。构思主体必须同时具备"博练"能力和"虚静"修养，以想象为手段的艺术构思活动才会成为可能。

艺术构思是一种精神高度专注和集中的思维活动，从事这样的思维活动，不仅要求构思主体具备"博练"的能力，还必须具备"虚静"的修养。如司马相如作《子虚赋》《上林赋》，进入"意思萧散，不复与外事相关，控引天地，错杂古今，忽然而睡，焕然而兴"的境界，亦就是一种"虚静"的境界。三国时期吴国华覈《乞赦楼玄疏》所谓"宜得闲静，以展神思"，[2] 说的亦是"闲静"（即"虚静"）于"神思"的重要作用，或者说，只有在"闲静"状态才能开展"神思"。魏晋六朝文论家谈到艺术构思时，多主"虚静"说，如陆机《文赋》说："伫中区以玄览。"所谓"玄览"，源于《老子》"涤除玄览"一语，河上公注云："心居玄冥之处，览知万物，故谓之玄览。"其义与"虚静"相通。陆机认为，只有"收视反听，耽思傍讯"，才能"精骛八

---

[1] 《文选序》。"沈思"不同于"神思"，朱自清释"沈思"为"深思"（《〈文选序〉"事出于沈思，义归于翰藻"说》，见《朱自清古典文学论文集》，上海古籍出版社1981年版），大致不错。关于二者的区别，卢佑诚《也谈"神思"与"沈思"兼及其他》一文（《文学遗产》1994年第3期），有详细的辩证，可参阅。笔者认为："沈思"虽不同于"神思"，但应包含"神思"。或者说，"神思"是"沈思"的一种形式。

[2] 《三国志·吴志·华覈传》。

极,心游万仞";只有"馨澄心以凝思",才能"眇众虑而为言"。"收视反听"和"澄心凝思",就是一种"虚静"的境界。所以,陆机论构思主体之修养,虽未拈出"虚静"一词,但他确是处处注意到"虚静"心胸于"神思"的重要作用。

拈出"虚静"一词以论艺术构思者,是刘勰。他在《文心雕龙·神思》说:

> 是以陶钧文思,贵在虚静。疏瀹五藏,澡雪精神。……是以秉心养术,无务苦虑;含章司契,不必劳情也。[1]

据此可知,所谓"虚静",就是洗濯五脏,清洁精神,使构思主体进入一个"无务苦虑"和"不必劳情"的平淡境界。《养气》对此作了进一步的发挥,其云:

> 率志委和,则理融而情畅;钻砺过分,则神疲而气衰,此性情之数也。……夫学业在勤,功庸弗息,故有锥股自厉,和熊以苦之人;志于文也,则有申写郁滞,故宜从容率情,优柔适会。……是以吐纳文艺,务在节宣,清和其心,调畅其气,烦而即捨,勿使壅滞。意得则舒怀以命笔,理伏则投笔以卷怀,逍遥以针劳,谈笑以药倦,常弄闲于才锋,贾余于文勇,使刃发如新,腠理无滞,虽非胎息之迈术,斯亦卫气之一方也。[2]

从《养气》全文看,所谓"养气",即养育精气,使构思主体进入"虚静"的境界。[3]这种"虚静"境界的特点,是"率志委和",是"从容率情,

---

[1] 范文澜:《文心雕龙注》,人民文学出版社1958年版,第493~494页。

[2] 范文澜:《文心雕龙注》,人民文学出版社1958年版,第646~647页。

[3] 黄侃《文心雕龙札记》说:"此篇(即《养气》)之作,所以补《神思》篇之未备,而求文思常利之术也。"(华东师范大学出版社1996年版,第258页)

优柔适会"。简言之，就是从容不迫、平淡自然。

在艺术构思活动中，构思主体为何必须具备这种"虚静"的修养？或者说，"虚静"于艺术构思有何重要作用？陆机、刘勰对此未作深入分析，不过，《文心雕龙·养气》篇之《赞》中"水停以鉴，火静而朗"这句话，透露出一点消息，可以发现它接受了庄子"虚静"说的一些影响。《庄子·天道》说："万物无足以挠心者，故静也。……水静犹明，而况精神。……虚由静，静则动，动则得矣。"《庄子·庚桑》又说："静则明，明则虚，虚则无为无不为也。"综合这两段文字，可以得出两点结论：其一，虚则静，静则明，明则虚，由此进入"无为而无不为"的境界，亦就是一种无拘无束、高度自由的心理状态（即刘勰所谓的"率志委和"境界）。其二，明则虚，虚则静，静则动，由此进入"思接千载，视通万里"的境界，创作主体亦就具备了包容万物、接纳大千的心胸。所以，"虚静"于艺术构思之重要意义有二：一是使构思主体具备"率志委和"的自由抒写状态；二是使构思主体具备包容万物、接纳大千的博大心胸。总之，就是为了使文思畅通。[1] 陆机、刘勰意识到这一点，但未作具体阐释。后代学者对此有充分的发挥，如苏轼说：

> 欲令诗语妙，无厌空且静。静故了群动，空故纳万境。阅世走人间，观身走云岭。咸酸杂众好，中有至味永。诗法不相妨，此语当更清。[2]

---

[1] 骆鸿凯《文心雕龙·物色篇札记》中有大致相同的意见，其云："盖谓不虚不静，则如有物障塞于中，而理之在外者，无自而入，意之在内者，无自而出。关键不通，斯机情无由畅遂也。"（转引自黄侃《文心雕龙札记》之《附录》，华东师范大学出版社1996年版，第298页）

[2] 《集注分类东坡先生诗》卷二十一《送参寥师》。

"静故了群动，空故纳万境"，这是对"虚静"说最为生动而又深刻的阐释。"静"是为了"了群动"，"静"不仅可以"载动"，而且可以"制动""驭动"。"空"（即"虚"）是为了"纳万境"，"空"使构思主体心境开阔，不仅可以"观物"，而且亦有利于"载物"。只有"虚静"，构思主体才能在"率志委和"和闲静平淡状态中"骛八极""游万仞""接千载""通万里"。[1] 朱熹亦说：

> 今人所以事事作得不好者，缘不识之故。只如个诗，举世之人尽命去奔做，只是无一个人做得成诗。他是不识，好底将做不好底，不好的将做好的，这外只是心里闹不虚静之故。不虚不静，故不明，不明故不识。若虚静而明，便识好物事。虽百工技艺，做得精者，也是他心虚理明，所以做得来精。心里闹，如何见得。[2]

朱熹这段话，体现出由"虚静"而"明"，由"明"而"识"的因果逻辑。亦就是说，只有保持"虚静"的心胸，才能"明"（即"通"或"聪睿"），能"明"方才有"识"。以"识"论文不见于六朝，是宋元以后才盛行起来的。[3] 但六朝人在学术上重"识"，在品鉴上尚"识"，并且以闲静清通为入"识"之前提，[4] 这与朱熹等宋元文人以"识"论文的观点是相通的。

"虚静"说并非刘勰所独创，它源于先秦诸子，特别是道家学者，而发展于汉魏学者，但是，是刘勰首次将之引入到文学理论中。因此，历来注家往往把《神思》的"虚静"说跟道家思想联系起来，认为《老

---

[1] 祁志祥：《中国古代文学原理》，学林出版社1993年版，第78～79页。

[2] 《朱子文集大全类编·清邃阁论诗》。

[3] 祁志祥：《中国古代文学原理》，学林出版社1993年版，第44～46页。

[4] 汪文学：《汉晋文化思潮变迁研究》，贵州人民出版社2003年版，第114页。

子》书中提出的"致虚极、守静笃"和"清静为天下之正"等观点,《庄子》书中提出的"唯道集虚"、"夫虚静恬淡,寂寞无为者,天地之平而道德之至"等说法,以及庄子反复强调的"心斋""坐忘",是刘勰"虚静"说的理论源头。或者把刘勰"虚静"说与荀子提出的"虚壹而静"观点联系起来,[1]认为荀子的"虚壹而静"说,是刘勰"虚静"说的源头。关于这个问题,王元化认为:从实质方面看,老庄把"虚静"理解为一种绝圣弃智、无知无欲的混沌境界,完全是以虚无出世的消极思想为内容。刘勰的"虚静"说,是把"虚静"作为一种"陶钧文思"的积极手段,是构思之前的必要准备,以便借此使思想感情更加充沛起来。所以,老庄把"虚静"视为一个终点,刘勰则是把它作为一个起点。一个消极,一个积极,两者的区别显而易见。他认为刘勰的"虚静"说源于荀子"虚壹而静"论,荀子的"虚壹而静"论是作为一种思想活动前的准备手段提出来的,这与刘勰把"虚静"作为一种构思前的准备手段,并无二致。[2]

我们认为:刘勰的"虚静"说,以老庄思想为理论渊源,同时亦主要受到荀子"虚壹而静"说的影响。然而,从靠近刘勰时代的思想家的思想资源看,从同一文化背景中思想家的相互影响看,亦许刘劭《人物志》提出的"质性平淡,思心玄微,能通自然"的学术理念,

---

[1] 《荀子·解蔽》说:"人何以知道?曰:心。心何以知?曰:虚壹而静。心未尝不臧也,然而有所谓虚。心未尝不满(或作'两')也,然而有所谓一。心未尝不动也,然而有所谓静。人生而有知,知而有志。志也者,臧也。然而有所谓虚,不以所已臧害所将受,谓之虚。心生而有知,知而有异,异也者,同时兼知之。同时兼知之,两也。然而有所谓一,不以夫一害此一,谓之壹。心卧则梦,偷则自行,使之则谋。故心未尝不动也。然而有所谓静,不以梦剧乱知,谓之静。未得道而求道者,谓之虚壹而静。"(王先谦《荀子集解》,诸子集成本,上海书店1986年版,第263~264页)

[2] 王元化:《文心雕龙创作论》,上海古籍出版社1979年版,第113~116页。

对刘勰"虚静"说的影响要直接一些,或者说,两者都是在同一文化背景上产生的理论结晶。通过对比,我们发现,两者之间有特别的相似之处。刘劭以"质性平淡"作为"思心玄微,能通自然"的前提,即是说,只有"平淡"之人,其"思心"才有"玄微"的特点,只有"思心玄微"者,才能通于"自然"这个道之本体。刘勰以"虚静"为构思主体的必备修养,"虚静"是进入艺术构思的前提,"静故了群动,空故纳万境",只有"虚静",才能"率志委和",才能"思接千载,视通万里",进入自由的审美境界。"虚静"即"平淡"。从这点看,两者是完全相通的。再说,刘劭论人,推崇"平淡",但亦不忽略"聪明",他说:

> 观人察质,必先察其平淡,而后求其聪明。聪明者,阴阳之精。阴阳清和,则中睿外明。圣人淳耀,能兼二美。知微知章,自非圣人,莫能两遂。[1]

他认为圣人既有"聪明"之质,又有"平淡"之性,故能"知微知章",因而亦最能明道。刘勰论艺术构思,认为"陶钧文思,贵在虚静",但亦不忽略"博练",认为"博而能一,亦有助乎心力也","博练"约同于"聪明"。从这点看,两者又是完全相通的。另外,刘劭论人重平淡、聪明,但他对此二者又有主次之分,"先察其平淡,而后求其聪明"的先后顺序,就体现了主次轻重之别。因为在刘劭看来,甚至可以说是在魏晋学者看来,平淡是聪明的前提,平淡可以该聪明。刘勰论艺术构思,重"虚静"修养和"博练"能力,但于此两者亦有主次之分,从《神思》的行文看,先言"虚静",后言"博练",并

---

[1] 《人物志·九征》。

且说"陶钧文思,贵在虚静",不言"博练",还再次在《养气》中补述《神思》言"虚静"之未备者,就体现了这种轻重主次之别。同样,在刘勰看来,"虚静"是"博练"的前提,"虚静"可以该"博练"。从这点看,两者亦是很相近的。所以,虽然现在不能发现刘劭"平淡"说对刘勰"虚静"说产生直接影响的证据,但我们认为两者是同一文化背景下的产物,应当是不成问题的。

二、诗心与诗情:顾随情操诗学理论探讨

文学创作需要一种特别的心胸,此为古今学者之共识。如沈德潜《说诗晬语》说:"有第一等襟抱,第一等学识,斯有第一等真诗。"此"襟抱",即心胸,是创作"第一等真诗"的前提条件。此"襟抱",略近于刘熙载所说的"气象"。刘熙载《艺概·文概》说:"文之要,本领、气象而已。本领欲其大而深,气象欲其纯而懿。"《诗概》说:"诗无气象,则精神亦无所寓矣。"所谓"气象",据陈如江《古诗指瑕》说:"气象既与精神相连,自然亦就与诗人的精神相关。""气象的宏放与狭促,表面上看是艺术表现力的高下,实质上是胸襟大小的问题。"[1] 无论是沈德潜的"襟抱"论,还是刘熙载的"气象"说,皆指创作者的审美心胸,具体而言,就是指"虚静"心胸。

"陶钧文思,贵在虚静",即以"虚静"之心胸开展艺术构思("文思")活动。"虚静"说是中国古代文艺理论家关于审美心胸和艺术构思的一个重要理论。但是,关于"虚静"心胸于审美构思到底有何重要意义?或者说,审美构思为何需要"虚静"之心胸才能展开?古代学者多是印象或经验式的表述,未有系统周密的论证。其次,从理

---

[1] 陈如江:《古诗指瑕》,上海书店出版社1998年版,第270、271页。

论渊源上看,"虚静"说与老庄之学关系密切,虽然《管子》四篇和《荀子》的"虚壹而静"论,亦是其理论渊源之一,但其重要理论资源主要还是在老庄那里。所以,古今学者讨论"虚静"说,大体皆归宗于老庄之学。需要进一步探讨的是,这种脱胎于老庄之学的"虚静"理论,与儒家以温柔敦厚为中心的诗教诗学理论,到底有无关联?有何关联?或者说,强调以温柔敦厚为宗旨的儒家诗学创作论,是否亦需要具备此种"虚静"之心胸?关于这个问题,近代学者顾随的意见值得参考。虽然他未曾撰文专题讨论,其观点散见于他的课堂讲授和部分论文中。但是,综合起来考察,其理论自成体系,且多有发明,特别是他在融通儒道所阐发的"诗心"论之基础上建构的情操诗学理论,具有重要的学术价值。

"虚静"说是中国古典诗学的审美心胸理论,顾随在此基础上,另创"诗心"一词代替"襟抱"和"气象"概念,并以"诗心"说为核心建构起融通儒道的审美心胸理论,即情操诗学理论。

顾随情操诗学理论的核心概念是"诗心"。何谓"诗心"?他解释说:

> 诗人情感要热烈,感觉要敏锐,此乃余前数年思想,因情不热、感不敏则成常人矣。近日则觉得除此之外,诗人尚应有"诗心"。诗心二字含义甚宽,如科学家之谓宇宙,佛家之谓道。诗心亦有二条件,一要恬静(恬静与热烈非二事,尽管热烈,同时也尽管恬静),一要宽裕。这样写出作品才能活泼泼地。感觉敏锐固能使诗心活泼泼地,而又必须恬静宽裕才能"心"转"物"而成诗。[1]

---

[1] 顾随:《顾随诗文丛论》(增定版),顾之京整理,天津人民出版社1997年版,第124页。

按，顾随论诗，以"诗心"与"诗情"并举。"情感要热烈，感觉要敏锐"是指"诗情"而言。诗人具备"诗情"，其"写出作品才能活泼泼地"。但是，优秀的诗人必须将"诗情"与"诗心"合而为一。他说："一方面说活泼泼地，一方面说恬静宽裕，二者非二事。若但恬静宽裕而不活泼，则成为死人，麻木不仁。必须二者打成一片。"[1] 通观顾随论诗，"诗情"是指诗人个人的喜怒哀乐之情，包括闲情和激情、痛苦与欢乐、悲伤与欣喜，即"任何心情"都在内。而"诗心"则是驾驭这"任何心情"而使之不溢出边界的手段或工具。因此，具备了"诗情"，能否写出好诗，主要依靠"诗心"。在他看来，"只有感情真实没有情操不能写出好诗"。[2] "情操"在这里是指"诗心"，"感情真实"即有"诗情"。只有"诗情"而没有"诗心"，可以写诗，但写不出好诗。他说：

> 吾人尚可学诗，即走晚唐一条路，以涵养诗心。或者浅不伟大，而是真的诗心。写有闲生活可抱此心情写，即使写奋斗扎挣之诗，亦仍可抱此心情，如陶之诗。诗中任何心情皆可写，而诗心不可破坏。写热烈时亦必须冷静。只热烈是诗情不是诗心，易使人写诗而不见得写出好诗。[3]

据此，"诗心"是写出好诗之关键，是成就一位伟大诗人的前提条件。他说："常人每以为坏诗是情感不热烈，实则有许多诗人因情感热烈

---

[1] 顾随：《顾随诗文丛论》（增定版），顾之京整理，天津人民出版社 1997 年版，第 125 页。

[2] 顾随：《顾随诗文丛论》（增定版），顾之京整理，天津人民出版社 1997 年版，第 56 页。

[3] 顾随：《顾随诗文丛论》（增定版），顾之京整理，天津人民出版社 1997 年版，第 37 页。

把诗的美破坏了。"[1]如果"诗情"没有经过"诗心"的节制而自由泛滥，就会"把诗的美破坏了"。"诗心"于诗歌创作之重要性，于此可见一斑。

以"诗心"节制"诗情"，目的就是使诗之情感符合古典诗学理想的温柔敦厚之旨，做到"发乎情，止乎礼义"，做到"履中蹈和"。正如傅庚生所说：

> 尽情倾注，如火如荼，言悲则泪竭声嘶，心肠酷裂；言喜则淋漓尽致，有如癫痫。虽可以感人，而入之每每不深；虽可以得盛誉于一时，终不能系之于永久。故写悲剧不可以入惨局，写喜剧不可以成狂态，必委曲而有深致，借理智以控制其冲动，然后能感人深也。[2]

傅庚生所谓"借理智以控制其冲动"，就是顾随所谓的以"诗心"节制其"诗情"。

"诗心"为诗歌创作者之必需和必具，亦是成就一位大诗人的前提。顾随建议学者学诗"走晚唐一路，以涵养诗心"，以为"吾人不但要象宋人之用功在字句上、锤炼上，且须如晚唐诗人之修养诗情"[3]。所谓"修养诗情"，就是节制"诗情"，就是培育"诗心"。在他看来，晚唐时期以杜牧、李商隐为代表的诗人，具有最健全的"诗心"。比如杜牧，他有"感慨牢骚，然而永远是和谐婉妙地表现出来"[4]。"感

---

[1] 顾随：《顾随诗文丛论》（增定版），顾之京整理，天津人民出版社1997年版，第54页。

[2] 傅庚生：《中国文学欣赏举隅》，北京出版社2003年版，第33页。

[3] 顾随：《顾随诗文丛论》（增定版），顾之京整理，天津人民出版社1997年版，第39页。

[4] 顾随：《顾随诗文丛论》（增定版），顾之京整理，天津人民出版社1997年版，第43页。

慨牢骚"是"诗情",能将"感慨牢骚"以"和谐婉妙"的方式表现出来,是因为杜牧有"诗心",是因为其"诗情"受到"诗心"的有效节制。比如李商隐,他评论说:

> 李(义山)是用观照(欣赏)将情绪升华了。陆、黄一类诗写欢喜便是欢喜,写悲哀便是悲哀,而观照诗人则在欢喜烦恼时加以观照,看看欢喜烦恼是什么东西。一方面观,一方面赏,有自持的功夫。(沉得住气,不是不烦恼,不叫烦恼把自己压倒;不是不欢喜,不叫欢喜把自己炸裂。)此即所谓情操。必须对自己的情感仔细欣赏、体验,始能写出好诗。[1]

所谓"观照的诗人",即有"诗心"的诗人;"用观照将情绪升华",即以"诗心"节制"诗情"。诗人"自持的功夫",即是"诗心"的修养,顾随在这里又称之为"情操"。没有"诗心"或"情操"的诗人,"写欢喜便是欢喜,写悲哀便是悲哀",即没有把欢喜和悲哀节制在一定范围内,便不是好的诗人。他说:"义山在不平和的心情下,如何能写出那么美的诗?由此尚可悟出'情操'二字意义。"[2]

那末,顾随所谓的"诗心"到底是什么?据前引文,"诗心"之形成有两个条件:一是恬静,二是宽裕。简言之,就是"虚静"。他说:

> 宽裕然后能"容",诗心能容则境界自广,材料自富,内容自然充实,并非仅风雅而已。恬静然后能"会",流水不能照影,必静水始可,

---

[1] 顾随:《顾随诗文丛论》(增定版),顾之京整理,天津人民出版社1997年版,第54页。

[2] 顾随:《顾随诗文丛论》(增定版),顾之京整理,天津人民出版社1997年版,第56页。

亦可说恬静然后能观。[1]

前者是说"虚",后者是说"静"。心胸"虚静",故而能"诚","诚"亦是"诗心"的重要特征,他说:

>诚有二义,一者无伪,一者专一。中外古今底诗人更无一个不是具有如是诗心。若不如此,那人便非诗人,那人的心便非诗心,写出来的作品无论如何字句精巧,音节和谐,也一定不成其为诗的作品。……世间一切,摄于诗心,只是个单纯,只是个诚,只是无伪与专一。……试问诗心如何作到单纯;单纯又到何种田地?则将答之曰:只需要一个无计较心;极而言之,需作到无利害,无是非,甚至于无善恶心。[2]

心胸"虚静",故能"恬静"和"宽裕",能够做到"无计较""无利害"和"无善恶",做到"无伪与专一"之"诚"。更进一步,心胸"虚静",则能"欣赏"和"有闲",这亦是一位优秀诗人必须具备的条件。顾随说:

>吾人不但要像宋人之用功在字句上、锤炼上,且须如晚唐诗人之修养诗情。然如此必须有闲,且为精神上有闲。……既为诗人便须与常人不同。一个诗人无论写什么皆须有一种有闲的心情。可以写痛苦、激昂、奋斗,然必须精神有闲,否则只是呼号不是诗。……诗人应养成此有闲心情,否则便将艺术品毁了。

---

[1] 顾随:《顾随诗文丛论》(增定版),顾之京整理,天津人民出版社1997年版,第125页。

[2] 顾随:《顾随诗文丛论》(增定版),顾之京整理,天津人民出版社1997年版,第99~100页。

在他看来，杜甫"朱门酒肉臭，路有冻死骨"之类的诗，便不是好诗，因为"太没有有闲之心情，快不成诗了"。认为"此种事可写成诗，而老杜写的是呼号不是诗。可以写而不能如此表现，老杜写时，至少精神上不是有闲的"。[1]

除了"有闲"，尚需"欣赏"。他说："欣赏的心情是诗人不能少的。无论何种派别诗人，皆须有欣赏心情。而所欣赏是否限于自身？应包括自身以外之人、事、物，最大的诗人盖如此。"[2] 在他看来，"欣赏"是人的一种本能，诗人尤其如此，"人无论在任何环境，皆可保有自我的欣赏，几乎不是自觉而是忘我。颜回居陋巷即是忘我"。[3] 作为一位有"诗心"的诗人，皆需具备此种"有闲"的精神和"欣赏"的态度，他说：

> 精神的有闲、欣赏，是人格的修养。江西派只是工具上——文字上的功夫，只重"诗笔"，不重"诗情"。无论激昂、慷慨、愤怒，要保持精神的有闲、欣赏的态度。[4]
>
> 破坏了诗心的调和便不能写好诗，最怕急躁，一急躁便不能欣赏。一个诗人文人什么都能写，只要是保持欣赏的态度，有闲的精神。[5]

---

[1] 顾随：《顾随诗文丛论》（增定版），顾之京整理，天津人民出版社1997年版，第39~40页。

[2] 顾随：《顾随诗文丛论》（增定版），顾之京整理，天津人民出版社1997年版，第38页。

[3] 顾随：《顾随诗文丛论》（增定版），顾之京整理，天津人民出版社1997年版，第40页。

[4] 顾随：《顾随诗文丛论》（增定版），顾之京整理，天津人民出版社1997年版，第40页。

[5] 顾随：《顾随诗文丛论》（增定版），顾之京整理，天津人民出版社1997年版，第41页。

顾随推崇晚唐诗人李商隐和杜牧，建议学诗之人学"晚唐诗人之修养诗情"，因为晚唐诗人不仅具备"有闲"的精神，如杜牧；而且亦具备"欣赏"的态度，如李商隐。他把以"有闲"和"欣赏"为主要内容的"诗心"之培育视为一种情操，一种修养，一种性灵的功夫。他说：

> 吾人生于千百年后，非天才诗人，自不可不用功。不但要像宋人在字句上有锤炼功夫（机械的），同时还要用一种性灵的功夫。宋人的功夫是机械的、技术的，训练成、养成，性灵的功夫是一种修养。关于这种性灵的修养，可从小李杜研究。所谓修养性灵即培养诗情。……心中要有诗情的培养，有诗情的生机、情趣。如此虽未必成为伟大诗人，但不害其成为真的诗人。[1]

无论是"欣赏"的态度，还是"有闲"的精神，其前提皆是静。静则能"欣赏"，包括自我欣赏和欣赏他人与外物。静则"有闲"，因静而闲，由闲而静。顾随认为具有"诗心"修养的人，皆有静的功夫。他说：

> 诗中任何心情皆可写，而诗心不可破坏。写热烈时亦必须冷静。只热烈是诗情不是诗心，易使人写诗而不见得写出好诗。[2]

如果说包括喜怒哀乐在内的"诗情"是动的，那末，包括"欣赏"精神和"有闲"态度的"诗心"则是静的。"动中之静是诗的功夫，静

---

[1] 顾随：《顾随诗文丛论》（增定版），顾之京整理，天津人民出版社1997年版，第38页。

[2] 顾随：《顾随诗文丛论》（增定版），顾之京整理，天津人民出版社1997年版，第37页。

中有动是诗的成因"，[1] 前者说的是"诗心"，后者说的是"诗情"。以"诗心"节制"诗情"，是以静制动。所谓"写热烈时亦必须冷静"，亦是以静制动。他之所以特别推崇陶渊明和小李杜，就是因为他们具备以静为特点的"诗心"。他之所以对杜甫有微词，亦在于杜甫有时不免于躁和横，背离了以静为特点的"诗心"。"诗心"重静忌躁，他认为"破坏了诗心的调和便不能写好诗，最怕急躁，一急躁便不能欣赏"，亦不能"有闲"。杜牧诗有"感慨牢骚"，然而诗人有静的功夫，故能将"感慨牢骚"和谐婉妙地表现出来。[2] 他举李商隐《花下醉》"夜半酒醒人去后，更持红烛赏残花"一联评论说：

> 其伤感多深，而写得多美。残花不久，而尚持红烛，真是沉得住气。多么空虚，夜半酒醒；多么寂寞，人去后。从何欢喜？但真是蕴藉、敦厚和平，还是情操的功夫。[3]

"沉得住气"，即是"性灵的功夫"，即是"自持的修养"，是静。作诗"最怕急躁"，急躁的人必然是心神慌乱，他说："心若慌乱决不能作诗，即作亦决不深厚，决不动人。"[4] 作诗"要沉得住气"，

---

[1] 顾随：《顾随诗文丛论》（增定版），顾之京整理，天津人民出版社1997年版，第125页。

[2] 顾随：《顾随诗文丛论》（增定版），顾之京整理，天津人民出版社1997年版，第43页。

[3] 顾随：《顾随诗文丛论》（增定版），顾之京整理，天津人民出版社1997年版，第55页。

[4] 顾随：《顾随诗文丛论》（增定版），顾之京整理，天津人民出版社1997年版，第124页。

诗人心情要静,"诗人必须有冷静观察的功夫",[1]"诗所以推盛唐,亦因太平时代人最容易用静的功夫,故质、理俱优"。至于杜甫,"身经天宝之乱,非静,而乱后写出的诗乃是静","老杜之生活,在乱中能保持静,在静中又能生动而成诗"。[2]这种以静为特色的"诗心",顾随又称之为"寂寞心",他说:

> 不论派别、时代、体裁,只要其诗尚成一诗,其诗心多为寂寞心。……抱有一颗寂寞心的人,并不是事事冷淡,并不是不能写富有热情的作品。……必须热闹过去到冷漠,热烈过去到冷静,才能写热闹、热烈的作品。[3]

基于这样的观点,他认为汉人不适合作诗,因为汉人"使力",太躁,"多叫嚣,夸大",因"好大喜功"而"文气发煌"。六朝人擅长诗,甚至以诗为文,文章的诗味很重。因为六朝人静,所以"六朝人文章静,一点叫嚣气没有"。[4]

在顾随的诗学理论中,"情操"是一个有特定意义的诗学范畴。他常以"情操"论诗人,如评曹丕说:

> 中国散文家中,古今无一人感觉如文帝之锐敏而情感又如此其热烈

---

[1] 顾随:《顾随诗文丛论》(增定版),顾之京整理,天津人民出版社1997年版,第144页。

[2] 顾随:《顾随诗文丛论》(增定版),顾之京整理,天津人民出版社1997年版,第125页。

[3] 顾随:《顾随诗文丛论》(增定版),顾之京整理,天津人民出版社1997年版,第125~126页。

[4] 顾随:《顾随诗文丛论》(增定版),顾之京整理,天津人民出版社1997年版,第351页。

者。魏文帝用极冷静的理智驾驭（支配、管理）极热烈的情感，故有情操，有节奏。此需要天才，也需要修养。文帝感情热烈而又有情操。李陵作人作文皆少情操；曹子建满腹怨望之气。文帝能以冷静头脑驾驭热烈感情。而六朝多只有冷静头脑没有热烈感情，所写只是很漂亮的一些话，我们并不能受其感动。[1]

是说曹丕有"情操"，曹植、李陵无"情操"。又以"情操"评李商隐，说他"真是沉得住气"，"有自持的功夫"，其诗"真是蕴藉、敦厚和平，还是情操的功夫"，认为"只是感情真实没有情操不能写出好诗"。李商隐是有"情操"的诗人，他"在不平和的心情下，如何写出此诗（按，即《二月二日》）前四句那么美的诗？由此尚可悟出'情操'二字意义。观照欣赏，得到情操。吾人对诗人这一点功夫表示敬意、重视"，"义山对情操一方面用的功夫很到家，就因为他有观照，有欣赏"。[2] "情操"对于诗人至关重要，对于六朝诗人，顾随首推曹丕、陶渊明，就是因为他们有"情操"。在唐代诗人中，他对杜甫不乏微词，似乎更推尊李商隐，他说："若举一人为中国诗代表，必举义山，举《锦瑟》。"[3] "若令举一首诗为中国诗之代表，可举义山《锦瑟》。若不了解此诗，即不了解中国诗。"[4] 亦是因为李商隐其人有"情操"，其《锦瑟》是有"情操"之作。

---

[1] 顾随：《顾随诗文丛论》（增定版），顾之京整理，天津人民出版社1997年版，第362～363页。

[2] 顾随：《顾随诗文丛论》（增定版），顾之京整理，天津人民出版社1997年版，第54～56页。

[3] 顾随：《顾随诗文丛论》（增定版），顾之京整理，天津人民出版社1997年版，第55页。

[4] 顾随：《顾随诗文丛论》（增定版），顾之京整理，天津人民出版社1997年版，第49页。

那末,"情操"到底何指?顾随说:

> 人与文均须有情操。情,情感;操,纪律中有活动,活动中有纪律,即所谓操。意志要能训练感情,可是不能无感情。[1]
>
> 前所说情操,情是热烈的,而操是节奏的,有纪律的。使热烈的情感合乎纪律,即最高的诗的境界。[2]

据此,"情操"是由"情"和"操"二义构成的一个合成词,前者是"诗情",是热烈的,动态的;后者是"诗心",是纪律,是节奏。"诗心"节制"诗情"而构成"情操",如此便使"热烈的情感合乎纪律",从而达到"最高的诗的境界"。在他看来,诗人一方面当具备"活泼泼地""诗情",另一方面亦需具备"恬静宽裕"之"诗心",并且"二者非二事,若但恬静宽裕而不活泼,则成为死人,麻木不仁";若但"活泼泼地"而不能"恬静宽裕",则是躁,是叫嚣。必须是将二者打成一片,将"诗情"与"诗心"合二为一,将"情"与"操"打成一片,才构成"情操"。有"情操"的人既有作诗之冲动,即"诗情";亦有作诗之功夫,即"诗心"。此为成就一位伟大诗人的前提和条件,所以,他说:

> 文学艺术代表一国国民最高情绪之表现。情绪不如说情操。情绪人人可有,而情操必得道之人、有修养之人。[3]

---

[1] 顾随:《顾随诗文丛论》(增定版),顾之京整理,天津人民出版社1997年版,第362页。

[2] 顾随:《顾随诗文丛论》(增定版),顾之京整理,天津人民出版社1997年版,第371页。

[3] 顾随:《顾随诗文丛论》(增定版),顾之京整理,天津人民出版社1997年版,第359页。

有"情操"的诗人,能将"诗心"与"诗情"打成一片,即以"诗心"节制"诗情",使诗人既有作诗的冲动,又有作诗的功夫。这种"情操"论,体现在艺术效果上,就是生气与高致的合二为一。顾随说:

> 王静安说:"诗人对宇宙人生,须入乎其内,又须出乎其外。……入乎其内,故有生气;出乎其外,故有高致。"(《人间词话》)身临其境者难有高致,以其有得失之念在,如弈棋然。太白唯其入人生不深,故能有高致。然静安"出乎其外"一语,吾以为又可有二解释。一者为与此事全不相干,如皮衣拥炉而赏雪:此高不足道;二者若能著薄衣行雪中而尚能"出乎其外",方为真正高致。情感切而得失之念不盛,故无怨天尤人之语。人要能在困苦中并不摆脱而更能出乎其外,古今诗人仅陶渊明一人做到。老杜便为困苦牵扯了。陶始为"入乎其中",后能"出乎其外",如其《饮酒》第十六……此写穷而并不怨尤。寒酸表现为气象态度,怨尤乃心地也。一样写寒苦,陶与孟东野绝不同。孟诗《答友人赠炭》……亲切而无高致。陶入乎其中故亲切,出乎其外故有高致。[1]

优秀的诗人对于宇宙人生,是既能"入乎其内",又能"出乎其外";优秀的诗作,是既有生气,又有高致。我们认为,顾随对王国维名言"入乎其内,出乎其外"的诠释,与他的以"诗心"和"诗情"为内容的"情操"论,是完全吻合的。诗人对于宇宙人生能"入乎其内",故有"诗情",其创作便有生气;能"出乎其外",故有"诗心",其创作便有高致。既能"出乎其外"亦能"入乎其内"的诗人,是既有"诗情"又有"诗心"的有"情操"的诗人,故其创作是既有生气又有高致。古今诗人能达此境界者,确实唯有陶渊明一人而已。李白诗有高致而乏生气,因为他"入人生不深","全然不入而为摆脱",所以"太

---

[1] 顾随:《顾随诗文丛论》(增定版),顾之京整理,天津人民出版社1997年版,第7~8页。

白的高致是跳出、摆脱，不能入而复出，若能入污泥而不染方为真高尚，太白做不到"。[1] 即李白有"诗心"而乏"诗情"，故无"情操"。孟郊是有生气而乏高致，因为他能入不能出，所以他是有"诗情"而乏"诗心"，亦是无"情操"。即便是杜甫，亦是"为困苦所牵扯了"，有时亦是能入而不能出，有的诗篇亦是有生气而乏高致，故其"情操"亦略有欠缺。前述顾随推崇李商隐是一位有"情操"的诗人，因为在顾随看来，李商隐是能出能入的诗人，他说：

> 若说陆（陆游）、黄（黄庭坚）的诗是冒出来的，则李（李商隐）之诗是沉下去的，沉下去再出来。冒则出而不入。陆、黄，情绪→，李则情绪⇋。李是用观照（欣赏）将情绪升华了。陆、黄一类诗写欢喜便是欢喜，写悲哀便是悲哀，而观照诗人则在欢喜烦恼时加以观照，看看欢喜烦恼是什么东西。一方面观，一方面赏，有自持的功夫。（沉得住气，不是不烦恼，不叫烦恼把自己压倒；不是不欢喜，不叫欢喜把自己炸裂。）此即所谓情操。必须对自己情感仔细欣赏、体验，始能写出好诗。[2]

"冒出来的"诗，是能出不能入，其创作者是有"诗情"而乏"诗心"，是没有"情操"；"沉下去再出来"的诗，则是先"入乎其内"，再"出乎其外"。优秀的诗人就是这样能出能入，既有"诗情"，亦有"诗心"，故有"情操"。所以，顾随说："天下没有写不成诗的，只在一'出'一'入'，看你能出不能，能入不能。不入，写不深刻；不出，写不

---

[1] 顾随：《顾随诗文丛论》（增定版），顾之京整理，天津人民出版社1997年版，第8页。

[2] 顾随：《顾随诗文丛论》（增定版），顾之京整理，天津人民出版社1997年版，第54页。

出来。"[1]

顾随的情操诗学理论，与弗洛伊德关于艺术家与精神病之关系的观点相近似。弗洛伊德在《创作家与白日梦》里说："艺术家就像一个患有神经病的人那样，从一个他所不满意的现实中退缩下来，钻进了他自己的想象力所创造的世界中。"这是"入乎其内"。又云："艺术家不同于精神病患者，因为艺术家知道如何去寻找那条回去的路，而再度把握现实。"这是"出乎其外"。艺术家近似于精神病患者，是因为他能"入乎其内"，有"诗情"；又不同精神病患者，是因为他能"出乎其外"，有"诗心"。真正伟大的艺术家既近似于精神病患者又不同于精神病患者，因为他既有"诗情"又有"诗心"，既能"入乎其内"又能"出乎其外"，其人是有"情操"的人，其创作是既有生气又有高致的佳作。

顾随以"诗心"和"诗情"为核心的情操诗学理论，其基本内容大体如上所述。笔者认为，其"诗心"之论，大致相当于传统学者讲的"虚静"之说，略近于西方学者所谓无利害关系的审美心胸理论。无论是他强调的"诗心"的二条件（即恬静和宽裕），还是他提出的"诗心"的有闲精神和欣赏态度，抑或是他重视的"诗心"的"无伪与专一"，或者他提出的"诗心"就是"寂寞心"的观点，皆可发现"诗心"就是无是非、无善恶、无利害的超越之心，与传统学者讲的"虚静"之说，并无本质的区别。值得注意的是，他在区分"诗心"与"诗情"之基础上力图将二者打成一片所构成"情操"论，则是对"虚静"说的发展和提升。将以道家思想为背景的"虚静"论解脱出来，沟通儒道，建构起他的情操诗学理论，实与儒家提倡的温柔敦厚诗学理论，

---

[1] 顾随：《顾随诗文丛论》（增定版），顾之京整理，天津人民出版社1997年版，第153页。

有异曲同工之妙。

关于以温柔敦厚为特征的中国古典诗学理想品格,我们在本书第一章中已有详细讨论。大体而言,温柔敦厚之诗教,涉及作者、作品和读者三个层面,即温柔敦厚的作者,写出温柔敦厚的作品;温柔敦厚的作品教化出温柔敦厚的读者。所谓"温柔敦厚",温是关键,由温而柔,由温柔而敦厚。关于"温"之所指,据徐复观说:

> 不太冷,也不太热,这便是"温"。当诗人感奋于某种事物以形成创作的冲动时,感情总是很热烈的,但感情正像火样燃烧的时候,决做不出像样的诗来,诗乃在某种事物发生之后的适当时间中所产生的。所谓"适当时间",是指不能距离得太近,太近则因热度的燃烧而做不出诗来;也不能距离得太远,太远则因完全冷却而失掉作诗的动力。……不远不近的适当时间距离的感情,是不太热不太冷的温的感情,这正是创作诗的基盘感情。因为此时可把太热的感情,加以意识地或不意识的反省,在反省中把握住自己的感情,条理着自己的感情。诗便是在感情的把握、条理中创造出来的。[1]

在徐复观看来,不太热不太冷的温的感情适合于诗。或者说,诗人在温的情感状态下才适合作诗。感情很热烈的时候,其心是躁的。如顾随所说,躁的状态不适合作诗。顾随所谓"静"的状态,正是徐复观所说的"温"的状态。温或静的状态适合作诗,因此,需要对过于火热燃烧的感情进行节制。正如顾随所谓以"诗心"节制"诗情"一样,徐复观所谓对感情的"反省"和"条理",正是这样的节制过程。他认为:"一任感情的特性激荡下去,对于事物总是向极端方面去发展。

---

[1] 徐复观:《释诗的温柔敦厚》,见《中国文学精神》,上海书店出版社2004年版,第36页。

稍稍后退到适当的时间距离而发生反省作用时,理智之光常从感情中冒了出来,给感情以照察,于是在激情以外的因素也照察了出来,可由此以中和一往直前的感情,使其由热而温,由温而厚。"[1] 因温而柔的感情,必然有敦厚之特点。徐复观说:

> "敦厚"指的是富于深度、富有远意的感情,也可以说是有多层次、乃至是有无限层次的感情。太热与太冷的情感,不管多么强硬,常常只有一个层次。突破了这一层次,便空无所有。……温柔的感情,是千层万叠起来的敦厚的感情。这种敦厚的感情,有如一个广大的磁场,它含有永恒的感染力。因此,温柔敦厚的诗,是抒情诗的极诣,而《国风》中正有不少这类的诗。[2]

太热和太冷的状态,用顾随的话说,是躁的状态。躁的状态下可以写诗,但写不出好诗。好诗在韵而非力。躁的状态写出来的诗有力乏韵。静的状态可以写出好诗,写出有韵的诗。静的状态就是温的状态。有力的诗太硬,有刺激性,而乏亲和力,缺乏弹性。顾随推崇的是诗的韵,是弹性。有韵的诗是柔性的,有弹性,有亲和力。在顾随的诗学理论中,有"情操"的诗人,用"诗心"节制"诗情",使之在静的状态下写出有韵和弹性的诗歌。同样,在儒家诗学理论中,有温柔敦厚之性情的诗人,通过反省和照察节制火热的激情,使诗人的感情处于温柔状态,在温柔状态下写出有敦厚特征的诗歌。应当说,二者的理路是完全一致的。所以,笔者认为,顾随以"诗心"和"诗情"为主要内容构成的情操诗学理论,与儒家学者讲的温柔敦厚诗学理论,皆是

---

[1] 徐复观:《释诗的温柔敦厚》,见《中国文学精神》,上海书店出版社2004年版,第36页。

[2] 徐复观:《释诗的温柔敦厚》,见《中国文学精神》,上海书店出版社2004年版,第37页。

就创作主体在艺术创作之审美构思活动中的修养而言。"情操"论的基本指向就是温柔敦厚，或者说，无论是"情操"论，还是温柔敦厚说，皆要求对创作主体的情绪进行节制，使之达到"发乎情，止乎礼义"的状态。所以，创作主体在审美构思活动中，以温柔敦厚为"情操"，是中国古典诗学创作构思理论的一个重要特色。

综上，我们认为，顾随的情操诗学理论，沟通儒道，综合了两家诗学思想之精华，发展和提升了道家的"虚静"说，使其摆脱神秘性，从而具有世俗化和普遍性的特点；深化了儒家温柔敦厚的诗教理论，使其摆脱了浅表的功利性，从而具有思想的深度和理论的高度。应当说，顾随的情操诗学理论，是近代学者关于中国古典诗学理论的一次全面、系统、深刻的总结。

三、诗心与爱心：创作心态与恋爱心理的相似性

在中国古典审美理想中，女人如诗，诗似女人，诗和女人皆具有柔性特征。[1] 传统中国文人"爱诗如爱色""选诗如选色"，其创作心态与恋爱心理甚为近似。概括地说，就是诗心如爱心，爱心即诗心。

大体而言，爱情是一种诗意化、审美化的人际情感，或者说，爱情是一种具有超越性的情感，人类天性中的超越意识和诗性追求，决定人类对爱情有着一种执着不懈的追求。瓦西列夫对爱情与艺术审美的关系，做过深入探讨，他说：

> 爱情是作为男女关系上的一种特殊的审美感而发展起来的。爱情创

---

[1] 参见本书第七章第三节"性别诗学：中国古典诗学的柔性特征"。

造了美,使人对美的领悟能力敏锐起来,促进了对世界的艺术化认识。[1]

审美化,作为爱情的成分和因素,其职能特别重要。陶醉于理想化中的情侣,彼此把对方看作审美的对象。两人都会在对方身上看出美的特征,它体现在对方的独一无二的个性中,具有一种征服力量。[2]

他认为:艺术和爱情的互相渗透,不是偶然的,而是必然的,"一方面,爱情追求艺术,追求感受的戏剧性。而另一方面,艺术本身自古至今一直反映爱情,凝聚着爱情的生命力和美,艺术地再现和提高男女之间的性关系"。[3] 他还具体探讨了爱情与舞蹈、音乐、雕塑、绘画、诗歌、小说之间的相互关系。他对爱情与艺术审美关系的探讨,全面深刻,颇有启发性。但是,他的着眼点是研究二者之间的影响关系,特别是艺术审美对爱情价值的提升影响,而于爱情何以能成为艺术化、审美化的情感,则是略而不论,或语焉不详。奥克塔维奥·帕斯亦对爱情与诗歌的关系做过专门讨论,他特别注意到诗歌与色欲之间的密切关系,他说:

诗歌的证言向我们揭示出此世界里的彼世界,彼世界即此世界。感觉既不丢失原有的能力,又变成了想象的仆人,让我们听到不可听之物,见到不可见之物。可是这一切难道不是梦幻和性交中所发生的事情吗?当我们做梦和做爱时,我们拥抱幻想。交合的一对人都有一个肉体,一张脸,一个名字,但是他们真正的现实就在拥抱最热烈的那一刻消散在感觉的瀑布中,而瀑布也随之消逝。所有恋人都相互追问一个问题,性

---

[1] [保]瓦西列夫:《情爱论》,赵永穆等译,生活·读书·新知三联书店1997年版,第42页。

[2] [保]瓦西列夫:《情爱论》,赵永穆等译,生活·读书·新知三联书店1997年版,第248页。

[3] [保]瓦西列夫:《情爱论》,赵永穆等译,生活·读书·新知三联书店1997年版,第270页。

> 爱的奥秘就凝缩在这个问题中：你是谁？一个没有答案的问题……感官既是在这个世界里的，又不是这个世界里……色欲与诗歌之间的关系是如此密切，因此可以毫不夸张地说，色欲是肉体之诗，诗是语言之色欲。它们是对立互补的关系。[1]

他发现"诗歌的证言"与"性爱的奥秘"非常相似，所以断言"色欲是肉体之诗，诗是语言的色欲"。李敖在《上电视谈现代婚姻的悲剧性》一文中，认为美是男女情爱关系最重要的特征，他说：

> 我以为男女之间，最重要的一种关系，是"美"，是唯美主义下的发展，是美的发展，美的开始，美的结束。……我相信男女之间的一切关系，都是唯美的关系，恋爱应该如此，结婚应该如此，离婚更应该如此。男女之间除了美以外，没有别的，也不该有别的。[2]

认为"男女之间的一切关系，都是唯美的关系"，同样揭示了情爱或性爱与艺术审美之间的密切关系。

进一步研究，我们发现，诗心如爱心，爱心即诗心，爱情与艺术审美之间存在着十分近似的关系，而且爱情的发生、发展和保持，皆与艺术创作的各个环节有着惊人的相似之处。

首先，想象和联想，是艺术创作构思中不可或缺的一个重要环节，亦是男女爱情萌芽时的一种重要心理活动。想象力是人类固有的一种基本能力，这种能力在艺术创作和爱情生活中得到最充分的展示。

---

[1] ［墨］奥克塔维奥·帕斯：《双重火焰——爱与欲》，蒋显璟、真漫亚译，东方出版社1998年版，第2页。

[2] 小琪、春琳编：《怕老婆的哲学——文人笔下的男女与情爱》，群言出版社1993年版，第114页。

康德说："想象力是一个创造性的认识功能。"[1] 黑格尔说："想象是创造的。"[2] 想象的创造性，在于它借助原有的表象和经验而创造一个新的形象。想象力是艺术家进行艺术创作时必须具备的一种能力，因为只有通过想象，艺术家才能创作出源于生活而又高于生活的艺术形象。

恋爱亦是如此。奥克塔维奥·帕斯说："促发性行为和诗歌行为的动因就是想象。想象把性交变成礼仪和仪式，把语言变成节奏和比喻。"[3] 相互倾慕的男女双方，在爱情火花即将迸发之时，都有超乎寻常的想象力。在一定程度上，想象力愈发达的人，对恋爱感受的程度亦就愈深。在这时，相互倾慕的男女双方都尽情地发挥想象力，将对方理想化和审美化。随着理想化和审美化的加强，爱情亦就产生了。司汤达把爱情的发生过程，依次分为"赞叹""多么愉快啊""期望""爱情的产生""第一次结晶""产生怀疑"和"第二次结晶"七个阶段，其"期望"阶段，就相当于我们所说的发挥想象力的爱情早期阶段。"期望"如同想象，在恋爱准备阶段至关重要，正如司汤达所说："些微的期望就足以导致爱情的产生。"[4] 康德亦认为，人类在性吸引力上区别于动物，就在于他的想象力，他说："性的吸引力在动物的身上仅仅是靠一种转瞬即逝的、大部分是周期性的冲动，但它对于人类却有本领通过想象力而加以延长，甚至于增加；对象离开感官愈远，想象力就确实是以更大的节制，然而同时却又更为持久地和一贯地在

---

[1] ［德］康德：《判断力批判》，邓晓芒译，人民出版社2002年版。

[2] ［德］黑格尔：《美学》（第1卷），朱光潜译，商务印书馆1982年版，第348页。

[3] ［墨］奥克塔维奥·帕斯：《双重火焰——爱与欲》，蒋显璟、真漫亚译，东方出版社1998年版，第2页。

[4] ［法］司汤达：《爱情论》，崔士篪译，生活·读书·新知三联书店1997年版，第12、9页。

发挥它那作用。"[1]瓦西列夫亦说过："热恋中的男女总是透过相互理想化和精神装饰化的棱镜看待对方。他们看到或者觉得，他们的对方一切都好，都美，甚至可说是神圣的。"[2]这就是恋爱中的偶像化、理想化和审美化问题。而恋爱中的这种偶像化和理想化，又是通过想象来实现的，即恋爱双方"按价值哲学改造现实，以'弥补其不足'，通过抽象和幻想把现实理想化"，"按照美的规律，借助于幻想改造欲求的对象"。[3]据瓦西列夫说："一个精神组织细腻、具有丰富的审美、文化和道德修养的人，在情爱体验发生时会产生许多动的、感奋的联想。相互了解在这种情况下变成相互发现。其所以是发现，是因为随着爱情的产生，情侣的个人品质在双方心目中必然获得更高的审美价值和道德价值。"[4]"人的联想能力越强，精神文明越丰富多彩，爱情也就越高雅。"[5]

艺术创作因想象而具有理想化的特征，恋爱亦是如此。其实，处于创作状态中的艺术家和沉溺于恋爱中的男女一样，皆不免于顾影自怜的自我恋，而想象正是实现自我恋的重要手段。艺术家因自我恋之推广，因想象的作用，故其所写之人与物，皆著"我之颜色"，是自我的理想化，此即王国维所谓的"有我之境"。恋爱中的男女，因自我恋的推广，常常把情人理想化，所谓"情人眼里出西施"，相当于

---

[1] ［德］康德：《历史理性批判文集》，何兆武译，商务印书馆1990年版，第64页。

[2] ［保］瓦西列夫：《情爱论》，赵永穆等译，生活·读书·新知三联书店1997年版，第263页。

[3] ［保］瓦西列夫：《情爱论》，赵永穆等译，生活·读书·新知三联书店1997年版，第247页。

[4] ［保］瓦西列夫：《情爱论》，赵永穆等译，生活·读书·新知三联书店1997年版，第141页。

[5] ［保］瓦西列夫：《情爱论》，赵永穆等译，生活·读书·新知三联书店1997年版，第167页。

精神分析学家所说的"性的过誉"。关于这个问题,潘光旦在对冯小青之"影恋"研究中的解说,最有见地,其云:

> 青年人之于其情人,当其未得之也,则拟为种种高远之条件而加以景仰;既得而察之,则竟无一事不合其所理想者;于是移其崇拜理想之心崇拜其情人。然自旁人观之,觉其情人殊无崇拜之价值,于是乃疑其所崇拜者,名则为情人,实则始终为其人自我所创造之理想,亦即其人自我之推广;所不同者,即自得一异性之人物,其理想乃有所附丽;从此理想之魔力,有若鬼附人身而作威福之语,非被附者之自语也。[1]

一个平庸无奇的女子,在情人眼里会有如西施般的美貌,就是自我恋的结果,就是由想象所促成的。所以,艺术创作和恋爱活动都离不开想象,想象力愈发达,其艺术创作就愈成功,其情爱体验就愈热烈,爱情生活就愈丰富。艺术创作因想象而有美感,爱情生活因想象而有诗意。

其次,进入创作状态的作家,和沉溺于爱情中的男女一样,皆有一种不可理喻的迷醉感和梦幻感。一个作家在进入到真正的创作境界时,往往是如痴如醉,忘乎所以,产生迷醉感和梦幻感。如司马相如,据说他作赋时,是"意思萧散,不复与外事相关,忽然而睡,焕然而兴"。[2] 六朝以来关于"文人无行"的指责,亦与作家在创作状态中呈现出来的迷醉感和梦幻感有关,如南朝史家姚察说:

> 魏文帝称"古之文人,鲜能以名节自全",何哉?夫文者妙发性灵,

---

[1] 潘光旦:《冯小青——一件影恋之研究》,见潘乃谷、潘乃和选编《潘光旦选集》(第一册),光明日报出版社1999年版,第32页。

[2] 《西京杂记》卷二。

独拔怀抱，易邈等夷，必兴矜露。大则凌慢侯王，小则傲蔑朋党，速忌离忧，启自此作。若夫屈、贾之流斥，桓、冯之摈放，岂独一世哉！盖恃才之患也。[1]

颜之推《颜氏家训·文章篇》说：

> 自古文人，多陷轻薄……有盛名而免过患者，时复闻之，但其损败居多耳。每尝思之，原其所积，文章之体，标举兴会，发引性灵，使人矜伐，故忽于持操，果于进取。今世文士，此患弥切，一事惬当，一句清巧，神厉九霄，志凌千载，自吟自赏，不觉更有傍人。[2]

作家在创作中呈现出的此种精神状态，有迷醉和梦幻的特点。这种迷醉与梦幻，在道德家看来，就是"矜露""矜伐"，亦就是"无行"。而事实上，正如姚察、颜之推所说，文人的轻薄无行，是必然的，是由文学创作"标举兴会，发引性灵"的本质特点决定的。或者说，处于创作状态中的作家，必然会呈现出迷醉感和梦幻感。

恋爱亦是如此。瓦西列夫说："爱情产生的第一个表现是迷醉。""一个人如果没有体验到由于迷醉而产生的战栗，他就不会坠入情网。"[3]朱一强把迷醉感作为初恋的五个心理特征中最重要的一个，他认为，迷醉感"是由对方的气质、长相、身材、姿态、语言等品质组成的魅力所激发的一种近乎幻觉性的思念情绪。这种迷醉感具有一种综合性的情感效应，心灵的战栗、慌恐、幻觉、羞涩、急盼等各种情绪重叠在一起，占据了初恋者的身心，使他们陷入一种强烈而又无

---

[1] 《梁书·文学传》。

[2] 王利器：《颜氏家训集解》，上海古籍出版社1980年版，第221～222页。

[3] ［保］瓦西列夫：《情爱论》，赵永穆等译，生活·读书·新知三联书店1997年版，第183页。

理智的恍惚之中，被爱者的形象时常在脑际萦绕，并想象他和她的一切，表现出不可抑制的亲近冲动欲求"。[1]

第三，爱情作为一种艺术化、审美化的人际情感，它与艺术审美一样，皆遵循着距离产生美感的审美原则。

距离说是一种关于审美态度的学说，自从英国美学家爱德华·布洛首次提出并加以阐释后，它在西方美学史上产生了特别重要的影响，至今仍然被很多美学家用来解释审美经验的特征。根据布洛的观点，距离是一种"介于我们与对象之间的"心理状态，在主体与他所喜爱的对象之间"插入"一段心理距离，就能够产生出审美经验来。[2]一个普通物体之所以变得美，就是由于"插入"一段距离而使人的眼光发生了变化，使某一现象或事件得以超出我们个人需求和目的的范围，使我们能够客观而超然地看待它。美的事物通常都有一点"遥远"。近而熟悉的事物往往显得平常、庸俗，甚至丑陋。但把它们放在一定距离之外，以超然的态度看待它们，则可能变得奇特、动人，甚至美丽。总之，距离产生美感，艺术必须保持一定的距离，对事物取一定的距离，对艺术创作和欣赏都极为重要。[3]但是，距离亦有一定的限度，即距离既不能太大，亦不能太小。在审美活动中，距离太小，主体与客体过分贴近，引不起审美经验；距离太大，主体与客体完全脱离了关系，亦引不起审美经验。在艺术创作中，距离过度是理想主义艺术常犯的毛病，它往往意味着难以理解和缺少兴味；距离不足则是自然主义艺术常犯的毛病，它往往使艺术品难于脱离其日常的实际联想。[4]

---

[1] 朱一强：《爱情心理学》，黑龙江朝鲜民族出版社1986年版，第14～15页。

[2] 朱狄：《当代西方美学》，人民出版社1984年版，第297～298页。

[3] 朱光潜：《悲剧心理学》，人民文学出版社1985年版，第23～27页。

[4] 朱光潜：《悲剧心理学》，人民文学出版社1985年版，第27页。

实际上，距离说不仅可以用来解释审美经验，而且亦适用于人际关系的解释。

爱情作为一种审美化、艺术化的人际情感，它应当遵循艺术审美的一般规律，即距离产生美感的规律。或者说，相爱的男女双方，只有保持适当的距离，才能保证长久的吸引力，爱情亦因此而具有诗意化、审美化特点。歌德《浮士德》云："若使伉俪恩情深，只有彼此两分离。"所谓"彼此两分离"，即指相爱双方保持一定的距离。只有如此，才能伉俪情深。康德在《论万物的终结》一文中亦说："在爱情中，拒绝是一种有魅力的手段，它可以把纯粹的肉欲变成理想的爱好，把动物的需要变成爱情，把简单的快感变成对美的享受。"康德所谓的"拒绝"，即歌德所说的"彼此两分离"，亦就是距离。假若相爱的男女双方，一坠入爱河，便如胶似漆，卿卿我我，不懂得拒绝，不能保持一定的距离，这样的爱情往往会昙花一现。

牛郎织女的爱情故事，就是按照距离原则演绎的。其中最重要的两个情节——河汉阻隔和鹊桥相会，成为历代爱情诗词吟咏的重要题材。如秦观《鹊桥仙》云：

> 纤云弄巧，飞星传恨，银汉迢迢暗度。金风玉露一相逢，便胜却人间无数。　柔情似水，佳期如梦，忍顾鹊桥归路。两情若是久长时，又岂在朝朝暮暮。

牛郎织女河汉阻隔，每年七月七日鹊桥相会，夫妻恩爱，"柔情似水，佳期如梦"，有如新婚，这正是距离产生的效果。假若牛郎织女朝夕相处，形影不离，便不会有"胜却人间无数"的神奇魅力。沈际飞《草堂诗余》说："（世人咏）七夕，往往以双星会少离多为恨，而此词

（即秦观《鹊桥仙》）独谓情长不在朝暮，化朽腐为神奇。"的确，《鹊桥仙》作为一首歌咏爱情的词作，其成功之处就在于它道出了"两情若是久长时，又岂在朝朝暮暮"的爱情规则。"两情若是久长时，又岂在朝朝暮暮"这句经典名言，可以理解为：若要"两情"长久，就不能"朝朝暮暮"；反过来说，如果"朝朝暮暮"，"两情"就不能长久。即便长久，"两情"亦发生了变化，或为责任意识所渗透，或转变为友情。

另外，在中国古典诗词中，有一个具有象征意义的兴象，即美人幻像。美人幻像以美人追求为兴象，其写作亦就常常遵循爱情追求的距离原则。因此，这类作品通常把美人置于一个可望而不可即的境地，作品描述诗人对美人的追求，亦着重在这个跨越距离的追求过程，而不是美人本身。美人所处，或"道阻且长"（《蒹葭》），或"路远莫致"（张衡《四愁诗》），或处于"飘飘恍惚中"（阮籍《西方有佳人》），或"其室则迩兮限层崖"（傅玄《吴楚歌》），或"美人娟娟隔秋水"（杜甫《寄韩谏议》）。总之，皆有一段不可跨越的距离。美人因为距离而更加完美，诗人亦因为距离而辗转反侧，感伤困惑。其实，宏观地说，中国古代的爱情文学，并不在于展示爱情生活的甜美与欢乐，和男女相亲相爱的柔情蜜意，而大多着力于描绘对爱情的艰苦追求，和游子思妇的相思相恋之情。或者说，展示的是跨越爱情距离的过程。

总之，爱情是一种诗意化、审美化的人际情感，爱情的产生、发展和保持，与艺术创作之构思和写作的各个环节，有很大的相似之处，皆遵循距离产生美感的原则。人类对诗性爱情的追求，与对艺术审美的向往一样，展示了人类天性中不可抑制的对超越的、形而上的人生境界的追慕。爱情之所以能成为艺术的永恒主题，其原因亦在于此。

在想象或幻想之基础上激发起来的爱情,具有强烈的迷醉感和梦幻感,置身其中的恋人,常有一种如醉如痴的情感高峰体验。但是,这种过于强烈的情感高峰体验往往不易长久保持,常常是稍纵即逝。若想长久地保持爱情,保留着相互之间永久的吸引力,必须将此激情转化为温情。而将此激情转化为温情有效手段,就是距离。或者说,以距离节制激情,使之转化为温情。只有温情才是长久的,有厚度的,具有美感意味的。爱情的艺术化、审美化特点,主要就在于它是一种脉脉的温情,而不是激情。爱情的这个特点,又与顾随的"诗心""诗情"论相似。前述顾随的情操诗学理论,主张以"诗心"节制"诗情",以理智控制冲动,以"观照"态度和"欣赏"心情控制情感的激烈冲动,做到既能"入乎其内",亦能"出乎其外";既有激情之冲动,而又能控制冲动,进入恬静、宽裕的"有闲"之境。实际上,这与以距离节制恋爱激情而使之变成温情的举措,有异曲同工之妙。经过"诗心"节制过的"诗情",是温情;经过距离节制过的爱情,亦是温情。此种"爱心"上的温情与"诗心"上之温情,是诗意化、艺术化的情感,是符合中国古典美学温柔敦厚理想品格的情感。

第五章 圆美流转：中国古典诗学技巧论

中国古典诗学之发展，有一个从重视诗歌情感内容到重视诗歌创作技巧的发展过程。如果说在先秦两汉时期，学者关于诗歌的讨论，主要是侧重于诗歌之思想内容和社会价值，而在东晋南朝时期，学者逐渐热衷于诗歌创作技巧的探讨。钟嵘《诗品》提出"诗之为技"的观点；刘勰《文心雕龙》著《声律》《练字》《章句》诸篇，专门讨论诗歌创作技巧上的问题；谢朓提出"好诗圆美流转如弹丸"，则是关于通过创作技巧之讲求以达成的艺术境界之表述。如果说，"温柔敦厚"是对中国古典诗学理想品格的概括，并且侧重于思想内容和社会价值方面。那末，"圆美流转"则是关于古典诗歌艺术技巧的概括。为实现"温柔敦厚"之古典诗学理想品格，必须使诗歌具备"圆美流转"之艺术特征，具体体现在对诗体的选择上，对"声文""形文"和句法之讲求上，以及对抒情方式之取舍上。

一、好诗圆美流转如弹丸

南朝诗人谢朓说："好诗圆美流转如弹丸。"[1]"圆美流转"，

---
[1]　《南史·王昙传》。

即由"圆"而"美",因"圆美"而有"流转"之特点。谢朓之意,"好诗"当如"弹丸",有"圆美流转"之特点。"圆美流转"与"温柔敦厚"意义相近,实为中国古典诗学的理想品格。如果说"温柔敦厚"是着重对中国古典诗学理想品格的总体概括,侧重诗歌的思想内容和社会价值。那末,"圆美流转"则是偏向对中国古典诗学创作方法或技巧上的表述。

古代中国人尚圆,以圆为美,以圆喻天拟道,以圆转形容天运、道心之周流灵活。[1]如《文子·自然》说:"天道默默,轮转无端。……惟道无胜,轮转无穷。""轮转"即"圆转",即"圆美流转"。《关尹子·一宇》说:"以盆为沼,以石为岛,鱼环游之,不知几千万里不穷乎!夫何故?水无源无归。圣人之道,本无首,末无尾,所以应物无穷。"周敦颐《太极图》以圆圈中空为"无极而太极"之象。据此可知,古代中国人所谓的道,即是"圆道"。《易·系辞上》说:"蓍之德圆而神,卦之德方以知。"韩康伯注云:"圆者运而不穷,方者止而有分。言蓍以圆象神,卦以方象知也。唯变所适,无数不周,故曰圆。"张英《聪训斋语》卷上说:"天体至圆,万物做到极精妙者,无有不圆。圣人之德,古今之至文、法帖,以至一艺一术,必极圆而后登峰造极。"故牟宗三称中国文化为"盈教"。"盈教"即是"圆教"。

天以圆为体,道以圆为本,德以圆为用,艺以圆为极。最早以"圆"论文学者,当是刘勰。在《文心雕龙》一书中,多有以"圆"为词根的词汇,如圆该、圆照、圆周、圆备、圆鉴、圆合、圆览、圆通等等。此外,尚有理圆事密、虑动难圆、思转自圆、骨采未圆、势转若圆等说法。可以说,"圆"是《文心雕龙》中使用频率较高的词汇之一,如:

---

[1] 参见钱锺书:《管锥编》第二册《老子王弼注》第十三条"反者道之动"和第三册《全上古三代秦汉三国六朝文》第二〇条"圆喻之多义",中华书局1986年版。

然诗有恒裁，思无定位。随性适分，鲜能圆通。（《明诗》）
徒锐偏解，莫诣正理。……故其义贵圆通，辞忌枝叶。（《论说》）
然骨挚靡密，辞贯圆通。（《封禅》）
沿根讨叶，思转自圆。（《体性》）
故能首尾圆合，条贯统序。（《熔裁》）
诗人比兴，触物圆览。物虽胡越，合则肝胆。（《比兴》）
自非圆鉴区域，大判条例，岂能控引清源，制胜文苑哉。（《总术》）
知多偏好，人莫圆该。（《知音》）

以上所举以"圆"为词根之语汇的语境，大体有两种情况：一是与"条例""统序""根叶"等语汇并用，这说明以"圆"为词根的语汇与"条例""统序"等词义有关。值得注意的是，汉末魏晋学者亦常常将以"通"为词根的语汇与"条例""统序""大体""统宗"等语汇并用，或者说，把"通"作为求大义、得大体、立条例的手段。所以，刘勰书中的"圆"，与汉末魏晋学所尚之"通"，词义大体相近。二是与"偏解""偏好"对用。兴膳宏注意到《同异记》中有"虽有偏解，终隔圆通"一语，认为《文心雕龙·论说》篇中"偏解"一语是被导入的佛教语汇。事实上，通、偏对用，是汉末曹魏以来的文人在尚通意趣之影响下形成的一个普遍性的言说习惯，如曹丕《典论·论文》说："……此四科不同，故能之者偏也，唯通才能备其体。"刘劭《人物志》更是以通（或称兼）、偏论人，其书中屡见"通材之人""兼材之人""偏材之人""偏至之材"等语汇。葛洪《抱朴子》亦有这样的用法，如《辞义》篇说："盖偏长之一致，非兼通之才也。"以上所举，皆是不谙佛典之人。所以，佛典中圆（通）、偏对用的情况，当是翻译家沿袭魏晋学者之习惯性言说。《文心雕龙》中的圆、偏对用，虽或受佛典之影响，但其源头却是魏晋学者在尚通意趣影响下形成的通、偏对用的言说习惯。

《文心雕龙》研究者往往将这些以"圆"为词根的语汇，视为刘勰从佛教经典中转用过来的佛教语汇，如范文澜《文心雕龙注》就认为"圆通"是刘勰导入《文心雕龙》的佛教语汇。詹锳《文心雕龙义证》释《知音篇》中的"圆照"，就多引佛教文献为证。兴膳宏《〈文心雕龙〉与〈出三藏记集〉》，研究《文心雕龙》与佛教的关系，其中有一段专论《文心雕龙》中带"圆"字的语汇，亦相信它们是来源于佛典。不过，由于他注意到"圆"这个词在《周易》和《庄子》书中已经出现，所以他的结论比较折中，他说：

> 《易》与《庄子》当然都是六朝玄学的经典，且是要了解与汉译佛典的关系所不可或缺之书。想来用于佛典并构成重要概念的"圆"之一语就是翻译时从玄学的古语中借来的。而"圆"一旦成为佛教用语，又和《易》与《庄子》互相产生了微妙的影响，并被纳入《文心雕龙》的修辞之中。[1]

我们认为：这个结论是可靠的，可以弥补国内一些学者的简单化看法。

以"圆美流转"为中国古典诗学的理想品格，实际上是基于传统中国人以圆为美的审美观念。顾随说："恐怖诗颇难写得圆美，东方美以圆为最。恐怖而写得圆美者，唯《十月之交》三章。恐怖一般不能写得圆美，但诗人能，因为他是非常人。"[2] "东方美以圆为最"，

---

[1] ［日］兴膳宏：《兴膳宏〈文心雕龙〉论文集》，彭恩华译，齐鲁书社1984年版，第55～58页。

[2] 顾随：《顾随诗文丛论》（增定版），顾之京整理，天津人民出版社1997年版，第6页。

或者说，古代中国人以圆为美的最高境界，古典诗人是圆美理想的追求者和实践者。因向往圆美，故能以圆美消融恐怖，以圆美稀释苦难，而给人以美好的希望和向上的力量。

"圆美流转"的诗学追求，就是"温柔敦厚"的中国古典诗学理想品格的具体体现。"圆美"具有"敦厚"的特征。"敦厚"源于"温柔"，即因"温"而"柔"，因"温柔"而"敦厚"。"圆美"是因为"流转"，即因"圆"而"美"，因"圆美"而"流转"。"圆美流转"之关键是"圆"，正如"温柔敦厚"之根本在"温"。"东方美以圆为最"，故东方人尚温情。"圆"和"温"皆是一种中和之美，尚中庸而忌偏执，尚和谐而忌刺激，是其共同特点。因此，在一定程度上可以说，"圆美流转"和"温柔敦厚"是异名而同义，或者说，"圆美流转"是实现"温柔敦厚"的条件。"圆美流转"侧重于方法和技巧，"温柔敦厚"侧重于情感和内容。"圆美"是一种动态之美，但此动态之美是"圆"的，是柔性的，是一种韵美；不是刚性的，不是力美，故而近于"敦厚"。"圆美"来自于"流转"，"以转为用，必以圆为体，惟圆斯转矣"[1]。"圆"是"柔"不是"力"，"圆美"既不是静止，亦不是躁动，而是介于静与躁之间的一种状态。它有动感，但不是刺激性的，亦不是死寂的。这种不动不静之间的"圆美"状态，近于不冷不热之间的"温柔"状态。因"流转"而"圆美"，因"温柔"而"敦厚"。"流转"近似于"温柔"，"圆美"近似于"敦厚"，"圆美流转"近似于"温柔敦厚"。或者说，为实现"温柔敦厚"之古典诗学理想品格，必须使诗歌具备"圆美流转"的艺术特征。

---

[1] 钱锺书：《管锥编》，中华书局1986年版，第922页。

二、诗之为技：中国古典诗艺的圆美特征和敦厚追求

从《尚书·尧典》提出"诗言志"，到陆机《文赋》提出"诗缘情"，在先秦两汉至西晋时期，诗论家关于诗歌的讨论，基本上是着重于诗歌的思想内容和社会价值两个方面，或以"言志""缘情"厘定诗歌的思想内容，或以美刺、讽谏界定诗歌的社会价值。虽然亦偶见关于诗歌艺术的讨论，如曹丕提出的"诗赋欲丽"说，陆机提出的"绮靡"论，但多是语焉不详，重点还是在诗歌的思想内容和社会价值方面，或者说，为了体现诗歌的社会价值，而特别强调对诗歌思想内容的界定。可以说，古代中国文人对于诗歌技艺之探讨，是从南朝时期才开始的，其自觉意识产生之标志，便是钟嵘在《诗品序》中提出的"诗之为技"的观点，他说："至若诗之为技，较尔可知，以类推之，殆均博弈。"以博弈比拟文学，最早当是汉宣帝为赋所做的辩护之辞，[1] 然其比拟，主要是侧重于赋体与博弈之有益于人的心智，还是着重从文学的社会价值立论，而非就技艺立说。钟嵘提出的"诗之为技"，以诗歌比附博弈，则是专指二者在技艺上的相似性。可以说，钟嵘是中国文学史上第一个将诗歌作为一种技艺来加以探讨的学者。其对后世诗学发生了深远影响，如唐五代学者所论之"诗格"，宋元以来产生的若干诗话著作，皆侧重于对"诗之为技"的探讨。

中国古典诗学关于"诗之为技"的讨论，其基本原则是以温柔敦厚为核心的诗学理想，其具体手段是以"圆美流转"为论定标准，其主要表现是在诗体、音律、练字、句法和段落等方面。

---

[1] 《汉书·王褒传》载："议者多以（辞赋）为淫靡不急。上曰：不有博弈者乎？为之犹贤乎已，辞赋大者与古诗同义，小者辩丽可喜，辟如女工有绮縠，音乐有郑、卫，今世俗犹皆以此虞悦耳目。辞赋比之，尚有仁义讽谕，鸟兽草木多闻之观，贤于倡优博弈远矣。"（王先谦《汉书补注》，中华书局1983年版，第1271页）

1. 四言正体，五言流调：中国古典诗学诗体上的"圆美流转"

从诗歌体式上看，中国古典诗歌以四言、五言和七言为主要形式。实际上，七言是在五言之基础上发展起来的，因此，其最基本的形式还是四言和五言两种。于此两种形式之特点，晋宋以来的学者常有讨论，且多以四言为古典诗歌之正体，如挚虞《文章流别论》说：

> 古之诗有三言、四言、五言、六言、七言、九言。古诗率以四言为体，而时有一句二句杂在四言之间。后世演之，遂以成篇。……五言者，"谁谓雀无角，何以穿我屋"，于俳谐倡乐多用之。
>
> 夫诗虽以情志为本，而以成声为节。然则雅音之韵，四言为正。其余虽备曲折之体，而非音之正也。[1]

即以四言为古典诗歌之正体。刘勰《文心雕龙·明诗》说："若夫四言正体，则雅润为本；五言流调，则清丽居宗。华实异用，惟才所安。"《章句》说："至于诗颂大体，以四言为正。"所谓"流调"，即流行曲调。刘勰以五言为"流调"，正如挚虞所说，五言"非音之正"，"俳谐倡乐多用之"。钟嵘《诗品序》说："夫四言，文约意广，取效风骚，便可多得。每苦文繁而意少，故世罕习焉。五言居文词之要，是众作之有滋味者也，故云会于流俗。"颜延之《庭诰》说："至于五言流靡，则刘桢、张华；四言侧密，则张衡、王粲。若夫陈思王，可谓兼之矣。"李白亦说："兴寄深微，五言不如四言，七言又其靡也。"[2] 以上诸家论四言和五言的特点及其区别，归纳起来，有以下几点值得注意。

---

[1] 严可均：《全上古三代秦汉三国六朝文》之《全晋文》，中华书局1995年版。

[2] 孟棨：《本事诗》引，见丁福保《历代诗话续编》（上），中华书局1983年版，第141页。

一是正变之别。传统学者论文学，常有正变之别。如关于《诗经》，即有正风、变风之说。由于拘泥于是古非今观念之影响，又往往以古为正，以今为变。其于诗歌体式，亦是如此。四言是古，以《诗经》为代表；五言是今，成型于汉魏之际。故学者论诗歌体式，便以四言为正，五言为变。如挚虞所谓"雅音之韵，四言为正"，以为五言"非音之正"。刘勰以为"诗颂大体，以四言为正"，提出"四言正体"之说。直至四言已经鲜有名作之唐代，李白还依然认为"兴寄深微，五言不如四言"。可见传统力量之强大和保守观念之深远。我们认为，这种"四言正体"的诗学观念，体现的是古代中国人崇经信古之传统观念，在学理上并无多少依据，亦与中国语言逐渐复音化之发展趋势所造成的诗体形式之变迁现状，颇相扞格。

二是雅俗之分。传统学者论文学，亦常有雅俗之分，并且明显有崇雅抑俗的倾向。事实上，雅俗之分与正变之别、古今之辨是相互呼应的。"古—正—雅"是一个系列，与之相对的是"今—变—俗"系列。因为是古代的，所以是"正"的，因而是"雅"的。因为是当下的，所以于古之"正"而言是"变"，于古之"雅"而言是"俗"。古代中国人崇雅抑俗的思想根源就是尊正贬变、是古非今。因持"四言正体"和"五言流调"的传统观念，自然便以四言为雅、五言为俗。故挚虞说："雅音之韵，四言为正。"刘勰说："四言正体，则雅润为本。"至于五言，刘勰称之为"流调"，颜延之以为是"流靡"。因"流靡"而成"流调"，故钟嵘以为它"云会于流俗"，挚虞指出"俳谐倡优多用之"，是符合实情的。具有"流靡"特征之"流调"，固然是对雅正的古典传统的背离，因而遭到古典学者的批评。然而，此种"流调"之所以流行，能够"云会于流俗"，自有其因语言之发展变化而不能不流行的原因。

三是风格之辨。四言的风格,颜延之谓为"侧密"。所谓"侧密",即李白所谓的"兴寄深微",或如刘勰所说的"雅润"。至于五言,则与之相反,是"清丽居宗",具有"流靡"的特点。值得注意的是,颜延之说五言"流靡",李白说"七言又其靡也",李白之言当包括五言,即五言与四言相比,亦有"靡"的特点。这与陆机《文赋》所说的"诗缘情而绮靡",是一脉相承的。何谓"绮靡"?学者以为"缘情"指意,"绮靡"指辞。李善注云:"绮靡,精妙之言。"谢榛《四溟诗话》说:"绮靡重六朝之敝。"陈柱《讲陆士衡文赋自记》说:"绮言其文采,靡言其声音。"[1]《文心雕龙·声律》说诗人创作讲求声律,"声转于吻,玲玲如振玉;辞靡于耳,累累如贯珠矣"。陆侃如解释说:"靡,轻丽,这里指声音的动听。"[2]五言之"流靡",确与四言之"雅润"和"侧密"不一样。故《文心雕龙·知音》说:"醖藉者见密而高蹈,浮慧者观绮而跃心。""高蹈"与"跃心"的不同审美效果,似可更能显示四言和五言在风格上的差异。

四言与五言之长短优劣,钟嵘的看法最为中肯。他认为四言"文约意广",是就《诗经》时代的四言诗而言。在《诗经》时代,汉语中的单音节词占绝对优势,其时以四言写诗,假定在一般情况下,一个音节一个词,四言诗有四个音节,亦就有四个词,能够完整地表达一句话的意思,因而便有"文约意广"之特点,亦有"侧密""雅润"之特征。但是,随着时代之发展,社会生活日趋繁富,人际关系日趋复杂,汉语词汇亦逐渐呈现出复音化发展趋势。在社会生活和人际网络相对比较简单的时代,语言词汇亦相对地比较简略,简略的语言词汇可以清晰地描述简单的生活。社会生活和人际网络日趋复杂,简略

---

[1] 陈柱:《讲陆士衡文赋自记》,《学术世界》一卷四期。

[2] 陆侃如、牟世金:《文心雕龙译注》,齐鲁书社1995年版,第421页。

的语汇不足以准确地传情达意，因此，词汇的复音化，便是一个必然的发展趋势。由一个单音词分化成若干个复音词，以求精准地传情达意，是语言发展的必然结果。可以想象，当汉语词汇的复音化趋势逐渐明显，复音词占汉语词汇的较大比重时，再用四言写诗，将必然导致如钟嵘所说的"文繁意少"和"世罕习焉"的状况。汉语词汇的复音化发展，产生于春秋战国，至汉魏时期，复音词已经占据汉语词汇的较大比重。在这时，假定在一般情况下，两个音节一个词，一句四言诗便只有两个词，那就是《诗经》时代一句四言诗包含的内容，在汉魏时期将要用两句四言诗才能表达清楚。其"文繁意少"，便可想而知。"世罕习焉"，便是理所当然。所以，四言诗创作沉寂于战国以后，五言诗创作兴起于汉魏之际，最主要的原因，就是随着社会生活和人际网络的日趋复杂而导致的汉语词汇的复音化发展趋势。

　　钟嵘说五言诗在汉魏以来是"云会于流俗"，即适合于世俗之人的口味。挚虞以为五言诗是"俳谐倡优多用之"，即五言诗起于俳谐倡优之手。刘勰以为五言诗是"流调"，即流行曲调。这些说法，皆反映了一个事实，即五言诗起源于民间社会，是社会中下层文人的民间创作。事实上，因汉语词汇的复音化发展趋势而导致的四言诗创作难以为继，新的诗体形式又没有创建起来的时候，是民间文人，尤其是汉代的乐府诗人，在积极探索新的诗体形式。可以说，汉代乐府诗人对中国古代诗歌创作的最大贡献之一，就是对五言诗创作的探索与实践。或者说，五言诗就是由汉代乐府诗人在创作实践中探索出来的。两汉乐府诗歌形式，由西汉的杂言，到东汉前期以五言为主的杂言，到东汉后期以《孔雀东南飞》和《陌上桑》为代表的五言诗，就展现了乐府诗人对五言诗创作的探索过程。

　　来源于民间的五言诗，与虽然同样来自于民间但经过经典化和典范化的四言诗相比，的确有很大的差别。汉魏以后，四言诗是"世罕习焉"，五言诗则是"云会于流俗"。当五言诗成为文人抒情言志之主要载体后，四言诗的创作确是较少受到关注，除曹操、嵇康、陶渊明等少数几位诗人尚有佳作外，其他创作确是乏善可陈。值得注意的是，当一般文人不再采用四言形式抒情言志，而官方文章，尤其是在朝廷的重大活动，如祭天、祭地、祭祖宗时所唱诵的赞美诗，却无一例外是采用四言形式，这是由四言诗的特点决定的。一般而言，四言诗是静态的，当汉语词汇的复音化呈普遍状态之后，一句四言诗常常是由两个名词性的复音词构成，缺少动词谓语，所以是静态的，因而是典雅的，故而适用于庄重严肃之场合。而五言诗是动态的，具有飞扬流动之美。在一般情况下，五言诗由两个双音节词和一个单音节词构成，音节上的单双变化，有抑扬顿挫之美，避免了四言诗的单调呆板，富有生机和变化，呈现出动态之美。更为重要的是，这个单音节词常常是置于句子之正中，且往往是动词。这个动词性单音节词的植入，使句子有了生命，富于动态感，这是五言诗与四言诗最主要的区别。如"城阙辅三秦，风烟望五津"，诗句中的"辅"和"望"，便是这个起关键作用的动词性成分。因此，如果说四言诗句因为缺乏动词谓语，还是一个词组的话，那末，五言诗句则因为植入了动词谓语，而成为一个完整的、有生命的、有动感的句子。钟嵘说五言诗"指事造形，穷情写物，最为详切"，以为它是"居文词之要，是众作之有滋味者"，正是对五言诗上述优长特点的充分肯定。

因此，与四言诗之"正"与"雅"相比，五言诗固然是"变"是"俗"；与四言诗之静态美不同，五言诗呈现的是动态美。但是，若以"圆美流转"之"好诗"标准来衡量，则四言诗不如五言诗。如果说五言诗是"圆美"的,那末,四言诗则是方正的;五言诗是"流转"的,四言诗则是静止的。在汉语词汇复音化趋势比较明显的语言背景下,比较四言诗与五言诗的长短优劣,我们认为:五言诗因为是"圆美流转"的,所以是"温柔敦厚"的;四言诗因为是静态方正的,所以是有失"温柔敦厚"的。

在新的语言背景下,依照"圆美流转"的"好诗"标准来衡量,四言诗不"流转",故乏"圆美"。依此类推,六言诗、八言诗亦同样有不"流转"、不"圆美"之缺陷,故而当四言诗的创作因语言环境之变迁而难以为继的时候,六言、八言亦不受作者的欢迎。五言诗"圆美流转",在五言之基础上发展而来的七言诗,亦有如此特征。故四言诗时代结束后,五言诗和七言诗便成为中国古典诗歌的主要形式。另外还有三言诗、九言诗,但是,三言诗句式太短,九言诗句式又太长,或过于急促,或过于冗长,从语感上看,皆缺乏舒展自如,不够温柔,故而亦就不能敦厚。不如五言诗、七言诗那样,句式不长不短,语感舒展自如,故有温柔敦厚之美。至于杂言,如词、曲,或者现代白话诗,句式或长或短,皆未能充分体现方块汉字写诗的特点,或者说未能将中国汉语文字之美充分地呈现出来,故而不是中国古典诗学理想的最佳形式。在汉语词汇复音化趋势比较明显的语言背景下,最能体现中国古典诗学在形式上之"圆美流转"理想和内容上之"温柔敦厚"品格的,是五言诗和七言诗,尤其是五言诗。

2. 声画妍蚩,寄在吟咏:中国古典诗学声律上的"圆美流转"

讲求声律,追求音调上的和谐,语感上的流畅,是文学语言区别于其他语言的重要特征之一。文学作品尤其是诗歌,无论古今中外,皆追求旋律节奏之美。如朱光潜说:

> 我欢喜读英文诗,我鉴别英文诗的好坏有一个很奇怪的标准。一首诗到了手,我不求甚解,先把它朗诵一遍,看它读起来是否有一种与众不同的声音节奏。如果音节很坚实饱满,我断定它后面一定有点有价值的东西;如果音节空洞零乱,我断定作者胸中原来也就很空洞零乱。我应用这个标准,失败的时候还不很多。[1]

顾随亦有大体近似的说法,他说:

> 作诗要能支配诗的声音,由声音可表现气象。一、心中有此感;二、以音节表现之;三、气象。感觉不足所成音节不对,气象也不是了。[2]

文学是语言的艺术,语言之构成,无外乎意义与声音二者而已。所以,语言之于文学,意义固然重要,声音之美亦不可或缺。于诗而言,更是如此。故沈约说:"文章当从三易:易见事,一也;易识字,二也;易诵读,三也。"[3]文章讲求声律,音调和谐,语感流畅,才"易诵读"。"易诵读"是好文章的基本条件之一。朱光潜说:

> 情感的最直接的表现是声音节奏,而文字意义反在其次。文字意义所不能表现的情调常可以用声音节奏表现出来。诗和散文如果有分别,那分别就基于这个事实。……诗咏叹情趣,大体上单靠文字意义不够,必须

---

[1] 朱光潜:《给一位写新诗的青年朋友》,见《诗论》,上海古籍出版社2001年版,第220页。

[2] 顾随:《顾随诗文丛论》(增定版),顾之京整理,天津人民出版社1997年版,第152页。

[3] 颜之推:《颜氏家训·文章》,见王利器《颜氏家训集解》,上海古籍出版社1980年版,第252页。

从声音节奏上表现出来。诗要尽量地利用音乐性来补文字意义的不足。[1]

声律于文学作品之价值，不仅在于"易诵读"，而且还有"补文字意义的不足"的作用，即声律本身还有表意的作用。顾随亦说：

> 无论古今中外，凡文学作品皆须有声文（按，即文之声律）。声调铿锵不是文学独有之，而文学必声调铿锵。未有是文学作品而声调不好的。[2]
>
> 文章美包括：1.音节美，2.文字美。音调，乃音节美（用口念）；字形，乃文字美（用目观）；合为文章美，即所谓物外之言。文章美中音节美最重要，故学文需朗读、背诵。念的好坏可代表懂的深浅。声调——音节美，用口念，是口耳之学；字形——文字美，用目视，是眼目之学。合口与目更须以心思之，然后言创作欣赏。[3]

在他看来，"'桃之夭夭，灼灼其华'，不但响亮而且鲜明，音节好。鲜明，常说鲜明是颜色，而诗歌令人读之，一闻其声，如见其形，即是鲜明"。[4] 其实，为文讲求声律之美，非仅是作为韵文之诗歌如此，散体文章亦同样追求声律之和谐美。刘师培在《汉魏六朝专家文研究》一书中专著《论文章之音节》一文，讨论散体文章之音节美，他说：

---

[1] 朱光潜：《给一位写新诗的青年朋友》，见《诗论》，上海古籍出版社2001年版，第219页。
[2] 顾随：《顾随诗文丛论》（增定版），顾之京整理，天津人民出版社1997年版，第308页。
[3] 顾随：《顾随诗文丛论》（增定版），顾之京整理，天津人民出版社1997年版，第348页。
[4] 顾随：《传诗录》（一），见《顾随全集》卷五，河北教育出版社2014年版，第52~53页。

> 伯喈以至建安七子、陆士衡、任彦升、傅季友、庾子山诸人文章，诵之于口，无不通流，唇吻调利，即不尚偶韵之记事文，亦莫不如是。

他推崇《史记》，以为"《史记》固十之八九可诵"，认为"其文中抑扬顿挫甚多，故可涵咏而得其意味。此《平准》《封禅》两书，《游侠》《伯夷》诸传所以可诵也"。认为《汉书》纪、传后的"赞曰"，"为孟坚文中音节之最佳者"。赞许蔡邕之碑文，认为"蔡中郎有韵之文所以高出当时，即以其音节和雅耳"，"不讲平仄而自然和雅，此其所以异于普通汉碑也"。[1]

所以，文学创作，尤其是诗歌写作，注重语言的声律美，追求音调的和谐与语感的流畅，是自然的选择，亦是必然的选择。

在中国文学史上，最早有意识地注重文学语言的音乐性或声律美的作家，是司马相如。他在答盛览问赋之言辞中，提出辞赋创作要做到"一经一纬，一宫一商"的观点，以宫商和谐为辞赋创作必须注意的事项，就是对辞赋语言之音乐性的重视。[2] 相如之后，接着讨论文学语言之声律者，似是曹丕和刘桢。据陆厥《与沈约书》说："自魏文属论，深以清浊为言；刘桢奏书，大明体势之致。"刘桢之论，今不可见，可置而不论。曹丕《典论·论文》说："文以气为主，气之清浊有体，不可力强而致。"陆厥所谓"魏文属论"，当指《典论·论文》。至于其所谓"气之清浊"，是否便是就声律以言清浊，虽有学者如罗根泽等人力主声律说，[3] 但尚属臆测，故难定论。继相如之后从声律角度强调文章之音乐性，今可详考者，

---

[1] 刘师培：《中古文学论著三种》，辽宁教育出版社1997年版，第115～116页。

[2] 汪文学：《司马相如赋论发微》，见《汉唐文化与文学论集》，贵州大学出版社2008年版。

[3] 罗根泽：《中国文学批评史》（一），上海古籍出版社1984年版，第165～167页。

是陆机,他在《文赋》里说:

> 暨音声之迭代,若五色之相宣。虽逝止之无常,固崎锜而难便。苟达变而识次,犹开流以纳泉。如失机而后会,恒操末以续颠。谬玄黄之秩叙,故淟涊而不鲜。[1]

意谓声音之宏细"强弱如五色之浓淡"深浅,皆力求和谐。故黄侃说此言"盖谓文章音节须令谐调"。[2] 要达到"若五色之相宣"之"音声之迭代"的音律和谐状态,确非易事,后八句即是描述达致此种境界的难度。

陆机重视文章声律美的观念,在刘勰《文心雕龙》中得到全面深入的论述。《文心雕龙·情采》提出"声文"概念,可算是文章声律美观念之自觉,其云:"立文之道,其理有三:一曰形文,五色是也;二曰声文,五音是也;三曰情文,五性是也。"[3] 将"声文"与"形文""情文"相提并论,其重要性可想而知。其《声律》一篇,则是研讨"声文"之专论,其云:

> 声画妍蚩,寄在吟咏;吟咏滋味,流于字句;气力穷于和韵:异音相从谓之和,同声相应谓之韵。韵气一定,故余声易遣;和体抑扬,故遗响难契。[4]

意谓作品之"妍蚩"美丑,全在"吟咏",而决定"吟咏"之效果者,

---

[1] 张少康:《文赋集释》,人民文学出版社2002年版,第132页。
[2] 黄侃:《文心雕龙札记》,华东师范大学出版社1996年版,第146页。
[3] 范文澜:《文心雕龙注》,人民文学出版社1958年版,第537页。
[4] 范文澜:《文心雕龙注》,人民文学出版社1958年版,第553页。

又主要在于"和"与"韵"。所谓"同声相应"与"异音相从",实质上就是文字的音节谐调问题。刘勰在这篇专论中,不仅研究了声律之于文章的必要性和重要性,还从理论上探索了创作中的声律问题,亦联系具体作家作品讨论了正声与方言的利弊,提出了文学声律的理想品格。

刘勰论文学声律的理想品格,一言以蔽之,不外一个"和"字。刘勰在《声律》篇中七次论及"和",以声律和谐作为追求目标。他说:"言语者,文章神明枢机,吐纳律吕,唇吻而已。"所谓"唇吻",即口吻协调,亦就是沈约所说的"易诵读"。其《赞》语所谓"吹律胸臆,调钟唇吻。声得盐梅,响滑榆槿",亦是此意。"调钟唇吻",即协调声律使之合于唇吻,犹如以盐之咸与梅之酸调和食物的口味("声得盐梅"),以榆实与槿菜搭配以使食物口味纯滑(即"响滑榆槿")。总之,"调钟唇吻"者,必有"和"之特征,口之于味与耳之于音,实乃相通。故黄侃说:"案一句之内,声病悉祛,抑扬高下,合于唇吻,即谓之和矣。"[1]刘勰论声律重"和",其云:"今操琴不调,必知改张;摛文乖张,而不识所调。响在彼弦,乃得克谐。声萌我心,更失和律。其故何哉?"意谓文学语言亦当如音乐一样遵守"和律",追求"克谐"。在创作活动中,驱驰言语,而言语之音律各有特征,"凡声有飞沉,响有双叠。双声隔字而每舛,叠韵杂句而必睽;沉则响发而断,飞则声飏不还"。遇到这种问题,刘勰认为:要"左碍而寻右,末滞而讨前",做到"辘轳交往,逆鳞相比",达到"声转于吻,玲玲如振玉;辞靡于耳,累累如贯珠"之境界。所谓"声转于吻"与"辞靡于耳",亦就是在声律上要做到"圆美流转"。

在声律美上,刘勰推崇《诗经》而贬抑《楚辞》,以为"诗人综韵,

---

[1] 黄侃:《文心雕龙札记》,华东师范大学出版社1996年版,第150页。

率多清切；《楚辞》辞楚，故讹韵实繁"。即以《诗经》为"正响"，以《楚辞》为"讹韵"。所谓"清切"，即"清楚准确"，认为"切韵之动，势若转圜"，即声韵圆转，如圆形物体之转动，亦就是"圆美流转"之意。如此之声律便是"声转于吻"与"辞靡于耳"，给人流畅谐调之美感，故为"正响"。而《楚辞》之"讹音之作，甚于枘方"，犹如方枘之入圆孔，既不"圆美"，亦不"流转"，更乏和谐，故为"讹韵"。此种"讹韵"之文，刘勰称之为"吃文"，即如有口吃毛病的人，说话结巴不清楚。他认为：在创作中，音节不能和谐搭配，"迂其际会，则往蹇来连，其为疾病，亦文家之吃也。夫吃文为患，生于好诡，逐新趣异，故喉唇纠纷"。[1]

顾随说："音节之美，不关平仄。"[2] 此语虽然略显偏激，但亦并非虚谈，他认为："近体诗讲平仄、讲格律，优美的音韵固可由平仄、音律而成，但平仄、格律不一定音韵好。词调相同，稼轩词，高唱入云，风雷俱出；梦窗词则喑哑，故不能一定信格律。"[3] 其实，讲音节之美，固然不可刻意追求平仄；但是，讲平仄，确是为了实现音节之美。沈约《宋书·谢灵运传论》说：

> 夫五色相宣，八音协畅。由乎玄黄律吕，各适物宜。欲使宫羽相变，低昂互节。若前有浮声，则后须切响。一简之内，音韵尽殊；两句之中，轻重悉异。妙达此旨，始可言文。

虽然其"四声八病"之说，确如钟嵘所言，有使"文多拘忌，伤其真美"

---

[1] 范文澜：《文心雕龙注》，人民文学出版社1958年版，第552～554页。
[2] 顾随：《顾随诗文丛论》（增定本），顾之京整理，天津人民出版社1997年版，第360页。
[3] 顾随：《传诗录》（一），见《顾随全集》卷五，河北教育出版社2014年版，第52页。

之缺陷，但其目标仍是为了追求音节之美，使文学语言"玄黄律吕，各适物宜"。虽然其手段上的确使"文多拘忌"，但其目的是为了"八音协畅"。笔者认为，文学声律之美，若出之于自然，当是其最高境界。可是，自然声律美之实现，确非易事，陆机、刘勰言之甚详。当自然声律之美的实现，非一般文人可轻易达致时，永明体作家如沈约等人创为"四声八病"之说，以为初学或后进指示入门之径，或提示达致之法，亦未为不可。故范文澜说：

> 齐梁以后，虽在中才，凡有制作，大率声律协和，文音清婉，辞气流靡，罕有挂碍，不可谓非推明四声之功。[1]

所以，钟嵘批评他们"襞积细微，转相凌架，故使文多拘忌，伤其真美"，固属事实，然亦缺乏对其良苦用心之理解与同情。黄侃认为：

> 彦和生于齐世，适当王、沈之时，又《文心》初成，将欲取定沈约，不得不枉道从文，以期见誉。……当其时，独持己说，不随波而靡者，惟有钟记室一人，其《诗品》下篇诋诃王、谢、沈三子，皆平心之论，非由于报宿憾而为之。[2]

钟嵘《诗品序》说："余谓文制本须讽读，不可蹇碍，但令清浊通流，口吻调利，斯为足矣。"其实，钟嵘之论与刘勰之言，乃至与沈约之论，并无根本上的不同。沈约以为"文章当从三易"，其三是"易诵读"，与钟嵘所谓"文制本须讽读"，其义正同。钟嵘所谓文之"蹇碍"，正是刘勰所谓之"吃文"。钟嵘之"口吻调利"，与刘勰之"吐纳律吕，

---

[1] 范文澜：《文心雕龙注》卷七《声律》注一，人民文学出版社1958年版，第556页。
[2] 黄侃：《文心雕龙札记》，华东师范大学出版社1996年版，第147页。

唇吻而已"和"调钟唇吻"说,并无二致,皆以吻唇畅达为目的。钟嵘之"通流""调利",犹如刘勰所谓"切韵之动,势若转圜",实际上就是谢朓所谓的"圆美流转"的"好诗"标准。沈约、刘勰和钟嵘三者之间,或有旧怨宿憾,亦可能影响其诗学理论之表述。但其目的还是大体一致的,即对"声文"的重视,以声律和谐为目标,以"圆美流转"为诗歌声律之理想品格。所以,谢朓所谓"好诗圆美流转如弹丸",实际上就是针对诗歌声律美而言的。

文学语言的声律美,从先秦两汉之自然呈现至东晋南朝之自觉追求,实际上就是文学语言之音乐性的呈现与追求。或者说,这正是中国音乐影响文学的具体表现。前述沈约、刘勰、钟嵘论文学声律,虽有自然与人为之别,但其根本上皆是追求"通流""调利"或"转圜",即"圆美流转";反对"蹇碍"之"吃文",崇尚谐调,即"和"。这实质上就是中国古代音乐思想对文学的渗透和影响。

"和"是中国古典音乐的最高境界,如州鸠云:"声应相保曰和。"[1]即各种声音呼应协谐曰"和"。晏婴讨论音乐,有"和如羹焉"的著名论述,认为音乐如烹调,皆主和谐,其云:

> 和如羹焉,水火醯醢盐梅以烹鱼肉,燀之以薪。宰夫和之,齐之以味,济其不及,以泄其过。君子食之,以平其心。……声亦如味,一气,二体,三类,四物,五声,六律,七音,八风,九歌,以相成也。清浊,大小,短长,疾徐,哀乐,刚柔,迟速,高下,出入,周疏,以相济也。君子听之,以平其心。[2]

---

[1]《国语·周语》。

[2]《左传·昭公二十年》,杜预《春秋左传集解》,上海人民出版社1977年版,第1463~1464页。

即烹调之于食物,是"济其不及,以泄其过",以致其"和";音乐如烹调,是以清浊、短长、疾徐、刚柔、迟速、高下、出入、周疏以致其"和"。"和"是烹调和音乐的理想境界。《荀子·乐论》以"和"为核心展开对音乐的论述,以为"乐者,天地之和也","大乐与天地和","故乐在宗庙之中,君臣上下同听之,则莫不和敬;闺门之内,父子兄弟同听之,则莫不和亲;乡里族长之中,长少同听之,则莫不和顺"。[1] 前述《文心雕龙·声律》论文学语言重"和",与《荀子·乐论》论乐尚"和",应是一脉相承的,与古代中国人在美学观念上尚"中和"之美,在行为方式上重"中庸"之道,在文学上尚"温柔敦厚",是互为表里,相辅相成的。所以,张国庆说:"中国古代和谐观内在地制约着、有力地推动着中国诗歌从非格律向近体格律的历史发展,近体格律诗的声律结构充分地体现着中国古代和谐观的主要精神。""古代和谐观的确是近体格律诗形成之在文化、哲学、美学方面的一个极其重要而深刻的根据。"[2]

以温柔敦厚为特质的中国古典诗学理想品格之解构是在唐宋之际,其具体表现之一,就是对古典诗学之和谐声律的破坏和背离。袁枚《随园诗话》卷六说:

> 欲作佳诗,先选好韵。凡其音涉哑滞者、晦僻者,便宜弃舍。"葩"即"花"也,而"葩"字不亮;"芳"即"香"也,而"芳"字不响。以此类推,不一而足。宋、唐之分,亦从此起。[3]

---

[1] 王先谦:《荀子集解》(诸子集成本),上海书店1986年版,第252页。

[2] 张国庆:《古代和谐观与中国诗歌向近体格律的历史发展》,见《中国古代美学要题新论》,中国社会科学出版社1994年版,第72、73页。

[3] 袁枚:《随园诗话》,人民文学出版社1982年版,第186页。

"葩"与"花"、"芳"与"香"词义相近，但古典诗歌多用"花"和"香"而少用"葩"和"芳"，就是从诗歌声律之和谐优美角度考虑的。在袁枚看来，"宋、唐之分，亦从此起"，这是一个值得重视的观点。即唐、宋诗之分，亦即声律之和谐与蹇碍之别，或者说是诗学之古典美与现代性之分。我们认为：中国古代诗学古典美之建构始于扬雄，而解构始于韩愈。韩愈是诗学古典美之解构者，是古典诗学声律和谐美之破坏者。蒋寅说："叶燮视中唐诗为'百代之中'，实则在中唐诗多元的取向中，只有韩愈对古典传统的颠覆，才真正具有超越唐代乃至唐宋之变的意义。"其对古典诗学传统的颠覆，"核心在于改变感觉层面的和谐和平衡感"，特别明显的表现，就是在声律上的反和谐倾向。他认为："韩诗在声律层面上的反和谐、反自然倾向更明显而整体性地体现了韩愈对古典审美理想的叛逆和背离。"[1]这种声律上的反和谐倾向，实际上就是对古典诗学温柔敦厚之理想品格的解构或者破坏。

3. 声画昭精，墨采腾奋：中国古典诗学字形上之"圆美流转"

刘勰《文心雕龙·练字》说："声画昭精，墨采腾奋。"意谓文章用字的字形匀称和谐，文章的形式美才能充分地显示出来。强调文章用字的形体美，这是中国文学特有的现象，亦是中国文论家特有的理论。比较而言，西方的字母文字是表音文字，其由字母构成的单词，仅有表音的作用，不具备表意的功能，亦不具备字母形体上的美丑问题。中国的方块汉字是表意文字，由于汉字百分之八十以上是形声字，其形符表意，声符表音。因此，汉字实际上是表意兼表音的文字。

---

[1] 蒋寅：《韩愈诗风变革的美学意义》，见《百代之中——中唐的诗歌史意义》，北京大学出版社2013年版，第183、181、174页。

而且，汉字在形体上的表意，不仅使每一个汉字都体现出一个内在的意，而且还特别注意表意符号的形体美感，由此而使书法成为中国传统艺术中一个极其重要的门类。中国方块汉字之表意、表音特征及其形状美特点，引起西方文艺理论家的重视，并产生了所谓"汉字诗学"的研究。如美国诗人和文艺理论家费诺罗萨（Ernest Francisco Fenollosa），就力图从汉字结构中寻找诗歌艺术的真谛。他认为，西方的分析性思维不符合艺术的本质，艺术需要综合性思维，综合性思维不需要抽象语言，需要的是一种诉诸视觉的形象语言和文字，汉语文字正是这种具有丰富表现力的、具备视觉美感效果的、本身便充满诗意的语言和文字。他著《汉字作为诗歌的媒介》一文，详细讨论汉语汉字作为诗歌语言文字的特性。这篇论文得到艾兹拉·庞德（Ezra Pound）的推扬，在美国文艺界产生了很大影响，从而在美国学术界开启了"汉字诗学"的研究，对以庞德为代表的美国意象派诗歌创作有重要影响。[1]

　　对于中国古典诗学而言，诗中文字之形体更有特别重要的意义。《文心雕龙·情采》说："凡立文之道，其理有三：一曰形文，五色是也；二曰声文，五音是也；三曰情文，五情是也。"[2] 所谓"情文"，即文章之思想感情；至于"声文"，即上文所论文章之音律声韵；而"形文"，则是指文章语言文字之外在形状。"情文"是内在的，可以感知；"声文"和"形文"是外在的，可以闻见。"情文"是根本，"声文"是必须，"形文"亦不可或缺。或者说，优秀的文学作品，不仅其内在是充实饱满的（即"情文"），其外在亦应当是可以闻（即"声文"）和可以见（即"形文"）的。

---

[1] 徐志啸：《北美学者中国古代诗学研究》，上海古籍出版社2011年版，第2~3页。
[2] 范文澜：《文心雕龙注》，人民文学出版社1958年版，第537页。

刘勰甚重"形文"与"声文",且皆有专篇论述。范文澜《文心雕龙·情采》注说:"形文,如《练字篇》所论;声文,如《声律篇》所论。"[1]日本学者户口浩晓《练字》注说:"《声律》是就听觉的立场,去讨论文学的音乐性,《练字》篇则就视觉的立场,去讨论文学美术的问题。"徐丽霞《〈文心雕龙·练字篇〉之修辞学考察》认为:"《练字》篇所讨论的重点,即是这文字形象于文章修辞里所造成的视觉美感效果。"它与字眼、诗眼的锤炼有关系,但又不尽相同,后者是"练字后的一种必然趋向结果"。[2]《文心雕龙·练字》说:

> 若夫义训古今,兴废殊用;字形单复,妍媸异体。心既托声于言,言既寄形于字,讽诵则绩在宫商,临文则能归字形矣。是以缀字属篇,必须练择:一避诡异,二省联边,三权重出,四调单复。诡异者,字体环怪者也。……联边者,半字同文者也。状貌山川,古今咸用,施于常文,则龃龉为瑕,如不获免,可至三接,三接之外,其字林乎!重出者,同字相犯者也。……单复者,字形肥瘠者也。字累句,则纤疏而行劣;肥字积文,则黯而篇暗。善酌字者,参伍单复,磊落如珠矣。凡此四条,虽文不必有,而体例不无。若值而莫悟,则非精解。[3]

以上四条,皆就文字字形而言,即论"形文"。所谓"诡异",即"字体环怪",就是稀奇古怪的字形。所谓"联边",即"半字同文",就是偏旁相同的字连在一起;所谓"重出",即"同字相犯",就是对偶句中重复用字;所谓"单复",即"字形肥瘠",就是全用形体简单或者繁复的字。这四个方面,皆是创作中力求回避的,其目的就

---

[1] 范文澜:《文心雕龙注》,人民文学出版社1958年版,第540页。
[2] 转引自詹锳:《文心雕龙义证》(下册),上海古籍出版社1989年版,第1444~1445页。
[3] 范文澜:《文心雕龙注》,人民文学出版社1958年版,第624~625页。

是为了使文学作品具有好的视觉美感效果。如韩愈的诗歌，崇尚险怪，喜用奇字生词，故常获"诡异"之讥，如其《陆浑山火》诗说：

> 虎熊麋猪逮猴猿，水龙鼍龟鱼与鼋。
> 鸦鸱雕鹰雉鹄鹇，燖炰煨爊孰飞奔。[1]

此诗用字，极尽"诡异"之能事，还有"联边"如"猴猿""龟鱼""鸦鸱""鹄鹇"等。从形体上看，视觉效果不美。又如，在赋体文学中，"联边"现象亦极为普遍，犹如字典辞书，任意堆垛，类同文字游戏，故亦颇遭批评。

"声画昭精，墨采腾奋"，要使文章的形式优美（"墨采"），即"形文"充分体现出来（"腾奋"），必须力避上述"四条"，使"声画"（即字形）匀称谐美。用字匀称谐美之标准是什么呢？用刘勰的话说，就是"磊落如珠"。或者如谢朓所说，就是"圆美流转"。那末，如何才能做到"磊落如珠"或"圆美流转"呢？刘勰提出"依义弃奇，则可与正文字"的观点。他虽然承认"爱奇之心，古今一也"，但是，正因为作者过分好奇而造成"音讹"和"文变"。所以，只有"依义弃奇"，才能使文字归于雅正。刘勰在"练字"上指出的只有"依义弃奇"才能达到"磊落如珠""圆美流转"的观点，与他尚正崇雅的文学主张，是相互关联的；与温柔敦厚的中国古典诗学理想，是一脉相承的。

"形文"于文章之重要性，顾随言之甚详，其云：

> 倘若问，为了形象化作品内容，"见"重要，还是"闻"重要呢？回答：

---

[1] 《韩昌黎全集》，中国书店1991年据1935年世界书局本影印。

二者只能相兼，不能偏废，两条腿走路，而且要偏废亦不可能。我国语言中的单字和词儿有一个特征：声音里有状态。"大""小"两字呼出时，在音色、音量上，就分别有所不同。"大"字就强、就宽、就高、就大；"小"字就弱、就窄、就低、就小。至于两字以上组成的词儿，特别是形容词和副词，其声音与形态之结合，更显而易见。《文心雕龙》的"物色"篇就曾举出"灼灼"是桃花之色，"依依"是杨柳之状，"参差"是形容燕羽，"沃若"刻画桑叶等等；在现代汉语中，则有"花花"之白，"忽忽"之黑，"吊儿郎当"之为松懈散漫，"马里马虎"之为粗心大意等等，皆声音与形象结合，而且声音突出了形象。[1]

其实，中国文字中"声音里有形态"的特征，就是汉字构造中的形声问题。汉字占八成以上是形声字。所谓形声造字，即一个字既表音亦显形还呈义，或者说，既有情义和声义，还有形义，这是拼音文字不能比拟的。因此，用汉字写诗，或者说汉诗中的字，既是"情文"和"声文"，还是"形文"，体现了"声音里有形态"的特征。形声字之构成原理，为学者之常识，兹不具论。但是，据此论诗中文字之字形特征，顾随之前，尚不多见，故尤需重视。此或许是与使用拼音文字之他族文学相比，汉诗独具之特征。顾随对汉诗的此种"声音里有形态"之"形文"特征，特别重视，认为"情文"与"声文"固然重要，然"形文"亦不可缺。例如，他特别推崇杜牧、李商隐的诗歌，称他们是汉诗中的"唯美派诗人"。其所以唯美，他说："中国唯美派，是想写出完美之作品来，尤其音节和谐（形、音、义皆和谐）。一首诗有其'形''音''义'，此三者皆得到谐和即唯美派诗。"他认为，"此点盖仅限于中国诗。西洋字形不易现出美。如Verdant（草初生之绿色），

---

[1] 顾随：《顾随诗文丛论》（增定版），顾之京整理，天津人民出版社1997年版，第165页。

觉其美，盖仍因其音美。Gloomy（阴沉的，忧郁的），字音亦不好听"。西洋字字音往往不好听，即便有字音好听的，形状又不美，不像汉字，是音与形的巧妙结合，是字音与字形的兼善并美。他举左思《咏史》"郁郁涧底松，离离山上苗"为例，认为"其音亦好，形亦好。'郁郁'（京按：指繁体），大，有力；'离离'，小，软弱。'郁郁涧底'便长出松来，'离离山上'便长出苗来"。[1]

顾随于诗中文字字形的分析，别开生面，引人注目。如他说：

> 诗中用字，须令人如闻如见。太白《乌夜啼》之"黄云城边"如见，"归飞哑哑"亦如见，亦如闻；《诗》之《君子于役》"羊牛下来"读其音如见〕（形，若曰"牛羊下来"，则读其音若见中形，下不来矣。

在他看来，"'羊牛'二字比'牛羊'好，'羊'字在中间音似一起，太提，不好。绝对是'羊牛下来'。或曰羊行快故在牛前，如此解，便死了"。[2]"《诗经·小雅·采薇》之'雨雪霏霏'，看字形便好"。[3]中国古典诗歌语言的音与形之微妙处，顾随之解读可谓淋漓尽致，深得其中三昧，为他人所不及。故叶嘉莹在解读顾随本人的诗歌时就指出："若想欣赏解说中国的古典诗词，要对中国的文字有很敏锐的感受和分析的能力。"[4]

总之，中国古典诗歌讲求炼字，不仅要炼字之意，而且还要炼字

---

[1] 顾随：《顾随诗文丛论》（增定版），顾之京整理，天津人民出版社1997年版，第33、34页。

[2] 顾随：《顾随诗文丛论》（增定版），顾之京整理，天津人民出版社1997年版，第14页。

[3] 顾随：《传诗录》（一），见《顾随全集》卷五，河北教育出版社2014年版，第55页。

[4] 叶嘉莹：《苦水先生作词赏析举隅》，见《顾随诗文丛论》（增定版），天津人民出版社1997年版，第386页。

之形。追求诗歌文字的形体美，使之"磊落如珠"，达到"圆美流转"之境界，此之谓"形文"。"形文"的追求，就是为了实现中国古典诗学温柔敦厚的理想品格。

4. 句之清英，章之明靡：中国古典诗学章句上之"圆美流转"

文学是语言的艺术，文学创作"因字而生句，积句而成章，积章而成篇"，章句亦是中国古典诗歌创作中特别讲求的问题。刘勰《文心雕龙》专著《章句》一篇，讨论此问题。其云：

> 夫人之立言，因字而生句，积句而成章，积章而成篇。篇之彪炳，章无疵也；章之明靡，句无玷也；句之清英，字不妄也。振本而末从，知一而万毕矣。[1]

其《声律》篇讨论字音，《练字》篇讨论字形。字之音润形圆，则是"字不妄也"。字之"不妄"，则句乃"清英"。句有"清英"，则章显"明靡"。章之"明靡"，则篇乃"彪炳"。此乃刘勰论"因字生句，积句而成章，而章而成篇"的基本思路，亦是其论文学章句之基本观点。

如何做到"句之清英"和"章之明靡"？刘勰在《章句》篇有具体论述，其云：

> 章句在篇，如茧之抽绪，原始要终，体必鳞次。启行之辞，逆萌中篇之意；绝笔之言，追媵前句之旨。故能外文绮交，内义脉注，跗萼相衔，首尾一体。若辞失其朋，则羁旅而无友；事乖其次，则飘寓而不安。是以搜句忌于颠倒，裁章贵于顺序，斯固情趣之旨指归，文笔之同致也。[2]

---

[1] 范文澜：《文心雕龙注》，人民文学出版社1958年版，第570页。
[2] 范文澜：《文心雕龙注》，人民文学出版社1958年版，第570~571页。

在他看来，在文学创作中，在章法和句法上，"搜句忌于颠倒，裁章贵于顺序"，是必须遵守的准则。即无论是"搜句"还是"裁章"，都要"忌于颠倒"和"贵于顺序"，力求文从字顺，达到"外文绮交，内义脉注，跗萼相衔，首尾一体"的和谐平稳之境界。在用韵上，亦要"折之中和"，既要避免因"两韵辄易"而导致"声韵微躁"的情况，亦要回避因"百句不迁"而导致"唇吻告劳"的情况。在构辞上，力求"理圆事密，联璧其章；迭用奇偶，节以杂佩"。他说："造化赋形，支体必双，神理为用，事不孤立。夫心生文辞，运裁百虑，高下相须，自然成对。"即为文讲求丽辞，讲求对偶，并非故作雕饰，有意为之，而是一种自然而然的行为，即"神理为用，事不孤立"；亦是一种内在的必然需求，即"高下相须，自然成对"。在他看来，"若夫事或孤立，莫与相偶，是夔之一足，吟踔而行也"。[1] 总之，无论是"搜句"和"裁章"上要求"宛转相腾"，还是用韵上力求"折之中和"，避免"声韵微躁"和"唇吻告劳"，抑或是构辞上要求"迭用奇偶"以达到"理圆事密"，皆体现了古典诗学理论家在艺术技巧上对"圆美流转"境界的一贯追求。

中国古典诗学在章句上力求自然条畅，高下相须，宛转相腾，首尾一体，以"圆美流转"为最高境界。首先，在句法上，以自然条畅、高下相须为美。比如，在汉魏以来语言复音化趋势日趋显著的语境中，四言诗与五言诗相比，前者显然不如后者之自然条畅。五言诗之所以在汉魏以后"云会于流俗"，就在于它适应了新的语言环境，而有自然条畅的特点。如青木正儿所说：

> 四六的句格虽然是谐美，但因为欲求整齐的缘故，往往省略助字，

---

[1] 范文澜：《文心雕龙注》，人民文学出版社1958年版，第588～589页。

所以有碍于笔致之畅达,意义遂暧昧难解。对偶当然是修辞上的美观,但是因于行文纡余曲折,于是往往妨碍文脉的贯通。[1]

与四言诗句相比,五言诗句多一个音节,而增加的这个音节,有时置于句首或句尾,大多数情况是置于句中,并且往往是一助字或者动词,其笔致之畅达与文脉之贯通,常常就有赖于此。而诗人炼字炼句之功夫,亦通常是用在这个单音节词上。如杨仲弘评杜甫诗歌说:

> 诗要炼字,字者眼也。如杜诗"飞星过水白,落月动沙虚",炼中间一字;"地坼江帆隐,天晴木叶闻",炼末后一字;"红入桃花嫩,青归柳叶新",炼第二字。非炼"归""入"字,则是学堂对偶矣。又如"螟色赴春愁,无人觉来往",非炼"觉""赴"字,便是俗诗,有何意味耶?[2]

上举杜诗锻炼的字眼,皆是动词,如"飞星""螟色"二联,句之正中皆为动词,以此动词联结首尾之名词性成分,而使诗句由静态变成动态,具有灵动流转、畅达贯通的飞扬之美。他如"地坼""红入"二联,所炼之后一字和第二字,其效果亦是如此。

炼字成句,以"圆美流转"和"笔致畅达"为首务,但亦应当避俗就雅,切忌因求新求奇而故作惊人之语。在古典诗学理论家看来,诗歌是雅驯的,因而是温柔敦厚的。诗若不用雅驯的古典语汇,则不能达致温柔敦厚的理想品格。粗野的语汇有损于诗之雅趣,破坏诗歌语境的和谐。如王国维《人间词话》盛赞张先《天仙子》"云破月来花弄影"句和宋祁《玉楼春》"红杏枝头春意闹"句中的"弄""闹"

---

[1] [日]青木正儿:《中国文学概论》,隋树森译,重庆出版社1982年版,第112页。
[2] 仇兆鳌:《杜少陵集详注》卷六《春宿左省》引,中华书局1979年版,第439页。

二字，以为"着一'弄'字而境界全出"，"着一'闹'字而境界全出"。而李渔《窥词管见》却有不同意见，他认为：

> "云破月来"句，词极尖新，而实为理之所有。若红杏之在枝头，忽然加一"闹"字，此语殊难着解。争斗有声之谓"闹"，桃李争春则有之，红杏"闹"春，予实未之见也。"闹"字可用，则"吵"字"斗"字"打"字皆可用矣。……予谓"闹"字极粗俗，且听不入耳，非但不可加于此句，并不当见之诗词。[1]

红杏繁开之盛景，可否以"闹"喻之？"闹"字之可否见之于诗词？见仁见智，难于定论。值得注意的是，"极粗俗，且听不入耳"之字词入诗，有损于古典诗歌之和谐美，确是古典诗学理论家的共识。

以粗俗语和生涩字入诗，破坏了古典诗歌的和谐感与均衡美。然而，这正是宋诗的一大特色。如袁枚《答施兰垞第二书》论宋诗语言之弊说：

> 宋诗之弊，而子亦知之乎？不依永，故律亡；不润色，故采晦。又往往叠韵如虾蟆繁声，无理取闹。或使事太僻，如生客阑入，举座寡欢。其他禅障理障，廋辞替语，皆曰远乎性情。[2]

其在《随园诗活》卷七中亦说：

> 余尝铸香炉，合金、银、铜三品而火化焉。炉成后，金与银化，银与铜化，而物可合为一。惟金与铜，则各自凝结，如君子小人不相入也。因之，有悟于诗文之理。八家之文、三唐之诗，金、银也。不搀和铜、锡，

---

[1] 李渔：《笠翁余集》卷八。
[2] 王英志主编：《袁枚全集》（第2册），凤凰出版社1997年版，第287~288页。

所以品贵。宋、元以后之诗文，则金、银、铜、锡，无所不搀，字面欠雅驯，遂为耳食者所摈，并其本质之金、银而薄之，可惜也。[1]

"三唐"之诗，所以"品贵"，就在其纯正典雅。宋元之诗，所以常为读者所摈弃，就在于"字面不雅驯"，以粗俗语和生涩字入诗，犹如在金银器皿之铸造中掺入铜、锡，破坏了器皿的均衡感与和谐美。这种情况，在宋诗中具有一定的普遍性，日本学者小川环树说：

> 宋诗在表现上一般给人以强悍硬朗的印象。当它因过于用强，被评为生硬、生涩之时，就不能不说它对中国诗自六朝以来长期积淀而形成的和谐安定的特质造成了某种损害。……宋诗在某种程度上重新打破了已在唐代基本完成定型的诗的和谐感和均衡感。[2]

他以苏轼诗为例，说明这种现象，其云：

> 读纪氏（昀）对苏东坡诗集的点评，有两类否定性的评语值得注意：第一类是评语中使用了"浅、露、率、粗、犷"等字；第二类是用"俚、鄙、俗、恶、未雅"等加批。这两类评语皆用来指责批评对象的艺术性不足。……如果说纪评的第一类用语批评了诗人情感表达方式的过于浅近（因而露骨、粗犷）；那么，第二类的批评则直接由苏诗有时用语的卑俗所引发……重视诗语之古典美的评家，就必定认为这种语汇是粗野而损害诗之雅趣的。而如果把这类非古典的——用中国传统的说法，即非"雅正、高雅、典雅"的词语掺混入诗的话，就会破坏诗歌语境的和谐。

---

[1] 袁枚：《随园诗话》，人民文学出版社1960年版，第227页。

[2] ［日］小川环树：《诗里的比喻》，见《风与云——中国诗文论集》，周先民译，中华书局2005年版，第245页。

因为在中国古典诗学中，"诗若不用古典语汇则不成其诗，这是长久以来左右诗人的传统观念之一"。[1] 所以，按照中国古典诗学的理想品格，"如果提出与以上批评相对立的概念，相对于第一类的应是深、曲、圆、自然等，相对于第二类的则是清、洁、雅等。在表现方法上尽可能地避免直露、粗率，用间接法，委婉曲折地表情达意，是我们在儒家对《诗经》的解释（《礼记·经解》云：'温柔敦厚，诗教也'）里所看到的，它是中国文学的一个根深蒂固的传统"。[2]

直露、粗率之语词入诗，固然有失雅驯，有损古典诗歌在风格上的"圆美流转"和审美上的"温柔敦厚"。但是，由重雅轻俗而走向极端，导致如陈如江所谓的"强事饰辞"，亦同样有悖于"温柔敦厚"，有损于"圆美流转"。如沈义父《乐府指迷》说：

> 炼句下语，最是要紧。如说"桃"，不可直说破"桃"，须用"红雨""刘郎"等字。说"柳"，不可直说破"柳"，须用"章台""灞岸"等字。又用事，如曰"银钩空满"便是"书"字了，不必更说"书"字；"玉箸双垂"，便是"泪"了，不必更说"泪"字。如"绿云缭绕"，隐然"鬓发"；"困便湘竹"，分明是"簟"。[3]

虽然一定的修辞或者有选择地使用书面语，可使诗歌有纯正雅洁之美，但诗歌如果都按这种方式去写，就成了字谜而不是诗。所以，《四库全书总目提要》的批评是中肯的："其意欲避鄙俗，而不知转成涂饰，

---

[1] ［日］小川环树：《诗里的比喻》，见《风与云——中国诗文论集》，周先民译，中华书局2005年版，第238～239页。

[2] ［日］小川环树：《诗里的比喻》，见《风与云——中国诗文论集》，周先民译，中华书局2005年版，第244页。

[3] 唐圭璋：《词话丛编》，中华书局1986年版。

亦非确论。"[1]

中国古典诗歌在文字上讲"声文"和"形文",在语言上崇雅抑俗,在句法上提倡文从字顺和"辞达而已"。总而言之,就是要"圆美流转",要"温柔敦厚"。尚需说明的是,这种句法上的文从字顺追求,仍要坚守中正的立场。因过分追求文从字顺而走上散文化的道路,如韩愈,如宋代诗人那种普遍的以文为诗取径,亦有损于"温柔敦厚",有悖于"圆美流转",而不为古典诗人所认同。像现代性诗人那样追求诗语的断裂性,亦与古典诗学理想异趣,同样不为古典诗人所认可。

古典诗人采用的"古典语言"与现代性诗人使用的"现代诗语",其明显的区别,罗兰·巴特在《写作的零度》一书中有比较详细的探讨,他说:

> 古典语言永远可以归结为一种有说服力的连续体,它以对话为前提并建立了这样一个世界,在这个世界中人不是孤单的,言语永远没有事物的可怕重负,言语永远是和他人的交遇。我们看到,在现代诗中情况正好相反,现代诗摧毁了语言的关系,并把话语变成了字词的一些静止的聚焦段。这就意谓着我们对自然的认识发生了逆转。新的诗语的非连续性造成了一种中断性的自然图景,这样的自然只能一段段地显示出来。[2]

即"古典语言"是连续性的,其机制是关系性的,字词之间构成一个有联系的、线性的语意链,因而显得笔致畅达,文脉贯通。"现代诗语"则是断续性的,其机制是非关系性的,字词之间的语意链被有意识地割断,从而使字词本身获得了独立自足的价值。其所呈现的"自然","只

---

[1] 陈如江:《古诗指瑕》,上海书店出版社1998年版,第207~208页。
[2] 转引自李幼蒸:《符号学原理——结构主义文学理论文选》,生活·读书·新知三联书店1988年版,第89~90页。

能是一段段地显示出来",变成"令人无法忍受的客体组成的非连续体"。这种语言特征,与"古典语言"呈现的"无裂隙无阴影"特征,完全不同。所以,古典诗歌因其使用的"古典语言"具有连续性,而使其诗意"圆美流转",笔致畅达。现代性诗歌因其诗语上的"断续性"切断了诗境间在关系上的有机性,在时间上的连续性,故而使其笔致不畅,文脉不通,从而不具备均衡和谐的古典美学特征。其与古典诗歌的显著区别,就在于此。江弱水对中国古代诗歌语言的"线性的连续"和"非线性的断续"有深入分析,他认为"对于语言之连续性的破坏,是诗的现代性的主要标志","如果将语言的断续性视为诗的现代性的关键特征的话,则骈文和律诗显然是最合理想的富于现代性的语言形式"。[1]因此,他认为中国古代诗学古典美的动摇和现代性的萌芽,发生在南朝时期,他说:

> 过去,我们总是批评南朝文人的形式主义倾向。然而,他们的文学实验,特别是骈偶与对仗的密集使用,导致了语言的断续性,从而使字词解除了意义关系,脱离了表面文法,由时间的连续转为空间的并列,从而呈现出视觉的美。这一切,恰恰是从庞德到帕斯等许多西方现代主义诗人赞叹不已的汉语诗歌的独特优点,是现代性写作的可贵因素。……这样的游戏,由南朝文人发明,在唐诗和宋词里还会继续玩下去,而形成有别于古文和古诗的一个现代性传统。这个传统中的诗人,对待语言文字的态度与单纯的"言志"和"载道"论者不一样,他们重视每个字的力量甚于一个个字连起来所传达的意义。他们打碎了语言的链条,把它们重新拼成声音和色彩的图案,以暗示心灵最微妙的感觉。[2]

客观地说,古典诗人崇尚诗语之雅正,讲求诗语之"声文"和"形

---

[1] 江弱水:《古典诗的现代性》,生活·读书·新知三联书店2010年版,第72页。
[2] 江弱水:《古典诗的现代性》,生活·读书·新知三联书店2010年版,第75~76页。

文"之美，虽有推尊诗语形式美的倾向，但他们还不至于像现代性诗人那样，以诗语本身之声音和图案为目的。他们力求在雅正诗语之基础上构成一个有连续性的语意关系链条，从而使诗句文从字顺，诗意贯通畅达，实现"圆美流转"的理想境界。现代性诗人则是着力于单个诗语的精心装点，并不在乎或者是有意识地构造一种非连续性的诗句，刻意突破"圆美流转"的诗意关系链，破坏诗意文脉之贯通与畅达，有意追求文不从、字不顺的效果。

在中国文学史上，着力于文学语言之讲求，重视"声文"和"形文"，尚雅轻俗，通过树立"古典语言"而建构中国文学之古典美，当自扬雄始。或者说，中国文学古典美之建构始于扬雄，集古典美理想之理论大成者是刘勰及其《文心雕龙》。而古典美之解体，或说始于南朝，如江弱水；或说始于中唐，如蒋寅。客观地说，中国文学古典美之动摇，现代性之萌发，确是始于南朝。而古典美之解体，现代性的发展，则是在中晚唐时期。如蒋寅所说，韩愈是其中一位特别重要的承上启下的人物。韩愈对古典诗学理想的解构，体现在诗歌语言上，就是在声律上以暗拗取代谐调的反和谐倾向，在文字上以生涩取代流转、以险俗取代雅正的反传统特征。因此，蒋寅说：

> 韩愈放弃古来以纯粹、秩序、整齐、对称、均衡、完满、中和为理想的艺术规则，代之以刺激、强烈、紧张、分裂、怪异、变形的多样化追求，实质上就是对古典美的全面反叛，意味着"诗到元和体变新"的时代风气中，躁动着一股颠覆、摈弃古典美学传统的叛逆冲动，同时也意味着古典审美理想已发生裂变，并开始其漫长的现代性进程。韩愈诗歌的艺术精神，核心是放弃对感官愉悦的重视和追求，这与现代艺术的精神恰好一脉相通。西方艺术史上从古典到现代的转变，也就是古典艺术的形式美被放逐的过程……从这个意义上说，韩愈对古典美学理想的颠覆，

也不妨视为中国文学中现代性的发生。[1]

所以，研究中国古代诗学发展史，讨论古典诗学理想之建构与解构，扬雄、刘勰和韩愈是其中的关键性人物。

三、含蓄蕴藉：中国古典诗歌的表情方式

温柔敦厚的古典诗学理想品格，体现在诗歌风格上，就是追求韵味，追求厚度，追求远境。或者说，韵味、厚度和远境，是温柔敦厚的理想品格在诗歌作品中的具体呈现。古典诗歌追求厚度和远境，如田同之《西圃诗说》说：

> 诗贵庄而词不嫌佻，诗贵厚而词不嫌薄，诗贵含蓄而词不嫌流露，之三者不可不知。
> 不微不婉，径情直发，不可为诗。一览而尽，言外无余，不可为诗。
> 古人诗意在言外，故从容不迫，蕴蓄有味，所谓温厚和平也。

诗以厚为美，厚即是温柔敦厚。"不微不婉，径情直发"，是为不厚。"一览而尽，言外无余"，是为不远，故皆"不可为诗"。这样的意见，应当是古代学人的通识，如吴乔《围炉诗话》卷一说：

> 诗贵有含蓄不尽之意，尤以不著意见、声色、故事、议论者为最上。

田雯《古欢堂杂著》卷三说：

---

[1] 蒋寅：《百代之中——中唐的诗歌史意义》，北京大学出版社2013年版，第186~187页。

> 风人之旨，往往含蓄不露，意在言外。……婉挚多风，蕴藉有味。

潘德舆《养一斋诗话》说：

> 凡作讥讽诗，尤要蕴藉。发露尖颖，皆非诗人敦厚之旨。

古典诗歌因追求厚度和远境，故而有韵味。韵是古典诗学的最高境界。如陈善《扪虱新话》说：

> 文章以气韵为主，气韵不足，虽有辞藻，要非佳作也。昨读渊明诗，颇似枯淡，久而有味。东坡晚年极好之，谓李、杜不及也。此无他，韵而已。余每论诗，以陶渊明、韩、杜诸公，皆为韵胜。

傅庚生解释说："所谓韵胜者也，情风流，志谐婉，真而美者也。"[1] 顾随特别推崇李商隐诗，认为其诗之美，在于有韵。他建构的情操诗学理论，最重韵味。他说：

> 宋人说作诗言已尽而意无穷，此语实不甚对。意还有无穷的？无论意多高深亦有尽，不尽者乃韵味。最好改为言已尽而韵无穷？在心上不走，不是意，而是韵。
>
> 有人提倡性灵，趣味，此太不可靠，应提倡韵的文学。性灵太空，把不住，于是提倡趣味，更不可靠。……韵最玄妙，而最能用功。……韵可用功得之，自后天修养得之。韵与有闲、余裕关系甚大。[2]

---

[1] 傅庚生：《中国文学欣赏举隅》，北京出版社2003年版，第180页。

[2] 顾随：《传诗录》（一），见《顾随全集》卷五，河北教育出版社2014年版，第130、140页。

以上这些意见，若追溯源头的话，应当是《毛诗序》论"风刺"时所提出的"主文而谲谏"说。所谓"主文而谲谏"，孔颖达解释说："诗依违讽谏，不指切事情，故云温柔敦厚。"据此，古典诗歌所追求的厚度、远境和韵味，就是要"不指切事情"，就是要不即不离，不直逼主题，亦不游离主题，往复回旋，隐约其辞，意在言外。简言之，就是在情感的表达上，要含蓄蕴藉，要温柔敦厚。所以，朱东润说：

> 正以有毛序风刺之说，后人作诗，遂多寄托，言在于此而意在于彼。……于是诗之旨趣愈迷离而其意境乃愈沉郁，遂成为中国诗词之特性。[1]

温柔敦厚是中国古典诗学的理想品格，含蓄蕴藉是实现这种理想品格的表情方式。梁启超在《中国韵文里头所表现的情感》一文中，[2] 将中国韵文的表情方式分为奔进的表情法、回荡的表情法和含蓄蕴藉的表情法三种。他认为："回荡的表情法，用来填词，当然是最相宜。"奔进的表情法，"西洋文学里头恐怕很多，我们中国却太少了"。而含蓄蕴藉的表情法，"向来批评家认为文学正宗，或者可以说是中华民族特性的最真表现"。他说："前两者是热的，这种（即含蓄蕴藉表情法）是温的；前两种是有光芒的火焰，这种是拿着灰盖着的炉炭。"在他看来，含蓄蕴藉的表情法又可以分为四类：

> 第一类是，情感正在很强的时候，他却用很有节制的样子去表现他，不是用电气来震，却是温泉来浸，令人在极平淡之中，慢慢的领略出极

---

[1] 朱东润：《中国文学批评史大纲》，古典文学出版社1957年版。

[2] 夏晓虹：《中国现代学术经典·梁启超卷》，河北教育出版社1996年版。

渊永的情趣。

第二类的蕴藉表情法,不直写自己的情感,乃用环境或别人的情感烘托出来。

第三类蕴藉表情法,索性把情感完全藏起不露,专写眼前实景(或是虚构之景),把情感从实景上浮现出来。

第四类的蕴藉表情法,虽然把情感本身照样写出,却把所感的对象隐藏过去,另外拿一事物来做象征。

他说:"向来写情感的,多半是以含蓄蕴藉为原则,像那弹琴的弦外之音,像吃橄榄的那点回甘味儿,是我们中国文学家所最乐道。"他发现"奔进的表情法"在"正式的五七言诗"(指近体诗)里用得很少,"要我在各名家诗集里头举例,几乎一个也举不出","凡这一类,都是情感突变,一烧烧到'白热度';便一毫不隐瞒,一毫不修饰,照那情感的原样子,迸裂到字句上"。我们认为:奔进的表情法之所以在古典诗歌中较少使用,主要是因为它那种"毫不隐瞒"和"毫不修饰"的"情感突变",不符合古典诗学温柔敦厚的审美理想。

温柔敦厚的古典诗学理想品格要求诗歌在表情上要含蓄蕴藉,落实在具体的方法或技巧上,就是"不指切事情"。如施补华《岘佣说诗》说:

诗犹文也,忌直贵曲。少陵"今夜鄜州月,闺中只独看",是身在长安,忆其妻在鄜州看月也。下云"遥怜小儿女,未解忆长安",用旁衬之笔,儿女不解忆,则解忆者独其妻矣。"香雾云鬟""清辉玉臂",又从对面写,由长安遥想其妻在鄜州看月光景。收处作期望之词恰好,去路"双照",紧对"独看",可谓无笔不曲。

这样的曲笔，在古典诗歌中比较常见。如《诗经·出车》写战士胜利归来的喜悦之情，却是通过他对妻子的想象来表现的；《诗经·陟岵》写士兵想念父母，却是通过描写父母想念儿子来表现的；李商隐《夜雨寄北》写诗人想念家中的妻子，亦是通过妻子想念诗人来表现的。焦竑《焦氏笔乘》卷三引郑善夫之言说：

> 诗之妙处，正在不必说到尽，不必写到真，而其欲说欲写者，自宛然可想。虽可想，而又不可道，斯得风人之义。

所谓"不必说到尽，不必写到真"，就是"不指切事情"。所谓"风人之义"，就是古典诗学温柔敦厚的审美理想。

古典诗歌普遍采用比兴手法，亦是为了"不指切事情"，实现温柔敦厚的理想品格。"兴"有二义：一是"引譬连类"（孔安国），二是"感发志意"（朱熹）。实际上，此二义，一为手段，一为目的，即诗歌通过"引譬连类"之手段产生"感发志意"的效果。故"兴"之为义，可以解释为艺术手段，如刘勰《文心雕龙·比兴》说："兴之托喻，婉而成章。"朱熹《诗集传》释"兴"为"先言他物以引起所咏之词"；可以解释为艺术效果，如钟嵘《诗品序》说："文已尽而意有余，兴也。"所以，焦循《毛诗补疏序》说：

> 夫诗温柔敦厚者也，不质言之，而以比兴言之，不言理而言情，不务胜人而务感人。[1]

沈德潜《说诗晬语》卷下说：

---

[1] 焦循：《雕菰楼经学九种》上册《毛诗补疏》卷首，凤凰出版社 2015 年版。

> 事难显陈,理难言罄,每讬物连类以形之;郁情欲舒,天机随触,每借物引怀以抒之。比兴互陈,反复唱叹,而中藏之欢愉惨戚,隐跃欲传。其言浅,其情深也。倘质直敷陈,绝无蕴蓄,以无情之语而欲动人之情,难也。

古典诗歌并不绝然反对直抒胸臆,但是,为了实现温柔敦厚的诗学理想品格,总是以"借物引怀"或"借景抒情"为诗之正道。魏源《诗比兴笺序》说:"情不可以激也,则有譬焉喻焉。"以譬喻言情更能使其情有厚度和远境。陈如江《古诗指瑕》说:

> 欲救情意直露之失,不外从方法与技巧两个方面着手。方法者,寄言也,即赵执信所谓"言见于此而起意在彼"(《谈龙录》)。……技巧者,曲笔也,即吴乔所谓"诗意大抵出侧面"(《围炉诗话》)。
> 诗歌作品要使味之者无极,闻之者动心,抒情表意必须深婉曲折。从欣赏心理来说,想象是在情境不明确的认识阶段上发生作用的。情感越是清晰,它为想象提供的活动场所也越小。情意直露,铺陈无余,自然就剥夺了读者思索、想象与再创造的空间。[1]

读者的阅读活动是一个再创造过程,通过阅读过程的再创造,而获得审美的愉悦。因此,作者在创作中必须给读者留下再创造的想象空间。或者说,作品与读者之间当有一段适当的"距离",读者通过想象这种创造性活动跨越这段"距离",而达成对作品的理解和欣赏。所以,作者必须通过各种手段制造这段"距离",给读者留下创造性想象的空间。于是,对作品而言,是"言已尽而意无穷";于读者而言,是通过想象创造而获得审美愉悦。如《诗经·蒹葭》一诗,全诗描述

---

[1] 陈如江:《古诗指瑕》,上海书店出版社1998年版,第154～155页。

的是追求"伊人"的浪漫过程,谁在追求?"伊人"是谁?追求的结果怎样? 诗人皆未说尽讲透,它仅仅在于营造一种锲而不舍、持之以恒的追求境界,给读者留下了丰富的想象空间。

这样的例子在古代诗歌中比较常见。如冒春荣《葚原诗说》说:"贯休之'故国在何处?多年未得归',不若司马扎'芳草失归路,故乡空暮云'。两相比较,浅薄深婉自见。"即"故乡空暮云"之譬喻,比"多年未得归"之直言,更有韵味,更有远意,更有想象的空间。

又如陶渊明《问来使》说:"尔从山中来,早晚发天目。我居南窗下,今生几丛菊?"王维《杂诗》之一说:"君自故乡来,应知故乡事。来日绮窗前,寒梅著花未?"王安石《道人此山来》说:"道人此山来,问松我东冈。举手指屋脊,云今如许长。"这三首诗皆称佳作,其题材相同,主题相似,但韵味之深浅却有明显差别。赵殿成《王右丞集笺注》说:"皆情到之辞,不假修饰而自工者也。然渊明、介甫二作下文缀语稍多,趣意便觉不远。右丞只为短句,一吟咏,更有悠扬不尽之致,欲于此复赘一语不得。""缀语稍多",即过于指切事情,因而"趣意便觉不远",趣意不远,其韵味便稍有欠缺。

再如柳宗元《渔翁》诗,堪称传世佳作。其诗云:"渔翁夜傍西岩宿,晓汲清湘燃楚竹。烟消日出不见人,欸乃一声山水绿。回看天际下中流,岩上无心云相逐。"然其尾联颇遭非议,如惠洪《冷斋诗话》引苏轼语说:"诗以奇趣为宗,反常合道为趣,熟味此诗有奇趣,然其尾两句,虽不必亦可。"严羽《沧浪诗话》说:"东坡删去后二句,使子厚复生,亦必心服。"傅庚生说:"柳河东《渔翁》诗至'欸乃一声山水绿'收束,颇有含蓄之致,实于不足之中见足。乃必藉云之相逐,点出'无心'二字,政见其有心于'无心',了无余蕴,是求其足乃转不足也。此尾两句直宜删去，云'虽不必亦可'，亦乡愿矣。"[1]名篇而受人非议者，还有温庭筠《望江南》，其词云："梳洗罢，独倚望江楼。过尽千帆皆不是，斜晖脉脉水悠悠。肠断白蘋州。"栩庄《栩庄漫记》说："此词末句，真为画蛇添足。"或许词这种文体本当如此，而于诗则不可。如田同之《西圃词说》说："诗贵含蓄而词不嫌流露。"笔者在本书第三章讨论诗词文体特征之区别时，举孟浩然《春晓》和李清照《昨夜雨疏风骤》为例，阐释"诗之境阔，词之言长"，亦说明"诗贵含蓄而词不嫌流露"的特点。

古典诗歌之佳境，在于不说尽，不说透，留有余地，如此方才有远境，有厚度，有余味，有韵趣。从上引陶渊明《问来使》、王维《杂诗》、柳宗元《渔翁》、温庭筠《望江南》、王安石《道人此山来》等作品看，在体现温柔敦厚之理想品格上，含蓄蕴藉的表现方式，在诗歌的结句上特别重要。如姜夔《白石道人说诗》就说诗歌"一篇全在尾句，如截奔马"。诗歌的结句，既是诗歌的结尾，亦是读者文字阅读的终结。诗歌是否给读者留下想象的空间？诗歌是否有远境、厚度和韵味？关键就看结句。关于结句于全篇之意义，沈义府《乐府指迷》说：

> 结句须要放开，含有余不尽之意，以景结情最好。如清真之"断肠院落，一帘风絮"，又"掩重关，遍城钟鼓"之类是也。或以情结尾亦好，往往浅而露，如清真之"天便教人，霎时厮见何妨"，又云"梦魂凝想鸳侣"之类，便无意思。[2]

沈义府所谓"结句须要放开"，目的就是要在作品与读者之间制造一段"距离"，给读者留下想象的空间，使作品"含有余不尽之意"。

---
[1] 傅庚生：《中国文学欣赏举隅》，北京出版社2003年版，第188页。
[2] 唐圭璋：《词话丛编》，中华书局1986年版。

诗歌的结尾通常有两种方式：一是以景结情，二是以情结尾。沈义府认为：以情结尾，"往往浅而不露"，即缺乏言外之意和韵外之味，故而不是最佳的结尾。最佳的结尾是以景结情，因为它能"放开"，给读者留下想象的空间，使诗歌"含有余不尽之意"。如王勃《山中》诗云："长江悲已滞，万里念将归。况属高风晚，山山黄叶飞。"以"山山黄叶飞"作结，是以景结情，故而韵味无穷。又如杜甫《缚鸡行》诗，其云："小奴缚鸡向市卖，鸡被缚急相喧争。家中厌鸡食虫蚁，不知鸡卖还遭烹。虫蚁于人何厚薄，吾叱奴人解其缚。鸡虫得失无了时，注目寒江倚山阁。"诗人在尾联放开鸡虫得失，倚阁注视寒江，这个收束妙在言尽意远。故洪迈《容斋随笔》说："此诗自是一段好议论，至结句之妙，非他人所能跂及也。"郭知达《九家集注杜诗》引赵彦材语说："一篇之妙在乎落句。""古人作诗断句，辄旁入他意，最为警策。"所谓"落句"或"断句"，就是结句。

总之，为实现温柔敦厚的诗学理想品格，中国古典诗歌尤其重视远境、厚度和韵味，并通过含蓄蕴藉的表情方式来达成这种境界。所谓含蓄蕴藉，简言之，就是"不指切事情"，或普遍使用比兴手法，或主张以景结情，或强调"结句须要放开"，其目的就是"不必说到尽，不必写到真"，在读者与作品之间留下一段"距离"，给读者留下想象空间，彰显诗歌的言外之意和韵外之味。

第六章 悲欢离合：中国古典诗学情感论

　　中国古典诗学温柔敦厚的理想品格，不仅体现在文体特征和题材选择上，而且亦表现在创作构思和写作技巧上，还反映在诗歌情感的界定和选择上。自先秦以来，中国文学逐渐形成一个从"诗言志"到"诗缘情"到"诗本情志"的抒情传统。在现当代，在西方文学的比照下，这种抒情传统中的抒情精神和"抒情美典"得到充分地彰显，成为中国文学的身份标识。但是，以温柔敦厚为理想品格的中国古典诗学，其对情感有特别的要求和界定。大体而言，"发乎情，止乎礼义"是中国古典诗学的情感原则，温柔敦厚是中国古典诗学的情感特征，具体体现为追求自然性情感与社会性情感的合二为一，个人性情感与群体性情感的有机统一，深情与高情、真情与正情的合二为一。

一、诗言志：中国古典诗学的抒情传统

　　古代中国学者对于诗歌抒情精神的探讨，自《尚书·尧典》至陆机到钟嵘到孔颖达，通过世代学者的努力和层层建构，已基本形成一个从"诗言志"至"诗缘情"到"诗本情志"的自足系统；对"情""志"

来源的追溯，从讲自然物候变化之动人，到谈论人生曲折经历之起情，已兼顾到自然与社会之两面，亦已构成完备周全的解释体系。可以说，自先秦至唐代，古代中国学者已基本完成对诗歌抒情精神的大体架构，此后便成为中国诗学的一个传统模式，为历代学者继承、诠释、补充和发展。

"诗言志"一语出自《尚书·尧典》，其云："诗言志，歌永言，声依永，律和声，八音克谐，无相夺伦，神人以和。"朱自清《诗言志辨序》称此语为中国历代诗论的"开山纲领"，[1] 对中国古典诗学抒情传统的形成起着奠基作用。

何谓"诗言志"？《诗大序》说："诗者，志之所之也，在心为志，发言为诗。"《说文》说得更直截了当："诗，志也。""诗"何以为"志"？杨树达《释诗》从声训角度说明"诗"与"志"的关系，他认为："诗"字从言、寺声或从言、㞢声，与"志"字从心、㞢声相同，按照"声近义近"的声训原则，㞢、志、诗三者古音相同，词义相近，故而得出"诗"即"志"的结论。他说：

> 盖"诗以言志"为古人通义，故造文者之制"诗"字也，即以"言""志"为文；其以"㞢"为"志"，或以"寺"为"志"，音近假借耳。……古"诗""志"二文同用，故许径以"志"释"诗"。[2]

闻一多在《歌与诗》一文中，亦对"诗言志"做过细密考证，他发现"汉朝人每训诗为志"。他说：

---

[1] 朱自清：《诗言志辨》书首，华东师范大学出版社1996年版。
[2] 杨树达：《释诗》，见《积微居小学金石论丛》卷五，上海书店出版社1996年版。

> 志字从㞢，卜辞作㞢，从止下一，象人足停止在地上，所以㞢本训为停止。……志从㞢从心，本义是停止在心上。停止在心上亦可说是藏在心里。……藏在心里即记忆，故志又训为记。……记忆谓之志，记载亦谓之志。

基于上述文字学依据，他说：

> 我们可以证明志与诗原来是一个字。志有三个意义：一记忆，二记录，三怀抱，这三个意义正代表诗的发展途径上三个主要阶段。[1]

经杨树达、闻一多的考证，"诗"即"志"，"志"即"诗"，已无疑义。《说文》所谓"诗，志也"，正是对这种意义的简括总结。

接下来的问题是，"诗"所言的"志"，是读者之志还是作者之志？朱自清《诗言志说》着重考察先秦两汉历史文化语境中"志"之所指，回答了这个问题。他通过分析"献诗陈志""赋诗言志"等现象，认为在先秦两汉时期，"诗言志"的意义主要在于讽、颂或者教化，与个体一己之抒情无关。他说：

> "诗"字从"言""志"得义，"言志"之义必甚古。《尧典》"诗言志"，《左传》"诗以言志"……这两句话同义，可以说都是从"诗"字的字义化出。……这两句话里的"言志"，都是指献诗之志，不是指赋诗之志。献诗之志是讽与颂，赋诗之志是为宾荣，见己德。孔子以诗论修养，孟子以诗论王道，都是借诗言志。[2]

---

[1] 闻一多：《歌与诗》，见《闻一多全集》（第一册），生活·读书·新知三联书店1982年版、第185页。

[2] 朱自清：《诗言志说》，见《诗言志辨》，华东师范大学出版社1996年版。

据此可以断言，在先秦两汉时期，"诗言志"之"志"，是"献诗""赋诗"之"志"，是读者之志，而不是作者之志。所谓"作者之志"，是指创作者写诗抒发一己出处穷通之情。当然，这种作者之志在《诗经》时代亦不乏个例，如许穆夫人赋《载驰》，即是作者之志。在《诗经》中有不少诗句亦体现了这个意思，如《魏风·园有桃》说："心之忧矣，我歌且谣。"《魏风·葛屦》说："维是褊心，是以为刺。"《陈风·墓门》说："夫也不良，歌以讯之。"《小雅·节南山》说："家父作诵，以究王讻。"《小雅·何人斯》说："作此好歌，以极反侧。"《小雅·四月》说："君子作歌，维以告哀。"等等，都体现了诗人一己之志，是作者之志。所以，朱自清说：在《诗经》时代，"以诗抒情的观念已经发现，但还不甚被人注意"。[1]

在先秦两汉时期，主张"诗言志"之"志"是作者之志，直接宣称诗歌创作的目的就是抒发一己出处穷通之感情，主要还是《楚辞》系统的作家。如屈原《九章·惜诵》说："惜诵以致愍兮，发愤以抒情。"这当是最早的"抒情"用例。相似的提法，在《楚辞》还有多处，如《思美人》说："申旦以舒中情。"《哀时命》说："抒中情而属诗。""焉发愤而抒情。"其意义皆指作者以诗抒情。所以，朱自清说：

> 我颇疑心以诗抒情，是《诗经》的影响小而《楚辞》的影响大；因为到汉末止，除《韩诗》及《汉书·艺文志》外，就无人提到《诗经》的抒情作用。[2]

在"言志"之外从理论上提倡"抒情"，在文学史上有重要影响的，

---

[1] 朱自清：《诗言志说》，见《诗言志辨》，华东师范大学出版社1996年版。
[2] 朱自清：《诗言志说》，见《诗言志辨》，华东师范大学出版社1996年版。

当首推陆机《文赋》提出的"诗缘情而绮靡",并由此而在中国文学理论史上形成"诗言志"与"诗缘情"两大既对立又统一的诗学理论。在一定程度上可以说,"诗缘情"是作为"诗言志"的对立面提出来的。"诗缘情"的提出,其背景是自《楚辞》以来逐渐发生、发展的"发愤以抒情"的创作实践情况。如司马迁,他虽然没有使用"抒情"一词,但他在《报任安书》中说:

> 夫《诗》《书》隐约者,欲遂其志之思也。昔西伯拘羑里,演《周易》;孔子厄陈、蔡,作《春秋》;屈原放逐,著《离骚》;左丘失明,厥有《国语》;孙子膑脚,而论《兵法》;不韦迁蜀,世传《吕览》;韩非囚秦,《说难》《孤愤》;"诗三百篇",大抵圣贤发愤之所为作也。此人皆意有所郁结,不得通其道也,故述往事,思来者。

此"发愤著书"说,与《楚辞》"发愤以抒情"说,并无区别。司马迁还说过:"屈平之作《离骚》,盖自怨生也。"[1] 与上述意思亦近似。另外,这种"发愤"说,亦见于《淮南子》,其云:"且喜怒哀乐,有感而自然者也。故哭之声发于口,涕之出于目,此者愤于中而形于外者也。"[2] "夫歌者乐之征也,哭者悲之效也,愤于中则应于外,故在所以感。"[3] 到东汉中后期,"发愤"著诗,以诗歌抒发个人出处穷通之情,逐渐流行起来,成为一时诗人的主流趋向,陆机《文赋》正是在这样的创作背景上提出"诗缘情"说。所以,朱自清说:

> 诗言志,指的表见德性。……可是缘情的五言诗发达了……于是陆

---

[1] 《史记·屈原贾生列传》。
[2] 《淮南子·齐俗训》。
[3] 《淮南子·修务训》。

机《文赋》第一次铸成"诗缘情而绮靡"这个新语。[1]

从字面上看,"诗言志"和"诗缘情"并非截然对立的两种诗学理论。据闻一多的解释,"志"的本义是"停止在心上"或者"藏在心里"。"停止在心上"东西就是"记忆"和"怀抱"。所以,"诗言志"就是用诗歌来言说"停止在心上"的"记忆"和"怀抱"。从这层意义上看,"诗言志"与"诗缘情"并无本质的区别。那末,为什么陆机还要在"诗言志"之外另提"诗缘情"呢?我们认为,是儒家学者对"诗言志"之"志"的层层界定,催生了陆机"诗缘情"说的提出。从孔子提出"思无邪"、"乐而不淫,哀而不伤",到《毛诗序》提出"发乎情,止乎礼义",到温柔敦厚的诗教说,"诗言志"之"志"被界定在与政治、外交、祭祀、典礼、战争等重要政治文化活动上,强调"志"的历史内涵和社会关怀,要求"志"必须是雅正、厚重的,这实际上是将"停止在心上"的"怀抱"限定在比较狭窄的范围内。正是儒家学者对"志"的局限催生了陆机"诗缘情"说的提出。

但是,在汉代以后,我们发现,"志"与"情"有逐渐走向融合发展的趋势。这种趋势实际上在《毛诗序》中亦初见端倪,其云:

> 诗者,志之所之也,在心为志,发言为诗。情动于中而形于言,言之不足故嗟叹之,嗟叹之不足故咏歌之,咏歌之不足,不知手之舞之足之蹈之。

在这里,前部分言"志",后部分说"情"。联系上下文看,"志""情"并无区别。所以,蔡英俊说:

---

[1] 朱自清:《诗言志说》,见《诗言志辨》,华东师范大学出版社1996年版。

在《诗大序》的观念里,"志"显然指的是两种相互对峙却又相辅相成的"志"的内容:一是个人内在的情感、怀抱,因此,诗创作是在于抒情;一是由个人内在情思的升腾而表露了"以一国之事,系一人之本"的社会的公众的志意,因此,诗创作是具有美刺的社会功能。[1]

东汉以降,"志""情"不分,似为常见。如冯衍《显志赋》,即是抒"情"。《文选》"志赋"一门,选录班固"致命遂志"的《幽通赋》,张衡"宣寄情志"的《思玄赋》。范晔《后汉书·仲长统传》说仲长统"作诗二篇,以见其志"。刘勰《文心雕龙·明诗》说:"人禀七情,应物斯感。感物吟志,莫非自然。""吟志"亦即"吟咏情性"。沈约《宋书·谢灵运传论》说:"民禀天地之灵,含五常之德,刚柔迭用,喜愠分明。夫志动于中,则歌咏外发。"直接将《诗大序》中的"情动于中"改写为"志动于中"。在唐代,"情""志"合一已成通识,如孔颖达《毛诗正义》释《诗大序》"诗者,志之所之也。在心为志,发言为诗"句说:

此又解作诗所由。诗者,人志意之所之适也。虽有所适,犹未发口,蕴藏在心,谓之为志。发见于言,乃名为诗。言作诗者,所以舒心志愤懑,而卒成于歌咏。故《虞书》谓之"诗言志"也。包管万虑,其名曰心;感物而动,乃呼为志。志之所适,万物感焉。言悦豫之志则和乐兴而颂声作,忧愁之志则哀伤起而怨刺生。《艺文志》云:哀乐之情感,歌咏之声发。此之谓也。

这段解释文字,明显是融合"言志"与"缘情"以立说,把"舒心志愤懑""言悦豫之志""忧愁之志"等"缘情"内容统合到"言

---

[1] 蔡英俊:《抒情精神与抒情传统》,见陈国球、王德威编《抒情之现代性——"抒情传统"论述与中国文学研究》,生活·读书·新知三联书店2014年版,第391页。

志"中，实际上就是"志""情"不分，"志""情"合一。他在《左传正义·昭公二十五年》中说得更明白："在己为情，情动为志，情、志一也。"这样的意见，亦见于李善《文选注》，其注《文赋》"诗缘情而绮靡"一句说："诗以言志，故曰缘情。"唐代以后，"志""情"基本合一，关于诗是"言志"还是"缘情"的争论，亦就走向了终结。

在"诗言志"和"诗缘情"理论的规约下，形成贯穿中国古代文学之始终的抒情传统。或者说，中国古代文学的抒情传统与"诗言志""诗缘情"理论是相伴而生、彼此渗透、相互影响的。在创作实践基础上升华为理论，理论反过来又指导创作实践。中国古代文学的抒情精神和抒情传统本身是一个客观的存在，但这种精神和传统引起关注和重视，并被视为中国古代文学最显著的特点，则是在近现代，在西方文学的参照下展开的关于中国古代文学叙事文学不发达的学术反思中提出来的。较早涉及这个问题的是胡适，他在1918年发表的《建设的文学革命论》中就批评"中国文学的方法实在不完备"，他说：

> （在中国文学里）韵文只有抒情诗，绝少纪事诗，长篇诗更不曾有过，戏本更在幼稚时代，但略能纪事掉文，全不懂结构。[1]

在1928年出版的《白话文学史》中，他又说："故事诗（epic）在中国起来的很迟，这是世界文学史上一个很少见的现象。要解释这个现象，却也不容易。"[2] 朱光潜有《长篇诗在中国何以不发达》一文，专门讨论中国文学中的叙事诗。他在《中国文学之未开辟的领土》一文中说：

---

[1] 胡适：《胡适古典文学研究论集》，上海古籍出版社1988年版，第64页。
[2] 胡适：《白话文学史》，上海新月书店1928年版，第75页。

> 中国文学演化的痕迹有许多反乎常轨的地方，第一就是抒情诗最早出现。世界各民族最早的文学作品都是叙事诗。……长篇叙事诗何以在中国不发达呢？抒情诗何以最早出现呢？因为中国文学的第一大特点就是偏重主观，情感丰富而想象贫弱。……因为缺乏客观想象，戏剧也因而不发达。[1]

闻一多在《文学的历史动向》一文中，认为中国"在他开宗第一声歌里，便预告了他以后数千年间文学发展的路线"，这"第一声歌"就是《诗经》。他说：

> 从此以后二千年间，诗——抒情诗，始终是我国文学的正统类型。……诗，不但支配了整个文学领域，还影响了造型艺术，它同化了绘画，又装饰了建筑（如楹联，春联等）和许多工艺美术品。……它就是宗教，是政治，是教育，是社交，它是全面的生活……中国文学史的路线南宋起便转向了，从此以后是小说戏剧的时代。[2]

当时学者，还有郭绍虞、郑振铎、林庚等，都曾讨论过这个问题。

从反思中国古代叙事诗不发达，到彰显其抒情特色，这是近代学者在西方文学之比照下对中国文学特色的重要"发现"。这种抒情精神和抒情传统得到进一步确认和彰扬，成为中国文学的身份标识，引起海内外学者的普遍关注，则是得自于20世纪七八十年代陈世骧、高友工等国际学者的系统阐释和充分发挥。

陈世骧于1971年在美国亚洲研究协会比较文学小组开幕式上发

---

[1] 朱光潜：《中国文学之未开辟的领土》，见《朱光潜全集》（第8卷），安徽教育出版社1993年版，第134~143页。

[2] 闻一多：《闻一多全集》（第一册），生活·读书·新知三联书店1982年版，第202~203页。

表题为《论中国抒情传统》的致辞,这篇英文致辞译成中文发表后,产生了广泛影响。其核心观点是:"中国文学传统从整体而言就是一个抒情传统。"他说:

> 当我们说起一种文学的特色为何时,我们已经隐含着将之与其他文学做比较了。而如果我们认为中国抒情传统在某种意义上代表东方文学的特色时,我们是相对于西洋文学说的。正是通过这种对照并观,我们发现中国抒情诗传统之卓然突显,发现在分析研究世界文学时这传统的更大意义会得彰明。……
>
> 与欧洲文学传统——我称之为史诗的及戏剧的传统——并列时,中国的抒情传统卓然显现。我们可以证之于文学创作以至批评著述之中。标志着希腊文学初始盛况的伟大的荷马史诗和希腊悲剧喜剧,是令人惊叹的;然而同样令人惊异的是,与希腊自公元前10世纪左右同时开展的中国文学创作,虽然毫不逊色,却没有类似史诗的作品。这以后大约两千年里,中国也还是没有戏剧可言。中国文学的荣耀别有所在,在其抒情诗。

他认为:自《诗经》《楚辞》开始,"中国文学注定要以抒情为主导。抒情精神(lyricism)成就了中国文学的荣耀,也造成它的局限"。他在分别研究乐府、汉赋、戏剧、小说以及文学批评的抒情特色之后指出:

> 乐府和赋拓宽并加深了以抒情精神为主导的中国文学传统的主流。这一局面贯穿六朝、唐代甚至更久远,而其他方面如叙事或戏剧的发展,都只能靠边站,长期萎弱不振,或者是被兼并、淹没。

文学创作中的抒情传统,影响于文学批评,使之亦具有浓厚的抒情特色。他说：

> 倾厘抒情诗的中国古典批评传统，则关注诗艺中披离纤巧的细项经营，音声意象的召唤能力，如何在主观情感与移情作用感应下，融合成一篇整全的言词乐章（word-music）。冲突和张力在中国某些杰作中也有出现，也能一时打动读者，然而传统批评家对此并无多大兴趣。

总之，在他看来，自《诗经》《楚辞》以来，历经乐府、汉赋、词、曲、小说，乃至文学批评，整体上都有一个一脉相承的抒情传统贯穿其中。用陈世骧的话说："抒情精神在中国传统文化之中享有最尊尚的地位，正如史诗和戏剧兴致之于西方。"[1]

20世纪七八十年代彰显中国文学抒情传统的另一位重要学者是高友工。他认为："我们也可以把中国言志传统中的一种以言为不足，以志为心之全体的精神视为抒情精神的真谛，所以这一'抒情传统'在中国也就形成'言志传统'的一个主流。""中国抒情传统从《诗经》开始就在有意无意地建立一套有丰富象征意义的直觉形象的典式。"[2]在《中国文化史中的抒情传统》一文中，他"讨论中国文化中的一个抒情传统是怎样在这个特定的文化中出现的，而又如何能为人普遍地接受，进而取得了绝对优势的地位，甚至于影响了整个文化的发展"。在这篇四万余字的论文中，他系统周详地讨论了中国文化中的抒情传统。与陈世骧相比，其显明的进展主要表现在两个方面：其一，他认为：抒情传统不仅体现在文学创作中，它根本上就是中

---

[1] 陈世骧：《论中国抒情传统》，见陈国球、王德威主编《抒情之现代性》，生活·读书·新知三联书店2014年版，第46～51页。

[2] 高友工：《文学研究的美学问题》（下），见《美典：中国文学研究论集》，生活·读书·新知三联书店2008年版，第77页。

国文化的一大特色。他说：

> 抒情传统在本文中是专指中国自有史来以抒情诗为主所形成的一个传统。这也许被认作一个文学史中的一部分现象。但我以为这个传统所含蕴的抒情精神却是无往不入、浸润深广的，因此自中国传统的雅乐以迄后来的书法、绘画都体现了此种抒情精神而成为此一抒情传统的中流砥柱。

所以，有别于陈世骧专论中国文学中的抒情传统，高友工是呈显整个中国文化中的抒情精神。这种观点与闻一多比较接近，因为闻一多说过：中国抒情诗"不但支配了整个文学领域，还影响了造型艺术，它同化了绘画，又装饰了建筑（如楹联、春联等）和许多工艺美术品。……它就是宗教，是政治，是教育，是社交，它是全面的生活"。[1]
其二，他在抒情精神和抒情传统之基础上，从美学角度提出"抒情美典"说。他认为：西洋 aesthetics 一词，通常译作"美学"，常用以指一个创作者和欣赏者对创作、艺术、美以及欣赏的看法，实可译作"美论"或"美观"，因为这套理论在文化史中往往形成一套艺术的典式范畴，因此可称之为"美典"。即它不仅是一个个人对美的看法，更是一套可以传达继承的观念。与西方以"模仿创造物境"为理想的"描写、叙述传统"不同，中国是以"表现心境"为理想的"抒情传统"。相应地，与西方的"叙述美典"或"模拟（或写实）美典"不同，中国是"抒情美典"或"表现（或写意）美典"。[2] 比起陈世骧的观点，

---

[1] 闻一多：《闻一多全集》（第一册），生活·读书·新知三联书店1982年版、第202页。

[2] 高友工：《中国文化史中的抒情传统》，见《美典：中国文学研究论集》，生活·读书·新知三联书店2008年版，第90~92页。

高友工的论述，更具理论意义。

总之，中国古典诗学的抒情传统，中国古典文化的"抒情美典"，发端于先秦，而流衍于整个古代中国。在"诗言志"和"诗缘情"理论之引导下，这种精神传统成为古代中国的民族精神或者传统中国人的国民气质。近现代以来，在西方文学和文化的比照下，学者发掘中国文学的抒情精神，清理中国文化的抒情传统，建构中国文化的"抒情美典"，从而使中国文化和中国文学在世界文化和世界文学中获得了独立的身份标识。

二、发乎情，止乎礼义：中国古典诗学的情感界定

中国文学自《诗经》《楚辞》以来自有一脉相承的抒情精神存在，它不仅体现在具体的文学创作中，亦鲜明地表现在"诗言志""诗缘情"的理论建构中。但是，这种由抒情精神凝聚而成的抒情传统和"抒情美典"得到充分的显扬，则是在近现代以来在西方文学的比照下发生的。

中国文学的抒情传统虽然是在西方文学中的抒情诗的映照下得以充分显现，但是，中西文学在抒情性的表现上则有显著区别。中国古代文学自始至终皆以抒情精神为主导，而西方文学自始是以史诗、戏剧的叙事精神为主导，至18世纪浪漫主义文学兴起，抒情诗才一度受到高度关注，中经19世纪现实主义文学思潮的兴起而又有所回落，直到现代主义思潮的兴起才又有回升的趋势。现代学者如胡适、闻一多、陈世骧、高友工等人基本上皆是以现代主义思潮中回升的抒情诗概念和特质来反观中国文学，从而突显中国文学的抒情精神和抒情传统。如陈世骧说：

在内容或意向上表现出来的主体性和自抒胸臆（self-expression），是定义抒情诗的两大基本要素。《诗经》和《楚辞》，作为中国文学传统的源头，把这两项要素结合起来，只是两要素之主从位置或有差异。自此，中国文学创作的主要航道确定下来了，尽管往后这个传统不断发展与扩张。可以这样说，从此以后，中国文学注定要以抒情为主导。

这是以西方抒情诗的两个要素判断《诗经》《楚辞》的抒情精神。他引用阿博克罗姆（Laecalls Abercrombie）关于抒情诗的定义："透过语言中悦耳的令人振奋的音乐性，把要说的话有力地送进我们的心坎里。"论定汉赋的抒情性，认为"赋中常见的铺张声色、令人耳迷目眩的辞藻，就是为了要达成这抒情效应"。[1]

事实上，中西方文学的抒情性虽然有些许关联，但其区别亦是显而易见。陈国球《"抒情"的传统》说：

> 从字源学来看，"抒情"与"lyric"得义的基础不同，但不难找到相通的元素。在中国文化传统中，"抒情"的意义在"情"之流注，此种流注往往以诗赋等文学形式，以直接或者隐喻的语言透露。西方的"lyric"源出与乐器演奏相关的"歌"，而其"音乐性"（musicality）在印刷文化成主导以后，渐渐蜕变为一种隐喻，音乐的流动感常常被诠释为情感的流动，而这正是后来浪漫主义论述藉以发挥的据点。……"赋诗言志"与"述德抒情"的"演出"性质，清晰地说明诗赋文学这种情志倾注活动可以具备的公共意义；"吟咏情性，以风其上"与"诗以抒情，贵得《三百篇》讽喻"更是政治关怀的直率表示。这都见出中国"抒情传统"与西方浪漫主义定义的"抒情"有所不同，但却不一定与西方

---

[1] 陈世骧：《论中国抒情传统》，见陈国球、王德威主编《抒情之现代性》，生活·读书·新知三联书店2014年版，第47页。

整个抒情谱系有绝对的差异。[1]

中国文学的抒情精神区别于西方文学的抒情诗，可能主要在于它的公共意义和政治关怀。因为18世纪以来西方文学中的抒情诗，较少介入社会和政治，更多的是在个人私有空间中打转，在一定程度上缺乏公共意义和政治关怀。因此，西方的抒情诗更接近中国文学中一般意义上的"诗缘情"，而远离通常意义上的"诗言志"。即便同是在私有空间里打转，抒发个人一己出处穷通际遇之情，其情感力度和厚度，亦有明显的区别。因为中国文学"以百姓家居为理想，以温柔抒情为主调"，"确认了温柔敦厚之仁远胜于骄傲刚强之勇"。[2] 因为"中国艺术之精神，不重在表现强烈之生命力、精神力"，而重在"虚实相涵及回坏悠扬之美"。[3] 所以，西方文学的抒情性重在力度，中国文学的抒情性重在厚度。西方文学之抒情性过于峻切，中国文学之抒情性过于柔软。因此，钱锺书说：

> 和西洋诗相形之下，中国旧诗大体上显得情感不奔放，说话不唠叨，嗓门儿不提得那么高，力气不使得那么狠，颜色不着得那么浓。在中国诗里算是"浪漫"的，和西洋诗相比之下，仍然是"古典"的；在中国诗里算是痛快的，比起西洋诗，仍然不失为含蓄的。我们以为词华够鲜艳了，看惯粉红骇绿的他们还欣赏它的素淡；我们以为"直恁响喉咙"了，听惯大声高唱的他们只觉得是低言软语。同样，束缚在中国旧诗传统里的读者看来，西洋诗里，空灵的终嫌有着痕迹、费力气，淡远的终嫌有

---

[1] 陈国球：《"抒情"的传统》，见陈国球、王德威主编《抒情之现代性》，生活·读书·新知三联书店2014年版，第23~24页。

[2] 柯庆明：《中国文学之美的价值性》，见《中国文学的美感》，河北教育出版社2001年版，第5页。

[3] 唐君毅：《中国文化之精神价值》，广西师范大学出版社2005年版，第232页。

烟火气、荤腥味，简洁的终嫌不够惜墨如金。[1]

中西方文学抒情性之差异，在这段文字里讲得很清楚。在中国文学内部，在抒情性上亦并非整齐划一，差异依然存在。按照学术界的一般看法，中国文学抒情性的源头在《诗经》和《楚辞》。如蔡英俊《抒情精神与抒情传统》说：

> 产生于群体环境下的《诗》三百篇以及来自个人意识觉醒的《楚辞》，这两部作品为传统的文学领域开创、标示了两种不同的生命形态和创作典范，成为历来文士墨客挹取情思的本原。然而，尽管《诗》三百篇与《楚辞》各自代表两种不同的创造典型，却都同样隶属于"抒情诗"的范畴，时而以形式（也就是"语言的语型"）见长，时而以内容（也就是"终极的宇宙观"）见长；往后，中国文学创作的主流便在"抒情诗"这种文学类型的拓展中逐渐定型，终而汇结成标识中国文学特质的抒情传统。
>
> 中国抒情传统之所以确立，有两个精神上的原型（prototype）：《诗》三百篇与《楚辞》，前者以素朴率真的情怀描绘出一幅田园自然的景致，其中所涵蕴的圆足与愉悦成为一种精神的向往与指标；后者则以激切奋昂的情绪揭露了个体的有限与世界的无限间的纠结、阻隔，其中所表露的孤绝与哀求赋予抒情传统以文化上的深度与力感。[2]

中国文学的抒情传统奠定于《诗经》《楚辞》，此乃学者之通识。但是，《诗经》《楚辞》的抒情精神有差异，对中国文学抒情传统之形成的影响亦不相同。按照蔡英俊的观点，《诗经》是在"群体环境"中产生的，其情感特征是"素朴率真"，其情感精神是"圆足与愉悦"；

---

[1] 钱锺书：《中国画与中国诗》（下），见《旧文四篇》，上海古籍出版社1979年版。

[2] 陈国球、王德威：《抒情之现代性》，生活·读书·新知三联书店2014年版，第388、398页

《楚辞》是在"个人意识觉醒"的背景下产生的,其情感特征是"激切奋昂",其情感精神是"孤绝与哀求"。这是比较确切的总结。笔者在本书第三章讨论"诗骚之辨"时亦指出:《诗》派主张"诗言志",《骚》派主张"诗缘情",中国古代诗学史上《诗》《骚》二派并存,实为"言志"与"缘情"两种诗学思想的对立。《诗》《骚》之分,就是志与情之分,就是理性与感性、社会性与个人性之分,甚至是正、变之争,是情、礼冲突。如果说以《诗》为源头的"诗言志"论主张"发乎情,止乎礼义";那末,以《骚》为源头的"诗缘情"论则是主张"一往情深"。《诗》开启了对普遍人情之美的书写传统,《骚》开启了对诗人人格美的书写传统。《诗》关注现实人生,开启温柔抒情的传统;《骚》关注理想人生,开启激越抒情的传统。《诗》是现实的,因而是"写实"的,近似于席勒所说的"素朴的诗";《骚》是幻想的,因而是"传奇"的,近似于席勒所说的"感伤的诗"。

自晋宋以来,学者建构中国文学史,大体皆主"同祖风骚"的文学史观。客观地说,《诗》"志"与《骚》"情",并无主次之分。但是,在中国古典诗学语境中,又确有高下轻重之别。朱自清《诗言志说》说:"我颇疑心以诗抒情,是《诗经》的影响小而《楚辞》的影响大;因为到汉末止,除《韩诗》及《汉书·艺文志》外,就无人提出《诗经》的抒情作用。"[1] 我们认为:若就抒发激切奋昂的具有现代性特征的感情来说,《楚辞》的影响当然比《诗经》大;若就抒发素朴率真的具有古典美特征的感情来说,《诗经》的影响就一定比《楚辞》大。在汉晋以来的诗骚之辨中,秉持温柔敦厚理想品格的中国古典诗学,明显有扬《诗》抑《骚》的倾向,因为《诗》之"圆足与愉悦"更符合中国古典诗学的情感取向,而以"孤绝与哀求"为特色的激切

---

[1] 朱自清:《诗言志说》,见《诗言志辨》,华东师范大学出版社1996年版。

奋昂之情，在古典诗学理论家看来，是既不温柔，更不敦厚。

在中国古典诗学语境中，抒情是必须的，但对情是有所界定的。大体而言，"发乎情，止乎礼义"是他们奉行的金科玉律，"情动于中而形于言"，但此情必须是"乐而不淫，哀而不伤"的，必须符合"好色而不淫，怨诽而不乱"的原则，简言之，必须是温柔敦厚的。情感是个人性的，但个人性情感必须具备社会性特征。深情是创作的前提，但深入其中必须出乎其外，深情必须转化为高情。真情是必需的，但真情必须转化为正情。

一般而言，"物色之动，情亦摇焉"，因外在刺激而产生的包括喜怒哀乐在内的情感，极具个人色彩。但是，"情动于中而形于言"，体现在诗歌创作中，尤其是在以温柔敦厚为理想品格的古典诗歌中，则要求将这种个人性情感上升为社会性情感，即"发乎情，止乎礼义"，将"一人之本"统筹在"一国之事"中，将"一人之性情"或"一时之性情"提升为"万古之性情"，实现个人性情感与社会性情感的合二为一；将深情融解于高情之中，将真情涵养在正情之中，这是传统儒家学者的理想，亦是中国古典诗学理想的必然要求。

实现个体情感与社会情感的合二为一，有一个整合的过程，更是一个修炼的过程。因为在现实生活中，二者之间确有不能完全融洽的地方。所以，在整合过程中，不可避免地造成情礼冲突或情理冲突。从理论上讲，情与礼或理的合二为一，是可能的。因为礼的制定或理的抽绎，是基于人伦日常之情而建构，是以人心之需要为基础。情是礼或理的基础，所以是"缘情制礼"。但是，在现实生活中，随着社会风尚之变迁而导致人心是非之演变，情与礼或理之间出现了裂隙，以礼或理节情，必然遭到情的抗拒。魏晋六朝名士任情悖礼，以自然对抗名教，就是情礼冲突的具体表现。宋明理学家"存天理、灭人欲"，汤显祖等主情派主张"情有者理必无，理有者情必无"，就是情理冲突的具体体现。

概括地说，情礼冲突近似于"诗骚之辨"，《诗》近礼，《骚》近情。情理冲突近似于"唐宋之争"，唐诗近于情，宋诗近于理。能够调和情礼冲突或情理冲突，将个体性情感与社会性情感合二为一，将"一时之性情"升华为"万古之性情"，首推"诗圣"杜甫。叶嘉莹说：

> 说到杜甫集大成的容量……我以为最重要的，乃在于他生而禀有一种极为难得的健全的才性——那就是他的博大、均衡与正常。杜甫是一位感性与知性兼长并美的诗人，他一方面具有极大且极强的感性，可以深入于他所接触的任何事物之中，而把握住他所欲攫取的事物之精华；而另一方面，他又有着极清明周至的理性，足以脱出于一切事物的蒙蔽与局限之外，做到博观兼采而无所偏失。……此种优越之禀赋……在他的修养与人格方面，也凝成了一种集大成之境界，那就是诗人之感情与世人之道德的合一。在我国传统之文学批评中，往往将文艺之价值依附于道德价值之上，而纯诗人的境界反而往往为人所轻视鄙薄。……而另外一方面，那些以"经国""奖善"相标榜的作品，则又往往虚浮空泛，只流为口头之说教，而却缺乏一位诗人的锐感深情。即以唐代最著名的两位作者韩昌黎与白乐天而言，昌黎载道之文与乐天讽谕之诗，他们的作品中所有的道德，也往往仅只是出于一种理性的是非善恶之辨而已。而杜甫诗词中所流露的道德感则不然，那不是出于理性的是非善恶之辨，而是出于感情的自然深厚之情。是非善恶之辨乃由于向外之寻求，故其所得者浅；深厚自然之情则由于天性之含蕴，故其所有者深。所以昌黎载道之文与乐天讽谕之诗，在千载而下之今日读之，于时移世变之余，就不免会使人感到其中有一些极浅薄无谓的话，而杜甫诗词中所表现的忠爱仁厚之情，则仍然是满纸血泪、千古常新，其震撼人心的力量，并未因时间相去之久远而稍为减退，那就因为杜甫诗中所表现的忠爱仁厚之情，自读者看来，固然有合于世人之道德，而在作者杜甫而言，则并

非如韩白之为道德而道德,而是出于诗人之感情的自然之流露。只是杜甫的一份诗人之情,并不像其他一些诗人的狭隘与病态,而乃是极为均衡正常,极为深厚博大的一种人性之至性。这种诗人之感情与世人之道德相合一的境界,在诗人中最为难得,而杜甫此种感情上的健全醇厚之集大成的表现,与他在诗歌上的博采开新的集大成的成就,以及他的严肃与幽默的两方面的相反相成的担荷力量,正同出于一个因素,那就是他所禀赋的一种博大均衡而正常的健全的才性。[1]

杜甫"圣于诗",有"诗圣"之称,或如梁启超所谓的"情圣"之称,就在于他禀赋着"博大均衡而正常的健全的才性"所创作的诗歌中,将"诗人之感情"与"世人之道德"合二为一,有效和解一般诗人通常面临的情礼冲突或情理冲突。

一般而言,情是个人性的,是自然性的;礼或理是群体性的,是社会性的。黄宗羲《马雪航诗序》说:

> 诗以道性情,夫人而能言之。然自古以来,诗之美者多矣,而知性者何其少矣。盖有一时之性情,有万古之性情。夫吴歈越唱,怨女逐臣,触景感物,言乎其所不得不言,此一时之性情也。孔子删之,以合乎兴、观、群、怨,思无邪之旨,此万古之性情也。[2]

"万古之性情",是有深厚历史内涵和社会关怀的群体性、社会性情感;"一时之性情",亦是"一己之性情",是个体当下的荣辱得失、悲欢离合。如何将"一时之性情"提升为"万古之性情",将个体性情感升华为社会性情感,使之既体现内心之愿望,又符合礼或情的要

---

[1] 叶嘉莹:《论杜甫七律之演进及其承先启后之成就(代序)》,见《杜甫秋兴八首集说》书首,河北教育出版社1997年版。

[2] 黄宗羲:《马雪航诗序》,见《文约》卷四。

求，这与诗人的经历、人格和修养有关，有一个长期的学行修炼过程（详见下节）。

为了实现温柔敦厚的理想品格，中国古典诗学不仅追求个人性情感与社会性情感的合二为一，亦追求深情向高情的转化。相对于"一往情深"的深情而言，"出乎其外"的高情更符合古典诗学的审美理想。傅庚生说：

> 尽情倾注，如火如荼，言悲则泪竭声嘶，心肠酷裂；言喜则淋漓尽致，有如癫痫。虽可以感人，而入之每每不深；虽可以得誉于一时，终不能系之于永久。故写悲剧不可以入惨局，写喜剧不可以成狂态，必委曲而有深致，借理智以控制其冲动，然后能感人深矣。[1]

尽情倾注的深情，"虽可以感人，而入之每每不深"。诗人必须"借理智以控制其冲动"，将深情提升为高情，才能感人至深，系之永久。所以，王国维《人间词话》说：

> 诗人对宇宙人生，须入乎其内，又须出乎其外。入乎其内，故能写之；出于其外，故能观之。入乎其内，故有生气；出乎其外，故有高致。[2]

"入乎其内"，故有深情；"出乎其外"，故有高情。两者不可偏废，方才可能在深情之基础上升华为高情。顾随特别赞赏此论，并做了进一步的引申和举证。他说："天下没有写不成诗的，只在一'出'一'入'，看你能出不能，能入不能。不入，写不深刻；不出，写不出来。"[3]

---

[1] 傅庚生：《中国文学欣赏举隅》，北京出版社2003年版，第32页。
[2] 徐调孚：《人间词话注》，人民文学出版社1984年版。
[3] 顾随：《传诗录》一，见《顾随全集》卷五，河北教育出版社2014年版，第153页。

他认为："身临其境难有高致，以其有得失之念在。""情感切而得失之念不盛，故无怨天尤人之语。"生气与高致不可偏废，高致建立在生气之基础上。在他看来，古今诗人，或者有高致而乏生气，能"出乎其外"，而不能"入乎其内"，如李白，"唯其入人生不深，故能有高致"。或者有生气而乏高致，能"入乎其内"，而不能"出乎其外"，如孟郊，"亲切而无高致"。古今诗人中，做到既能"入乎其内"，又能"出乎其外"，作品既有生气，又有高致者，只有陶渊明。所以，顾随说："陶入于其中故亲切，出乎其外故有高致。"[1]

总之，"发乎情，止乎礼义"是中国古典诗学的情感原则。中国古典诗学的抒情精神和抒情传统，虽然是在西方文学之抒情诗的比照下，被追认的，被建构的。但是，它与西方抒情诗中的情有显著区别。中国古典诗学中的抒情精神，在"发乎情，止乎礼义"这个原则的引领下，强调自然性情感和社会性情感的合二为一，追求个人性情感与群体性情感的有机统一，追求深情与高情、真情与正情的有机统一。古今诗人能臻于此境界者，唯陶渊明、杜甫二人而已。

三、从真情到正情：中国古典诗学的情感取向

中国古代诗学在诗歌情感论上，既有"言志"和"缘情"之厘分，亦有"诗本情志"之通说。于情志之取向，既有侧重于情志之正大光明者，如以德、功、道、事和忠、孝、节、义为情志之正，如儒家学者；亦有侧重于情志之真切自然者，如以自然性灵为情志之真，如道家学者。或真或正，皆可统之于"诗本情志"说，皆以《诗经》为鹄的。或者说，《诗经》达人性情者也。主诗情正和诗情真者，皆源于《诗

---

[1] 顾随：《传诗录》一，见《顾随全集》卷五，河北教育出版社2014年版，第8页。

经》。中国古典诗学在诗歌情感取向上，不仅有从深情到高情的特征，亦有从真情到正情的取向。本节以黔中明清诗人为例，讨论诗歌中的真情和正情，以及由真情而正情的发展，以明中国古典诗学情感取向的一般特征。

1. 诗本情真

无论是提倡"诗言志"，还是主张"诗缘情"，真情实感是首要的原则。在任何情况下，虚情假意都是被否定和拒绝的对象。因此，古代文人品诗评文，最尚真朴。如郑珏提出"诗出于性真"说。[1]陈夔龙以为："诗无工拙，惟其真耳。"[2]萧光远以真评冯正杰诗，以为"其人真，故发为诗，其事真，其景真，其情真"。[3]杨绂章以"真"为诠评诗文之唯一准则，谓"有真学问必有真赏识，有真赏识何患无真品题，品题定而诗集传矣"，以为白居易、陆游诗"皆独具性灵，直抒胸臆。白不以浅露为嫌，陆不以坦率为病，皇皇然并称大家，无他，惟其真也"。[4]糜鸿远将"山水之真形，园林之真境，与夫昆弟、朋友、戚好之真性情"融铸于诗，故其诗传，而格调派诗歌"真相既失，真味遂泯，传故不久，所谓言尽而意亦尽者以此"。[5]彭崧岳谓"诗文之道，发于性情，性情不真者，其诗文不足道"。[6]任珏崖更以真解释才子佳人传奇之经久不衰，以为"万物莫不有情，而人之情为独挚；

---

[1] 郑珏：《〈悦坳遗诗〉自序》，（民国）《贵州通志·艺文志》卷十六。
[2] 陈夔龙：《〈亭秋馆诗钞〉序》，（民国）《贵州通志·艺文志》卷十八。
[3] 萧光远：《〈野人堂集〉序》，（民国）《贵州通志·艺文志》卷十六。
[4] 杨绂章：《〈澹云轩诗集〉序》，（民国）《贵州通志·艺文志》卷十七。
[5] 糜鸿远：《〈澹云轩诗集〉序》，（民国）《贵州通志·艺文志》卷十七。
[6] 彭崧岳：《〈成山庐稿〉序》，（民国）《贵州通志·艺文志》卷十六。

人亦莫不各有其情，而才子佳人之情为最真。真则奇，奇则传"。[1]

古代学者以真为文学之至境，以真为准则诠释各种文学现象。或有从创作上探讨者，如陈启相以为诗以"自然元音"为上，而世俗所重之四声八病、雕虫小篆，则将此"自然元音"之"一片灵光，打入畏缩苦趣"。[2] 陶廷杰提出："诗以道性情，不在词藻，恐失真性情耳。"[3] 即声律平仄、辞藻雕饰有碍于真情之传达。或有从文学欣赏之角度探讨者，如万大章述其读诗经历云：

> 顾率直不兢于侪辈，弃置十余年，不复作，亦不复读。惟师友感事寄兴，情真语挚，悲壮淋漓，辄爱不释手，且不费诵习而自能历久不忘，以视六经四史，时时入览，犹不能掩卷终篇者，乃觉劳逸殊形，得失异致。若是乎声音之道感人深矣！[4]

诗篇之所以比"六经四史"感人至深，而且"不费诵习而自能历久不忘"，乃在其"感事寄兴，情真语挚"，即最契合于人之性灵本真。情真语挚之诗篇与"六经四史"的此种赏读效果之差别，或许显示的便是情真与情正之不同。情真语挚之诗篇显示的是人之真情，"六经四史"展示的是人之正情。真情是人性的本真状态，正情则是本真人性通过社会改造后的状态。真情是自然的，正情是社会性的。因此，社会性的正情比之自然性的真情，其与人性之原初状态终究有一层隔膜，故其作用于人心，比起自然之真情来，则略显迟钝。

古代文士因山水之助养和风俗之涵孕，自有一种真情和野趣。故

---

[1] 任珏崖：《〈梅花缘传奇〉前序》，（民国）《贵州通志·艺文志》卷十八。
[2] 陈启相：《〈方外集〉序》，《黔诗纪略》卷三十二。
[3] 陶廷杰：《〈水云山人诗草〉序》，（民国）《贵州通志·艺文志》卷十七。
[4] 万大章：《〈畅园诗草〉序》，（民国）《贵州通志·艺文志》卷十七。

其在文学上，常体现出野古、浅直和清新之风格。如龚诩自名其诗集曰《野古集》，对时俗"骂疏俗粗鄙者类曰野，而目方直廉介者类曰古"，不以为然，以为诗文风格之"野古"，乃由于创作者生长草野、罕涉势利之途的经历所致，是摆脱习染后的真情流露。[1]王思任在为黔中明代诗人杨师孔《秀野堂集》作序时，借题发挥，对文学之野趣有别开生面的解释。他盛赞野趣，以为"一日不得野趣，则人心一日不文"，"野也者，天地间之大文也，此惟大文之人能领略而啜飨之"。所谓"野"者，"对都而言之者也"，即指"舒卷天云，纵横草木，布置川岳，呼遣鱼鸟"之趣，并进而结论云："颂不若雅，雅不若风。盖廊庙必庄严，田野多散逸。与廊庙近者文也，与田野近者诗也。"[2]野趣之所以值得肯定，乃在其真；国风之所以高于雅颂，田野之所以胜于廊庙，亦在其真。国风之于雅颂，田野之于廊庙，犹如真情之与正情。情性之真显示于文学者，还有浅显一格，如犹法贤《〈妪解诗集〉序》说薛士礼"耽花草，游情诗酒间，每有闲吟，辄见性真。持以示予，予亟赏之。或病其失之浅，维和（士礼字）亦数数以浅为歉，予独不谓然"。他以"文家自适己事"之宗旨论"浅"云：

> 浅岂易言者哉？文家三字诀，典、显人之所能为也，浅则非人之所易为。盖由烹炼既久，流露目前而自得之浅。浅而老，浅而有味，罕皆云"蓬莱清浅"，正复人所不能到。于诗亦然。白香山诗，厨下老妪都解，解乃香山佳处，岂以都解病香山哉！维和衔杯对花，兴会所至，书之碧筹，哀然成集。要其性真流露，悠然自得，即谓之白香山可也。浅岂易言者哉！[3]

---

[1] 龚诩：《〈野古集〉自序》，《黔诗纪略》卷一。
[2] 王思任：《〈秀野堂集〉序》，（民国）《贵州通志·艺文志》卷十四。
[3] 犹法贤：《〈妪解诗集〉序》，（民国）《贵州通志·艺文志》卷十五。

诗之"浅"境胜于"典""显",乃在于创作者之"性真流露,悠然自得","自适己事"而不是刻意制作。由"性真"所得之"浅"境,与诗之清新风格近似。傅玉书《跋唐汉芝诗》,以为诗之清新出自于诗人之"性真",其云:

> 色泽风容,不为孤孑,而其气自清;和易圆转,不烦雕镂,而其境自新。盖其性真,风骨有存于诗之先者,斯可以言清新矣。[1]

诗之"野古""浅直"和"清新"风格,皆缘于诗人之"性真",此所谓"豪华落尽见真淳"是也。

总之,在古代理论家看来,文学存在的理由,在于它为文人提供了一个抒情言志的载体;文学存在之价值,在于它是文人真情实感的自然流露。真情实感是文学批评的首要原则。

2. 诗道情正

真情是自然的,正情是社会的。真情通过社会改造而成为正情。正情虽然仍以真情为基础,但它已渗透了为社会秩序之整合而建构起来的道德观念和价值观念,它虽然逐渐远离人性之本真,但因其更能适应文明社会秩序整合之需要,故而亦得到学者之赞同和提倡,特别是儒家学者,其所提倡的"乐而不淫,哀而不伤"的温柔敦厚之诗教,就是以正情为依归的。所以,对于中国古典诗学来说,真情是必须的,正情是必要的。

古代文人,尤其是受儒家思想浸润颇深的文人,于真情与正情之主次轻轾有相当的自觉。如夏炳荣《〈砚云草〉自叙》云:"诗以言情,

---

[1] 傅玉书:《跋唐汉芝诗》,《黔诗纪略后编》卷十一。

贵浑成蕴藉，余不免失之粗豪，情伏于中而不能制牢骚，抑又过矣！"[1]徐琪《〈亭秋馆诗钞〉序》论诗主中和，其云："惟其中，故立言不卑不亢、不激不随，而悉叶乎正；惟其和，故虽嗟悼之咏，而吐属华贵，风姿掩映，令人诵之，无衰飒之气。"[2] 所谓"浑成蕴藉"和"中和"，即是正情之表现形式。张玿美《〈西凉集〉序》则谓："诗以达性情，性情得其正，形诸歌咏，自为天地之元音。"[3] 杨文骢以为古今情爱之诗"各极其意之所到，真是诗发于情，但观其止性不止性耳"，以"止性不止性"之标准论《三百篇》，"其郑卫之音不足尚矣"，[4] 此为典型的"发乎情，止乎礼义"的诗教宗旨。

"诗道情正"与"诗本情真"并非矛盾对立的两种诗学理论，亦甚难遽言其间便有高下等级之分。如前所述，真情是自然性的，是为己的，是个人性的，有浪漫色彩；正情是社会性的，是为人的，具现实关怀。就批评家来说，若强调诗篇之光彩照人，独立不羁，感人至深，则重诗之真情；若偏重诗篇之政治教化和劝善惩恶之功能，则重诗之正情。简言之，情真动人，情正育人。基于此，现实精神强烈的学者在二者之间便有高下轩轾，如傅龙光《〈吟我诗集〉序》云：

> 汉晋以来，为诗者多矣，得性情之正而合于古人言志之旨者，不数数也。其或执一偏之性，纵一往之情，而不觉乖于性情之正者，有矣。然犹有性情者存也。又或摹仿声调，襞积故实，则为古人所役；或趋赴俗尚，谀悦人情，则为今人所役；或雕刻木石，搜讨虫鱼，则并为万物

---

[1] 夏炳荣：《〈砚云草〉自叙》，（民国）《贵州通志·艺文志》卷十六。
[2] 徐琪：《〈亭秋馆诗钞〉序》，（民国）《贵州通志·艺文志》卷十八。
[3] 张玿美：《〈西凉集〉序》，（民国）《贵州通志·艺文志》卷十五。
[4] 杨文骢：《〈回文闺思〉序》，见关贤柱《杨文骢诗文三种校注》，贵州人民出版社1990年版。

所役，安在有性情与志乎？[1]

傅氏以"诗本情性"为准则，将诗厘分为三品：上品是情正者，即"得性情之正而合于古人言志之旨者"；中品是情真者，即"执一偏之性，纵一往之情，而不觉乖于性情之正者"；下品则是无情无性者，即情性为古人、今人、万物所奴役而不能彰显者。与傅氏观点略近的，是冲然《〈屡非草〉序》，其云：

> 诗，道性情者也，无性情不可以言诗。然使恣情任性，无择语，无择吟，亦不可以言诗。故依人而不求诸己，自是而不知其非，通病也。[2]

所谓"恣情任性"，是真情之自然流露；所谓"依人而不求诸己"，则是指无性无情者。其所论虽然很简略，但他以情性之真、正、有、无论诗为三品，则与傅氏全同。

以平正态度论之，正情与真情并无高下之分，育人与动人皆为社会人生之所必需。一个没有明显偏激情绪和怪癖行为者，其发自性灵之真情必与群体公认之正情相通相融；群体公认之正情首先必须是真情，伪诈矫揉必非正情。故欲在真情与正情之间划分等级，实缘论者所取之视角不同而已。如儒家为人，故重正情；道家为己，故重真情。浪漫作家其情真，现实作家其情正。真情与正情之间并无截然显明的区分界线。按照古代学者的见解，真情之歌与正情之诗皆源于《诗经》。如傅玉书《黔风旧闻录》云：

---

[1] 傅龙光：《〈吟我诗集〉序》，（民国）《贵州通志·艺文志》卷十四。

[2] 冲然：《〈屡非草〉序》，《黔诗纪略》卷十六。

  愚闻之庭训曰：古诗与唐体裁各异，且各有盛衰偏全之分，而要必源于《三百》，归于《三百》，则其义一也。古诗正始于苏、李，盛于建安、晋、宋，衰于梁、陈。方其盛也，班、张、曹、刘、阮、郭、颜、谢，各有所长，而得其全者靖节也。唐诗正始于陈伯玉，盛于开、宝之际，及中、晚而渐衰。然就其盛时，曲江、太白、王、韦、高、岑、东川、道州之徒，亦与中、晚诸家各擅其胜，而得其全者少陵也。故必知陶而后可与读《文选》，必知杜而后可与读《全唐》。间以斯意求宋元明诗，十仅一二得。[1]

陶渊明和杜甫分别是古诗和唐诗创作之集大成者，虽然未可完全以情真、情正概指古诗、唐诗，但是说陶渊明是情真之代表，杜甫是情正之典型，则大体不差。而且，二者皆"源于《三百》，归于《三百》"。可知《诗经》作为中国古典诗歌之总源，实兼备真情与正情二方面。依傅氏之意，宋元以来的诗歌，得《诗经》真情、正情之精义者"十仅一二"，故其视宋元以来为古典诗歌精神之沦丧期。此说虽有传统诗论家之偏见，但就中国古典诗歌固有之精神传统而言，经过中唐时期以韩愈为代表的韩孟诗派的解构，宋元以来确有古典诗学精神沦丧

---

[1] 傅玉书：《黔风旧闻录》，《黔诗纪略》卷二十六。

之迹象。[1]

3. 真情之培育

诗本情真，诗道情正。或有情本真纯却因尘世之浸染而渐为虚伪者，因利欲之熏心而渐为邪恶者。如何规避情性之伪恶，而使之重返纯真，渐趋雅正，此为道德家与文学理论家所共同关注者。

培育真情和锻炼正情，各依其情感之特点而采用不同的方式。真情之属性是自然的，故培育自然之真情，莫若借助于自然之山水，昔人所谓"得江山之助"者是也；正情之属性是社会的，故锻炼正情，莫若借助于学与行，昔人所谓"文本学行"者是也。传统观念以为：一个真正的文人必须具备"读万卷书，行万里路"的生活阅历。此与笔者所谓培育真情和锻炼正情的两种方式颇相契合，可相互参证。

先就培育真情一面言之。于传统性善、性恶二论之分辨，兹不具论。不过，就人之天性纯真这一点，笔者深信不疑。笔者深信婴幼儿之性情绝对是纯朴本真的，我们常以"天真"指称儿童性情，便是此意。随着孩子涉世渐深，种种尘俗观念逐渐蒙蔽其真心，其伪变巧诈

---

[1] 中华人民共和国成立前出版的《中国文学史》，大多详于唐宋以前，略于唐宋以后；中华人民共和国成立前大学中文系的教授讲授中国文学史，亦往往只讲到唐宋，如王瑶回忆说："以前北京大学中文系标榜所谓'余杭章氏之学'，入学后先修文字声韵之学，即从小学入手。小学是为了通经的，所以中国文学史也讲到唐代就差不多了，元明清可以不讲，更何况'五四'以后。"（《"鲁迅研究"教学的回顾与瞻望——在"鲁迅研究教学研讨会"上的发言》，《鲁迅研究动态》1988 年第 8 期）陆侃如回忆他中华人民共和国成立前的文学史教学工作时，亦说："我教过二十年的'中国文学史'，都是详于周秦，略于唐宋，至明清就根本不讲了。我所认识的担任这门课的朋友们，讲授的进度都一样。"（《关于大学中文系问题》，《人民教育》1952 年 2 月 19 日）鲁迅先生亦说过："我以为一切好诗，到唐已被做完，此后倘非能翻出如来掌心之'齐天大圣'，大可不必动手。"（《鲁迅书信集·致杨霁云（1934 年 12 月 20 日）》）可见，傅氏之观点并非完全是偏见，而是部分传统学者的共识。

之虚情遂日益增生。真情即诗情,真情泯灭,诗情亦渐趋枯竭。因此,理论家以为诗人之可贵在其有童心,在其能时时屏蔽外在尘俗观念之渗透以保持其童心,在其能常常俯身于孩童学习其童心。

培育真情之途径,除了俯身于儿童之童心以求返璞归真外,另一条重要途径,就是畅游山水以求此心与彼境之合二为一,以彼境之天然本真洗涤此心之尘俗伪变。首先,能领略山水妙趣之文人,多持"山水通灵"的观点,如杨文骢谓:"性情等山理,静朴杳难穷。"[1] 即山之理与人之情原可对等互通,诠释此说较为详明者是何德明《〈东山志〉自序》,其云:

> 然则其志山有说乎?曰:有,或其气之相类也,或其情之相属也,或感遭逢之不偶而叹人之湮其美,或幸践踏之不及而乐彼之全其天也。向使人与山无与焉,则北山之移不作矣。[2]

山川显晦与人生穷达之比附,江闿《〈澹峙轩集〉序》较此篇言之更详,[3] 兹不具论。值得注意的是,此篇所谓山水与人物之间"气类"而"情属"的关系,是对杨文骢"性情等山理"一语的最佳诠释。如钱溥《〈十景集〉序》谓"山川之与人物可相有而不可相无者",[4] 陈炜《〈山水移〉跋》谓"世界别无可移,惟名山名水名人三者,常互为流动关生而不碍",[5] 李肇亨《〈山水移〉题辞》谓"天地间山川奇秀之气,原与吾精神相通"

---

[1] 杨文骢:《舟过虎丘,月生索余作兰卷,走笔图之,并题其后,诗中之画耶?画中之诗耶?唯月生自参之》,见关贤柱《杨文骢诗文三种校注》,贵州人民出版社1990年版。
[2] 何德明:《〈东山志〉自序》,(民国)《贵州通志·艺文志》卷九。
[3] 江闿:《〈澹峙轩集〉序》,《黔南丛书》第三集《江辰六文集》卷四。
[4] 钱溥:《〈十景集〉序》,(民国)《贵州通志·艺文志》卷十四。
[5] 陈炜:《〈山水移〉跋》,《黔诗纪略》卷二十。

等等，[1]皆指出了山水与人物之间此种"气类"而"情属"的关系。

山水与人物"气类"而"情属"。山水为自然之物，其与生俱来的真朴之性，亘古不变；人为社会之物，其为世俗之尘染而渐丧其本真。人之游情于山水，山水即可以其亘古不变的真朴之性荡涤人物的尘俗之心，并进而助长其文章的灵动之气。或者说，文章之灵动，来自作者心灵之真纯；作者心灵之真纯，来自山水真朴之性的陶染。如越其杰《〈山水移〉序》云："习气山中尽，灵机触处多。""眠餐皆秀气，盥漱亦幽寻。但觉神情异，那知沁入深。清非前日骨，静获古人心。结想渐成性，英灵感至今。"[2]真朴之山水浸入心骨，变异神情，涤除习气，使人返璞归真，此即杨文骢所谓"山水生童心"是也。[3]山水生童心，反之，有静谧之童心者，方能欣赏山水，周祚新《山水移题词》云：

> 人性动则浮，浮则露，惟静则深，深自活。机锋相逗，自现本来，一粒灵关，密移暗度，而静者自为理会耳。况山水为物，肌细理绵，神渊情扃，非夫浅人入手便得，置身可探。浮动之气为山水，乡愿乌识所谓移哉！[4]

诗人因山水之游而涵育其真情，助长其童心，其发为诗文，则固有一种灵动勃然之气荡漾其中。"无穷冰雪句，都赖山水成"，越其杰诗文创作颇得"江山之助"，其《〈山水移〉序》云：

---

[1] 李肇亨：《〈山水移〉题辞》，见关贤柱《杨文骢诗文三种校注》，贵州人民出版社1990年版。

[2] 越其杰：《〈山水移〉序》，《黔诗纪略》卷十九。

[3] 杨文骢：《独坐有感因怀刑孟贞五首》其一，见关贤柱《杨文骢诗文三种校注》，贵州人民出版社1990年版。

[4] 周祚新：《山水移题词》，《黔诗纪略》卷十九。

>夫诗之为道，不苦心不深，不积学不厚，不辟智借慧于山水不灵。太史公足迹遍天下，故其文日益宏肆；杜子美诗，自入蜀后愈觉古淡渊永，则江山之功大矣。[1]

王士仪《〈半园集〉自序》亦云：

>故山水者，仁智之性情也。乐山乐水者，仁智之性情之所寄也。作诗者将必南游罔罠之国，共息沉默之乡，下无土，上无天，吾能往来汗漫，遍九垓，而扶摇羊角之风莫得而逆焉。而后吾之为诗，天孙机杼，寂寞太虚，旷然高寄无有方所已。昔人谓不行万里途，不破万卷书，不能读杜诗。读诗尚然，何可易言作乎？[2]

刘思浚《〈泊庐诗钞〉序》亦云：

>今夫游龙门、涉大河，史公之文闳肆而愈豪；自扬州返长安，燕公之诗怆怆而善感。是以贤者好游，每多羁旅行役之作；诗人托兴，恒在江山风月之间。[3]

总之，童心即诗心，真情即诗情，诗人培育其诗心与诗情，除了亲近儿童以返璞归真外，最重要的途径之一便是畅游山水以洗涤俗念。此当是古代诗人乐山乐水的主要目的，亦是传统文学中山水文学特别兴盛的重要原因。

4. 正情之锻炼

正情是善的，是社会性的，它虽以真情为基础，但已渗透了为整

---

[1] 越其杰：《〈山水移〉序》，《黔诗纪略》卷十九。
[2] 王士仪：《〈半园集〉自序》，（民国）《贵州通志·艺文志》卷十五。
[3] 刘思浚：《〈泊庐诗钞〉序》，（民国）《贵州通志·艺文志》卷十七。

合社会秩序而建构起来的道德观念和价值内涵。锻炼正情,虽亦有"乐山乐水"之途径,但最重要的还是学行之修为。故孟子曰:"学问之道无他,求其放心而已。"[1]古代学者重视教学,提出"教学为先"之思想。先秦两汉儒家著作或以儒学为宗旨之子书,多有专篇论及学行,并常常把论学行的篇章置于全书之首,如《荀子》之《劝学》,《法言》之《学行》,《潜夫论》之《赞学》,《中论》之《治学》,《孔子集语》之《劝学》,等等,此亦可见古代学者特别是儒家学者,以学问收拾善心、锻炼正情的良苦用心。

社会化情感的锻炼,当以社会化的方式促成。于此,古代学者已有明确认识,古代诗人亦是了然于心,如孙应鳌《重刻〈海叟集〉序》云:

> 志之指微矣,是性情之枢管也。有其志然后可以言诗。志端则性情得矣;性情得则声音谐矣。皆自然之所流属,不可强也。……无论三代,即后世专长擅能如汉魏之古作,唐人之歌行、近体,所由发藻树义,敷写委曲,使诵者哀戚而喜悦,慷慨而踟蹰,以皆有性情,故能传也。[2]

有性情始可言诗,性情端正而后"声音谐"。如何达到志端情正之佳境?孙氏以为最好的途径是究心于道与学,于道与学之修行感悟中磨砺性情,锻炼正情。于道与学无所体会便不可言诗,其云:"不知道不可以言诗,不知学不可以言诗,斯孔门诗教也。"并自警曰:"以余暗于学,无泽于道,乃不返其本质,顾力强于诗以求似,谬矣!"[3]又如,塞闉《〈鹿山杂著续编〉序》以"仁义之人,其言霭如"为据立论,以学、行为作文之本,其云:"为学也纯,故立言正;宅心厚,

---

[1] 《孟子·告子上》。
[2] 孙应鳌:《重刻〈海叟集〉序》,见《督学文集》。
[3] 孙应鳌:《禁语》,见《督学文集》。

故持论平。"扬、马之徒"浮华无实,行不践言",故为"有识者所不尚";韩、欧诸人"经术政事,人品卓卓",故"其文亦因以传"。故为文者,若能做到"学纯""心厚",便能达致"言正""论平"。[1]郑珍告诫子侄学书法,亦云:"要书好要根本总在读书做人。多读几卷书,做得几分人,即不学帖,亦必有暗合古人处。"[2]

湖北安利人王柏心在为郑珍诗集作序时,于此亦有较为详尽的发挥,其云:

> 夫学士大夫之从事于诗,则亦有道矣。道安在?在范其志。志有广狭高卑,善范者植之以仁义,秉之以礼度,履之以忠信廉洁,而又覃思专精,必在经训,则志益广且高。然后发诸诗者,达吾之胸臆,悲愉喜愠无所缘饰矫揉。其间包络三才,经纬万端。壮者锵金石,幽者穷要眇,上侪之古人而无慙,下质之千百世在,而悲愉喜愠,若觌面敷衽、披露肝肺无不尽者。此惟善范其志,乃能有是。[3]

王氏以为,诗以志为本,以情辞声貌为末;情正则诗正,情驰则诗伪,故诗人之首务是正情范志。王氏之"范志"说,与孟子、韩愈之"养气"论相近,皆欲通过对传统经训的涵养和仁义礼度之循守,以规避邪伪,收拾善心,锻炼正情。

情正而诗正,犹如情真而诗真,此为诗学之正道。因强调情正,进而主张以德功政事、忠孝节义为诗之本,以宣扬"孝悌慈谅之心,尊君亲上之义"为诗之唯一职志,甚或以学问为诗、以理学为诗。此种极端之引申和发挥,其是非得失,兹不赘述。

---

[1] 蹇闾:《〈鹿山杂著续编〉序》,《黔诗纪略》卷十二。
[2] 郑珍:《跋自书杜诗》,《巢经巢文集》卷四。
[3] 王柏心:《〈巢经巢诗钞〉序》,(民国)《贵州通志·艺文志》卷十六。

总之，在"诗言志"和"诗缘情"理论的引领下，中国古代文学具有明显的抒情精神和抒情传统，以及在此基础上形成的"抒情美典"。诗歌中所呈现的情感，既有个人性情感，亦有社会性情感；既有深情，亦有高情；既有真情，亦有正情。二者之间并无高下轩轾，但是，在中国古典诗学语境中，在古典诗学温柔敦厚理想品格的规约下，古典诗人总是倾向于社会性情感，偏好高情，热衷正情。虽然社会性情感首先必须是个人性情感，高情必须基于深情，正情首先必须是真情。

第七章 物色之动：中国古典诗学题材论

"物色之动，心亦摇焉"，文学创作题材，不外情与物二端，而物最为根本，因为"人心之动，物使之然"，情感应物色之感而动。因此，在中国文学理论史上，即有源远流长、影响深远的物感说。从理论上讲，万物皆可入诗。但是，在具体的创作实践中，文体的特征、物色的性质、作家的性情、创作的环境等等，皆可能对文学题材的选择发生重要影响。对于以温柔敦厚为理想品格的古典诗学来说，其对创作题材具有相当明显的选择性。概括地说，中国古典诗学追求温柔敦厚的理想品格，必然要求诗歌题材具备温柔敦厚的审美属性。或者说，具有温柔敦厚审美属性的物色，才是中国古典诗歌的理想题材。

一、于诗得意多因月：中国古典诗学的题材选择

中国古代文学理论于文体论、创作论、风格论、批评论等，皆有比较完整系统的建构和阐释，而于题材论则鲜有论述。即如"体大思精"的《文心雕龙》，亦无专篇讨论文学题材问题。其实，题材论亦是文学理论体系的一个重要组成部分。不同的文体即有相应的题材选择，

什么题材适合于诗？什么题材适合于赋？什么题材适合于词？什么题材适合于小说、戏曲？虽然没有一定之规，但是，题材具有自己的特性，文体具有自身的特征，题材的特性必须符合文体的特征，在创作过程中往往是约定俗成的。另外，不同作家常常亦有不同的题材选择，作家的生存环境、创作状态和性格好尚，对创作题材的选择有决定性影响。还有，文学题材对文学风格亦有相当重要的影响，题材的特征在一定程度上可以决定作品的风格。因此，文学理论应当研究文学题材，探讨题材与文体的关系，作者对题材的选择，题材对风格的影响，等等。

大体而言，作为文学题材之构成，不外物与情二端，物以传情，情以统物，情物融合，相伴而生。我们在"悲欢离合：中国古典诗学情感论"一章中，讨论了中国古典诗学的抒情传统及其情感特征。本章即就中国古典诗学题材之物色一面作探讨。

影响文学家对文学题材选择的因素是多方面的，笔者在《边省地域与文学生产——文学地理学视野下的黔中古近代文学生产和传播研究》一书中，专门探讨过文学题材的地域性特征，认为：

> 虽然在文学创作中离不开想象和虚构，但文学想象总是有现实的启发，文学虚构亦离不开当下的触媒。因为作家总是生活在特定的时间和空间中，他的想象和虚构必然受到时间的束缚和空间的制约，而留下特定时空的影子。作家的创作通常是"近取诸物"，用最熟悉的语言进行创作，用身边的事和物作为创作的题材。所以，批评家总能从作品的语言题材上推断出作者创作的时间和空间。[1]

除了时间和空间外，影响文学题材的选择，还与作家的性格特征

---

[1] 汪文学：《边省地域与文学生产——文学地理学视野下的黔中古近代文学生产和传播研究》，上海古籍出版社2016年版，第326页。

和主观偏好有关系，此乃人所共知，无须赘言。在此，需要着重讨论的，是文体特征对题材取舍的影响。王国维在《人间词话》中说："词能言诗之所不能言，而不能尽言诗之所能言。"[1]所说的就是诗、词题材的区别。从传统的观点看，诗的题材范围广泛，上至军国大事，下至个人的喜怒哀乐，举凡日常生活中的所见所闻所思所感，皆可入诗。而词的题材范围相对狭窄，主要偏向于个人的喜怒哀乐，尤其是男女情思方面。虽然如苏轼、辛弃疾等豪放词人有意突破这种题材上的局限，但却遭到传统文人所谓"虽极天工，要非本色"的批评。一般而言，关于军国大事的见解，关于士大夫豪情壮志或人生感怀，适宜在诗或文中表达；而关于个人的儿女私情，尤其是内心深处对情爱的倾慕与追思，适合在词中表达。当然，在诗中亦可以表达男女情爱，爱情诗历来就是中国古典诗歌的一个重要类别。但是，诗中表达的爱情当以《诗经·关雎》为典范，要做到"乐而不淫，哀而不伤"。如南朝的宫体诗或晚唐小李杜的爱情诗，则不免于情色倾向，或者过于哀伤，过于柔靡，因而遭到传统学者的批评。因为此种过于低沉哀怨的情思或者有情色倾向的作品，不符合温柔敦厚的古典诗学理想，倒是词的当行本色。所以，王国维说"词能言诗之所不能言"，是指词擅长表述在诗中不宜表达的过于低沉、哀婉、缠绵、柔靡的男女情思；"不能尽言诗之所能言"，是说词专注于表述男女情思，不如诗之题材广泛，可以涵盖生活中方方面面的内容。

从理论上讲，举凡日常生活中的所见所闻所思所感皆可入诗。但是，如本书所揭示的，中国古代诗歌有古典美和现代性两种类型。古典美诗歌的题材，必须符合古典诗学温柔敦厚的理想品格。或者说，

---

[1] 王国维：《人间词话删稿》，见徐调孚《人间词话注》，人民文学出版社1984年版，第226页。

中国古典诗学温柔敦厚的理想品格，决定它的题材亦必须具备温柔敦厚的特点。明白这一点，我们才能对中国古典诗歌的题材特征做出合理的解释。

就物色而言，早期中国的艺术理论家即提出了影响深远的物感说，如《礼记·乐记》说：

> 凡音之起，由人心生也。人心之动，物使之然也。感于物而动，故形于声。……乐者，音之所由生也，其本在人心之感于物也。……凡音者，生人心者也。情动于中，故形于声，声成文谓之音。……夫民有血气心知之性，而无哀乐喜怒之常，应感起物而动，然后心术形焉。

以音乐为代表的艺术，其功能就是抒发人的喜怒哀乐之情。情何以生？"血气心知之性"并不能天然地表现为"喜怒哀乐之常"。这段文字反复提到"物"，或曰"感于物而动"，或曰"人心之感于物"，或曰"应感起物而动"，概括地说，就是"人心之动，物使之然"，即把"血气心知之性"感动为"喜怒哀乐之常"的是"物"，此即中国古代文学理论史上影响深远的物感说。此种物感说，不断地为后世理论家所继承、弘扬和发挥，如钟嵘《诗品序》说："气之动物，物之感人，故摇荡性情，形诸舞咏。"刘勰《文心雕龙·物色》说："春秋代序，阴阳惨舒，物色之动，心亦摇焉。盖阳气萌而玄驹步，阴律凝而丹鸟羞。微虫犹或入感，四时之动物深矣。"《乐记》仅言"人心之感于物"，而物何以感人？则未予深论。钟嵘、刘勰对此有进一步的发明。钟嵘以为是"气之动物，物之感人"，即气之变化导致物色之变化，因物色变化而导致人的情感变动。刘勰进一步深化为"阴阳惨舒"致使"春秋代序"，因"春秋代序"而导致"人心之动"。物感说至此构成一个完备的知识系统。

艺术表现人心，"人心之动，物使之然"，物何以感人？是因为"气之动物"。接下来，我们要追问的是，何物最易动人或感人？早期理论家对此未作直接的回答，不过，从他们的举例说明中可以发现一些端倪。如陆机《文赋》说：

> 遵四时以叹逝，瞻万物而思纷。悲落叶于劲秋，喜柔条于芳春。慨投篇而援笔，聊宣之乎斯文。

钟嵘《诗品序》说：

> 若乃春风春鸟，秋月秋蝉，夏云暑雨，冬月祁寒，斯四候之感诸诗者也。嘉会寄诗以亲，离群托诗以怨。至于楚臣去境，汉妾离宫，或骨横朔野，或魂逐飞蓬，或负戈外戍，或杀气雄边；塞客衣单，孀闺泪尽；又士有解佩出朝，一去不返；女有扬蛾入宠，再盼倾国。凡斯种种，感荡心灵，非陈诗何以展其义？非长歌何以释其情？

前论自然四季之感荡人心，形诸舞咏，是前代和当代人之共识；后论社会生活和人间别离之感荡人心，为钟嵘之创获，是对物感说的重要补充。刘勰《文心雕龙·物色》说：

> 物色相召，人谁获安？是以献岁发春，悦豫之情畅；滔滔孟夏，郁陶之心凝；天高气清，阴沉之志远；霰雪无垠，矜肃之虑深。岁有其物，物有其容；情以物迁，辞以情发。一叶且或迎意，虫声有足引心。况清风与明月同夜，白日与春林共朝哉！

四季物色因气而动，诗人感物色而成诗，似为当时学者特别关注，并认为是文学创作的主要题材。如萧统《答湘东王求文集及诗苑英华》说：

> 或日因春阳，具物韶丽，树发花，莺和鸣，春泉生，暄风至，陶嘉月而嬉游，藉芳草而眺瞩；或朱炎受谢，白藏纪时，玉露夕流，金风时扇，悟秋士之心，登高而远托；或夏条可结，倦于邑而属词；冬雪千里，睹纷霏而兴咏。

萧纲《答张缵谢示集序》说：

> 至如春庭落景，转蕙承风；秋雨且晴，檐梧初下；浮云生野，明月入楼；时命亲宾，乍动严驾……是以沉吟短翰，补缀庸音，寓目写心，因事而作。

萧子显《自序》说：

> 若乃登高极目，临水送归，风动春朝，月明秋夜，早雁初莺，开花落叶，有来斯应，每不能已也。

陈后主《与詹事江总书》说：

> 每清风朗月，美景良辰，对群山之参差，望巨波之混瀁，或玩新花，时观落叶，既听春鸟，又聆秋雁，未尝不促膝举觞，连情发藻。

从以上引证可知，物之感人者，林林总总，但最受学者关注的，则是四季物色变化之感人。理论家如钟嵘、刘勰从理论层面发言，固然力求全面，分别春夏秋冬四季言说。而文学家如萧纲、萧子显、陈后主则侧重在春、秋二季，即如萧统虽然兼顾四季，而重在春、秋，于夏、冬二季则是一笔带过。据此可以断言，物之感人是有选择性的，有的物色容易感人，有的物色不易动人。换句话说，有的物色是天然的文学题材，有的物色却与文学趣味格格不入，不便作为文学题材。

因此，时间季节是文学创作的主要题材之一，但是，并不是所有的时间季节都适合作古典诗歌的题材。大体而言，春、秋二季适合诗，夏、冬二季不适合诗。春、秋二季适合诗，主要基于三个方面的原因：一是从温度上看，春、秋二季不冷不热，有温柔敦厚的特点，符合以温柔敦厚为理想品格的中国古典诗学的题材要求。二是春、秋二季温度适宜，环境舒适，容易培育诗人的创作冲动。三是春、秋二季有浓厚的生命意识，春天的万物萌动，鸟语花香，春意盎然，生机无限；秋季的萧瑟冷寂，万物摇落，凄清悲凉。春、秋二季的生命意识，容易使诗人产生由物即人的联想。所以，《淮南子·缪称》说："春，女思；秋，士悲。"注云："春，女感阳则思；秋，士见阴而悲。"因此，春、秋二季最适合做诗歌的题材，故前引萧纲等人的言说，皆重点关涉到春、秋二季。如刘禹锡《秋词》说："自古逢秋悲寂寥，我言秋日胜春朝。"杨万里《戏笔》说："哦诗只道更无题，物物秋来总是诗。"潘大临说："秋来日日是诗思。"[1] 王夫之《楚辞通释》卷八注宋玉《九辨》说："人之有秋心，天之有秋气，物之有秋容，三合而怀人之情凄怆不容已矣。"释惠洪《冷斋夜话》说："潘大临工诗，其云：秋来景物，件件是佳句，恨为俗氛所蔽翳。"日本学者小川环树说："'伤春'也好，'悲秋'也罢，其实都可以包容在这个'无名的悲哀'里（怅惘茫然而难以名状的心理状态）。"他认为：对于季节的感情，悲秋这一主题始于《楚辞》，《诗经》里从来没有

---

[1] 魏庆之：《诗人玉屑》卷十。

发生悲秋之声,其涉及季节的,只有春日里的男女情事。[1]

夏、冬二季不适合诗,因为夏天太热,冬季太冷,太富于刺激性,既不中,亦不和,在温度上不具备温柔敦厚的特征,因而不是古典诗歌的理想题材。还有,在太冷或太热的环境中,诗人亦不容易引发诗情。因此,古典诗歌写夏、冬两季就较为少见。即便有所写作,亦不在于突出夏天的热和冬季的冷。顾随说:

> 中国旧诗写夏者少,纵有也只是写天之绵长、人之安闲两层,除此而外,写夏则是对不得安闲者之怜悯。[2]

即便写夏天的炎热,亦往往要用冷色调来冲淡它,如杨万里《闲居初夏午睡起》"芭蕉分绿与窗纱",就是一个典型的例子。古典诗人写冬天的雪景,往往用春天的温煦来调节它,如岑参《白雪歌送武判官归京》"忽如一夜春风来,千树万树梨花开",就是一个典型的例子。

再如,古典诗歌对人际伦理的反映,亦有所选择。按照传统儒家观念,人际伦理有君臣、父子、夫妇、兄弟、朋友五伦,还有由此衍生的祖孙、母子、姊妹、婆媳、师徒等人伦关系。一般地说,人是社会的动物,即便是再简单的人,亦总是生活在复杂的人伦关系网络中。因人际交往而产生的爱恨情仇,按照"情动于中而形于言"的理论逻辑,自然应当成为文学创作的重要题材之一。但是,通览中国古典诗歌,我们发现:友情(朋友)和爱情(情人)题材占有极大的比重,反映母子之情的作品亦占一定的分量,书写父子之情

---

[1] [日]小川环树:《风与云——中国诗文论集》,周先民译,中华书局 2005 年版,第 17~18 页。

[2] 顾随:《传诗录》(一),见《顾随全集》卷五,河北教育出版社 2014 年版,第 150 页。

和兄弟情谊的作品就比较少，反映夫妻恩爱的作品亦不是太多，而对于君臣之义，又常常是将之转化为情人之爱来表现。由此而给人的印象是：友情和爱情是诗意化、审美化的情感，最适合作古典诗歌的创作题材，母子之情次之，而夫妇、兄弟、君臣之情与义，则不符合古典诗歌温柔敦厚的审美要求，因而不适合作古典诗歌的题材。主观的印象是基于客观的事实，古典诗歌在题材上的这种偏向性，是值得注意的文艺现象。顾随说：

> 写朋友之爱也许还易，写兄弟爱难；写兄弟爱尚易，写亲子爱难；写两性爱尚易，写夫妻爱难。[1]

蒋寅亦发现古典诗歌中"妻子形象的缺席"问题，他在《权德舆与唐代的赠内诗》一文中专门讨论过"作为题材的妻子"。[2] 其实，古典诗歌中描写的女性，采桑女和织女是重点对象，而作为妻子角色的女性，则较少出场。同样值得注意的，是古典男性诗人抒发对妻子的爱恋，一般都不是在与妻子朝夕相处的日常家庭生活中，像沈复《浮生六记》那样描写夫妻之间朝夕相处的爱慕之情，只能算是个案。在通常情况下，或者是夫妻天各一方，如杜甫《月夜》诗中对妻子的爱恋；或者是在妻子死后才发出刻骨铭心的思念，如潘岳之与杨氏，李商隐和苏轼之与其妻子。更有意味的，是古典诗人抒发对妻子或情人的爱慕之情，常常是以女性的口吻发出，或者是借写妻子或情人对自己的思念来表达自己的爱恋之情。对于这个问题，罗兰·巴特的意

---

[1] 顾随：《传诗录》（一），见《顾随全集》卷五，河北教育出版社2014年版，第283页。

[2] 蒋寅：《百代之中——中唐的诗歌史意义》，北京大学出版社2013年版，第74～75页。

见值得注意：

> 要追溯历史的话，倾诉离愁别绪的是女人：女人在一处呆着，男人外出狩猎；女人专一（她得等待），男人多变（他扬帆远航，浪迹天涯）。于是，是女人酿出了思夫的情愫，并不断添枝加叶，因为她有的是时间。……由此看来，一个男子若要倾诉对远方情人的思念便会显示出某种女子气。[1]

这个说法，或可用来解释在中国古典诗歌中普遍存在的"男子作闺音"现象。

另外，中国古典诗歌中亦不乏反映君臣之义的作品，但是，一个明显的事实是，古典诗人往往是将君臣之义转化为男女之情来描述，大臣企望君王的眷顾被转喻为女人企望情夫的关切，古典诗歌创作中源远流长的"美人幻像"，大抵皆可作这样的解释，即使创作者本人描述的"美人幻像"并无此意，而诠释者亦要将之附会到这样的意义上去。因此，在古典诗歌中，我们的确很少看到直接描述君臣之义的作品。

古典诗歌中关于人伦题材的这种倾向性特征，是可以获得解释的。在《中国传统人伦关系的现代诠释》一书中，[2] 笔者对传统中国社会人伦关系之特征做过追本溯源的探讨，认为在传统人际五伦中，君臣、父子、兄弟、夫妇皆是有尊卑等级的、不平等的伦理，唯有朋友一伦，是平等的、相互"对待"的伦理，朋友关系和情人关系一样，皆是以平等对待的、艺术化的、能够引起心灵愉悦的伦理，是具有超越性的、

---

[1] ［法］罗兰·巴特：《一个解构主义的文本》，汪耀进、武佩荣译，上海人民出版社1997年版，第5页。

[2] 汪文学：《中国传统人伦关系的现代诠释》，贵州人民出版社2019年版。

审美性的伦理，因此符合古典诗学的审美趣味，是古典诗歌的最佳题材。如顾随说：

> 人在恋爱的时候最有诗味，从"三百篇"、《离骚》及西洋圣经中的雅歌，希腊的古诗直到现在，对恋爱还有赞美、实行。何以两性恋爱在古今中外的诗中占此一大部份？便因恋爱是不自私的，自私的人没有恋爱，有的只是兽性的冲动。[1]

所以，"写两性之爱尚易"，因为它本身就是诗性审美的关系；写君臣之义难，因为它有尊卑等级，是缺乏审美意味的关系；写夫妇关系难，因为它是有等级的、物质性的关系。因此，比较普遍的情况，是"妻子形象的缺席"，或者是夫妇之间天各一方，或者是在妻子去世以后，夫妇之间才可能发生缠绵悱恻的诗性情怀，亦才能成为古典诗歌的题材。明乎此，亦才能理解为什么大部分明清才女都惧怕婚姻。[2]

物之感人而形于言，便是诗。从理论上讲，万物皆可入诗。但是，在具体的创作实践中，物之特性各异，文体之特征有别。因此，实际上并不是万事万物皆可入诗，尤其是以温柔敦厚为理想品格的中国古典诗歌。古典诗歌的审美理想决定了它对作为题材之物具有选择性。比如，春、江、花、月、夜，最适合作诗歌的题材，因为它们本身就是富有诗意的物象。那种特别有刺激性的物象不适合诗，尤其不适合作古典诗歌的题材。比如，水是最具诗性的物象之一，水性即诗性。但是，细究起事，亦应当区别对待，春水和秋水适合诗，如"问君能

---

[1] 顾随：《传诗录》（一），见《顾随全集》卷五，河北教育出版社 2014 年版，第 120 页。

[2] ［美］高颜颐：《闺塾师——明末清初江南才女文化》，李志生译，江苏人民出版社 2005 年版。

有几多愁，恰似一江春水向东流"，"离愁渐远渐无穷，迢迢不断如春水"，"落霞与孤鹜齐飞，秋水共长天一色"，等等，便是上好的诗境。但是，夏天那浊浪滔天的洪水就不适合诗，尤其不适合古典诗歌。像闻一多的"死水"，那亦只是代表现代性的象征派诗歌的写法，古典诗歌中一般不会出现这种不具备美感的意象。像戴望舒的"雨巷"以及行走在雨巷中那位丁香姑娘，倒是典型的古典诗歌的审美趣味。而中晚唐以来，如韩愈、李贺、孟郊、贾岛以及宋初梅尧臣等诗人，以蛇、臭虫、瘦马、跳蚤、粪蛆、老而丑的妓女入诗，如梅尧臣《八月九日晨兴如厕有鸦啄蛆》《扪虱得蚤》等诗歌，那亦完全是现代性的表达，是以丑为美，[1]与古典诗学温柔敦厚的审美追求大异其趣。所以，鲁迅先生在《半夏小集》中说："没有谁画毛毛虫，画癞头疮，画鼻涕，画大便。"[2]因为这些事物不具备审美的属性。即便以丑入诗，亦要像克罗齐《美学原理》所说："丑要先被征服，才能收容于艺术。"

  古典诗学对作为创作题材的物象选择，主要是基于物象本身的审美属性与古典诗学温柔敦厚的审美理想之间的契合。比如，太阳与月亮，月亮适合诗，因为它有柔顺和闲静的特点，符合温柔敦厚之旨；太阳不适合诗，特别是夏天中午的炎炎烈日，因为它太有刺激性，如李贺《秦王饮酒》以"羲和敲日玻璃声"写日光，的确很新奇，但不美。符合温柔敦厚之旨的日光，是夕阳和朝阳。所以，古典诗人写太阳，不是写朝阳，便是写夕阳，极少有写正午烈日的。又如，据朱自清《〈子恺画集〉跋》说：

    集中所写，儿童和女子为多。我们知道子恺最善也最爱画杨柳和燕

---

[1] 刘熙载《艺概》说："昌黎诗往往以丑为美。"
[2] 鲁迅：《且介亭杂文末编》，人民文学出版社1973年版。

子，朋友平伯君要送他"丰柳燕"的徽号。我猜这是因为他喜欢春天，所以紧紧地挽着她；至少不让她从他的笔底溜过去。在春天里，他要开辟他的艺术的国土。最宜于艺术的国土的，物中有杨柳与燕子，人中便有儿童和女子，所以他自然而然地将他们收入笔端了。[1]

此段文字虽然是就画作而言，但亦很适合古典诗歌，春天、儿童、女子、杨柳、燕子等，都是颇具诗性精神和审美趣味的物象，故最适合做艺术的题材，尤其是古典诗歌的题材。另外，在古典诗歌中，鸟是一个很重要的题材，陶渊明诗里就频繁出现夕阳西下回归山林的飞鸟。逯钦立说：

> 渊明于归鸟之起兴，实另有领会之妙也。窃谓鱼鸟之生，为最富自然情趣者，而鸟为尤显。夫日出而作，日入而息，推及言之，鸟与我同。鸟归以前，东啄西饮，役于物之时也。役于物而微劳。及归之后，趋林欢鸣，遂其性之时也。遂其性故称情。微劳无惜生之苦，称情则自然而得生，故鸟之自然无为而最尽表现其天趣者，殆俱在日夕之时。既物我相同，人之能把取自然之奇趣者，亦惟此时，则山气之所以日夕始佳，晚林相鸣之归鸟始乐，固为人类直觉之使然。要亦知此直觉之所以有此作用，即合乎自然之哲理也。[2]

鸟之适合做古典诗歌的题材，正在于它是"最富自然情趣者"，在于它"微劳无惜生之苦，称情则自然而得生"，简言之，就是它符合古典诗学温柔敦厚的理想品格。

　　有诗性的物象才能成为古典诗歌的题材，同样，有诗性的事件亦才能成为古典诗歌的题材。如男女情事适合诗，夫妇之间基于柴米油

---

[1] 朱自清：《朱自清散文经典全集》，武汉出版社2010年版。
[2] 逯钦立：《汉魏六朝文学论集》，陕西人民出版社1984年版，第241页。

盐的琐碎日常生活不适合诗；花前月下的卿卿我我适合诗，月黑风高的打家劫舍不适合诗；文人雅集适合诗，泼妇骂街不适合诗；小鸟依人适合诗，河东狮吼不适合诗。如顾随说："故事中有人情味者，淡而弥永。鬼怪故事令人毛骨悚然，而刺激性最不可靠。鬼怪故事不如人情故事淡而弥永。怪则新鲜，新鲜亦刺激。"[1] 有人情味的故事之所以适合做古典诗歌的题材，是因为它"淡而弥永"，换句话说，就是温柔敦厚。古典诗歌中基本上没有以鬼怪故事为题材的作品，即如李贺诗歌写鬼怪，显得鬼气森森，诗人亦因此获得"诗鬼"之称，但那是中唐时期在韩愈引领下的现代性写作，与古典诗学的审美理想是背道而驰的。鬼怪故事之所以不适合古典诗歌，是因为它太有刺激性，令人毛骨悚然。换言之，就是因为它不具备温柔敦厚的品质，有违古典诗学的审美理想。

有人情味的故事淡而弥永，适合做古典诗歌的题材。秋胡戏妻故事作为文学题材的发展过程，就很能说明这个问题。秋胡戏妻故事传说于汉代，据刘向《列女传》载：鲁国光禄大夫秋胡，娶妻五日，即赴陈国为官，多年后，荣归故里，路经桑园，调戏一位美丽的采桑女，桑女怒骂秋胡。归家后，女子发现路途调戏自己的男子竟是自己盼望多年的丈夫，顿感羞辱，怒斥秋胡，投水而死。这个故事作为一个传统文学题材，被后世作家不断演绎，如叙事文学方面，有唐代的《秋胡戏文》、元代石君宝的《鲁大夫秋胡戏妻》、清代京剧《桑园会》等等，以及与此故事情节近似的《蝴蝶梦》（昆曲）、《武家坡》（京剧）等等；在诗歌创作方面，如汉乐府《陌上桑》、傅玄《秋胡行》、高适《秋胡行》等等。总体上看，秋胡戏妻故事的后代演绎，戏剧作

---

[1] 顾随：《传诗录》（一），见《顾随全集》卷五，河北教育出版社2014年版，第25页。

品多于诗歌作品。我们认为：作为一个传统文学题材，秋胡戏妻更适合戏曲、小说等叙事文学，不太适合诗歌等抒情文学，尤其与古典诗歌的审美理想颇相扦格。原因就在于它的后半部分情节，即秋胡夫妻相认、女子投水自尽的情节，过于戏剧化，矛盾冲突太尖锐，太有刺激性，没有人情味。这种情节，适合于戏曲、小说这类文体，因为这类文体的特质，就是追求这种尖锐的矛盾冲突。但是，它不适合诗歌，尤其是古典诗歌。因为古典诗歌追求的是"乐而不淫，哀而不伤"，是以中和为特质的温柔敦厚的理想品格。秋胡戏妻是一个没有人情味的故事，缺乏"淡而弥永"的特点，所以，作为诗歌题材，并不常见。汉乐府诗歌《陌上桑》，据考证，当是演绎秋胡戏妻故事的作品，此诗虽然有调情的成分，但是并未流于低级趣味，亦未流于道德说教，基本上还保持在"乐而不淫，哀而不伤"的水准，符合温柔敦厚的古典诗学理想。但是，值得注意的是，此诗演绎的是故事的前半部分，而删去了矛盾特别尖锐、极富刺激性和戏剧性的后半部分。因为这后半部分，没有人情味，不适合诗。这个典型的案例说明，像秋胡戏妻这种特别尖锐、过于刺激的题材，因为不符合温柔敦厚的古典诗学理想，所以不适合诗，尤其不适合古典诗歌。

二、江山之助：中国古典诗学的山水情怀

在中国古典诗学中，若就题材论诗歌作品的数量和质量，山水诗和爱情诗两种类型，粗略地估计，其数量当是最多的；宏观地评价，其质量是亦是最高的。故本节和下节将以山水题材和女性题材为个案，探讨中国古典诗歌的题材选择，呈现作为文学题材的山水和女性与中国古典诗学理想品格的一般性关系。

在中国传统文化语境中，山水与文人惺惺相惜，存在着一种相需相待的互动影响关系。文人之诗情与诗兴，有待于山水的激发与陶冶；山水之光辉与英灵，有待于文人的发现与表彰。文人与山水之间还有一种知音相赏的关系，如陶渊明"采菊东篱下，悠然见南山"，李白"相看两不厌，只有敬亭山"，郑板桥"非唯我爱竹石，即竹石亦爱我也"等名言，皆体现了山水与文人之间相需相待和知音相赏的亲密关系。因此，山水情怀成为中国古典诗人的重要关切，自然山水亦就成为中国古典诗歌的理想题材，山水诗歌成为中国古典诗歌中数量庞大、质量上乘的重要组成部分。

讨论文人与山水之间的亲密关系，说得最深切著明者，有黄宗羲的《景州诗集序》，其云：

> 诗人萃天地之清气，以月露风云花鸟为其性情，其景与意不可分也。月露风云花鸟之在天地间，俄顷灭没，而诗人能结之不散。常人未尝不有月露风云花鸟之咏，非其性情，极雕绘而不能亲也。[1]

有沈德潜的《芍庄诗序》，其云：

> 江山与诗人相为对待者也。江山不遇诗人，则巉岩渊沦，天地纵与以壮观，终莫能昭著于天下古人之心目。诗人不遇江山，则虽有灵秀之心，俊伟之笔，而孑然独处，寂无见闻，何由激发心胸，一吐其堆阜灏瀚之气。唯两相待两相遇，斯人心之奇际乎宇宙之奇，而文辞之奇得以流传于简墨。[2]

---

[1] 黄宗羲：《南雷文定》卷一，中华书局1985年版。
[2] 沈德潜：《归愚文钞余集》卷一，清乾隆三十二年刻本。

有徐芸圃的《慎道集文钞·跋沈湘农剑阁图记后》，其云：

> 文章须得江山之助，江山亦藉文章以发其光。故会稽、兰亭因右军而显，黄州、赤壁由东坡而传。惟文具有山水之性期，山水乃与文人相投。[1]

文人徜徉于真山真水之间，与山水为友，对文人与山水之间相需相待和知音相赏的关系，自有一番深切的体会和感悟。如晚明诗人吴中蕃，"避地龙山十有七年"，因感于"钴㙏丘以子厚而得名"，而龙山之"溪山涧谷，助我非少，而未尝一字酬之"，乃作《龙山六咏》，其序说：

> 境足运吾笔而不惭笔，可永斯境而无憾。后之人按吾诗以索境而境传，按斯境而索诗而诗亦传，两相待而两相寿，岂偶然与？[2]

刘子章《黔灵山志序》亦认为：

> 造化之巧，经人工点缀而益妍，而游人咏士又能唤醒山灵，于是笔峰几案，峭壁丹崖，焕然改观焉。

诗人以手中之笔"唤醒山灵"，使其"焕然改观"，故"其山借其人以传"。山因人而闻名，"然后人能有其山"。[3] 或如明代松江华亭人钱溥为思南安康《十景集》作序所说：

---

[1] 王葆心：《古文辞通义》卷四，王水照主编《历代文话》（第八册），复旦大学出版社2007年版，第7220页。
[2] 《黔诗纪略》卷二十八，贵州人民出版社1993年版，第1143页。
[3] （民国）《贵州通志·艺文志》卷九，贵州人民出版社1989年版，第387页。

> 自古山川储灵孕秀于两间，不在于物则在于人。故人物之生，自足增重于山川而显其名于后世。……景因人而遂显，诗因景而可传，始知山川之与人物可相有而不可相无者。[1]

山水与文人之间之所以存在相需相待和知音相赏的关系，是因为山水与文人"气类而情属"。何德峻在《东山志序》中，阐释了山水与文人"气类而情属"的关系。其云：

> "然则其志山有说乎？"曰："有。或其气之相类也，或其情之有属也，或感遭逢之不偶而叹人之湮其美，或幸践踏之不及而乐彼之全其天也。向使人与山无与焉，则北山之移不作矣。"……"然则子何不他山之志，独于东？"曰："余东西南北之人也，而志东山有为也。山在东而余居亦东，山号栖霞而余亦隐沦此，即其生而同者矣！且余好懒，而山多野趣；余好石，而山多奇石；余性既奇僻，而山多幽邃；余性避轩冕，而为山冠盖驺从燕会之所不尝经，又非雪厓、甲秀徒供长官，照壁、黔灵绝少丘壑者比，所谓气类而情属者，端在斯焉。此其尤可感而可幸者，若其中有详有不详，则请读而知之，余遑问其他？"[2]

文人与山水惺惺相惜，相需相待，知音相赏，是因为他们"气类而情属"，即在气质上是类似的，在感情上是相通的。此亦正如唐志契《绘事微言》所说："自然山水即我性，山情即我情。""水性即我性，水情即我情。"[3]或如李肇亨为杨文骢《山水移》作"题辞"所说："天地间山川奇秀之气原与吾精神相通。"[4]所以，文人爱山水，山水赏文人，

---

[1] （民国）《贵州通志·艺文志》卷十四，贵州人民出版社1989年版，第541页。
[2] （民国）《贵州通志·艺文志》卷九，贵州人民出版社1989年版，第382页。
[3] 唐志契：《绘事微言》卷一，文物出版社1982年版。
[4] 关贤柱：《杨文骢诗文三种校注》，贵州人民出版社1990年版，第34页。

文人与山水"相看两不厌",是一种知音互赏的关系。陈炜在为杨文骢《山水移》所作"跋"中说:

> 夫天地之骨,胎于山水,而领于山高水流之韵人。今夫山,其骨崔嵬而累奇,屹然不可撼也;今夫水,其骨泄潎而扬波,渊然不可挠也。然而天下最有情者,莫山水若也。山即万仞,必落穆而令人可亲;水即千顷,必静深而令人可挹。人亦何独不然?故世界别无可移,惟名山名水名人三者,常互为流动关生而不碍。禹穴何灵?以子长一探而奇。天姥何高?以谪仙一梦而矗。天下多少山川,倘无一名人生其中,则顽块与污泥耳!天下多少山川,然名人杖履所不到,题咏所不及,毕竟黯然无色。[1]

山水与文人之间的知音关系,还在于他们在感遇遭逢上的相似与相通。江闿在《澹峙轩集序》中说:

> 余尝过黔之飞云岩、冯虚洞,见其灵异奇特,莫可端拟,徘徊久之,而叹山之有幸有不幸焉。夫以九州之大,予足迹几及半,每遇名山必登,登必尽领其要。其间幽邃者,淡远者,屈曲者,险怪者,丹青如画者,即无甚异,亦有足观,其以山得名也亦宜。乃有高不满丈,广不盈亩,顽然蠢然,略无可取,亦竟以山得名,当亦山之至幸者矣!求所谓灵异奇特如飞云、冯虚,终不概见,而斯二者卒不得与无甚异者争名,亦并不得与顽然蠢然者争名,是遵何故?盖斯二者远在天末,僻处一隅,文人罕至,偶有至者,记识以远失传,以是未能如都会地之易得名也。使斯二者而生于都会地,其得名也当在以幸得名者之先,可知也;使斯二者生于都会地,其名适符其实,将天下无实而得名者,皆失其名,未可知也。且斯二者虽远在天末,僻处一隅,犹当黔之孔道,名虽未著,人尚得过而惜之;黔之不近孔道,灵异奇特或有过于斯二者,湮没不传,

---

[1] 关贤柱:《杨文骢诗文三种校注》,贵州人民出版社1990年版,第21页。

不知凡几？当亦山之至不幸者矣！于人亦然。乡之先达，若孙淮海、谢芳亭、丘若木、杨龙友，人各有集，唯越公卓凡，尤刻意古人，不愧一代作者，然皆不务时名，字内不周知。兼以兵火频仍，遗稿散失，其不至同山之不幸湮没几何？[1]

这篇序言，以山喻人，以为人之不幸与山同，人之得名亦与山同。山水与文人之间的关系，不仅是"气类而情属"，而且还是同病相怜。

如前所述，山水之光辉与英灵，有待于文人的发现与彰扬；文人之诗思与诗情，有赖于山水的陶冶和培育。"无穷冰雪句，都赖山水成"。[2] 自古以来，文人创作大多有赖于"江山之助"。所以刘勰《文心雕龙·物色》说："若乃山林皋壤，实文思之奥府，略语则阙，详说则繁。然则屈平所以能洞监《风》《骚》之情者，抑亦江山之助乎！"古代文人谈论创作经历，亦常有关于"江山之助"的追忆。如苏辙《上枢密韩太尉书》说：

辙生十有九年矣，其居家所与游者，不过其邻里乡党之人，所见不过数百里之间，无高山大野，可登览以自广。百氏之书，虽无所不读，然皆古人之陈迹，不足以激发其志气。恐遂汩没，故决然舍去，求天下奇闻壮观，以知天地之广大。过秦、汉之故都，恣观终南、嵩、华之高，北顾黄河之奔流，慨然想见古之豪杰。至京师，仰观天子宫阙之壮，与仓廪、府库、城池、苑囿之富且大也，而后知天下之巨丽。见翰林欧阳公，听其议论之宏辩，观其容貌之秀伟，与其门人贤士大夫游，而后知天下之文章聚乎此也。[3]

---

[1] 《黔南丛书》第三集《江辰六文集》卷四，贵阳文通书局铅印本。

[2] 越其杰：《山水移序》，见关贤柱《杨文骢诗文三种校注》，贵州人民出版社1990年版，第13页。

[3] 《栾城集》卷二十二，《四部丛刊》影印明活字本。

苏辙以自身的创作经历说明"江山之助"与文学创作之关系，颇为深切著明。另外，马存在《赠盖邦式序》一文中，讨论司马迁文章风格与壮游山水之关系，亦可谓切中肯綮，其云：

> 子长平生喜游，方少年自负之时，足迹不肯一日休，非徒景物役也，将以尽天下大观以助吾气，然后吐而为书。今于其书观之，则其生平所尝游者皆在焉。南浮长淮，泝大江，见狂澜惊波，阴风怒号，逆走而横极，故其文奔走而浩漫。望云梦洞庭之波，彭蠡之渚，涵混大虚，呼吸万壑而不见介量，故其文渟蓄而渊深。见九疑之芊绵，巫山之嵯峨，阳台朝云，苍梧暮烟，态度无定，靡缦绰约，春粧如浓，秋饰如薄，故其文妍媚而蔚纡。泛沅渡湘，吊大夫之魂，悼妃子之恨，竹上犹斑斑，而不知鱼腹之骨尚无恙者乎？故其文感愤而伤激。北过大梁之墟，观楚汉之战场，想见项羽之喑呜，高祖之慢骂，龙跳虎跃，千兵万马，大弓长戟，俱奔而齐呼，故其文雄勇猛健，使人心悸而胆慄。世家龙门，念神禹之巍功；西使巴蜀，跨剑阁之鸟道，上有摩云之崖，不见斧凿之痕，故其文斩绝峻拔而不可攀跻。讲业齐鲁之都，观夫子之遗风，乡射邹峄，仿佛乎汶阳洙泗之上，故其文典重温雅，有似乎正人君子之容貌。凡夫天地之间，万物之变，可惊可愕，可以娱心，使人忧使人悲者，子长尽取而为文章，是以变化出没，如万象供四时而无穷。欲学子长之为文，先学其游可也。[1]

所以，在中国文学史上，文学家讲创作经验，除了强调"读万卷书"，还主张"行万里路"。"读万卷书"，其文典雅厚重，有"气味"；"行万里路"，泛游天下佳山秀水，其文清秀隽丽，有"英灵"。

山水之游可以激发文思，可使文章有灵气。如越其杰指出："无穷冰雪句，都赖山水成。"还说：

---

[1] 转引自王葆心：《古文辞通义》卷四，王水照主编《历代文话》（第八册），复旦大学出版社2007年版，第7218页。

夫诗之为道，不苦心不深，不积学不厚，不辟智借慧于山水不灵。太史公足迹半天下，故其文日益宏肆；杜子美诗，自入蜀后愈觉古淡渊永，则山水之功大矣。[1]

王士仪《半园集自序》说：

故山水者，仁智之性情也。乐山乐水者，仁智之性情之所寄也。作诗者将必南游冏之国，共息沉默之乡，下无土，上无天，吾能往来汗漫，遍九垓，而扶摇羊角之风莫得而逆焉。而后吾之为诗，天孙机杼，寂寞太虚，旷然高寄无有方而已。昔人谓不行万里途，不破万卷书，不能读杜诗。读诗尚然，何可易作乎？[2]

刘思浚《泊庐诗钞序》说：

今夫游龙门、涉大河，史公之文闳肆而愈豪；自扬州返长安，燕公之诗怆怆而善感。是以贤者好游，每多羁旅行役之作。诗人托兴，恒在江山风月之间。[3]

而颜嗣徽甚至提出"诗皆游子吟"的观点，其在《北征纪行集序》里说：

诗不皆游子吟也！然综观古来名卿大夫，往往于流寓行役，览乎名山之高，江海之深，与都邑之壮丽，关塞之险要，以及丘墟禾黍、剩迹残碑、荒驿古刹、奇人杰士故里，一切可喜可愕、可惊可怪情景，皆于诗发

---

[1] 《山水移序》，见关贤柱《杨文骢诗文三种校注》，贵州人民出版社1990年版，第13页。

[2] （民国）《贵州通志·艺文志》卷十五，贵州人民出版社1989年版，第609页。

[3] （民国）《贵州通志·艺文志》卷十七，贵州人民出版社1989年版，第819页。

之，而其诗遂雄奇恣肆、沈郁顿挫，若有一往情深不可遏抑者。康乐之咏永嘉，仪曹之咏柳州，工部之咏蜀道诸篇是也。然则诗固不尽因游作，而壮游要不可以无诗。[1]

在对具体作家的评价上，批评家尤其强调"江山之助"。如吴中蕃在《雪鸿堂诗序》中，认为创作之根基是学与游，以为谢三秀之诗"冲融淹润，绝无鬼趣嚣习"，除了因为他长期"涵泳于三唐"之诗，还有就是得之于游，包括山水之游和师友之游。[2]赵懿在《莘斋诗钞序》中，推论宦懋庸诗"豪情跌宕而矩范不逾其所承"之原因，一在其学脉纯正，二在其"久客吴越，览名山大川之盛"，得"江山之助"，三在其"与雄都人士相往还"，有师友之切磋。[3]冯煦《含光石室诗草序》载赵崧之言说："诗非多读书，多游佳山水，不必作，作亦必不至。"[4]陈棨荣在《重印玉螺山房诗集序》中，阐释诗与禅之关系，以为释氏之所以尤具诗思和诗心，其主要原因之一，就是"凡天下名山大川，邃洞旷野，幽林丛箐，奇花异草，珍禽怪兽，几无一不为若辈所经，益足以开拓其心胸而恢宏其笔力，而诗文遂益臻其妙"。[5]

总之，文学创作多得"江山之助"，或曰山水之游可以开豁心志，引发文思，激发灵感；或曰纵情山水可以增文灵气；或者成就其诗文之独特风格，或者开拓心胸以恢宏其笔力。笔者认为，山水之游于创作有如此之功效，关键在于自然山水对于文人创作心胸的培育有重要影响。

---

[1] （民国）《贵州通志·艺文志》卷十七，贵州人民出版社1989年版，第789页。

[2] 《黔南丛书》第三集《雪鸿堂诗蒐逸·附录》，贵阳文通书局铅印本。

[3] （民国）《贵州通志·艺文志》卷十七，贵州人民出版社1989年版，第784页。

[4] （民国）《贵州通志·艺文志》卷十七，贵州人民出版社1989年版，第785页。

[5] 陈棨荣：《乡居文草》，贵州民族大学图书馆藏抄本复印件。

自然山水对文人创作心胸之培育，首先值得注意的，是学者提出的"性情等山理"和"山水生童心"的观点。如杨文骢素有山水癖，他说："性情等山理，静朴杳难穷。"[1] 即人之性情与山水之理相通相等，人物之性与山水之理皆有"静朴"的特点。此与前引李肇亨在《山水移题辞》中所说的"天地间山川奇秀之气原与吾精神相通"的观点相近，亦与何德峻在《东山志自序》中提出的山水与人"气类而情属"的说法近似。山水与人物之所以"气类而情属"，就是因为"性情等山理"，皆有"静朴"之特点。山水为自然之物，其与生俱来的真朴之性，亘古不变。人为社会之物，在社会实践活动中，渐失真朴之性，渐丧本真之情。文人之所以热衷于山水之游，实际上就是在追寻那已经失去的静朴之性和本真之情，以亘古不变的真朴之性荡涤人世的尘俗之心，企图在山水之游中回到本真静朴的原初状态，从而助长其文章的灵动之气。因此，在一定程度上可以说，文学创作中的"山水之功"或"山水之助"，即在培育作者的本真之情和静朴之性。或者说，文章之灵动，来自作者心灵之真纯；作者心灵之真纯，来自山水真朴之性的陶染。如越其杰《山水移序》说："习气山中尽，灵机触处多。""眠餐皆秀气，盥漱亦幽寻。但觉神情异，那知沁入深。清非前日骨，静获古人心。结想渐成性，英灵感至今。"[2] 真朴之山水浸入心骨，变异神情，涤除习气，使人返璞归真。杨文骢说得最明白："山水生童心。"[3] 山水之游能使人

---

[1] 杨文骢：《舟过虎丘，月生索余作兰卷，走笔图之，并题其后，诗中之画耶？画中之人耶？唯余生自参之》，见关贤柱《杨文骢诗文三种校注》，贵州人民出版社1990年版，第308页。

[2] 关贤柱：《杨文骢诗文三种校注》，贵州人民出版社1990年版，第21页。

[3] 杨文骢：《独坐有感因怀邢孟贞五首》其一，见关贤柱《杨文骢诗文三种校注》，贵州人民出版社1990年版，第289页。

找回童心。同时，有静谧之童心者，方能欣赏山水。周祚新《山水移题词》说：

> 人性动则浮，浮则露，惟静则深，深自活。机锋相逗，自现本来，一粒灵关，密移暗度，而静者自为理会耳。况山水为物，肌细理绵，神渊情扃，非夫浅人入手便得，置身可探。浮动之气为山水，乡愿乌识所谓移哉！[1]

总之，自然山水之陶染，意在培育人的本真之情和静朴之性。对于诗人来说，拥有本真之情和静朴之性，是进行创作的基本条件。童心即诗心，真情即诗情。拥有本真之情和静朴之性，其创作自有一股灵动勃然之气荡漾其中。所以，越其杰说："无穷冰雪句，都赖山水成。"作家的创作，需要静朴之质性，此即《文心雕龙·神思》所谓"陶钧文思，贵在虚静"是也。作家的创作，需要本真之情性，此即文学批评史上所谓"童心即诗心"是也。处于凡俗世界中的诗人，为了找回本真之情和静朴之性，重要的途径之一就是畅游山水，以山水养童心，以自然育静性，进而获得创作之心胸与心境，此乃文学创作中所谓得"江山之助"的真正含义。

三、性别诗学：中国古典诗学的柔性特征

中国古典诗学以温柔敦厚为理想品格。相对而言，温柔敦厚是柔性的而非刚性的。所以，概括地说，中国古典诗学总体上以柔性为理想状态。钱穆说：

---

[1] 关贤柱：《杨文骢诗文三种校注》，贵州人民出版社1990年版，第29页。

> 不论中西，在人生道路上，一张终该有一弛。如果说母亲是慈祥可爱，而父亲是严肃可畏的。则西方宗教是母亲，文学戏剧是父兄。在中国儒家伦理是父兄，而文学艺术是慈亲。[1]

此于中西文化特征之差异比较，可谓切中肯綮；而于中西文学特质之区别呈现，亦至为恰当。其以慈亲比拟中国古典文学，即是呈现其温柔敦厚的柔性特征。

顾随品鉴中国古典诗歌，亦一再指出其柔性特征。他说："中国诗歌太优美，太软性，缺乏壮美。"[2]"中国诗人的确太弱了，一点强的东西装不进去。……中国文人有的爱说自己病，其一以自己病要挟人同情，其二以病炫耀自己是文人。"[3]"中国诗人多是病态的。由生理身体之不健康，影响到心理之不健康，此乃中国诗人最大毛病。"[4]他解释陆机《文赋》"诗缘情而绮靡"句中之"绮靡"一词说："余以为绮靡，绮美也。靡，柔也。凡缘情之作无不美无不柔者。诗是软性的，而在诗史上，诗是由软性发展成硬性，由缘情而变为理智。""就文体言，诗为柔，文为刚。"[5]大体而言，顾随偏重中国古典诗歌之柔性特征，尽管他对太优美、太软性的诗歌特征和太弱病

---

[1] 钱穆：《中国京剧中之文学意味》，见《中国文学论丛》，生活·读书·新知三联书店2002年版，第174页。

[2] 顾随：《顾随诗文丛论》（增定版），顾之京整理，天津人民出版社1997年版，第147页。

[3] 顾随：《顾随诗文丛论》（增定版），顾之京整理，天津人民出版社1997年版，第290～291页。

[4] 顾随：《顾随诗文丛论》（增定版），顾之京整理，天津人民出版社1997年版，第146页。

[5] 顾随：《顾随诗文丛论》（增定版），顾之京整理，天津人民出版社1997年版，第288～289页。

态的诗人性格提出过批评；但他同时亦认为好诗不在豪气，对李白诗的豪气提出批评；认为好诗不在蛮横，对杜诗时露蛮横，亦不以为然。他甚至认为汉人"叫嚣气"太重，不适合诗。相对于杜诗之力和动与义山诗之韵和静，他更欣赏义山诗。因为杜诗之力和动是刚性的，义山诗之韵和静则是柔性的。以韵和静为特征的柔性诗歌，是温柔敦厚的。或者说，中国古典诗学温柔敦厚的理想品格，即是一种阴柔型的品格。这种阴柔型的诗学理想品格，使中国古典诗学具有相当显著的女性化特征。

中国古典诗学以温柔敦厚为理想品格，这种理想品格具有明显的女性化特征。实际上，在古代中国文人的心目中，女人如诗，诗似女人。古代中国文人"爱诗如爱色""选诗如选色"。或者说，古代中国文人是按照诗歌的美学标准，来设计女性的气质神韵；古代中国女性的气质神韵，亦影响着古典诗学的审美趣味。古代中国女性，最能体现文人的诗学趣味和审美理想；古代中国文人的诗学理想，最能说明女性的气质特征。总之，中国古典诗学具有明显的女性化特征，具有柔性特质的女性化题材，是中国古典诗歌的理想题材。

以下，我们就古代中国人的女性美观念与温柔敦厚的古典诗学理想之相似处略作陈述，以明古典诗学理想的柔性特征。

考察古代中国文人的女性美观念和关于女性气质的设计，最引人注目的，是女性的柔顺、闲静、媚态、羞怯和韵趣等几个方面的特征。培养女性的这种气质神韵，其办法或手段，主要有二：一是深藏，二是缠足。

先说深藏。古代中国社会强调女性的深藏与遮掩，如，要求"女子出门，必拥蔽其面"，[1] "妇人送迎不出门"，[2] 都是为了深藏，并因此而逐渐形成以深藏为美的女性美观念。林语堂就注意到这个问题，他说："女人的深藏，在吾人的美的理想上，在典型女性的理想上，女人教育的理想上，以至恋爱求婚的形式上都有一种确定不移的势力。"[3] 古代中国女性的深居简出，以深藏为美，并非宋元以来礼教深入影响后才发生的现象。事实上，即使在汉唐这段中国历史上比较开放的时期，良家妇女亦仍然是深藏着的，社会习俗亦仍然以深藏的女性为理想女性。比如，汉武帝的姑母以阿娇许之，武帝应诺当以"金屋藏娇"。一个"藏"字，颇堪玩味，意味将阿娇深藏起来，秘不示人，以示爱慕之意。所以，这个"藏"，并不是禁锢、拘限或束缚的意思，而是爱之护之宝之贵之。再说，风流佚荡的卓文君，亦并非抛头露面之辈，在她的家庭宴会上，她亦是深处闺中，遥闻司马相如的琴声，她亦只能是"窃从户窥之，心悦而好之"。[4] 唐代女性依然以深藏为美，如白居易《长恨歌》说杨贵妃："杨家有女初长成，养在深闺人未识。"良家妇女都养在深闺之中，不宜抛头露面。就如白居易《琵琶行》中的琵琶女，亦是深居简出；接受诗人的邀请，亦是"千呼万唤始出来，犹抱琵琶半遮面"。这与近代以来倚门卖笑的风尘女子的气质，是很不一样的。

  道德家和世俗社会要求女性深藏，与文人雅士要求女性深藏，有着不同的动机。前者有更多的道德目的，后者则主要是艺术审美的目的。或者说，前者是为了防微杜渐，预防男女淫乱，重在男女

---

[1] 《礼记·内则》。

[2] 《左传·僖公二十二年》。

[3] 林语堂：《吾国与吾民》，陕西师范大学出版社2002年版，第132页。

[4] 《史记·司马相如列传》。

大防。而后者则主要是通过深藏的手段，来培育女性的柔顺品格和闲静气质，有明显的艺术化、审美化倾向。相对而言，后者更接近古代社会深藏女性的本意，前者可称作深藏女性的引申义。后者是本，前者是末。因为，我们注意到，在礼教比较松弛的时代，亦讲究女性的深藏，如汉唐时期。在本来比较风流浪漫的人物身上，亦讲究深藏，如卓文君；甚至风尘女子亦要深藏，如《琵琶行》中的琵琶女。还有，礼教根本未曾建立的《诗经》《楚辞》时代，亦讲求女性的深藏，如《离骚》说："闺中既以邃远兮，哲王又不寤。""邃远"，深邃而幽远，意思是说，美人住在深远的闺中，无法追求，君王又不觉悟。在这里，美人亦是深藏于"邃远"的闺中。又如在《诗经·关雎》诗中，让君子"辗转反侧""寤寐思服"的女子，是一位"窈窕淑女"。何谓"窈窕淑女"？据《毛传》说："窈窕，幽闲也。淑，善也。是幽闲贞专之善女，宜为君子之好匹。"朱熹《诗集传》亦以"幽闲贞静之德"解释"窈窕"。可知，这个女子因"窈窕"而美善，所以有"淑女"之称。或者说，这个女子因"幽闲贞静"而称"淑女"，所以特别有魅力，致使君子"辗转反侧""寤寐思服"。那末，"窈窕"与"幽闲贞静"有何关系呢？我们认为，现在很多教材和《诗经》选本，对"窈窕"的解释，都不太准确。我们倒是比较赞同清代两位《诗经》研究者姚际恒和崔述的观点，如姚际恒说："'窈窕'字从'穴'，犹后世深闺之意。"[1]崔述说："窈窕，洞穴之深曲者，故字从穴，喻其深居幽邃，而不得轻见也。妇当从人，女贵自重，故以深居幽邃、贞静自守为贤。"[2]虽然崔述的观点，未免道德家的头巾气。但是，姚、崔二人指出"窈窕"的本义是"洞

---

[1] 姚际恒：《诗经通论》卷一，中华书局1958年版。
[2] 崔述：《读风偶识》卷一，学海出版社1992年版。

穴之深曲者"，"犹后世深闺之意"，值得注意。依照这种解释，女子因为处于"窈窕"（即深闺）之中，而具有"幽闲贞静之德"；因其有"幽闲贞静之德"，而成为君子"辗转反侧""寤寐思服"的淑女。换句话说，女子必须通过深藏的途径，才能变成淑女，淑女必然是深藏的。如果不是这样的话，就是荡女，就是妖女。所以，古代中国女性以柔顺、闲静为美，深藏正是培育这种内在气质的重要途径。

深藏是为了培育女性的柔顺品格和闲静气质。那末，古代中国社会女性缠足的动机又是什么呢？笔者认为，女性以小脚取悦男性，男性欣赏女子的三寸金莲，这与传统中国社会男性的审美趣味有关，是由古代男权社会的女性美观念决定的。事实上，缠足之初起，并无有意迫害和禁锢女性的动机。它是在古代中国以温柔敦厚为美的文化背景上，在男性对女性纤巧身姿和轻灵舞姿的爱好和崇尚的前提下，在男性关于女性之柔顺、闲静、媚态、羞怯和韵趣等理想气质的设计中，产生的一种习俗现象。自秦汉以来，在尚中重柔的文化背景上，柔弱和舒缓被设计为女性的特有气质和性别特征，纤纤细步被设定为女性特有的步态。女性于纤纤细步中，显现其特有的柔情与闲静，呈示出动人的媚态与趣味，因而对男性有特别的诱惑力。如《史记·货殖列传》说"临淄女弹弦缠纵"，又说"今夫赵女郑姬，设形容，揳鸣琴，揄长袂，蹑利履，目挑心招"，《汉书·地理志》说"赵女弹弦跕躧"。总之，小脚利履，才有纤纤细步的柔美之态和婀娜之姿。赵女郑姬以色事人，以态媚人，她们作如此装扮，正体现了汉魏时期的男性对女性柔美体态的欣赏。即使良家妇女，亦当作如此步态，如《孔雀东南飞》中的刘兰芝，是"足下蹑丝履……纤纤作细步，精妙世无双"。所以，袁枚《缠足谈》断言："大抵妇人之步，贵乎舒迟。"[1]这类现象，在古代社会确有普遍性，如宋玉《神女赋》说神女"步裔裔乎曜殿堂"，《长门赋》说佳人"步逍遥以自虞"，曹植《洛神赋》说洛神"步踟蹰于山隅"。"裔裔""逍遥"和"踟蹰"，皆形容女性步态的轻缓。尖尖小脚在步行时，在舞蹈中，确有增加妍媚柔美和亭亭玉姿的效果。男性欣赏女性的小脚，就是迷恋小脚女性婀娜的步态，以及相伴而生的柔美气质；女性不遗余力地缠足，又是为了迎合男性审美的需要。

古代中国女性以柔顺、闲静、羞怯、媚态、韵趣为美，深藏和缠足是培育这种气质美的重要手段。这种女性气质是文人设计的，因而亦体现了他们的审美趣味。其实，古代中国文人关于女性的种种比喻，如女人如月、女人如花、女人如柳、女人如水，女人如道、女人如诗等等，亦充分体现了他们的这种审美趣味。古代中国文人习惯以月、花、柳、水等柔性之物喻女性，是由于女性的性别特点与这些物象的神韵相通、气质相类。所以，吴从先《小窗自纪》说："山水花月之际看美人，更觉多韵，是美人借韵于山水花月也。""山水花月，直借美人生韵。"其实，不是"美人借韵于山水花月"，而是"山水花月"与"美人"相映成趣，交相辉映。如果说，以月喻美人，侧重指女性的闲静；那末以花喻美人，则侧重指女性的媚态；以柳喻美人，多指女人的柔情蜜意，指女人的媚趣；以水喻女人，侧重指女性的柔顺和清洁。这恰如张潮《幽梦影》所说："所谓美人者，以花为貌，以鸟为声，以月为神，以柳为态，以冰雪为肤，以秋水为姿态，以诗词为心，吾无间然矣。"[2]因此，在古代中国，女性不仅是被人同情的弱者形象，而且主要是理想化的形象，是被欣赏的对象，是美的化身。在中国古

---

[1] 虫天子：《中国香艳丛书》二集卷四，团结出版社2005年版。
[2] 张潮：《幽梦影》卷一，中华书局2008年版。

代文学史上，自《诗经·蒹葭》以来，历代文人建构的美人幻像，亦应该在这种文化背景上来理解和诠释。

在古代中国文化背景上，女性就是诗性，女心就是诗心。在古代中国文人看来，美人"以诗词为心"。他们关于女性气质的设计，与他们关于诗歌的美学理想，基本上是如出一辙。或者说，古代中国文人是按照诗歌美学理想，来设计女性气质；古代中国的女性气质，影响着诗歌美学特点的形成。古代中国文人像经营诗歌那样设计美人，像设计美人那般经营诗歌。一言以蔽之，美人如诗，诗似美人。

中国古典诗学以温柔敦厚为宗，以风流媚趣为归，以含蓄蕴藉为径。中国古典诗学的三大基本特征，与古代中国文人关于女性气质的设计，正相吻合。古代中国文人以柔情和闲静为女性的基本品质，这与中国古典诗学温柔敦厚的理想品格正相吻合，即都是以柔婉为基本特点。其次，古代中国文人关于女性的媚态与韵趣的设计，与诗学上追求趣与韵正相吻合。在诗学中，为体现温柔敦厚之旨，追求诗歌的韵与趣，特别强调诗歌的含蓄蕴藉。含蓄蕴藉是实现温柔敦厚和风流媚趣的手段。同样，在女性气质设计中，为使女性变得柔情和闲静，为使女性具有媚态和韵趣，就特别强调女性的深藏和遮掩。缠足亦是为了深藏和遮掩，而深藏和遮掩是为了使女性更加温柔，更加闲静，更有媚趣。正如在诗学中讲含蓄蕴藉，是为了实现温柔敦厚和风流媚趣。所以，诗学上的含蓄蕴藉和女性气质设计上的深藏遮掩，是为着大体相近的目标而采取的大体相似的手段。

因此，从某种程度上讲，在古代中国，女人如诗，诗似女人。古代中国文人"爱诗如爱色"，[1]"选诗如选色"。[2] 古代中国女性的气

---

[1] 袁枚：《小仓山房尺牍》卷八《答彭贲园先生》。
[2] 袁枚：《随园诗话补遗》卷一。

质神韵,最能体现文人的审美趣味和诗学理想;古代中国文人的诗学理想,最能说明女性的气质特征。

女人如诗,诗似女人。在古代中国,无论是诗学理想,还是审美趣味,大体都有女性化的特点。反过来说,古代中国人的女性美观念,又有艺术化、诗意化的特征。

古代中国文人在诗学理想和审美趣味上的女性化特点,是由其心性特征和思维方式决定的。林语堂对这个问题有很好的意见,值得参考,他说:

> 中国人的心灵的确有许多方面是近乎女性的。"女性型"这个名词为唯一足以统括各方面情况的称呼法。心性灵巧与女性理性的性质,即为中国人之心之性质。中国人的头脑近乎女性的神经机构,充满着"普通的感性",而缺少抽象的辞语,象妇人的口吻,中国人的思考方法是综合的,具体的而且惯用俗语的,象妇人的对话。他们从来未有固有的比较高级的数学,脱离算术的阶段还不远,象许多受大学教育的妇女,除了获得奖学金的少数例外。妇女天生稳健之本能高于男子,而中国人之稳健性高于任何民族。中国人解释宇宙之神秘,大部依赖其直觉,此同样之直觉或"第六感觉",使许多妇女深信某一事物之所以然,由某某故。最后,中国人之逻辑是高度的属"人"的,有似妇女之逻辑。[1]

在林语堂看来,古代中国人的心灵、头脑以及思考方式、稳健性格和逻辑思维,甚至语言和语法,都显示出女性化的特点。在这种心性特征和思维方式的影响下形成的审美趣味,亦必然具有极其显著的女性化特征。所以,潘知常说:

---

[1] 林语堂:《吾国与吾民》,陕西师范大学出版社2002年版,第64~65页。

中国美感心态的深层结构的基本特色其实又可以称之为女性情结。说得更形象一些，在中国美感心态的深层结构中，我们不难体味到一种充满女性魅力的"永恒的微笑"。[1]

樊美筠对中国传统美学中的女性意识进行过专门探讨，她认为：在中国文化的诸多领域中，中国传统美学领域具有女性意识的人最多，是女性意识的云集荟萃之地。女性意识不仅体现在美学家、文学家、诗人、艺术家的思想和意识中，而且还凝结在中国传统美学的一系列基本概念、范畴和命题中。[2] 甚至如潘光旦所说：古代中国人心目中的美男子亦有女性化特点，"日常经验里，不但男子称誉与注视女子的美，女子见了美的女子，也不断的注视与称赞。假如一般人或女子特别注视或称赞一个美男，那美男之美大概是近乎女性的美"。[3]

从源头上看，古代中国人的美感心态和心灵世界的女性化特点，可能与古代中国审美观念的起源有关。日本汉学家笠原仲二就认为：中国人初期阶段的美意识，首先起源于对食物的某种特殊味道的感受，其次与男女两性在性方面的视觉、触觉有密切关系。因此，在他看来："中国人的美意识，在其初期阶段，与由女性特有的多方面的性的魅力而引起的视觉感受性也有深深的关系。"[4] 由于早期中国人的审美意识与女性的性魅力有关，因此而形成的审美观念，亦就有明显的女性化特点，甚至将美与女性等同起来，美的就是女性的，女性的就是

---

[1] 潘知常：《众妙之门——中国美感的深层结构》，黄河文艺出版社1989年版，第126页。

[2] 樊美筠：《中国传统美学的当代阐释》，北京大学出版社2006年版，第95页。

[3] 潘光旦：《性心理学译注》，上海三联书店2006年版，第63页。

[4] ［日］笠原仲二：《古代中国人的美意识》，魏常海译，北京大学出版社1987年版，第9、10页。

美的。如《说文》"好"字段注说:"好本谓女子,引申为凡美之称。"在古代中国文献中,"好"即"美","美"即"好","美"与"好"常常互文使用。因此,汉语中有美好、美满含义的词,大多以"女"为形符。当然,亦有不少以"女"为形符的字词,含有丑恶、奸邪的意义,这与传统中国人对女性这个美丽"尤物"的矛盾观念有关。这是另外一个问题,此不赘论。

这种把美与女性等同起来的观念,在世界其他民族中亦普遍存在,非仅中国如此。例如,在古希腊,人们把美神、爱神、艺术之神塑造成女性形象。在世界上许多民族约定俗成的词汇中,"女人"与"美人"几乎是同义词,人们一提到美人,都与男人无关,几乎都是指美女。这正如叶舒宪所说:

> 把爱欲和美的主题对象化到女性身上,构想成主管爱和美的女神,这绝不只是个别文化中的个别现象,而是一种相当普遍的人类现象。大凡发展到父权制文明早期阶段的民族国家,都在不同程度上具有产生类似观念与信仰的现实条件。[1]

美是女人的专利。权力掌握在男子手中,美的桂冠却戴在女性的头上。因此,性心理学家蔼理士说:

> 美根本是女子的一个特质,可以供男子的低徊思慕,就是女子所低徊思慕的也不外是别人中间的一些女性的美;反转来,通常的女子对于男子的美却不如是其景仰崇拜。男子何尝不美,其美又何尝不及女子?不过男子之美所能打动的只有两种人,一是美术家和美学家,一是有同性恋的倾向的男子。

---

[1] 叶舒宪:《高唐神女与维纳斯》,中国社会科学出版社1997年版,第312页。

在蔼理士看来,"女子所爱的与其说是男子的美,毋宁说是男子的力","男子爱女子,是因为女子美","女子爱男子,是因为男子有力"。[1]所以,审美观念上的女性化倾向,在古代社会是一个世界性的现象,古代中国尤其突出。

总之,以温柔敦厚为理想品格的中国古典诗学,具有相当明显的柔性特征。女人如诗,诗似女人。女性就是诗性,女心就是诗心,在中国古典诗人中,这是比较普遍的看法。因此,女性与艺术审美之间的亲密关系,远远大于男性。索伦·克尔凯戈尔说:

> 对我来说,女人是取之不尽、用之不竭的思维材料,是供我观察的永恒对象。在我看来,一个男人如果没有热情去研究女人,那么在这个世界上,你说他是什么都有可能,只是惟独不能说他是一位美学家。美学的光辉与神圣恰恰在于它只与美的事物有关。在本质上,美学只与美文学和女性相关。[2]

女人是美学家取之不尽的思维材料,美学家必须充满热情地去研究女人,"美学只与美文学和女性相关"。这种观点,虽然略显偏激,但亦颇近实情。中国当代女作家王安忆在谈论创作体会时,亦发表过大致类似的看法,她说:"我还是喜欢写女性,她有审美的东西,男性也写,但写得很少,而且不如女性,我觉得女性更加像一种动物,再造的东西少了,后天的东西少了。"他认为:"男性审美的东西少一些","男性不是一种情感的动物,我觉得女性特别是一种情感动物,当我想到女性是一种情感的动物时,我就觉得她特别可爱,她为了情

---

[1] [英]蔼理士:《性心理学》,潘光旦译注,上海三联书店2006年版,第51页。
[2] [丹]索伦·克尔凯戈尔:《爱之诱惑》,王才勇译,上海社会科学院出版社2002年版,第268页。

感,他是什么都可以不顾的。"[1]因此,女性是最具审美意味的艺术题材。考察古今中外以人为对象的艺术品,女性出场的频率远远高于男性。西方自中世纪以来以展示人体美为目的的人物画,绝大部分是以裸体女性为题材。古代中国自唐宋以来的人物画,亦以女性为主。之所以如此,是因为女人就是美人,女性就是美的呈现。艺术为了展示美,就必然要以女性为题材。所以,朱自清在《〈子恺画集〉跋》一文中说:"最宜于艺术的国土的,物中有杨柳与燕子,人中便有儿童和女子。"[2]当代作家王安忆之所以喜欢写女性,就是因为"她有审美的东西"。正因为女性"有审美的东西",所以她才成为艺术家喜欢选取的题材。

---

[1] 王安忆:《我是女性主义者吗?》,见李小江等著《文学、艺术与性别》,江苏人民出版社2002年版,第38、45、46页。

[2] 朱自清:《朱自清散文经典全集》,武汉出版社2010年版。

第八章 诗教中国：中国古典诗学教化论

古代中国人涵孕在浓郁的诗性氛围中，热衷于诗歌的创作与欣赏，培育成深厚的诗性精神。因此，古代中国可称为"诗性中国"。古代中国人以诗学修养为人生的基本素养，以诗歌作为政治教化的手段，以学诗为教育之基本内容，因此，古代中国亦可名为"诗教中国"。"诗教中国"尤其重视诗歌的教化功能。《毛诗序》说："故正得失，动天地，感鬼神，莫近于诗。先王以是经夫妇，成孝敬，厚人伦，美教化，移风俗。"这是古代中国关于诗歌之价值和功能的经典表述。在世界文化史上，亦许找不到第二个民族或国家像古代中国那样如此重视诗歌，将诗歌的价值定位在"正得失，动天地，感鬼神"的高度，将诗歌的功能提升到"经夫妇，成孝敬，厚人伦，美教化，移风俗"的层面。

一、诗教："以诗教民"或"以诗化民"

古代中国是一个特别重视教学的社会，甚至把教与学视为立国之首务和治国之根本。如《论语·学而》开篇即是孔子之言："学而时习之，不亦说乎？"把学习视为人生中的乐事。《礼记·学记》更是鲜明地

提出"教学为先"的思想,其云:

> 君子如欲化民成俗,其必由学乎。玉不琢,不成器;人不学,不知道。是故古之王者,建国君民,教学为先。兑命曰:念终始典于学,其此之谓乎![1]

无论是君王的"化民成俗",还是个人的体道修身,都必须走"教学为先"的路径。因此,古代学者,无论是讨论政治问题,还是阐发人生哲学,都特别重视教与学。先秦诸子,如《荀子》《吕氏春秋》皆专列《劝学篇》;汉魏诸子,如贾谊《新书》有《劝学篇》,扬雄《法言》有《学行篇》,王符《潜夫论》有《赞学篇》,徐幹《中论》有《治学篇》,葛洪《抱朴子》和颜之推《颜氏家训》有《勉学篇》等等;其他诸子虽然没有标名"劝学""勉学"的专门篇章,但是,对于教和学之重要性亦相当重视,多有论述。另外,古代诸子著作中列有"劝学""勉学"篇目者,又多置于全书之首,这亦同样显示了古代社会"教学为先"的社会风尚。

孟子说:"学问之道无他,求其放心而已。"[2] 即学习的目的是为了收拾放佚的善心。孟子认为,人在本性上都是善的,只不过在后来的社会实践中,因受各种外界因素的影响或诱惑,这种善性便逐渐失去了,甚至变成了恶人。因此,人必须要学习,通过学习找回善心。荀子在人性论上,与孟子的观点相反,认为人的本性是恶的。但是,在如何使人弃恶从善这个问题上,他与孟子一样,亦主张学习,通过学习培育善心,使人弃恶从善,所以,他在《荀子》一书的开篇,即

---

[1] 陈澔:《礼记集说》,中国书店1985年据世界书局影印本影印,第198页。
[2] 《孟子·告子上》。

写下《劝学》一篇。儒家思想的根本，就在于教人如何做人，教人做君子、淑女。因为只有正心诚意，只有修身，才能齐家、治国、平天下；正心诚意和修身，是齐家、治国、平天下的前提和基础。而修身之首务，在于学习。通过学习，使人正心诚意，或者"求其放心"，或者让人弃恶从善。所以，在以儒家思想为统治思想的古代中国社会，实际上就近似于我们现在力图建设的"学习型社会"。

"教学为先"是古代中国"建国君民"之首务，教学的目的是使人正心诚意，让人弃恶从善。那末，教和学的内容是什么呢？据《礼记·经解》说：

> 孔子曰：入其国，其教可知也。其为人也，温柔敦厚，《诗》教也。疏通知远，《书》教也。广博易良，《乐》教也；洁静精微，《易》教也；恭俭庄敬，《礼》教也；属辞比事，《春秋》之教也。故《诗》之失愚，《书》之失诬，《乐》之失奢，《易》之失贼，《礼》之失烦，《春秋》之失乱。其为人也，温柔敦厚而不愚，则深于《诗》者也。疏通知远而不诬，则深于《书》者也。广博易良而不奢，则深于《乐》者也。洁静精微而不贼，则深于《易》者也。恭俭庄敬而不烦，则深于《礼》者也。属辞比事而不乱，则深于《春秋》者也。[1]

可知教学的基本内容是《诗》《书》《礼》《乐》《易》《春秋》，合称"六艺"或"六学"。《礼记·经解》成书于西汉，以"六艺"或"六学"为教，是汉代学者的通识，如董仲舒《春秋繁露·玉杯》说：

> 君子知在位者之不能以恶服人也，是故简六艺以赡养之。《诗》《书》序其志，《礼》《乐》纯其美，《易》《春秋》明其知。六学皆大，而

---

[1] 陈澔：《礼记集说》，中国书店 1985 年据世界书局影印本影印，第 273 页。

各有所长。《诗》道志，故长于质；《礼》制节，故长于风；《书》著功，故长于事；《易》本天地，故长于数；《春秋》正是非，故长于治人。[1]

"六艺"虽同为"王教之典籍"，皆有"明天道，正人伦，致至治"之教化功能。但是，在具体的教学实践活动中，仍有轻重主次之别。据段玉裁《说文解字叙注》说：

> 周人所习之文，以《礼》《乐》《诗》《书》为急。故《左传》曰：说《礼》《乐》而敦《诗》《书》。《王制》曰：春、秋教以《礼》《乐》，冬、夏教以《诗》《书》。而《周易》，其用在卜筮，其道取精微，不以教人。《春秋》则列国掌于史官，亦不以教人。故韩宣子适鲁，乃见《易》象与鲁《春秋》。此二者非人所常习，明矣。[2]

可知在教学实践活动中，《诗》《书》《礼》《乐》是最基本的教学内容，但其中仍有轻重之分。朱自清指出：《诗》《书》《礼》《乐》并称，为当时所常见，且亦成为成语，但周人所习之文，似乎只有《诗》《书》。礼、乐是行，不是文。"礼"需"执"，故孔子称"执礼"。"乐"本无经，故无文可习。故所常习者，仅是《诗》《书》。而《书》不便讽诵，又无一定的篇数，散篇断简，未必都是人所常习。故学者所习，教者所教，主要还是《诗》。《诗》居六经之首，或许正是因此。所以，"六艺"之学，应用最多，流传最广者，是《诗》。[3]因此而产生的影响效果，亦是其他几部典籍不可比拟的。如劳孝舆《春秋诗话》卷三说：

---

[1] 苏舆：《春秋繁露义证》，中华书局1992年版，第35～36页。
[2] 段玉裁：《说文解字注》，成都古籍书店1981年据上海世界书局1936年版影印。
[3] 朱自清：《诗言志辨》，华东师范大学出版社1996年版，第106页。

（春秋）自朝会聘享以至事物细微，皆引《诗》以证其得失焉。大而公卿大夫，以至舆台贱卒，所有论说，比引《诗》以畅厥旨焉。……若夫《诗》，则横口之所出，触目之所见，沛然决江河而出之者，皆其肺腑中物，梦寐间所呻吟也。岂非《诗》之所为教所以浸淫人之心志而厌饫之者，至深远而无涯哉！[1]

考诸史籍，说周人以《诗》为教，亦为有据。《周礼·春官》说"教六诗"，所谓"六诗"，即"六义"，即《诗》之风、雅、颂、赋、比、兴。又云："以乐语教国子。"所谓"乐语"，即歌词。"六诗"和"乐语"皆是指《诗》。又《国语·楚语》载申叔为太子之傅士亹开列的教学科目，即有《诗》，且云："教之《诗》而为之导，广显德以耀明其志。"而孔子开馆授徒，以《诗》为教，更为学者所熟知，无须赘论。

"《诗》教"是早期中国教学的主要内容，已无疑义。需要追问是的，"以《诗》为教"的核心内容是什么？或者说，老师教《诗》教什么？弟子学《诗》学什么？"《诗》教"的教学目是什么？孔子"以《诗》为教"，他对于教学《诗》的内容和目的有具体说明，他说："诵《诗》三百，授之以政，不达；使于四方，不能专对，虽多，亦奚以为？"[2] 即诵读《诗》，是为了"达政"和"专对"。如果不能达到这个目的，即便诵得再多再熟，亦毫无用处。所以，他又说："不学《诗》，无以言。"即"不学《诗》"，连话都不会说。这与春秋时期赋《诗》言志的活动有关。据《汉书·艺文志》说："古者诸侯卿大夫交接邻国，以微言相感，当揖让之时，必称《诗》以喻其志，盖以别贤不肖而观盛衰焉。"所谓"称《诗》"，即称引《诗》之成篇。如果没有熟读暗诵《诗》，那末，在朝会聘享之际，就会"无

---

[1] 董运庭：《春秋诗话笺注》，中国社会科学出版社2013年版。
[2] 《论语·子路》。

以言"。可见，在那时，学《诗》诵《诗》，主要还是出于一种实用的目的，即掌握外交辞令。另外，孔子又说：

> 小子何莫学乎《诗》？《诗》可以兴、可以观、可以群、可以怨。迩之事父，远之事君子，多识于草木鸟兽之名。[1]

这段话比较全面地体现了孔子对《诗》之功能的认识，即审美作用、教育作用和认识作用，并将之提高到"事父""事君"之高度，可见其意义之重大，亦体现了学《诗》的重要性。故朱自清认为这段话是"《诗》教的意念的源头"。[2]

《诗》在周代士人的日常生活中有着特别重要的作用。其在朝会宴享之际，需要赋《诗》言志；其在日常学习生活中，需要"《诗》以导志"。萧华荣具体考察了周代教育活动中"《诗》以导志"的情况，认为"儒家私学中《诗》教的立足点是'导志'"。据《庄子·天下篇》说：

> 其在于《诗》《书》《礼》《乐》者，邹鲁之士，缙绅先生，多能明之。《诗》以道志，《书》以道事，《礼》以道行，《乐》以道和，《易》以道阴阳，《春秋》以道名分。[3]

萧氏以为，"道"读若"导"，所谓"《诗》以道志"，即以《诗》导志。以《诗》导志的方法和步骤如何？据《周礼·春官》说："以乐语教国子，曰：兴、道、讽、诵、言、语。"所谓"乐语"，即歌词，当指《诗》。

---

[1] 《论语·阳货》。
[2] 朱自清：《诗言志辨》，华东师范大学出版社1996年版，第123页。
[3] 王先谦：《庄子集解》，成都古籍书店1988年据商务印书馆1934年版影印。

因"兴"而"道","兴"即感兴起发,"道"即"导",即引导、开导、诱导,亦即"由诗的感性形象曲折地导向某种抽象的理性原则"。"讽、诵"指背诵记忆,"言、语"是具体运用于议论、专对。"以《诗》道志",即以《诗》开导、诱导受教育者的心志,使其道德伦理和思想境界得以提升,达到儒家所理想的君子仁人的水准。在现存先秦文献中,"以《诗》道志",亦不乏教学实例。据《国语·楚语》记载:申叔所谓"教之《诗》而为之导,广显德以耀明其志",就是其显例。[1]

如果说早期"《诗》教"的目的是"《诗》以言志",那末,汉代以来之"诗教",[2]则侧重于"诗以道志",主要是"以诗教民"或"以诗化民",以诗歌作为政治教化的工具,通过诗的教化,提升民众的道德水准和思想觉悟,以维持大一统的政治统治。所以,从这个意义上讲,"诗教"就是"德教",通过诗对人生性情进行陶冶,从而实现其政治目的。亦正是在这个意义上,儒家学者才赋予诗"经夫妇,成孝敬,厚人伦,美教化,移风俗"的重大社会使命。"德教"是"诗教"的出发点,亦是其最终目的。历代学者对于诗的教化功能都相当重视,如朱熹以《诗》为涵养性情的教科书,他在《诗集传序》里说:

> 诗者,人心之感物而形于言之余也。心之所感有邪正,故言之所形有是非。惟圣人在上,则其所感者无不正,而其言皆足以为教。其或感之之杂,而所发不能无可择者,则上之人必思所以自反而因有以劝惩之,是亦所以为教也。……章句以纲之,训诂以纪之,讽咏以昌之,涵濡以体之。察之情性隐微之间,审之言行枢机之始,则修身及家、平均天下之道,

---

[1] 萧华荣:《中国古典诗学理论史》,华东师范大学出版社2005年版,第11页。

[2] 需要说明的,是"《诗》教"与"诗教"的区别。在一般意义上统称"诗教",认真地区分,在先秦两汉时,是以《诗》为教,故称"《诗》教";汉代以后,以广泛意义上的诗为教,故称"诗教"。

其亦不待他求而得之于此矣。[1]

他解释《关雎》诗说：

> 孔子曰：《关雎》乐而不淫，哀而不伤。愚谓此言为此诗者，得其性情之正，声气之和也。……然学者姑即其辞而玩其理以养心焉，则亦可以得学诗之本矣。[2]

虞集《郑氏毛诗序》说：

> 圣贤之于诗，将以变化其气质，涵养其德性，优游厌饫，咏叹淫佚，使有得焉，则所谓"温柔敦厚"之教，习与性成，庶几学诗之道也。[3]

宋濂《故朱府君文昌墓志铭》说：

> 夫诗之为教，务欲得其性情之正。……温柔敦厚，本诸性情，君子读之，岂惟多识。玩其指归，感善惩逸。[4]

赵执信《沈东田诗集序》说：

> 诗之教，温柔敦厚。盖必人之天性近之，而后沐浴风雅，扬扬比兴，咀其精英而把其芳润，庶几有得，非苟然也。[5]

---

[1] 朱熹：《诗经集传》书首，中国书店1985年据世界书局影印本影印。
[2] 朱熹：《诗经集传》，中国书店1985年据世界书局影印本影印。
[3] 虞集：《道园学古录》卷十三。
[4] 宋濂：《芝园前集》卷六，见《宋濂全集》，浙江古籍出版社1999年版。
[5] 赵执信：《饴山文集》卷二，见《赵执信全集》，齐鲁书社1993年版。

李重华《贞一斋诗话》说:"诵诗以治性情,将致诸实用。"[1]黄子云《野鸿诗的》一方面认为诗"美君后也,正风化也,宣政教也,陈得失也,规时弊也,著风土之美恶也,称人之善而谨无良也",另一方面亦认为诗可以使"匹夫匹妇闻之则风节厉而识其所以愧耻","裨益于世教人心"。[2]

儒家"诗教",作为传统中国社会的一种重要教育形式,自先秦两汉以来,一直受到儒家学者的高度重视,亦同时遭到其他学派的批评指责。如,墨子反对儒家的"诗教",认为诗歌无益于教化,他说:

> 或以不丧之间,诵诗经,弦诗经,歌诗经,舞诗经。若用子(公孟)之言,则君子何日以听治,庶人何日以从事?[3]

在墨子看来,诗歌不仅无益于教化,还耽误日常工作。法家主张以法为教,以吏为师,批评儒家"以文乱法",将儒家列为"五蠹"之一,认为儒家提倡的诗乐教化有害无益。道家崇尚自然,提倡超越功利道德的审美观念,批评儒家的礼乐教化思想,对儒家以"诗教"为核心的功利主义艺术观,持否定态度。魏晋以来,文学自觉精神逐渐产生,审美超越观念渐趋形成,文学逐渐从道德教化的藩篱中分离出来,文学家逐渐从政治家、道德家的身份中独立出来,走向自觉发展的道路,儒家那种具有浓厚功利色彩的"诗教"说,亦遭到严厉的批判,并呈日趋衰败之势。如沈德潜《说诗晬语》卷上说:

---

[1] 王夫之等:《清诗话》(下册),上海古籍出版社1963年版,第931页。

[2] 王夫之等:《清诗话》(下册),上海古籍出版社1963年版,第859页。

[3] 《墨子·公孟》,张纯一《墨子集解》,成都古籍书店1988年据世界书局1936年版影印,第438页。

> 诗之为道，可以理性情，善伦物，感鬼神，设教邦国，应对诸侯，用如此其重也。秦、汉以来，乐府代兴，六代继之，流衍靡漫，至有唐而声律日工，托兴渐失，徒视为嘲风雪，弄花草，游历燕衎之具，而诗教远矣。[1]

魏源《诗比兴笺序》说：

> 自《昭明文选》专取藻翰，李善《选》注专诂名象，不问诗人所言何志，而诗教一敝；自钟嵘、司空图、严沧浪有《诗品》《诗话》之学，专揣于音节风调，不问诗人所言何志，而诗教再敝。[2]

特别是近现代以来，在"为艺术而艺术"的纯文学观念之影响下，儒家诗教说便被视为阻碍文学进步和发展的落后文学观念。

不过，需要说明的是，儒家诗教说被彻底推翻和打倒，是近现代以来的事情。在中国古代社会，它可以说是打而不倒，摧而不毁，具有非常顽强的生命力。并且，近现代以来，推翻和打倒儒学诗教说的，不仅仅是鼓吹"为艺术而艺术"、提倡纯文学观念的文学家的功劳，而且主要是因为诗教说赖以生存的儒家思想支柱和以儒学为政治统治思想的政治权力被推翻了，传统文化背景不存在了，诗教说亦就失去了立身之地。另外，在古代中国，道、法、墨三家反对诗教说，但他们反对的出发点，又不完全相同。墨、法两家是重实用的功利主义者，所以，对于儒家提倡的"无用"之诗乐，自然是持否定态度。道家是审美观念上的超功利主义者，所以，对于有明显功利色彩的诗教说，

---

[1] 沈德潜：《说诗晬语》，王夫之等撰《清诗话》（下册），上海古籍出版社1963年版，第523页。

[2] 魏源：《魏源集》（上册），中华书局1976年版，第231页。

当然亦是持否定态度。换句话说,诗教说是功利的,所以,超功利的道家批评它;诗教说是功利的,但它的功利效果不是立竿见影,而是潜移默化,所以,追求立竿见影之实用功能的法、墨二家反对它。不过,值得注意的是,在传统中国这个大文化背景没有改变的前提下,在儒家思想作为政治统治思想的独尊地位没有动摇的条件下,诗教说一直保持着旺盛的生命力,贯穿和影响着自先秦至清朝的整个中国古代社会。直到黄遵宪提出的"诗界革命",我们都还可以看到儒家诗教说的直接影响。

二、以诗为教的可能性和必要性

诗教的出发点和归宿点都是德教,但是,就其本质而言,诗教则是艺术教育或审美教育,或者说,诗教是通过艺术教育手段实现其德教目的。这里,需要讨论两个问题:一是通过艺术教育实现德教的可能性;二是德教自有其应有之手段,通过艺术教育的途径开展德教,有无必要性?

大体而言,艺术教育是人类教育活动的重要组成部分,亦是人类必然需要的一种教育。据郑也夫说:"古典教学与现代教育的最大差别是后者是教人们如何工作的,而前者是教人们如何生活的。古典教育几乎完全不学习工作。……他们实际上学习的是如何过艺术化生活。"即古典教育是以人为本的教育,侧重于乐趣的培养和精神的充实,修养的提升和品德的完满。现代教育则是功能性的教育,侧重于知识的完善,技能的提升,工具的掌握。或者说,古典教育是人文教育,现代教育是科学教育。郑也夫认为:"古代东西方贵族在应对富足的挑战时依赖的手段是乐趣的培养,精神的充实,而不是道德的说教;

他们都在凭借生活艺术化来疏导丰富的物质造成的空虚无聊以及物欲过度导致的荒诞生活。"[1] 的确，先秦时期以儒家为代表所开展的贵族教育，无论是"六艺"之教，还是"六学"之教，皆是致力于培养品德高尚和情趣优雅的君子，而又尤其注重《诗》教，彰显人文教育。古希腊学者致力于读写、竖琴、乐舞、体育教育，古罗马教育注重修辞、演讲、体育，皆着重于提升人的精神境界，造就完美的贵族。可以说，人文教育或艺术教育是人类"轴心时代"的主要教育形式。

柏拉图可能是个例外，他因认为诗歌迷乱人的心志，使人理智失控，恶习滋长，故而将诗人逐出"理想国"，并进而否定艺术教育。亚里士多德则持相反意见，他重视艺术教育，提出净化说，他在《诗学》中指出：悲剧能"激起哀怜和恐惧，从而导致这些情绪的净化"。在《政治学》一书中，他在讨论音乐的功用时说：

> 音乐应该学习，并不只是为了某一个目的，而是同时为着几个目的，那就是：教育；净化；精神享受，即紧张劳动后的安静和休息。……某些人特别容易受某种情绪的影响，他们也可以在不同程度上受音乐的激动，受到净化，因而心理感到一种轻松舒畅的快感。[2]

净化说实际上是关于艺术教育的功能和效果的学说，认为通过艺术教育，可以使受教育者的精神或灵魂得到净化，使人自身素有的不健康的哀怜和恐惧心理得以治疗，减轻不健康情绪的程度，达到内心的平静，从而发生有益于心理健康的道德影响。所以，亚里士多德的净化说，实质上是关于艺术教育之功能或效果的一种学说，一定程度上可以将

---

[1] 郑也夫：《贵族文化与大众文化》（上），《社会学家茶座》第13辑，山东人民出版社2006年版。

[2] ［古希腊］亚里士多德：《政治学》，吴寿彭译，商务印书馆1965年版。

之视为西方教育史上的德教论。席勒在《审美教育书简》中提倡审美教育，提出通过审美教育来变革社会、改造现实、塑造全面和谐人性的观点。

亚里士多德的净化说和席勒的审美教育论，实际上就是美育。所谓美育，即审美教育或艺术教育，强调通过文学、音乐、绘画、舞蹈、戏剧、电影等艺术形式进行情操教育，通过艺术的美感作用美化身心，陶冶性情，提升品格，涵孕修养，使人的思想、情操、品德、性格得到全面发展和健康成长。

儒家的诗教说与席勒的审美教育论，实有诸多相通之处，虽然前者不如后者的系统阐释和理论高度，但以后者为参照，更能突出前者的可能性和必要性，亦能彰显前者的洞见和远见。

席勒的审美教育论，主要体现在他的《审美教育书简》一书中，该书一共包括二十七封信，是席勒为了报答奥古斯腾堡公爵对他的帮助，从1793年2月起用书信形式向公爵报告其美学研究成果。席勒在这批书信中探讨的核心问题，是如何造就理想的"完满的人格"和完满的"优美的心灵"问题，以及如何造就理想的社会政治秩序问题。他认为：

> 直到人内心世界的分割再度被扬弃，他的天性得到充分的发展，以致天性本身成了艺术家，并保证在理性的政治创造能有实在性之前，人们必须宣布，任何这样一种改革国家的尝试都为时过早，任何建立在这上面的希望都是不切实际的幻想。[1]

---

[1] ［德］席勒：《审美教育书简》第七封信，冯至、范大灿译，上海人民出版社2003年版，第59页。

亦就是说,"政治方面的一切改进都应从性格的高尚化出发"。[1] 通过培养国民的"完满的人格"和"优美的心灵"以实现政治上的改进,从而建立有序的理想国家,是席勒的政治理想。他的这种政治理想与他对法国大革命的看法有关。法国大革命开始时,热爱自由和理想的席勒给予高度的热情和赞扬。但是,随着大革命的发展,路易十六被送上断头台,雅各宾人实行专政。席勒对此深感失望,从而对以革命手段建立社会秩序和实现政治自由的做法,深表怀疑。他看到,在法国大革命后,"偏见的威望倒了,专制已被揭开了假面具,它虽然还有势力,可是再也不能诈取尊严。人从长期的麻木不仁和自我欺骗中苏醒过来,大多数人都一致严正地要求恢复人不可丧失的权利"。但是,革命推翻了旧秩序,却不能建立新秩序。因为在革命后,"在为数众多的下层阶级中,我们看到的是粗野的、无法无天的冲动,在市民秩序的约束解除之后这些冲动摆脱了羁绊,以无法控制的狂暴急于得到兽性的满足。……另一方面,文明阶级则显出一幅懒散和性格败坏的令人作呕的景象,这些毛病出于文明本身,这就更加令人厌恨"。亦就是说,在大革命后,已经具备了建立理想国家的"物质的可能性",但是缺乏"道德的可能性"。因为"缺乏道德的可能性","完满的人格"和"优美的心灵"没有培育起来,"不是粗野,就是懒散,这是人类堕落的两个极端,而这两者都汇集在一个时代里"。基于这种认识,席勒否定了通过革命手段以建立新秩序和新国家的道路。在他看来,革命并没有真正给人带来自由,反而使自然的束缚更加厉害。因此,当人在道德上还没有建立起"完满的人格"和"优美的心灵"的时候,是不配谈论政治上的自由的。在这种情况下,他否定法国革

---

[1] [德]席勒:《审美教育书简》第九封信,冯至、范大灿译,上海人民出版社2003年版,第69页。

命的道路，把对人的道德的改革放在政治改革的前面，把社会的理想建筑在人性的理想上面，就是一种必然的选择。[1]

通过对人的道德的改革以塑造"完满的人格"和"优美的心灵"，从而实现政治上的改革，这是席勒的改革思路。那末，人性改革的主要路线是什么呢？席勒选择的是艺术审美教育，他说：

> 人们在经验中要解决的政治问题必须假道美学问题，因为正是通过美，人们才可以走向自由。[2]

即通过审美问题解决政治问题。理想的人格和完满的人性是否可以通过审美教育建立起来？这是席勒美学思想的核心问题。他通过对人性的分析，对美和艺术的深入探讨，回答了这个问题，证明可以通过美的潜移默化影响，达到改革人性以建立理想人格，进而实现政治革新的目的。

在对人性的分析中，席勒继承康德把人性分成感性和理性两部分的观点，认为分裂的人有两种冲动，即"感性冲动"（或物质冲动）和"理性冲动"（或形式冲动）。"完满的人格"是在"感性冲动"和"理性冲动"之基础上有第三种冲动，即"游戏冲动"。分裂人格仅有两种冲动，犹如歌德《浮士德》之《城门之前》一幕中浮士德向他的学生瓦格纳所说：

> 一个沉溺于粗俗的爱欲，以执着官能迷恋人间；另一个强烈地超脱尘寰，奔向那往圣先贤的领域。

---

[1] 参见蒋孔阳：《德国古典美学》，商务印书馆1980年版，第181～182页。

[2] ［德］席勒：《审美教育书简》第二封信，冯至、范大灿译，上海人民出版社2003年版，第21页。

前者是"感性冲动",后者是"理性冲动"。用席勒的话说,"感性冲动"是由"人的物质存在或者说是由人的感性天性而产生的",它是自然,是物质,受时空限制,它"唤醒人的天禀",近似于中国古代哲学中讲的"自然"。"理性冲动"是来自于人的理性天性,它"竭力使得以自由,使人的各种不同的表现得以和谐",它"要求真理和合理性",是自由,是形式,近似于中国古代哲学中讲的"名教"。前者"造成个案",后者"建立法则"。[1]这两种冲动是对立的,犹如中国哲学中"自然"与"名教"的对立一样。"一个要求变化,一个要求不变","人的天性一体性好像完全被这种本原的极端对立给破坏了",在这种状态下,人是分裂的人格。建立"完满的人格",必须将"感性冲动"与"理性冲动"结合起来形成一种新冲动,即"游戏冲动"。游戏的根本特点,就在于它的自由活动,就是同时摆脱"感性的物质强制与理性的道德强制的自由活动"。席勒说:"只有当人是完全意义上的人,他才游戏;只有当人游戏时,他才完全是人。"[2]这种"游戏冲动",近似于孔子所谓"随心所欲不逾矩"的自由状态,近似于魏晋玄学家提出的"名教即自然"的状态。

"游戏冲动"既满足了感性的追求,亦满足了理智的要求;既解除了物质的束缚,亦解除了道德的压制。它消除了感性与理智的矛盾,达到了和谐与统一。所以,席勒认为:"完满的人格"应当通过"游戏冲动"来实现。[3]人性完满的完成是美,"游戏冲动"的对象亦是美,是"活的形象"。席勒说:

---

[1] [德]席勒:《审美教育书简》第十二封信,冯至、范大灿译,上海人民出版社2003年版,第99页。

[2] [德]席勒:《审美教育书简》第十五封信,冯至、范大灿译,上海人民出版社2003年版,第124页。

[3] 蒋孔阳:《德国古典美学》,商务印书馆1980年版,第184页。

> 一个人尽管有生命，有形象，但并不因此就是活的形象。要成为活的形象，就需要他的形象是生活，他的生活是形象。……只有当他的形式在我们的感觉里活着，而他的生活在我们的知性中取得形式时，他才是活的形象。[1]

> 美是从两个对立冲动的相互作用中，从两个对立原则的结合中产生的，因而美的最高理想就是实在与形式尽可能最完美的结合和平衡。[2]

"游戏冲动"是"感性冲动"和"理性冲动"的结合，"游戏冲动"的对象是美。正是"游戏冲动"所创造的美，使人成为"完满的人格"。"感性的人通过美被引向形式与思维，精神的人通过美被带回到物质，又被交给感性世界"。[3] 美在人性发展过程中起着中介作用，席勒认为："要使感性的人成为理性的人，除了首先使他成为审美的人以外，别无其他途径。"[4] 人的发展必须经历自然阶段、审美阶段和道德阶段，"任何一个时期都不可能完全跳跃过去，就是这些时期前后衔接的次序也不可能由于自然或意志而有所颠倒"。[5] "道德状态只能从审美状态中发展而来，而不能从物质状态中发展而来"。[6] 审美阶段为塑造"完

---

[1] ［德］席勒：《审美教育书简》第十五封信，冯至、范大灿译，上海人民出版社2003年版，第118～119页。

[2] ［德］席勒：《审美教育书简》第十六封信，冯至、范大灿译，上海人民出版社2003年版，第128～129页。

[3] ［德］席勒：《审美教育书简》第十八封信，冯至、范大灿译，上海人民出版社2003年版，第141页。

[4] ［德］席勒：《审美教育书简》第二十三封信，冯至、范大灿译，上海人民出版社2003年版，第181页。

[5] ［德］席勒：《审美教育书简》第二十四封信，冯至、范大灿译，上海人民出版社2003年版，第190页。

[6] ［德］席勒：《审美教育书简》第二十三封信，冯至、范大灿译，上海人民出版社2003年版，第184页。

满的人格"的必要阶段。所以,"要把自私自利的腐化了的人变成依理性和正义行事的人,要把不合理的社会制度变成合理的社会制度,唯一的路径是通过审美教育;审美自由是政治自由的先决条件"。[1]通过审美教育,"客观和主观,感性和理性,必然和自由,一切都取得了和谐。在这时,一切是自由的,也因而是平等的。政治革新所不能取得的自由和平等,就这样在审美的领域中实现了。因此,对人进行审美教育,比政治上的革命,更为重要得多,基本得多。他就这样用审美教育的道路,来否定了法国革命的道路"。[2]审美教育的可能性、必要性和重要性,在席勒这里得到充分和系统的阐释。

尚需进一步说明的是,用作审美教育的理想美是什么?理想的艺术是什么?关于这个问题,席勒说:"美的最高理想就是实在与形式尽可能最完美的结合和平衡。"理想的美应"同时起着松弛作用和紧张作用",[3]是紧张与松弛的结合和平衡。"精神的这种高尚的宁静和自由,再与刚毅和精明相结合,就是真正的艺术作品把我们从禁锢中解脱出来所需要的那种心境,这是检验真正美的品质的最可靠的试金石"。[4]他将美区分为"溶解性的美"和"振奋性的美"两种,认为在理想状态下二者是合二为一,在经验界却是分别存在。"溶解性的美"是柔美,有松弛作用;"振奋性美"是力美,有紧张作用。这

---

[1] 朱光潜:《西方美学史》(下册),人民文学出版社1979年版,第452~453页。

[2] 蒋孔阳:《德国古典美学》,商务印书馆1980年版,第191页。

[3] [德]席勒:《审美教育书简》第十六封信,冯至、范大灿译,上海人民出版社2003年版,第129页。

[4] [德]席勒:《审美教育书简》第二十二封信,冯至、范大灿译,上海人民出版社2003年版,第173页。

两种美近似于中国文论中讲的阳刚与阴柔。[1] 值得注意的是，席勒在讨论审美教育时，主要讨论的是"溶解性的美"，没有阐释"振奋性的美"，虽然他另有《论崇高》一文专门讨论"振奋性的美"。亦许，如朱光潜所说，席勒更偏爱"溶解性的美"，"席勒的理想可以说还是文克尔曼的古典理想，即'高贵的单纯，静穆的伟大'"。[2] 或者说，在席勒的观念中，"溶解性的美"更适合用于审美教育。简言之，席勒理想中的"溶解性的美"，近似于中国古典诗学的理想品格——温柔敦厚。

席勒理想中的艺术又是什么呢？用他的话说，就是"素朴的诗"这种古典艺术。他在《论素朴的诗与感伤的诗》一文中指出，"素朴的诗"是古典的、健康的、活泼的和客观的。在"素朴的诗"中，诗人与自然合二为一；在"感伤的诗"中，诗人与自然分裂为二。"诗人或则就是自然，或则追寻自然，二者必居其一。前者使他成为素朴的诗人，后者使他成为感伤的诗人"。他主张以"素朴的诗"疗治"感伤的诗"，以"素朴的诗"的健康、和谐疗治近代社会的病态和虚诞。席勒理想的艺术是"素朴的诗"，他用来进行审美教育的艺术亦是"素朴的诗"，即通过"素朴的诗"这种古典艺术培养人的健康心灵和"完满的人格"。基于审美教育的目的，他要求艺术和艺术家应当具有更高的理想性，他说："艺术跟科学一样，与一切积极的存在和一切人的习俗都没有瓜葛，两者都享有绝对的豁免权，不受人专断。"

---

[1] 朱光潜解释席勒这两种美的区分时说："用中国文论的术语来说，理想的美是'阳刚'与'阴柔'的统一，而经验界的美却往往偏于'阳刚'或'阴柔'。"（《西方美学史》下册，人民文学出版社 1979 年版，第 451 页）

[2] 朱光潜：《西方美学史》（下册），人民文学出版社 1979 年版，第 451 页。

[1]艺术家和哲学家的任务就是"致力于把真和美注入芸芸众生的心灵深处",用没有受到玷污的美来净化和教化民众。他认为:"艺术家固然是时代之子,但如若他同时又是时代的学徒或时代的宠儿,那对他来说就糟了。"[2]理想艺术的创造和艺术家的培育,应当是在"远方希腊的天空下",他充满激情地说:

> 一个仁慈的神及时地把婴儿从他母亲的怀中夺走,用更好时代的乳汁来喂养他,让他在远方希腊的天空下长大成人。当他变成成人之后,他——一个陌生的人——又回到他的世纪,不过,不是为了以他的出现来取悦他的世纪,而是要像阿伽门农的儿子那样,令人战栗地把他的世纪清扫干净。他虽然取材于现在,但形式却取自更高贵的时代,甚至超越一切时代,取自他本性的绝对不可改变的一体性。这里,从他那超自然天性的净洁的太空,向下淌出了美的泉流;虽然下面的几代人和几个时代在混浊的漩涡里翻滚,但这美的泉流并没有被它们的腐败玷污。[3]

综上所述,席勒在法国大革命的时代背景下思考人类的未来发展,以人性的改革取代政治的革新,用审美教育的方式否定法国革命的道路。席勒的这套理论,向来被视为空想,席勒亦因此而被批评者看成是空想家。唯物主义者指责他的这套理论是形而上的唯心主义论。马克思主义者批评他把人视为抽象的存在,而不是"社会关系的总和"。他将人心的腐化和堕落归结于人自身的因素,而不是阶级压迫和私有

---

[1] [德]席勒:《审美教育书简》第六封信,冯至、范大灿译,上海人民出版社2003年版,第69页。
[2] [德]席勒:《审美教育书简》第六封信,冯至、范大灿译,上海人民出版社2003年版,第70页。
[3] [德]席勒:《审美教育书简》第六封信,冯至、范大灿译,上海人民出版社2003年版,第70页。

制度，未能从经济上挖掘人性变化的原因，而企图以审美教育取代社会革命，试图以人格重建和心灵再造取代阶级斗争。在马克思主义者看来，就是大错特错。另外，朱光潜说："过分夸大艺术和美的作用是浪漫运动时期的一种通病，'始作俑者'正是席勒。"[1]席勒的审美教育论是否完全是空想，或者是否过分夸大艺术的作用，暂且不论。需要指出的是，早于席勒两千多年的周汉儒家学者就已经在提倡艺术教育。他们提倡的诗教说，与席勒主张的审美教育论，有大体相近的地方。

古代中国儒家学者提倡的诗教，就是审美教育。儒家学者是诗教的积极推动者，亦是审美教育的执行者。如果说在西方社会，审美教育的开展是学者的个人行为，还停留在理论探讨的层面。那末，在古代中国，诗教不仅为儒家学者所提倡，而且诗教的推行还是政府行为。"独尊儒术"的国家意识形态背景为诗教的开展提供了强力的政策支撑和深厚的思想背景。

传统中国的诗教说，之所以一直保持着旺盛的生命力，除了儒家思想及其以儒学为统治思想的政治权力之支撑外，更重要的原因，还在于诗教说自身具有的合理性因素。在今人看来，把诗歌当成政治教科书，以诗歌作为政治教化的工具，真是太理想化，亦是过分功利。不过，我们认为，诗教说的确体现了儒家学者的理想主义精神。从艺术角度看，它虽然是功利性的，不符合艺术规律。但是，从政治教化角度看，它的确又有相当程度的合理性。

在古代中国，对政治统治和政治权力影响最大的是儒家和法家。一般而言，儒家长于守而短于攻，或者说，儒家擅长守天下而不擅长打天下。所以，在逐鹿天下的时候，儒家颇受轻视。法家是长于攻而

---

[1] 朱光潜：《西方美学史》（下册），人民文学出版社1979年版，第446页。

短于守，擅长打天下而不擅长守天下。所以，以法家理政的秦国，他的军队的战斗力就特别强大，秦国被东方六国称为"虎狼之国"，秦国的军队被称为"虎狼之师"，秦国的军队在战场上，往往是"一以当十"。秦国之所以能够迅速结束战国纷争的局面，建立起高度集中的中央集权制国家，就是法家思想起了作用。秦王朝之所以二世而亡，亦与主张以武力统治天下的法家思想有关。造成这种显著区别的原因，是由于两家对政治教化的不同理解。大体上说，法家以军功奖励后进，鼓励耕战，所以，以法家作为政治统治思想，其军队的战斗力极强，长于打天下；法家以法为教，以吏为师，实行愚民政策，忽视对国民的道德教化和精神培养。所以，法家的守天下，以强大的国家机器为支柱，实行的是高压政策。当国家机器的强力逐渐疲软，民众的揭竿而起便是势所必然。儒家宣讲的仁义道德和提倡的礼乐文化，虽然在逐鹿天下的时候，往往被视为迂阔而不切于实际。但是，儒家提倡的礼仁文化，及其为建构这种文化传统而采取的诗乐教化手段，在守天下的时期，就可以弥补法家愚民政策的不足。

儒家讲礼，法家讲法，从根本上讲，这两家是相通的。礼和法都是社会规范，亦就是我们常说的法律法规和规章制度。所以，从整合社会秩序这一点看，儒法两家是相通的，儒家的礼和法家的法，就是整合社会秩序的工具。但是，在如何要求民众遵守礼法这个问题上，儒法两家的分歧，就明显地表现出来了。一般地说，礼和仁是儒家文化的两个重要层面，礼是外在的社会规范，是维持社会秩序和稳定政治局面的规章制度；仁是内在的道德修养和精神情操。儒家学者所追求的，不是像法家那样，以强大的国家机器为支柱的、强制性的愚民政策，而是通过诗乐教化手段，培育人的内在心性，提升人的道德境界、精神情操和仁爱心性，进而使之主动地、自觉地遵守外在的社会规范

（即"礼"）。

诗乐教化是儒家政治教化的基本手段。按照儒家的观点，诗可以"经夫妇，成孝敬，厚人伦，美教化，移风俗"，诗可以维系夫妇关系，培养孝敬之心，敦厚人际伦理，有移风易俗的作用。孔子说："入其国，其教可知也。其为人也，温柔敦厚，诗教也。"[1] 一国之民，"其为人也温柔敦厚"，就正是诗乐教化的结果。儒家选择的这种诗乐教化手段，近似于席勒所说的审美教育，是有远见的卓识。因为诗乐教化不同于一般的政治教化。一般的政治教化是晓之以理，而具有审美教育性质的诗乐教化，则是动之以情，直接作用于人的心灵深处，因而其影响是直接的、深刻的、持久的，它是从重建一个人的道德观念和精神情操入手，从根本上改变一个人的内心世界，从而将之纳入现实的社会秩序中。所以，儒家的诗教说，作为一种潜移默化的教育方式，虽然极具理想主义色彩，不能产生立竿见影的效果。但是，作为一种理想和追求，它在学理上是有依据的，从实际操作层面上讲，在经过相当长一段时间的实践之后，它必能克服法家功利主义的缺陷，产生持久而深入的影响。

从纯文学的角度看，儒家诗教说把诗歌作为政治教化工具，强调诗歌为政治服务，是一种功利主义观点。但是，儒家学者在强调诗歌的教化功能时，并未完全放弃对诗歌审美价值的追求。为了实现诗歌的教化功能，为了从心灵深处改变人，培育其高尚的道德情操和雅正的伦理观念，儒家学者不仅强调晓之以理，更重视动之以情。因此，他们亦比较注重诗歌直接作用人心的"感发志意"的功能，即审美功能。一般而言，文学艺术具有审美功能、教育功能和认识功能，其中，审美功能是最基本的功能。文学艺术区别于其他学科，就在于它具有

---

[1] 《礼记·经解》。

独特的审美功能，而且，它的教育功能和认识功能的发挥，亦必须通过审美功能。或者说，文学艺术是通过其审美价值来实现其教育价值和认识价值。早期儒家学者对此已有相当明确的认识，如孔子说："小子何莫学乎诗？诗可以兴，可以观，可以群，可以怨。迩之事父，远之事君，多识于鸟兽草木之名。"[1]孔子这段话，涉及诗歌的三大功能。"观""群""怨"和"事父""事君""多识于鸟兽草木之名"，相当于教育功能和认识功能。"兴"是指诗歌启发鼓舞的感染作用，即朱熹所说的"感发志意"的作用。诗歌的"感发"作用，相当于审美功能。值得注意的是，孔子将"兴"置于首位，即把诗歌"感发志意"的审美功能，视为文学的基本功能，通过"兴"（审美功能）实现"观"（认识功能）和"群""怨"（教育功能）。这是孔子一贯的观点，因为他还提出过这样的说法："兴于诗，立于礼，成于乐。"[2]他所说的"兴于诗"，与他提出的"兴观群怨"说，是完全一致的。《周礼·春官·大司乐》讲教诗的进程说："以乐语教国子，曰：兴、道、讽、诵、言、语。""兴"即是启发。与孔子所说的"可以兴"和"兴于诗"的意义完全一致。《国语·楚语》载申叔时曰："教之《诗》，而为之导广显德，以耀明其志……教备而不从者，非人也，其可兴乎？"[3]亦与上文之"兴"同义。可见，先秦学者论学诗、教诗皆以"兴"为手段。或者说，诗教功能的实现在于"兴"。值得注意的是，他们皆把"兴"置于首位，"兴于诗"先于"立于礼"和"成于乐"，可见诗教的优先位置，所以包咸说："修身当先学《诗》。"[4]因此，所

---

[1]　《论语·阳货》。

[2]　《论语·泰伯》。

[3]　徐元诰：《国语集解》，中华书局2002年版，第485～487页。

[4]　《论语集解》引。

谓诗教，即《诗》通过"兴"的作用影响于人的内心，感发人的意志，涵育人的品格，提升人的境界。"兴"的作用，用孔颖达的话说，就是"取譬连类，起发己心"。[1] 王夫之《俟解》说：

> 能兴即谓之豪杰。兴者，性之生乎气者也。拖沓委顺当世之然而然，不然而不然，终日劳而不能度越于禄位田宅妻子之中，数米计薪，日以挫其志气，仰视天而不知其高，俯视地而不知其厚，虽觉如梦，虽视如盲，虽勤动其四体而心不灵，惟不兴故也。圣人以《诗》教荡涤其浊心，震其暮气，纳之于豪杰而后期之以圣贤，此救人道于乱世之大权也。[2]

此段文字是对"感发志意"之"兴"的最好阐释。顾随对于"兴"的解释，亦很有参考价值，他说：

> 夫子说"诗可以兴"，又说"兴于诗"，特别注重"兴"字。夫子所谓诗绝非死于句下的，而是活的，对于含义并不抹杀，却也不是到含义为止。吾人读诗只解字面固然不可，而要千载之下的人能体会千载而上之人的诗心。然而这也还不够，必须要从此中有生发。天下万事如果没有生发早已死亡。前说"因缘"二字，种子是因，借扶助而发生，这就是生发，就是兴。吾人读了古人的诗,仅能了解古人的诗心又管什么事？必须有生发，才能发挥而光大之。……可以说吾人的心帮助古人的作品有所生发，也可以说古人的作品帮助吾人的心有所生发。这就是互为因缘。……不了解古人是辜负古人，只了解古人是辜负自己，必要在了解之后还有一番生发。[3]

---

[1] 《毛诗正义》卷一。

[2] 王夫之：《船山遗书》（第十二册），中国书店2016年版，第239～240页。

[3] 顾随：《传诗录》（一），见《顾随全集》卷五，河北教育出版社2014年版，第20～21页。

顾随论诗，重视诗之"生发"。所谓"生发"，实际上就是孔子所谓的"兴"。他讲诗之"开场白"，其附标题是"诗之感发作用"，其"感发"，就是"生发"，就是"化"，就是"推"，亦就是"兴"。[1]所以，他说："夫子说'告诸往而知来者'，便是生发，便是兴。"[2]"诗教"正是以"兴发"或"感发"之手段实现其提升人格境界的目的。而王夫之称诗教为"救人道于乱世之大权"，正是对儒家诗教理想主义精神的准确定位。

总之，儒家诗教说，作为一种功利性质的文学观念，它并不排斥艺术的审美作用，而是很重视艺术的审美功能，并通过审美功能实现其教育价值和认识价值。因此，它的积极作用是显而易见的。就政治方面说，它弥补了法家高压、愚民政策的不足，通过营造人文氛围，锻炼人文精神，为政治权力的推行创造文化背景。就文学方面说，它不仅为文学直面现实人生社会提供了理论依据，而且亦为文学艺术的健康发展指明了方向。当然，它最直接的贡献，是孕育了传统中国人的诗性精神，开启了传统中国社会的人文传统，营造了传统中国社会浓郁丰厚的人文精神，培育了传统中国人热爱诗歌和推崇诗人的人文品格。

中国古典诗学以中和为核心，以雅正为准则。这种诗学品格的形成，与儒家诗教说的影响密切相关。儒家诗教说，赋予诗歌"经夫妇，成孝敬，厚人伦，美教化，移风俗"的重大社会使命，把诗歌作为政治教化的工具，通过诗歌的"兴观群怨"作用，实现对人心的浸润陶染，使其由伪归真，由邪入正，提高民众的道德水准，进而为整合社会秩序、实现天下的长治久安奠定基础。诗歌要能完成如此重要的社会使命，成为国家政治统治的道德基础和意识形态载体，必须以端庄典雅、严正中和为准则，任何标新立异、求真求奇，都有可能妨碍它的教化功

---

[1] 顾随：《传诗录》（一），见《顾随全集》卷五，河北教育出版社2014年版，第3页。
[2] 顾随：《传诗录》（一），见《顾随全集》卷五，河北教育出版社2014年版，第21页。

能的实现。因此，在儒学中国的文化背景上，诗歌美学必须以中和雅正为最高准则，诗歌内容必须是温柔敦厚的，一定是健康纯正的。所以，顾随说：

> 诗是引人向上的，故一民族之强弱盛衰可自文学中看出。英国之伟大不在属地遍全球，而在维多利亚时代诗人之多，其衰老亦不自此次大战看出，自其文学已看出，维多利亚而后便无大诗人出现。而中国民族之所以堕落，便因其诗堕落腐烂。[1]

他以为，在古代中国，"诗是使人向上的、向前的、光明的"，[2] 因为"文学艺术代表一国国民最高情绪之表现"，[3] 诗人的人格亦必须是温柔敦厚的，一定是健康纯正的。在顾随看来，"吟风弄月、发愤使情皆非诗人"。[4] 他说：

> 诸君不要以为诗心只是诗人们自己的事，与非诗人无干；亦不可以为诗心只是作诗用得着，不作诗时便可抛掉；苟其如此，大错，大错。诗心的健康，关系诗人作品的健康，亦即关系整个民族与全人类的健康；一个民族的诗心不健康，一个民族的衰弱灭亡随之；全人类的诗心不健康，全人类的毁灭亦即为期不远。宋儒有言，我虽不识一个字，也要堂堂正正地作一个人。我只要说：我们虽不识一个字，不能吟一句诗，也要保持及长养一颗健康的诗心。我们不必去作一个写了几千首诗而没

---

[1] 顾随：《传诗录》（一），见《顾随全集》卷五，河北教育出版社2014年版，第25页。

[2] 顾随：《顾随诗文丛论》（增定版），顾之京整理，天津人民出版社1997年版，第143页。

[3] 顾随：《顾随诗文丛论》（增定版），顾之京整理，天津人民出版社1997年版，第359页。

[4] 顾随：《顾随诗文丛论》（增定版），顾之京整理，天津人民出版社1997年版，第143页。

有诗心的诗匠。……诸君再放眼去看社会的黑暗岂不俱是因了没有诗心的缘故吗？[1]

正是因为诗与国计民生的关系重大，与一个民族的心灵健康和性情纯正关系重大，所以诗歌的内容必须是健康纯正的，诗歌的品格必须是温柔敦厚的。

综上所述，我们认为，儒家诗教说与席勒审美教育论有诸多相似之处，约而言之，主要有如下数端：

第一，二者均是在不触动社会根本秩序之前提下，以人性改良的方式提升人的道德境界和性格情操，通过塑造"完满的人格"和"优美的心灵"的途径，重建社会秩序以实现理想社会。前已述及，席勒以审美教育的道路，来否定法国大革命，认为革命非但不能带来政治自由和人格自由，反而加重束缚，导致堕落和懒散；非但不能带来人的解放，反而使人走向另一种更加严重的奴役状态。认为审美教育比革命斗争更重要，能更好地解决现实政治问题。提倡诗教的儒家学者，亦从根本上是反对革命的。中国人的革命精神的思想源头不在儒家，而在道家。在《中国人的精神传统》一书之第六讲《中国人的山水情怀》中，笔者对中国人的革命精神已有详细讨论。笔者认为：对于现实的政治秩序，儒家是建设性的，道家是破坏性的；儒家力图通过对现存政治秩序的建设和改良，来实现社会理想；道家则是企图以革命的手段推翻现实政治秩序以回复到上古三代的理想社会；儒家从来不会想到推倒重来，道家想的就是推倒重来。[2] 因此，儒家强调对人的教育，强调个人的内心修养，将格物、致知、正心、诚意和修身作为齐家、

---

[1] 顾随：《顾随诗文丛论》（增定版），顾之京整理，天津人民出版社1997年版，第103页。

[2] 汪文学：《中国人的精神传统》，武汉大学出版社2012年，第90页。

治国、平天下的前提和条件，讲内圣外王，力图通过内圣实现外王，以内圣为外王的前提。而诗教说正是正心、诚意以致内圣的重要手段。在提倡诗教的背景、动机和目的上，儒家学者与提倡审美教育的席勒，是完全一致的。

第二，二者在改革人性、培养理想人格和优美心灵的手段上是一致的，即皆采取的是艺术教育的方式。席勒的审美教育论和儒家的诗教说，皆是典型的艺术教育。席勒在《审美教育书简》中具体详实地讨论了以审美教育培养理想人格的可能性、必要性和重要性，极富雄辩色彩，很有说服力。儒家学者对于实施诗教的必要性和重要性，虽然没有像席勒那样的系统论证。但是，将诗教作为"六艺"或"六学"之首，特别重视诗教，其必要性和重要性，亦可想而知。通过艺术教育以改革人性，比直接的道德说教，更有影响力和渗透性。席勒说：

> 正如高贵的艺术比高贵的自然有更长的生命一样，在振奋精神方面，它也走在自然的前边，起着创造和唤醒的作用。在真理尚未把它的胜利之光送到人的心底深处之前，文学创作力已经捉住它的光芒；虽然潮湿的黑夜尚存在于山谷之中，但人类的顶峰即将大放光辉。[1]
>
> 你那些严肃的原则会把他们从你身边吓走，但在游戏中他们还是可以忍受这些原则的。[2]

亦就是说，抽象的、严肃的道德原则不易被人接受，甚至会把一些人吓走；而在游戏中即在美的艺术中，他们会在不知不觉之间乐于接受这些原则。

---

[1] ［德］席勒：《审美教育书简》第九封信，冯至、范大灿译，上海人民出版社2003年版，第71页。

[2] ［德］席勒：《审美教育书简》第九封信，冯至、范大灿译，上海人民出版社2003年版，第74页。

第三，二者皆在情感与理性、个性与理智、个人性与社会性的矛盾中寻求第三条道路以调和冲突，解决问题。席勒认为分裂的人有两种冲动，即"感性冲动"和"理性冲动"；"完满的人格"则在这两种冲动之间寻找到一个中间环节，即"游戏冲动"。因此，人性的健全发展必须经历自然阶段、审美阶段和理性阶段三个阶段。儒家学者亦注意到这两种冲动的矛盾，即自然与名教的矛盾，或以自然抗拒名教，即"越名教而任自然"；或以名教扼杀自然。笔者认为，儒家所谓的"自然"，相当于席勒所说的"感性冲动"；所谓"名教"，相当于席勒所说的"理性冲动"。席勒以"游戏冲动"调和二者的矛盾，使人性由矛盾冲突达到和谐统一，进而建立起"完满的人格"和"优美的心灵"。儒家学者调和名教与自然的矛盾，提出"名教即自然"的观点，即名教出于自然，自然就是名教。"名教即自然"相当于席勒所谓的"游戏冲动"，它既满足了追求自然的需要，亦符合名教的规定要求；既解除了因追求自然而流于放纵的可能，亦解除了因谨守名教导致的人性压抑。"名教即自然"状态下的人，是自由的人，是有充分意义的人。用孔子的话说，就是"随心所欲不逾矩"。[1] 席勒说："只有当人是完全意义的人，他才游戏；只有当人游戏时，他才完全是人。"[2] 套用这个说法，在儒家学者看来：只有当人是充分意义的人的时候，他才具有"名教即自然"的理念；并且只有当他具有"名教即自然"之理念时，他才是完全的人。

第四，二者皆以具有柔性特征的古典艺术作为审美教育的范本。席勒将美区分为"溶解性的美"和"振奋性的美"两类，前者使人松

---

[1] 朱光潜《西方美学史》在讨论"游戏冲动"时，就指出席勒的"游戏冲动"近似于孔子所说的"随心所欲不逾矩"。

[2] ［德］席勒：《审美教育书简》第十五封信，冯至、范大灿译，上海人民出版社2003年版，第124页。

弛，后者使人紧张，理想的状态应当是二者的合二为一。这种区分近似于古代中国人讲的阴柔之美和阳刚之美。所以，朱光潜在讨论这个问题时指出："用中国文论的术语来说，理想的美是'阳刚'与'阴柔'的统一，而经验界的美却往往偏于'阳刚'或'阴柔'。"[1] 值得注意的是，席勒可能受到文克尔曼"高贵的单纯、静穆的伟大"之古典美理想的影响，更倾向于具有柔性特征的"溶解性的美"，并以此作为审美教育的理想范本。笔者以为，席勒选择这种具有柔性特征的"溶解性的美"来开展审美教育，与古代中国人以温柔敦厚之诗歌开展诗教，确有比较明显的近似之处。因为温柔敦厚确有比较显著的柔性特征，并由此而影响到"中国诗太优美，太软弱，缺乏壮美"。

在席勒的思想体系中，体现"溶解性的美"的典范艺术是"素朴的诗"。实际上，席勒就是用"素朴的诗"来开展审美教育，用古典的"素朴的诗"疗治近代社会的人性分裂，弥补"感伤的诗"之弊端。而此种"素朴的诗"的最佳创作环境是古希腊文化背景。因此，席勒实际上是用在古希腊文化背景上产生的具有古典特色和"溶解性"特征的"素朴的诗"来开展审美教育。古代中国的情况与此很相近，古代中国人用以作为诗教之典范是产生于周代的具有古典特色和温柔敦厚特征的《诗经》。

简单地将儒家的诗教说与席勒的审美教育论进行类比，确有不妥之处。但是，二者之间高度的相通相近，又确实不能忽略。事实上，席勒关于审美教育之可能性、必要性和重要性的精密论证，实在可以为儒家诗教说提供一个来自异域的、具有高度思辨色彩的学理支撑。说席勒的审美教育论完全是空想，并不可靠；指责席勒是彻头彻尾的空想家，亦不切合实际。否则，我们便不能解释一个完全错误的空想

---

[1] 朱光潜：《西方美学史》（下），人民文学出版社1979年版，第451页。

理论居然能够得到后代学者的不断回应,且能拥有如此崇高的学术思想地位,并且还与古代中国学者的观点异代同辉、异域同调。笔者认为,理论与实际的距离是必然存在的,无论是儒家的诗教说,还是席勒的审美教育论,从理论上讲完全可行,但在实践中会遇到一些困难。因此,说儒家和席勒是空想家,不如说他们是理想主义者。在任何时代,我们都需要这种富于激情的理想主义精神。

总之,儒家诗教说,在中国古典诗学领域发生了特别重要的影响,对中国古代社会秩序的整合亦有非常重要的意义,对传统中国文化品格的形成和国民精神的塑造,都发生过持久而深入的影响。但是,自近代以来,随着西方文化的输入,随着反传统思潮的开展,儒家诗教说受到特别严厉的批判,甚至被树立为反面诗学观念而被全盘否定。我们认为:儒家诗教说不仅具有历史影响,而且还有当代价值。今日学者应当以"理解之同情"的态度,重新论定诗教说的理论价值和历史意义,以及对当代中国精神文明建设的启示。

三、当代国民教育现状与儒家诗教的现代价值

概括地说,儒家诗教说,是通过审美教育达成情感教育的目的,实现道德教育的目标,所以,诗教实际上就是审美教育和道德教育,就是美育和德教。所谓"美育",据蔡元培解释说:"美育者,应用美学之理论于教育,以陶养情感为目的者也。"[1]《中国大百科全书·哲学卷》认为:"通过艺术手段对人们进行教育"就是审美教育,就是美育。这些界定,与儒家诗教说的内涵,完全吻合。

在近代中国改造国民性、塑造新国民活动中,审美教育、艺术教

---

[1] 《教育大辞典》"美育"条,商务印书馆1930年版。

育和情感教育得到学者的高度重视。比如，在梁启超的"新民说"中，通过艺术教育以实现情感教育，进而达到"新民"的目的，是他的一贯主张。他说："情感教育最大的利器，就是艺术：音乐、美术、文学这三件法宝，把情感秘密的钥匙都掌住了。"[1]在他的艺术教育观中，小说受到特别重视。他认为：民族性格和社会风气都是由小说造成的，"今日欲改良群治，必自小说界革命始；欲新民，必自新小说始"。他著有《论小说与群治之关系》一文，讨论小说在国民情感教育中的"熏""浸""刺""提"等作用，这与孔子提出的"兴观群怨"说，是很相似的。为了实现"造就完全人格"的"新民"目标，蔡元培主张德、智、体、美并重，提出美育代宗教说，他认为："所谓健全人格，分为德育、体育、知育、美育四项。"为了培养健全人格，美育必不可少，至关重要，"提出美育，因为美感是普遍性，可以破人我彼此的偏见；美感是超越性，可以破生死利害的顾忌，在教育上应特别注重"。[2]美感的自由性超越宗教的强制性，美育的进步性超越宗教的保守性，美育的普遍性超越宗教的有界性，因此，他主张以美育代宗教，认为美育是所有教育的最高境界。我们认为，蔡元培以美育代宗教的观点，实在是基于中国文化特质而设计出来的一套符合中国国情的国民教育方案。因为中国文化不是宗教文化而是诗性文化，中国人的精神不是宗教精神而是诗性精神。或者如林语堂所说："中国的诗在中国代替了宗教的任务。""诗很可称为中国人的宗教。"[3]所以，蔡元培的美育说，梁启超的"小说群治"论，与古代中国的诗教说一样，

---

[1] 梁启超：《中国韵文里头表现的情感》，见夏晓虹编《中国现代学术经典·梁启超卷》，河北教育出版社1996版，第616页。

[2] 蔡元培：《我在教育界的经验》，见《蔡元培谈教育》，辽宁人民出版社2015年版。

[3] 林语堂：《吾国与吾民》，陕西师范大学出版社2002年版，第226、227页。

在本质上都是一种艺术教育论或审美教育说,是一种符合传统中国国情的国民教育方式。

美育之被忽略或被轻视,是中华人民共和国成立以后的事情,并且随着阶级斗争的渐趋深入而逐步加重。其实,在1951年3月第一次全国中等教育工作会议中,会议提出:"普通中学的宗旨和培养目标是使青年一代在智育、德育、体育、美育各方面获得全面发展,使之成为新民主主义社会的自觉的成员。"这是继承蔡元培的观点,是德、智、体、美并重。可是,1957年2月毛泽东在扩大的最高国务会议上所作的《关于正确处理人民内部矛盾的问题》的讲话中,说:"我们的教育方针,应该使受教育者在德育、智育、体育几方面都得到发展,成为有社会主义觉悟的有文化的劳动者。"很明显,美育从教育方针中被删除了。在教育方针中删除美育,是与当时的阶级斗争形势相适应的。因为美育是普遍性的,是超越性的,是自由性的。所以,美育与当时以阶级斗争为纲的政治形势是相违背的。直到"文革"后,阶级斗争的热潮降温,教育部于1978年1月颁布的《全日制十年制中小学教育计划》(试行草案)中,才又恢复了重视美育的传统。

"文革"后,一系列重视美育的规划和措施相继出台,重视美育的传统虽然在官方的教育文件得到恢复,但是,它的执行情况却不尽如人意。事实上,我们认为,中华人民共和国成立以来新中国的国民教育,一直存在着两个比较严重的问题:

第一,重视德育而轻视美育,将德育与美育截然分离。过分重视道德教育,将道德教育与审美教育分离开来,其结果就是使道德教育变成空泛的道德教条之抽象说教,使道德教育流于形式,难以产生深入人心的影响。道德教育的最终目的,是要将道德教条转化为内心法则。而要将道德教条转化为内心法则,将道德情操转化为内心需求,一个重要的途径，就是实施情感教育，通过情感教育来开展道德教育。按照蔡元培的观点，"情感教育最大的利器，就是艺术"，亦就是说，情感教育的最佳方式是审美教育。因此，要使道德教育发生直指人心的影响，使道德教条转化为内心法则，审美教育是一个必不可少的重要手段。通过美育来开展德育，德育才能发生真正的效果。在古代中国，早期未经意识形态化的儒家诗教说，正是将德育与美育密切结合起来，通过审美教育来实现情感教育，通过情感教育来实现道德教育。如孔子所谓"兴观群怨"说，孔子提出的"兴于诗，立于礼，成于乐"，都体现了美育与德育的结合、以美育渗透德育的教育理念。这是我们实施国民教育，开展德育工作，可以借鉴的历史经验。

第二，将德育等同于政治思想教育。袁济喜说："从我们的学校的道德品质教育来说，也有一个重大的不足之处，甚至可以说是误区的地方，这就是长期以来过分强调政治思想教育，忽略道德品质作为人格教育的存在价值，没有将审美教育与道德教育有机地结合起来。"[1] 实际上，按照我们的理解，德育就是人格教育，应该以发展整个的人格为目的，应当以培养健全人格为目标，应当包含道德人格教育和政治人格教育等方面的内容。把德育等同于政治思想教育，事实上就是将人简单地政治化，将人简单地视为政治的动物，忽略了人之所以成为人的本质属性。这种观念是在"极左"思潮之影响下的政治运动的产物，但是，在"拨乱反正"之后，这种狭隘的观点，还没有得到根本的肃清，至今仍有相当多的人依然认为德育就是政治思想教育，把德育课讲成政治理论课或思想教育课。

将德育等同于政治思想教育，最直接的后果有两个：一是培养了一批政治觉悟高、政治素质强而道德素质低、人格品位差的人才。实

---

[1] 袁济喜：《传统美育与当代人格》，人民文学出版社2002年版，第479页。

际上，这是非常危险的事情，对国家的稳定和社会的发展，都极为不利。二是以政治思想教育取代德育，致使政治思想教育变成政治说教，内容空洞，形式单调，非但不能达到思想教育的目的，反而使受教育者产生逆反心理，弃学厌学现象严重，即使认真学习，亦往往带着某种功利目的。邓小平于1989年3月23日在会见乌干达总统约韦里·穆塞韦尼时说："我们最近十年的发展是很好的。我们最大的失误是在教育方面，思想政治工作薄弱了，教育发展不够。"我们认为，我们在教育上最大的失误是德育教育的失误，是政治思想教育的失误。对青年学生的政治思想教育，我们一直很重视，从小学到中学到大学到研究生学习，乃至在各种形式的团校和党校，我们一遍又一遍地学习马列主义哲学、政治经济学、毛泽东思想、邓小平理论等等政治理论课程，我们投入了大量的时间、人力和物力来对我们的青少年开展政治思想教育工作，可是，教育的效果到底怎么样？这是很令人怀疑的。至少可以说，我们的教育成效与教育投入不成正比例，我们的巨大投入并没有产生预期的效果。

将德育与美育分离开来，偏重德育而轻视美育，最直接的后果亦有两个：一是德育离开了美育，就变成了空洞的道德说教，无法将德育变成情感教育，不能产生直指人心的影响，道德教条无法转化为内心法则，因而亦就不能从根本上提升人的道德素养和人格品位，德育亦就变成了一句空话。二是审美教育的被轻视和忽略，导致国民普遍缺乏基本的文学素养和健康的审美观念，致使国民素质中诗性精神和人文精神的普遍失落，完全以功利化、世俗化、物质化的眼光对待社会和人生，过分关注形而下的物质追求，缺乏形而上的超越性的精神追求，导致审美与人生关系的分离、艺术与人格关系的淡化。

诗性精神的失落，人文素养的欠缺，是当代中国国民素质教育面临的严峻问题。我们认为：诗性精神是人类特有的一种精神状态，亦是人类必具的一种精神品质。因为人之所以成为人，人之所以区别于动物，就在于他不仅仅是一种物质性的存在，更主要是一种精神性的存在。或者说，人不仅要满足形而下的物质欲望的追求，更需要满足形而上的精神欲望的追求。中国古代儒家提出的诗教说，德国哲学家席勒提出的审美教育论，近现代教育家蔡元培提出的美育说，实可为当代国民教育提供重要的启示和借鉴。

第九章 诗意栖居：传统中国人的诗性精神

诗意栖居是人类理想的生活状态，诗性精神是人类精神境界的高级形态。人类区别于一般动物的标志性特征之一，就是他的诗性精神，富于诗性精神的人类必然追求诗意的栖居。传统中国可名之曰"诗教中国"，传统中国人的人生是"诗性人生"，传统中国文化精神之特质是"诗性精神"。实际上，温柔敦厚的古典诗学理想孕育出传统中国社会浓郁的诗性氛围，涵养了中国文化的诗性特质，培育出中国文化的诗性内涵，锻炼了中国人的诗性精神。在本章，我们讨论"传统中国人的诗性精神"，呈显传统中国文化的诗性特质，揭示传统中国精神的诗性内涵，彰显传统中国人生的诗性风貌，展现中国古典诗学理想品格的现实影响。

一、诗性精神与自由精神

诗性精神是人类特有的一种精神状态，亦是人类与生俱来的一种精神品质。今人往往把诗性精神理解得太抽象，想象得太高深，其实不然。因为并非只有诗人才具备这种精神，平民百姓、凡夫俗子都有诗性。只是与诗人相比,有轻重强弱的不同而已。事实上,就像人人都具备成为圣人的素质一样,人人都具有成为诗人的先天条件,只不过由于种种原因,这种潜在基质没有能够充分地展现,这种先天条件没有得到充分地利用。而诗人则是将这种潜在基质和先天条件充分展示和利用了的人群。所以,在一般情况下,诗人才是最富诗性精神的人群。

"诗性精神"一词,最早见于意大利哲学家维柯的《新科学》一书中。所谓"诗性精神",是指人类原初的一种思维方式,恩斯特·卡西尔称之为"神话思维",列维·斯特劳斯称之为"原始思维"。维柯《新科学》认为:没有任何经验的儿童的活动,必然是诗的活动。原始民族作为人类的儿童,他们创造的文化,包括诗歌、宗教、语言和制度等等,都是通过形象思维而不是抽象思维形成的,因而都带有创造和虚构的性质。人类最初的创造,完全是诗性的创造,是以诗性的方式对待世界上的一切。因此,他们的活动是诗性的活动,他们创造的文化是诗性的文化。人类进入抽象思维时代,亦就由童年期进入成年期,形象思维受制于抽象思维,诗就失去了原先那种强旺的生命力。[1]的确,童心就是诗心,具有童心的原始民族的诗性精神往往是最强烈的、最浓郁的。因此,西方文学理论家常常认为,儿童是天生的艺术家;古代中国学者讲创作,亦尤其重视童心,如李贽等人提出的童心说。明白这一点,便能回答以下问题:为什么古今中外文学大家的代表作,常常是创作于早期,而不是晚期?为什么中国文学史上大部分独创性极强,富于浪漫精神和诗性精神,能开创一代新风气的作家,多来自文化相对落后的民间或边省,而不是文化相对发达的中心地区?少数民族地区是歌舞的海洋,少数族人以诗传情,以歌叙事,

---

[1] 朱光潜:《西方美学史》上卷,人民文学出版社1979年版,第334页。

以舞娱神，为什么少数民族的诗性精神，往往较文化发达地区的汉族人更强烈、更充沛？

需要特别指出的是，虽然我们在这里借用维柯的"诗性精神"一词，来概括传统中国人的文化心理特征，但是，我们所使用的"诗性精神"概念，则是基于传统中国人对诗性的理解和诠释，与维柯基于原始民族或儿童思维特征而提出的"诗性精神"概念，则略有不同。虽然，传统中国人的诗性精神，亦包括如维柯所说的那种以"诗意的"方式对待世界的特点。但是，中国人的诗性精神，则不完全是基于原始思维而发生的，它亦并未因为中国人步入文明时代而消减。亦许，与维柯所谓的"诗性精神"相比，这是一种特殊的精神现象。当然，我们亦可以把它看作是传统中国人对诗性的独特理解和深刻感悟，称之为中国化的诗性精神。

概括地说，中国化的诗性精神，是在原始神话思维的基础上，在传统农耕文明之涵孕下，在儒道两家思想的渗透下，在日常生活之感悟中，逐渐凝练而成的一种人生智慧。它的核心内容是安、足、静、定，是宁静与祥和。它与西方式的浪漫精神不同，它崇尚的是"乐而不淫，哀而不伤"，是拈花微笑，是在祥和与宁静之心境中，感受平淡无奇的生活细节的美感，体味若有若无的诗意流淌，是淡淡的忧伤，有轻轻的喜悦。它拒绝欣喜若狂，亦抗议悲痛欲绝。它强调创造力，但不欣赏打倒一切的破坏性。它惯于以温和的手段去改变对象。它崇尚真，更推崇正。它诱导人们由真入正，由正而雅。它喜欢和风细雨，不喜欢狂风暴雨。它热爱春、秋而拒绝冬、夏。它是自由的、平等的，情人之爱、母子之爱、朋友之情是它的挚友，君臣、父子、兄弟伦理则与它的精神格格不入。它欣赏清风明月、鸟语花香、山清水秀，鄙薄月黑风高、穷山恶水。如"海上生明月，天涯共此时""春江潮水连海平，海上明月共潮生""绿树村边合，青山廓外斜""明月松间照，清泉石上流"……总之，温柔敦厚，文质彬彬，既是中国古典诗学的理想品格，亦是中国化的诗性精神的基本内涵。

　　一般而言，诗性精神是人类精神境界的高级形态，诗性精神为人生之必需。就其本质看，诗性精神是一种游的精神，是一种自由精神。概括地说，游是人类内在的、不可抑制的一种精神需求，它不仅是人类由苦闷压抑通向欢悦畅快的重要方式，亦是人类追求形上精神生活境界的重要手段。游的精神，就是自由精神，就是诗性精神。

　　游与固是相对的。固的生活，单调乏味，久之则易生烦恼，产生郁闷苦疾，甚至导致触觉的迟钝和精神生活水准的降低，形成保守、内向的性格。游的生活则相反，它具有净化心灵、洗涤灵魂，提升精神生活水准的作用，让人感到心情舒畅、自由自在。所以，古来即有"以游销忧"的说法，如《诗经·邶风·柏舟》说："泛彼柏舟，亦泛其流。耿耿不寐，如有隐忧。微我无酒，以遨以游。"《邶风·泉水》说："驾言出游，以写我忧。"正因为游有"销忧"的作用，所以即使对游风盛行可能导致秩序混乱而心存戒惧的儒家学者，亦并不完全反对游，如孔子说："士而怀居，不足以为士矣。"[1] 他只是对游提出了一定的限制，即"父母在，不远游，游必有方"。[2] 至于道家学者如庄子，更是提倡"逍遥游"，主张"游于物之初"，[3]"游乎四海之外"，"游无穷"。[4] 关于游历之乐，淮南王刘安有充分的阐释，其云："夫随一隅之迹，而不知因天地以游，憾莫大焉。虽时有所合，然而不足

---

[1] 《论语·宪问》。

[2] 《论语·里仁》。

[3] 《庄子·田子方》。

[4] 《庄子·逍遥游》。

贵也。"[1] 又云：

> 凡人之所以生者，衣与食也。今囚之冥室之中，虽养之以刍豢，衣之以绮绣，不能乐也。以目之无见，耳之无闻。穿隙穴，见雨零，则快然而叹之。况开户发牖，从冥冥见昭昭乎？从冥冥见昭昭，犹尚肆然而喜。又况出室坐堂，见日月光乎？见日月光，旷然而乐。又况登泰山，履石封，以望八荒，视天都若盖，江、河若带。又况万物在其间者乎？其为乐岂不大哉！[2]

从"囚之冥室"到"穿隙穴"，到"开户发牖"，到"出室坐堂"，至"登泰山，履石封"，视界由狭小到博大，方式由固到游，心情亦由"不能乐"到"快然而乐"，此正显示了游的生活对人的身心健康的重要性。

游是人的一种本能需求，游的精神就是一种自由精神。人类为了追求自由而崇尚游。游是对现实秩序的背离，通过游，使人出离熟悉的世界，到达一个陌生的世界，让人处于一个相对陌生的时空中，成为自由性、超越性的存在，使人产生"存而不在"的感觉。此时，他不仅摆脱了现存秩序中的繁忙状态，获得了充分的自由；而且还在这种自由状态中体味到精神上的崇高和人生的终极意义。因此，游的生活，实际上就是一种具有超越性和自由性的艺术化生活。[3]

游的生活具有超越性和自由性，游的精神就是自由精神，游是人类追求形上精神生活的重要途径。我们认为，游的精神与诗性精神或者艺术精神是相通的，因为诗性精神之产生与审美经验之形成，是以

---

[1] 《淮南子·说林训》，见何宁《淮南子集释》，中华书局1998年版，第1169页。
[2] 《淮南子·泰族训》，见何宁《淮南子集释》，中华书局1998年版，第1418~1419页。
[3] 龚鹏程：《游的精神文化史论》，河北教育出版社2001年，第174~175页。

主体的自由性和超越性为基础的。游的精神和诗性精神的本质属性，就是自由精神。

　　首先，创造美、鉴赏美是人类特有的一项精神活动，这项精神活动的特殊性，要求创造者和鉴赏者必须具备一种特别的质性，即思想上的自由、人格上的超越和精神上的解放。反过来说，只有思想自由、人格超越、精神解放的人，才具备艺术精神和审美情趣，才能创造美和鉴赏美。在西方美学史上，自康德、席勒以来，至黑格尔、马克思，即有这种一脉相承的观点。如康德说："人们只有通过以理性作为基础的意志活动，所产生的成品，才是艺术。"艺术是一种自由的创造，他在区分艺术与手工艺时，强调指出："艺术还不同于手工艺，前者是自由的，后者则可以谓之为雇佣的艺术。前者好像是种游戏，它本身就是愉快的，达到了这一点，它就合于目的。后者则是一种劳动，这本身就是不愉快的，单调乏味的一种苦工，其所以还有吸引力，是因为劳动的结果可以得到报酬，因而它完全是强制性的。"[1] 按照康德的观点，自由状态就是游戏状态，只有自由状态或游戏状态下的人创造出来的产品，才是艺术。席勒对此作了进一步的发挥，他认为：人性的完整、和谐与自由，是创造美和鉴赏美的唯一前提。他说："正是通过美，人们才可以走向自由。"[2] 这句话可以反过来说：正是因为有了自由，人们才能创造美、鉴赏美。在他的理论中，主体的自由状态，亦就是一种游戏状态。只有游戏中的人，其人性才是完整、自由的，这时候，他才是充分的人，亦就是"审美的人"。他说："只有当人是完全意义上的人，他才游戏；只有当人游戏时，他才完全是

---

[1]　[德]康德：《判断力批判》（上卷），韦卓民译，商务印书馆1985年版，第43页。

[2]　[德]席勒：《审美教育书简》第2封信，冯至、范大灿译，上海人民出版社2003年版，第21页。

人。"[1]黑格尔认为艺术美的发展和繁荣，需要一个适合艺术美的"一般世界情况"，这个"一般世界情况"的核心是个人的完全独立和充分自由。在他看来，近代市民社会"依其一般情况来说，是对艺术不利的"。[2]因为在这个社会里，个体的独立自由受到钳制，不能从事"既自由又欢快的游戏活动"，因此，他断言近代市民社会必然导致"艺术的终结"。马克思在《经济学—哲学手稿》中指出："资本主义生产对于某些精神生产部门是敌对的，例如，对于艺术和诗歌就是如此。"因为资本主义社会的劳动是"异化的劳动"，"不是自愿的而是强迫的，是强迫的劳动，因此不是一种需要的满足，而只是满足外在于它的那些需要的一种手段"。简言之，"异化的劳动"使人丧失自由，导致"人的异化"，使人不再是"一种有自意识的物种存在"，因而不能"按照美的规律来制造"。总之，从康德、席勒，到黑格尔、马克思，虽然在具体问题上的见解略有不同，但根本上皆认为人性的自由、解放、和谐、统一，是产生诗性精神和导致艺术繁荣的先决条件。自由的人才能创造美、鉴赏美。自由的人就是"审美的人"。

其次，审美活动是一种超越实际功用的、无利害关系的人类特有的精神活动。反过来说，只有具备超越意识的个体，才能进入艺术审美之境界。这是西方美学史上极其重要的"审美无利害关系"命题。这个命题，在西方美学史上，源远流长，但第一次得到全面论证，是从康德开始的，他说："美是无一切利害关系的愉快的对象。"[3]按照他的定义，只有当人自觉到能以一种无利害关系的态度去看待一个

---

[1] ［德］席勒：《审美教育书简》第15封信，冯至、范大灿译，上海人民出版社2003年版，第124页。

[2] ［德］黑格尔：《美学》（第一卷），朱光潜译，商务印书馆1979年版，第14页。

[3] ［德］康德：《判断力批判》（上卷），韦卓民译，商务印书馆1985年版，第98页。

对象时，他得到的愉快才是审美的愉快，他才是自由的人、审美的人。他说："一个关于美的判断，只要夹杂着极少的利害感在里面，就会有偏爱而不是纯粹的欣赏判断了。"[1] 康德之后，"审美无利害关系"命题入居西方近代美学之中心地位，成为许多美学理论的核心概念，无论是近代德国美学中的静观说、移情说、孤立说，还是英国近代美学中的距离说，都是这一命题的继续或变种。

总之，自康德、席勒，到黑格尔、马克思，西方美学家在艺术审美问题上，大致皆有如上两点共识，即都认为审美的快感是不计利害关系的、自由的快感。审美是自由的，亦是超越的。同时，这两者又是相互关联的，因为追求自由，所以才不计较利害，才能超越；因为超越，所以才自由。进一步说，只有处于自由、超越状态的人，才能产生审美情趣和诗性精神。

其实，以自由姿态和超越情怀，或者说以游的态度对待艺术的观点，在古代中国亦是源远流长，早在先秦诸子书中就产生了这样的观点。如孔子即发表过"游于艺"的观点，据《论语·述而》载孔子曰："志于道，据于德，依于仁，游于艺。""道""德""仁"是抽象的思想原则，"志""据""依"是一本正经的理性活动，是主体与对象之间有明确功利目的和一定逻辑理路的定向交往。孔子所谓的"艺"，虽非专指文学艺术，但亦包括文学艺术在内。对于"艺"，当持"游"的态度。所谓"游"，据朱熹《集注》说："游者，玩物适情之谓。"即"游"是心情快适的、自由的、超越的感性活动，是主体与对象之间无功利目的的自由交往。[2] 孔子"游于艺"的见解，已经初步体现出对主体之自由性与超越性的要求。在先秦诸子中，最富艺术情怀且醉

---

[1] ［德］康德：《纯粹理性批判》第2节，蓝公武译，商务印书馆1960年版。
[2] 成复旺：《中国古代的人学与美学》，中国人民大学出版社1992年版，第83页。

心于游之生活者，当推庄子。庄子把游视作一种高度自由的、超越的、至善至美的精神境界。他借鸿蒙之口对游作了详尽的阐释，其云：

> 浮游，不知所求；猖狂，不知所往；游者鞅掌，以观无妄。
> 噫！心养。汝徒处无为，而物自化。堕尔形体，吐尔聪明，伦与物忘；大同乎涬溟，解心释神，莫然无魂。万物云云，各复其根，各复其根而不知；浑浑沌沌，终身不离；若彼知之，乃是离之。无问其名，无窥其情，物故自生。[1]

即游是一种"不知所求""不知所往"、没有功利目的的自由生活境界。庄子试图通过游的方式达到精神的自由解放，以建立精神自由的王国，成就艺术化的人生。因为在庄子看来，能游的人，实即艺术精神呈现出来了的人，亦即艺术化了的人。所以，庄子的理想生活，是游的生活；庄子的理想精神，是游的精神，是艺术的精神。[2]

孔子提出的"游于艺"的观点，庄子对游的自由性和超越性内涵的诠释，以及对游的精神与诗性精神之关系的揭示，与近代西方美学家关于诗性精神之产生和审美经验之形成的观点，大体相近。可见，在游的精神与审美自觉之关系问题上，中西方哲人是有共识的。

总之，产生诗性精神和审美情趣的先决条件——主体自由性和超越性，孕育于游的生活状态中。或者说，只有当主体处于游的生活和精神状态下，才有自由感和超越性，亦才能产生诗性精神和审美情趣。因此，我们认为，游的精神和诗性精神不仅是相通的，而且，游的精神是产生诗性精神的基础和前提。人类是在游的生活状态中产生自由

---

[1]　《庄子·在宥篇》，王先谦《庄子集解》，成都古籍书店1988年据商务印书馆1934年版影印。

[2]　徐复观：《中国艺术精神》，华东师范大学出版社2001年版，第37~38页。

精神，人类是在自由精神这个基础上形成诗性精神和审美经验。

二、诗性精神：传统中国文化精神之特质

诗性精神一方面是指"人类原初的一种思维方式"，另一方面则是指人类以"诗意的"行为对待世界的方式。无论是前者，还是后者，传统中国人皆有突出表现，或者说，与其他民族相比，传统中国人的诗性精神相当突出，特别显著。[1] 可以说，在世界民族史上，亦许找不到第二个民族，能像传统中国人那样，对诗歌有着如此狂热的偏爱和热忱。传统中国是诗的世界，是诗人的国度，诗歌渗透到社会生活的方方面面，传统中国实际上可称为"诗教中国"，传统中国人的精神可称作"诗性精神"，传统中国文化可名为"诗性文化"。

传统中国是一个诗的世界。与以叙事文学为主流的西方文学相反，传统中国文学以抒情文学为主体。西方文学自古希腊、罗马以来，一直是以史诗、戏剧、小说等叙事性文学为主体，抒情诗则是随着18世纪浪漫主义思潮的兴起而产生的。中国文学自先秦以来，一直是以抒情文学为主流，戏曲、小说等叙事文学的发展，则是元、明以来的事情。中西方文学这种截然相反的发展轨迹，一定程度上体现了中西方人在文化心理和审美取向的差别。一般而言，叙事文学孕育出理性精神，抒情传统孕育出感性精神。换句话说，理性精神强烈的人，长于叙事；感性精神充沛的人，惯于抒情。钱穆曾经说过：西方人是用脑思考，中国人是用心思考；用脑思考的人理智、冷静，用心思考的人激情、浪漫。所以，用心思考的民族，长于抒情文学；用脑思考的

---

[1] 牟宗三说："中华民族是最具有原初性的民族。唯其是一个原初的民族，所以它才能独特地根源地运用其心灵。"（《历史哲学》，广西师范大学出版社2007年版，第148页）

民族，长于叙事文学。林语堂亦有大致类似的说法，他认为：传统中国社会有适合于诗的发展条件，其中一个重要条件，就是中国人常常以情感来思考，而不是用分析的方法来进行理论的思考。中国人往往把肚皮视为包藏一切学问知识的地方，所以有"满腹文章"或"满腹经纶"的说法。中西方人用来思考问题的器官不同，在英语中，一个人作文时的苦思冥想，被称作"搜索脑筋"，所以，西方人是用脑来思考。但是，在中国话里，则叫作"搜索枯肠"。所以，他断言："中国人之所以能写好诗，就因为他们用肚肠来思想。"[1] 林语堂的这个说法很有意思，亦很有启发性，与钱穆的观点不谋而合。

概括地说，西方人用脑思考，中国人用心思考；西方人长于抽象思维，中国人善于形象思维。因此，与西方人相比，中国人更富于诗性精神。所以，钱穆指出：

> 余尝谓中国史如一首诗，西洋史如一本剧。亦可谓中国乃诗的人生，西方则为戏剧人生。即以双方文学证之即见。古诗经首为中国三千年文学鼻祖，上自国家宗庙一切大典礼，下至民间婚丧喜庆，悲欢离合，尽纳入诗中。[2]
>
> 吾尝谓中国史乃如一首诗。余又谓中国传统文化，乃一最富艺术性之文化。故中国人之理想人品，必求其诗味艺术味。[3]

甚至有人认为："中国文化的根本秘密正在于中国诗学之中。"[4] 中

---

[1] 林语堂：《吾国与吾民》，陕西师范大学出版社 2002 年版，第 227～228 页。
[2] 钱穆：《诗与剧》，见《中国文学论丛》，生活·读书·新知三联书店 2002 年版，第 131 页。
[3] 钱穆：《品与味》，见《中国文学论丛》，生活·读书·新知三联书店 2002 年版，第 221 页。
[4] 刘士林：《中国诗性文化》之"内容提要"，江苏人民出版社 1999 年版。

国文化的秘密和中国国民精神的特质,都体现在诗性文化上。丰华瞻亦有关于"中国人的艺术癖"的讨论,他认为:

> 艺术的欣赏,在中国较在西洋为普遍。在西洋,艺术往往是专家的事,是少数人的事。一般的民众大都不会欣赏艺术,不爱好艺术。在中国就不然,中国人对艺术的嗜好是很普遍的。不但士大夫阶级,就是一般的平民,甚至生活在水准线以下的人,也爱好艺术而染上一些艺术癖。

的确如此,在中国古代,诗歌深入于民间社会,影响社会各阶层。诗的精神弥漫于传统中国社会的每一个角落,中国人的诗性精神不分场合、不论时间,处处皆能自然释放。在很简陋的饭馆、酒家、茶店、理发店里,在极偏僻的乡村院落里,在庙宇中,在陵墓上,在荒山上,或者古路旁的小亭子里,亦有题诗,或者张挂着对联,处处都弥漫着浓郁的诗意氛围。在贺喜或吊丧时,在新年里,对联都是必不可少的。在最缺乏诗意的法律事件中,"诗竟侵入法的范围,使法律被诗所'陶冶'而软化,法庭受诗的影响而诗意化,法官也变为风雅之士",甚至古代中国的那些风雅之士,还把法律文书写成了文艺作品。[1] 这种状况,在世界法制史上,可能亦是绝无仅有。

古代中国的礼乐传统最能体现中国文化的诗性精神。王国维《殷周制度论》说:

> 中国政治与文化之变革,莫剧于殷周之际。……殷周间之大变革,自其表言之,不过一姓一家之兴亡与都邑之移转;自其里言之,则旧制度废而新制度兴,旧文化废而新文化兴。又自其表言之,则古圣人之所

---

[1] 丰华瞻:《中国人的艺术癖》,见《中西诗歌比较》,生活·读书·新知三联书店1987年版,第223～227页。

> 以取天下及所以守之者，若无以异于后世之帝王；而自其里言之，则其制度文物与其立制之本意，乃出于万世治安之大计，其心术与规模迥非后世帝王所能梦见也。

殷周之际制度的大变革，据王国维说，主要就是立子立嫡之制，庙数之制和同姓不婚之制，"此数者皆周之所以纲纪天下，其旨则在纳上下于道德，而合天子诸侯卿大夫士庶民以成一道德之团体"，而"周人一统之策实存于是"。[1] 此制度上的大变革，即为学者熟知的周公"制礼"之说。周公制礼作乐确为中国政治与文化史上的大变革，不仅是"周人一统之策"，亦是对古代中国政治文化发生深刻影响的大举措，可谓"万世治安之大计"，由此确定了中国古代政治与文化的基本架构和发展方向。

周公制定的"万世治安之大计"，不外礼与乐二端。[2] 礼乐文化为周代制度文化之根本。周公所以能制礼作乐，一方面固然由于周公的人格、修养与地位，[3] 另一方面则是由于当时特别的文化背景。孔子说："夏尚忠，殷尚质，周尚文。"[4] "尚文"与制礼作乐互为依存，"尚文"是周公制礼作乐的文化背景，礼乐文化推进了"尚文"传统的形成。唐君毅说：

> 古谓夏尚忠，殷尚质，周尚文。忠者重勤劳，乃偏重于经济。质者

---

[1] 王国维：《观堂集林》（第二册）卷十，中华书局1959年版。
[2] 王国维的《殷周制度论》，仅着眼于制度文化之新变，故其所论亦就仅在于礼。
[3] 王国维《殷周制度论》说："原周公所以能定此制者，以公于旧制本有可以为天子之道，其时又躬握天下之权，而顾不嗣位而居摄，又由居摄而致政，其无利天下之心昭昭然为天下所共见，故其所设施，人人知为安国家定民人之大计，一切制度遂推行而无所阻矣。"
[4] 《论语·为政》。

> 率民以事神，而法制益备，治权稳固之谓。周尚文，而后政治社会之制度，伦理之道诚立也。……周代之政治、道德上之礼教，亦与乐教俱。中国音乐、舞蹈、雕刻，固当早有。然唯至周代以后尚文，乃有礼乐之盛。[1]

自此以后，"尚文"成为中国传统政治与文化的典型特点，故孔子说："郁郁乎文哉！吾从周。"[2]刘勰《文心雕龙·原道》说："文之为德大矣哉！"礼和乐成为中国传统文化的两大主干。

周代以后，礼乐文化成为中国文化之显著特色，故牟宗三为区别西方的宗教型文化，而称中国文化为礼乐型文化。[3]唐君毅亦认为："中国之人生理想在生活上之礼乐化。"[4]中国人"理想之世界中必重礼乐。礼乐在（中国）文化之地位或须放在科学、政治、经济之上"。[5]所以，在周代，礼乐成为学者的必修课，礼乐教化成为教育之首务。唐君毅说：

> 原古代中国之教育，一掌于司徒，一掌于司乐，司徒者政教之官，司乐者乐教之官，而太学称成均即成韵，乃取义于乐。司徒以礼导行，司乐以乐和志。孔子订礼乐而统之以仁。仁为人道，亦为天道。……其兴于诗即兴于仁，温柔敦厚，为诗教即仁教。仁立于礼而成于乐。则体形上之天德，成世间之人德以显为礼仪威仪之盛，而完成之于艺术精神者，孔子之精神也。"[6]

---

[1] 唐君毅：《中国文化之精神价值》，广西师范大学出版社2005年版，第19页。

[2] 《论语·八佾》。

[3] 牟宗三：《历史哲学》，广西师范大学出版社2007年版，第150页。

[4] 唐君毅：《中国文化之精神价值》，广西师范大学出版社2005年版，第213页。

[5] 唐君毅：《人文精神之重建》（一），广西师范大学出版社2005年版，第37页。

[6] 唐君毅：《人文精神之重建》（一），广西师范大学出版社2005年版，第79页。

在古代中国，礼乐成为国家政治文化之标征，"制礼作乐"是国家兴旺发达之体现，"礼崩乐坏"则是国家呈衰显败之表现。

礼乐文化，或称礼仁文化。如果说礼是外在的社会规范，如礼仪、制度之类，是维持社会秩序之必需；仁则是个体内在之品格和德性。而乐作为艺术，是教化个体由仁致礼之手段或载体，故称乐教或诗教。概括地说，中国传统文化，尤其是儒家文化，是由乐致仁，由仁达礼，即通过乐教或诗教以涵养培育个体内在之品格和德性，使之达于圣道或仁道，从而使个体对外在社会规范之遵守转化为个体内心的自觉。需要说明的是，"礼乐"虽然并称，但是乐重于礼。因乐而致仁，因仁而达礼。礼是目的，仁是核心，乐是根本。无乐而礼与仁皆无法实现。徐复观说："礼乐并重，按乐安放在礼的上位，认定乐才是人格完成的境界，这是孔子立教的宗旨。"[1]所以，孔子说："兴于诗，立于礼，成于乐。"[2]因此，大体上说，礼之义在道德，乐之义在艺术，礼乐文化之精义就在于道德的艺术化，艺术的道德化。进一步说，则是政治的艺术化，政治的道德化，艺术的政治化。一方面，是"政治意识之本身，有一艺术性之和谐精神灌注"。[3]另一方面，则是艺术之政治化、道德化，"中国最初之艺术，皆可谓古代中国之政治、伦理精神之光辉。中国古代文学艺术，亦即所以充实中国古代政治伦理之精神，而与之融协者"。[4]

礼乐文化的充分发展，致使宗教文化和科学精神在一定程度上受到抑制，关于这个问题，唐君毅言之甚详。尚需申论的是，作为"一

---

[1] 徐复观：《中国艺术精神》，春风文艺出版社1987年版，第4页。
[2] 《论语·泰伯》。
[3] 唐君毅：《中国文化之精神价值》，广西师范大学出版社2005年版，第19页。
[4] 唐君毅：《中国文化之精神价值》，广西师范大学出版社2005版，第20页。

种生命力极健康而文雅有度的文化"，礼乐文化的充分发展所导致的中国人文精神和诗性智慧的特别发达。唐君毅认为：西洋文化之中心在宗教与科学，而其文化为科学与宗教精神所支配；中国文化之中心在道德与艺术，而其文化为道德与艺术精神所贯注。[1]"道德与艺术精神，为融合主观客观之精神，与科学宗教精神之为主客对待者异矣。故中国文化中之道德精神与艺术精神，复互相增上缘引，合力以使中国之宗教、科学不得发展"。[2]牟宗三亦认为，中国文化之精神，从内在之心性一面看，是"综合的尽理之精神"和"综合的尽气之精神"，这两种精神笼罩着中国的整个文化生命。前者代表中国文化中"尽心尽性尽伦"的理性世界，表现为一种圣贤人格；后者代表中国文化中"尽才尽情尽气"之天才世界，表现为一种艺术人格。[3]实际上，这种分别与唐君毅的说法相近，前者体现的是道德精神，统摄于礼；后者体现的是艺术精神，统摄于乐。

黑格尔将精神分为艺术、宗教和哲学三种形式。对于西方人而言，宗教是最基本的；对于中国人来说，艺术则是最基本的。传统中国人最基本的心理体验是审美体验，而西方人最基本的心理体验则是宗教体验。[4]因此，可以说，审美境界是中国人的人生理想境界，宗教境界则是西方人的人生理想境界。

中国文化的艺术特质或诗性精神，钱穆有精辟论述。他说："吾尝谓中国史乃如一首诗。余又谓中国传统文化，乃一最富艺术性之文

---

[1] 唐君毅：《人文精神之重建》（一），广西师范大学出版社2005年版，第61页。
[2] 唐君毅：《人文精神之重建》（一），广西师范大学出版社2005年版，第78页。
[3] 牟宗三：《历史哲学》，广西师范大学出版社2007年版，第169~170页。
[4] 彭锋：《生与爱——古代中国人审美意识的哲学根源》，东北师范大学出版社1997年版，第6~7页。

化。故中国人之理想人品,必求其诗味艺术味。"[1] 他认为:"宗教而政治化,政治而人伦化,人伦而艺术化",是"中国古代文化演进的一大主流"。[2] 即中国文化发展的终极目标是趋向于艺术化或审美化。因此,他说:"中国人理想中的和平文化,实是一种'富有哲理的人生之享受'。深言之,应说是富有哲理的'人生体味'。那一种深含哲理的人生享受与体味,在实际人生上的表达,最先是在政治社会一切制度方面,更进则在文学艺术一切创作方面。"[3] 由此而导致中国人的人生是诗性人生(详后),政治是礼乐型的艺术化政治。亦正是因此,李泽厚称中国文化为"乐感文化",认为"中国哲学所追求的人生的最高境界,是审美的而非宗教的",与此相反,西方常常是由道德而宗教,宗教境界是西方文化的最高境界。[4] 当然,在古代中国,亦不乏宗教,不仅有佛教的输入,亦有本土产生的道教和其他民间宗教,古代中国人亦不乏宗教意识。但是,宗教信仰在传统中国人的日常生活中并不占据重要地位,宗教的力量对于中国人来说,近似于道德和艺术的力量。在中国,任何一种宗教都是少数人的信仰,远未达到像西方国家那样将宗教作为国教的地步。中国人的终极关怀,从来不是宗教的,而是道德的或人生哲学,并且是通过艺术和审美来完成的。[5] 因此,林语堂以为传统中国社会的诗歌具有宗教的功能,他说:

---

[1] 钱穆:《品与味》,见《中国文学论丛》,生活·读书·新知三联书店2002年版,第221页。

[2] 钱穆:《中国文化史导论》,商务印书馆1993年版,第82页。

[3] 钱穆:《中国文化史导论》,商务印书馆1993年版,第164页。

[4] 李泽厚:《李泽厚哲学美学文选》,湖南人民出版社1993年版,第454页。

[5] 聂振斌:《艺术化生存——中西审美文化比较》,四川人民出版社1997年版,第181～182页。

吾觉得中国的诗在中国代替了宗教的任务，盖宗教的意义为人类性灵的发抒，为宇宙的微妙与美的感觉，为对于人类与生物的仁爱与悲悯。宗教无非是一种灵感，或活跃的情愫。中国人在他们的宗教里头未曾寻获此灵感或活跃的情愫，宗教对于他们不过为装饰点缀物，用以遮盖人生之里面者，大体上与疾病死亡发生密切关系而已。可是中国人却在诗里头寻获了这灵感与活跃的情愫。

诗又曾教导中国人以一种人生观，这人生观经由俗谚和诗卷的影响力，已深深渗透一般社会而给予他们一种慈悲的意识，一种丰富的爱好自然和艺术家风度的忍受人生。经由它的对自然之感觉，常能医疗一些心灵上的创痕，复经由它的享乐简单生活的教训，它替中国文化保持了圣洁的理想。……在这样的意境中，诗很可称为中国人的宗教。吾几将不信，中国人倘没有他们的诗——生活习惯的诗和文字的诗一样——还能生存迄于今日否？[1]

的确，传统中国人的宗教意识比较淡薄。对于大多数中国人来说，往往是见到庙就烧香，看到菩萨就磕头，不管是道家的道观，还是佛教的寺庙，还是天主教的教堂，他们都是一视同仁，不加区别。甚至路边一块古怪的石头，或者参天的古树，他们亦不妨烧香磕头。这在西方人看来，是完全不可理解的。对西方人来说，信佛的就不会进道观，信天主教的就不会到佛教寺庙里去。西方人的宗教信仰是虔诚的，执着的；而中国人的宗教信仰，可以说是泛宗教主义的。我们向来很尊重有信仰的人，宗教信仰可以净化心灵，美化生活，陶冶人类悲天悯人的意识，因此有信仰的人，其为人虔诚，其生活执着。心中有信仰，生活就不会偏离方向，这种人当然值得尊重。但是这种有虔诚宗教信仰的人，或者有共同宗教信仰的民族，往往都很偏执。因此，西方社会常常发生以宗教相号召的战争。传统中国人宗教意识比较淡薄，这

---

[1] 林语堂：《吾国与吾民》，陕西师范大学出版社2002年版，第226～227页。

类争端就比较少见。所以，与西方文化相比，中国文化不是宗教文化，而是一种诗性文化，传统中国的文化精神不是宗教精神，而是一种诗性精神。传统中国人以诗歌取代宗教，通过诗歌净化心灵，美化生活，陶冶人类悲天悯人的意识。因此，蔡元培提出以美育代宗教，是符合传统中国国情的。而像章太炎那样企图以宗教激励国人保国保种之观点，则不完全符合传统中国的国情。

因此，在黑格尔所谓"绝对精神"的艺术、宗教和哲学三种形式中，艺术才是古代中国的"绝对精神"或"超越关怀"，无论是入世的儒家还是出世的道家，均持此种观念。儒家追求"尽善尽美"和"美善相乐"，并且以为美高于善，主张因善至美。在儒家学者的观念中，作为精神世界，美比善更高尚，更纯粹，更完全；作为人生境界，美比善更充实，更丰富，更光辉灿烂；作为对人生世相的反映，善将世界抽象化、理性化，美将世界艺术化、理想化，更感性更生动鲜活，并且把理性融入感性之中，使感性与理性处于和谐状态。[1]道家追求"美道合一"，因真而入道，因真而至美。儒、道两家虽然在实现美之途径上有善与真之别，但把美作为文化之最高境界，则是两家之同谋，亦是中国古典文化之基本精神和独特品格。

三、诗性人生：传统中国人的生活状态

中国古典文化是一种诗性文化，中国文化之基本特质是诗性精神。在这样一个拥有源远流长之艺术审美传统的国度里，其道德、政治、伦理和哲学都具有相当浓厚的艺术审美特点，其思维习惯和生活方式

---

[1] 聂振斌：《艺术化生存——中西审美文化比较》，四川人民出版社1997年版，第181～182页。

亦呈现出特别明显的审美特征。可以说，生活礼乐化，栖居诗意化，人生艺术化，是传统中国人日常生活的基本现状和价值追求。在这样一种文化氛围和价值关怀的大背景下成长起来的中国人，大多皆有一定的诗人气质和明显的诗性精神，以及悠闲浪漫的人生价值观。他们能从生活中的一件小事，升华出一种雅致清明的精神享受和淡泊超脱的诗意感觉。能从自然界的风云变幻、阴晴圆缺、沧海桑田中体味到人生之闲适情趣和诗情画意。总之，诗性文化培育了中国人的诗性精神，诗性精神涵孕了中国人的诗性人生。[1] 而尚文传统又为诗性文化之建构、诗性精神之培养、诗性人生之展开，提供了文化背景。可以说，艺术人生和诗意栖居，是传统中国人的人生状态。

这种诗性人生的价值追求，首先体现在周人的"《诗》生活"中。周代贵族生活在尚文的大传统中，尚文的文化背景培育了他们的诗性精神，"不学《诗》，无以言"，诵诗、赋诗、引诗成为他们日常生活的重要组成部分。周人用《诗》，主要有赋诗、教诗、引诗三种形式。赋诗是将诗作为外交辞令，班固《汉书·艺文志》说："古者诸侯卿大夫交接邻国，以微言相感，当揖让之时，必称诗以谕其志，盖以别贤不肖而观盛衰焉。""称诗以谕其志"，即赋诗，称引《诗经》之成篇以表达自己的意向或愿望。"称诗"是为"微言相感"，即通过委婉含蓄的暗示以传达意旨。问题是，诸侯卿大夫在"交接邻国"时，为何不直言其事而必须"微言相感"？为何在"微言相感"时不用其他形式而必须是"称诗以谕其志"？我们认为，这是由在尚文背景下产生的礼乐文化精神决定的，充分体现了周人浓厚的人文意识和诗性

---

[1] 钱穆《诗与剧》说："中国乃诗的人生，西方则为戏剧人生。""中国之道德人生，亦即是艺术人生，正是一诗化人生也。"（见《中国文学论丛》，生活·读书·新知三联书店2002年版，第131、138页）

精神。这种精神产生于周代，并作为一种文化基因沉淀在华夏族人的意识中。如古人所谓"登高能赋，可以为大夫"，以"能赋"作为认定"大夫"的前提，就充分体现了传统中国人的尚文观念和诗性人生。再如，在南北朝时期，双方派遣外交大臣，特别重视外交使节的艺术才能，以文学才能作为选拔外交大臣的主要标准，有时政治才干和外交能力还处于比较次要的位置。因此，当时交接邻国的外交使节，大部分都是其时比较著名的文学家。这亦说明文学形象在国家形象展示中的重要地位。

富于诗性精神的民族必定热爱诗歌，爱好诗歌的民族当然拥有充沛的诗性精神。热爱诗歌而又富于诗性精神的传统中国人，其精神状态是诗性的，其生活方式亦是诗性的。海德格尔所谓的"诗意的栖居"，最能说明传统中国人的生存状态。在这种崇尚诗歌的文化背景下，在这种弥漫着诗性精神的社会环境中，以诗歌为中心的文学和以诗人为核心的文人群体，就得到社会各阶层的普遍推崇和重视。例如，在唐朝开元年间，唐玄宗诏令宫女为边防将士制作军衣。其中有一位士兵，在领取到的短袍中得诗一首，诗云："沙场征戍客，寒苦若为眠。战袍经手作，知落阿谁边？蓄意多添线，含情更著绵。今生已过也，重结后身缘。"这位士兵居然将这首诗上呈给了将军，将军又层层上报，送到了皇帝那里。唐玄宗收到这首诗后，追查此事，让人把诗歌遍示六宫，还说："有作者勿隐，吾不罪汝。"结果，那位作诗的宫女"自言万死"，被迫承认。让人感到意外的是，唐玄宗不但没有责罚那位宫女，反而是"深悯之"，还把这位宫女嫁给了那位得诗的士兵，并且还对这位宫女说："我与汝结今身缘。"[1] 这个故事本身的真实性

---

[1] 孟棨：《本事诗·情感》，见丁福保《历代诗话续编》（上），中华书局1983年版，第5页。

很难断定。不过，值得注意的是，成全兵士与宫女"今身缘"的，不是其他，而是诗。与其说唐玄宗是同情宫女和兵士的怨旷，不如说是欣赏宫女的诗才，因赞赏宫女的诗才而成全宫女与兵士的"今身缘"。诗歌成为这段姻缘的触媒，热爱诗歌的唐玄宗成全了这段姻缘。

与这个故事类似的，在宋代，还有关于宋祁的一段风流佳话。据说，宋祁一日路过繁台街，遇到从宫内出来的几辆车子，来不及回避。这时，车内有一位女子拉开车帘，娇滴滴地叫了一声"小宋也"。宋祁惊讶不已，回到家里，魂不守舍，想入非非，便赋词一首，名曰《鹧鸪天》，词云："画毂雕鞍狭路逢，一声肠断绣帘中。身无彩凤双飞翼，心有灵犀一点通。金作屋，玉为栊，车如流水马如龙。刘郎已恨蓬山远，更隔蓬山一万重。"文人就是这样，喜欢自作多情，想象力太发达，一声"小宋也"，就会让他肠断，让他魂不守舍，想入非非。这首词传到宫中，宋仁宗获悉，立即下令清查在大街上叫"小宋也"的那位宫女。这时，那位冒失的宫女，自知无法遮掩，就坦白说："顷因内宴，见宣翰林学士，左右内臣皆曰'小宋'，时在车中偶见之，呼一声尔。"于是，仁宗召见宋祁，查问此事虚实。据说宋祁是"惶悚无地"，惊惶失措，无地自容。仁宗笑着说："蓬山不远。"当即就把这位宫女赐予了宋祁。[1] 这个故事，明显有模仿唐代"宫妇兵士"故事的痕迹，其真实性很值得怀疑。不过，文人热衷编撰这类故事，亦颇能说明他们的一种普遍心理：诗词是爱情的触媒，才子获得佳人青睐的法宝，是手中的诗笔，皇帝面对诗人手中的诗笔，亦得忍痛割爱，妥协退让。这当然是文人的白日梦，但亦是文人的一种普遍心理，同时亦从一个侧面反映了古代上层社会对诗词的热爱和对诗人的推崇。

又如，唐朝大历年间，才子文茂与邻家女郎晁采，青梅竹马，两

---

[1] 孟棨：《本事词》卷上，见唐圭璋《词话丛编》，中华书局1986年版。

相情悦,"约为伉俪"。文茂富于才,精于诗,"时寄诗书,通情采",并借机接近晁采,偷偷欢合。晁采母亲得知此事,大发感慨说:"才子佳人,自应有此。"于是就把女儿嫁给了文茂。[1] 晁母成全女儿与文茂的姻缘,是因为文茂是才子,是诗人。是文茂的诗人身份,获得了晁母的欣赏和谅解,成全了他与女儿的姻缘。这个故事,反映了古代下层社会对诗歌的热衷和对诗人的推崇。

这种因诗歌获得佳人青睐,并进而成就美满姻缘的风流佳话,在唐宋时期屡见不鲜。如,中唐时期,李司空罢官居京,追慕刘禹锡的诗名,把他请到府中,盛情款待。在酒宴上,李司空命家妓出来唱歌陪酒,刘禹锡在酒酣耳热之际,情欲高涨,诗兴大发,便赋诗一首:"鬓髻梳头宫样妆,春风一曲杜韦娘。司空见惯浑闲事,断尽江南刺史肠。"这就是"司空见惯"这个成语的出处。据说,李司空非常欣赏刘禹锡这首诗,就将家妓慷慨相赠。刘禹锡因诗获妓,一时传为佳话。[2] 又如,韩晋公镇浙西,诗人戎昱为浙西某郡刺史,深爱一绝色酒妓。而浙西乐将亦很看重那位酒妓的诗乐才能,请示晋公,征得同意后,便将她召置乐籍中。戎昱于湖上设宴为酒妓送行,并以诗相赠,嘱咐她入乐籍后,就唱这首诗。酒妓至乐籍,按照戎昱的嘱咐,在韩晋公面前唱戎昱送她的这首诗。韩晋公知道其中必有隐情,就命人鞭打乐将,查问实情,然后赠送酒妓细绢百匹,即刻将她送还给戎昱。[3] 像这类故事,在唐宋以来的笔记小说中,俯拾即是。它的广泛流传,反映了传统中国人崇尚诗歌和推崇诗人的普遍文化心态。所以,黄家遵指出,传统

---

[1] 孟棨:《全唐诗》卷八〇〇。

[2] 孟棨:《本事诗·情感》,见丁福保《历代诗话续编》(上),中华书局1983年版,第10页。

[3] 孟棨:《本事诗·情感》,见丁福保《历代诗话续编》(上),中华书局1983年版,第6页。

社会对待诗人有两点态度：

> 第一，调戏人家妇女，在唐宋时自然是一种妨害风化而应受处罚的事，可是如果他是一个书生，他是一个能诗者，他们就可以任意胡为，不受责罚，甚至反要加赏。第二，才子佳人好像是天生的配偶，所以统治者遇到才子佳人私奔或单恋的案件，却反要替他们撮合，好像这是替天行道。这种现象是当时社会制度上的矛盾，这种矛盾显示着礼教对于性的禁压的无用。[1]

这话虽然说得有点夸张，但大体上还是比较符合当时的实际情况。

传统中国社会对文学的高度重视，还体现在选举考试的内容上。中国古代选举考试的主要内容不外乎经学（家法、帖经墨义、经疑、经义）与文学（诗赋）。在察举时代，经学、文学稍有分途，到科举时代，两者渐趋合一，常常是以经学为里，以文学为表，是经学与文学的一种结合。这在客观上促使人们对文学的重视，虽然优秀的文学作品一般都不是产生在科场上，但它的确刺激了人们对文学的兴趣，促进人们对文学技艺的学习和探讨，有助于文学的发展。以文学作为选举考试的重要内容，以诗词歌赋的写作才能作为遴选官员的重要依据，这在世界史上恐怕亦是极为罕见的。同时，这些通过科举考试步入仕途的学子，作为政府官员分散在全国各地的衙门里，亦就进一步将这种重文的风尚推广到全国各个地区。它所造成的直接结果，是提高了文人和文学的社会地位，在整个社会营造出一种适合文人成长和文学发展的社会氛围。

所以，在传统中国社会，创作和赏玩文学艺术，不仅仅是艺术家

---

[1] 黄家遵著、卞恩才整理：《中国古代婚姻史研究》，广东人民出版社1995年版，第339～340页。

的事，一般民众都有欣赏艺术的癖好。诗歌创作不是诗人的专利，而是文化人最基本的素质。甚至作为一位官员，亦必须能写作诗歌，欣赏诗歌，优待诗人，否则，就极有可能被视作缺乏教养，没有文化。丰华瞻说："中国的艺术风气很普遍，一般人受艺术的熏陶很深，都有些艺术癖。"[1]古今社会风尚的差别，显而易见。在中国，诗性精神的失落是现当代的事情，特别是在当代市场经济背景下，物质欲望的追求，成为人们的主要生活内容之一，物质欲望的膨胀和诗性精神的失落，成为一种普遍的社会现象。在当代，诗人成为穷困潦倒的代名词，写诗的人比读诗的人多。在中国历史上，诗人的处境，亦许从来没有如现在这般难堪和尴尬。在今天，冷不丁冒出一位能写诗的官员，则会成为文化界的一大奇特之事。可是，众所周知，在古代中国，政府官员甚至地方或基层的一些文职人员，都能写诗，一般都有诗集出版。事实上，在传统中国，诗人的地位相当高，诗人得到社会各阶层人的尊重和热爱，上至皇帝，下至地方县令，不仅自己能写诗，而且亦常常愿意为诗人的写作和出行，提供支持和帮助。明白这一点，就能够解释：在古代中国，为什么一个穷困潦倒的诗人，居然可以浪游天下，四海为家？

当然，生活并不总是清明浪漫和闲适优雅的，现实生活中的种种挫折总会引发人生的不快。当传统中国人面临着必须解决的人生痛苦时，或者需要超越现实的苦难时，他们"不愿意用宗教的幻想来欺骗自己而宁愿用艺术的想象忘掉现实的苦痛，用真情实感的审美活动对人生自由加以体验"，所以学者认为："宗教的力量对于中国人来说，

---

[1] 丰华瞻：《中国人的艺术癖》，见《中西诗歌比较》，生活·读书·新知三联书店1987年版，第223~227页。

远远逊于艺术的力量。"[1] 实际上，在古代中国人的人生观中，当现实生活与理想人生发生冲突时，或者像儒家那样归田隐居，或者像道家那样超脱出世，都很少遁入宗教空间，而是常常以一种超脱闲适之心态，以安贫乐道为人生之慰勉，以颜回乐处为人生之乐趣。或归隐田园，或遁迹林下，保持内心的平静，游戏于山水之间，安乐于天伦之情。这依然是一种真实的、自然的、富于诗意的生活状态。

印度诗人泰戈尔对中国文化的这种诗性精神高度赞赏，他曾经这样评价中国文化：

> 世界上还有什么事情比中国文化的美丽精神更值得宝贵的？中国文化使人民喜爱现实世界，爱护备至，却又不致陷于现实得不近情理！它们已本能地找到了事物的旋律的秘密。不是科学权力的秘密，而是表现方法的秘密。这是极其伟大的一种天赋。因为只有上帝知道这种秘密。我实在妒忌他们有此天赋，并愿我们的同胞亦能共享此秘密。

宗白华盛赞此论，并专门撰写《中国文化的美丽精神往那里去》一文，诠释泰戈尔的这段文字。他认为："西洋思想最后所获得的是科学权力的秘密"，而"中国人本能地找到了事物的旋律的秘密"，即艺术的秘密；与西洋人运用逻辑推理、数学演绎和物理考察等方法把握宇宙间物质推移的规律不同，"中国古代哲人却是拿'默而识之'的观照态度去体验宇宙间生生不已的节奏"，并将这种观照所获得的秘密渗透到现实生活中，"使我们生活在礼与乐里，创造社会的秩序与和谐"，使我们的生活"融化在音乐的节奏中，从容不迫而感到内部有意义有价值，充实而美"，并且是"以和平的音乐的心境爱护现实，

---

[1] 聂振斌：《艺术化生存——中西审美文化比较》，四川人民出版社1997年版，第200页。

美化现实"。[1] 简言之，中国人找到的"事物的旋律的秘密"，就是艺术的秘密；"中国文化的美丽精神"，就是艺术精神，或诗性精神；中国人的生活境界，就是艺术境界。

中国文化的美丽精神是一种诗性精神，而这种精神的基本内涵，宗白华认为就是生与爱。彭锋在《生与爱》一书中，通过探讨古代中国人审美意识的哲学根源，对宗白华所揭示的以生与爱为核心内容的"中国文化的美丽精神"进行了具体阐释，他说："中国古典艺术、美学之所以具有永恒的魅力，不是因为它具有某些方面的特殊性，而是因为它始终以一种独特的方式关注着一个普遍的问题，即'生'与'爱'的问题。"认为生与爱不仅是古代中国人审美意识的基本精神，而且亦是中国古典思想的两个基本概念。[2] 这种文化的"美丽精神"，体现在中国人的审美观念和艺术实践中，亦表现在哲学探讨和价值追求中，更体现在他们的日常生活里。或者说，具有诗性特质的中国古典文化是一种生与爱的文化，以诗性精神为典型特征的中国古典文化精神是一种生与爱的精神，以诗性人生为终极关怀的传统中国人的人生观，亦是一种对生与爱的执着坚守和永恒追求。诗性人生，就是对生与爱之追求和坚守的艺术人生。追求生与爱的精神是诗性精神，其人生就是诗性人生。以生与爱为核心的"中国文化的美丽精神"，实质上就是温柔敦厚的中国古典诗学理想品格的具体体现。

---

[1] 宗白华：《艺境》，北京大学出版社1989年版，第170～171页。
[2] 彭锋：《生与爱——古代中国人审美意识的哲学根源》，东北师范大学出版社1997年版，第1、5页。

结语　中国古典诗学理想的现代价值

一

本书研究中国古典诗学，实际上呈现的是我个人的经验，是我个人对诗歌的理解和偏见。或者说，正是因为我个人对诗歌的理解和偏见，与中国古典诗学温柔敦厚的理想品格有暗合之处，才触动我的探索欲望而写下这些文字。因此，与此前出版的几种著作的客观性不同，本书有较多的主观色彩，尽管它依然是以客观的形式呈现出来。如果此书的出版，引起部分读者的批评，尤其是当代诗人的指责，这亦是我预料之中的事情。我已经做好了被批评和指责的心理准备。

实际上，我并不擅长诗，亦不是很喜欢诗。人各有志，亦各有所长。有的人形象思维发达，富于感性，适合做诗歌的创作和文学的研究。有的人抽象思维发达，富于理性，则适合做文化思想或文献考证整理方面的研究。尽管我的学科背景是中国古代文学，所承师门亦是以诗歌研究见长。但我最终还是放弃了纯粹的诗歌研究，而走上了文化思想研究的路子，至今出版的十余种著述，较少以文学为研究对象，基本没有纯粹的诗歌研究著述。自认抽象思维比较发达，有一定的理性精神，适合做客观性较强的思想文化研究和文献整理工作。记得一位学界前辈曾经说过：如果你想研究诗词，最好先学会写诗填词；如果你想研究戏曲，最好先学会唱戏。我因不会写诗填词，所以就不敢研究诗词。这确是实情，并非托辞。

我因不擅长诗而回避了对古代诗歌的研究。当然，由于教学之需要，亦偶尔涉及，但往往浅尝辄止，未予深究。甚至翻阅古代文人的诗集，亦常常是出于搜寻史料之目的。对于当代诗歌，则基本持敬而远之的态度。置身于文学教学和研究的圈子中，我有一批写诗的朋友，亦培养出一群写诗的学生，因此亦常常收到他们赠送的诗集。但是，坦诚地说，我从未认真阅读，因为读得不太懂，读得有些费劲。对一些写诗的朋友或学生意气风发的高谈阔论，我亦常常是作壁上观。我认真收藏他们赠送的诗集，亦偶尔购买一些当代著名诗人的诗集，但不为欣赏阅读，只为将来作研究当代文人精神状态的史料。如今写下这部研究中国古典诗学理想的书稿，不是因为突然开窍而喜欢上了诗歌，而是深感当代国民教育之危机和国民教养之缺失，传统中国温柔敦厚的古典诗学理想品格，能为之提供可资借鉴的精神文化资源。可以说，本书基本上还是属于文化思想范畴的研究，不是纯粹的诗歌艺术鉴赏和研究。

沉浸于中国古代思想文化之研究，从事中国古代文学教学工作，已有二十余年，若说对古代诗歌没有一点想法或见解，不是误人子弟，亦是欺人之语。中国古代诗词本是中国文化精神最生动、形象、真实的再现，亦是中国经验的主要载体，是研究传统中国文人生活面貌和精神状态的主要材料。倘若要我举出最喜欢的中国古代诗歌作品，若为一篇，则是孟浩然那首家喻户晓的《春晓》。若为两篇，则加上《诗经》

中的《蒹葭》。我认为，这两首诗，最能展现中国文化精神的生动美丽，最能体现中国文人的精神面目，是中国经验和中国智慧的生动表达。

《蒹葭》一诗因被台湾作家琼瑶改写成通俗歌曲《在水一方》而广为传布，声名鹊起。我特别欣赏它所营建的那种境界，不断追求，不断进取的境界。尽管"道阻且长"，诗人依旧"溯洄从之""溯游从之"。虽有求之不得的忧伤，但诗人始终没有放弃。并且，诗人一直在路上，既没有求之不得的大悲，亦没有求之而得的大喜。这种感觉真好，没有因外在刺激而发生的大喜大悲，只有在人生路上的追求和进取，并且始终保持着平和的心境。难道这不是人生的正常境界和健康状态吗？没有欣喜若狂，亦没有悲痛欲绝，有的只是温柔敦厚。在这一点上，《蒹葭》与《关雎》的"乐而不淫，哀而不伤"很相似，均是以温柔敦厚的心境去追求、去进取，均是在追求的过程中，在路上，而不问结果，亦不需要结果。因为人生的意义就在于人生的过程。《蒹葭》和《关雎》的价值就在于此，就在于它以诗歌的形式形象地呈现出中国经验，展示出中国文化的内在精神。比较而言，《蒹葭》与《关雎》，仍有虚实之别。《关雎》是实，虽然汉儒所谓称颂"后妃之德"的说法已遭人唾弃，但君子追求淑女尚可坐实，因此，说它是一首描绘早期中国先民爱情的诗歌，是可获得公认而不会发生异议的。《蒹葭》是虚，诗中所谓的"伊人"，学者常常意欲坐实为美人或君王。其实，按照我的理解，"伊人"就是一个象征符号，说他是美人或君王，亦未为不可，但此种坐实的解读可能会缩减诗歌本身所具备的丰富内涵。我更愿意把它理解为一种美，美的事物，美的人生，美的境界。诗人苦苦追索的就是这种以美为特征的人生或境界。说它虚，是因为它有超越性，超越具体的人生经验而体现出具有普适性的人生智慧。就此而言，我欣赏《蒹葭》超过喜欢《关雎》。

《蒹葭》体现了传统中国人的人生经验和生存智慧。总体很好，但稍感清凉，温度似乎不够。比较而言，我最欣赏的还是孟浩然那首《春晓》。"春眠不觉晓，处处闻啼鸟。夜来风雨声，花落知多少。"这首在中国家喻户晓、妇孺成诵的诗歌，只因太熟悉，常常被我们轻易地读过去了；只因太简单，太朴素，其中的深意往往被我们忽略了。我欣赏此诗，首先在于它没有文字障，稍通汉语稍识汉字者，皆可读明白。文学阅读和诗歌鉴赏，本是快乐之事。诗人明明白白地写出来，读者清清爽爽地阅读它，这真是很快乐的事。读者阅读诗歌，是为追求审美的愉悦，你非要故作深沉，搞一些古怪偏僻的字眼；卖弄文雅，排列出若干典雅故实来。读者要借助字典辞书方能明白你的字面，要绞尽脑汁才能懂得你传达的情意。于专家学者，或许可以凭借渊博的学识而获得体验的乐趣；于一般读者，则何来审美的愉悦？这或许就是中国诗歌在宋元以后逐渐丧失大众读者而仅成为少数知识精英之爱好和消遣的主要原因，亦是当代诗坛出现写诗的人比读诗的人多的尴尬处境的重要原因。

　　读诗是为愉悦，而不是为猜字谜，亦非为"多识鸟兽草木之名"。《春晓》之可贵，之所以成为我特别欣赏的古典诗歌，就在于它的明白清爽，易识字明义；还在于它所传达的意，所抒发的情，是纯粹的中国式的意，是典型的中国式的情。简言之，它体现的是"乐而不淫，哀而不伤"的中国式的人生经验，呈现的是温柔敦厚的中国文化的精神品格。我在本书第三章讨论诗词文体之分别时，曾举孟浩然《春晓》和李清照《如梦令·昨夜雨疏风骤》为例，说明诗词在表现方法和情感特征上的显著区别，以为《春晓》诗里表现的，是一种无所关心的满足，是中国古典诗歌的一种典型情绪，一种符合中国古典诗学理想品格的情感。"春眠不觉晓，处处闻啼鸟"，鸟啼声处处闻见，显示的不仅是春天的生机,大自然的活力,亦是诗人内心的生机,个体生命力量的冲动。但此冲动并非火热的激情,诗人"春眠"而"不觉晓",其内心的平和,较然可见。而其内心的平和,又被大自然的活力所鼓舞所激励。然而被鼓舞被激励的诗人,依然能保持内心的平静和心态的平和。一方面,他因忆起"夜来风雨声"而追问"花落知多少",花因风雨的摧残而凋零,诗人不免忧伤。花的凋零或许暗示人生的迟暮。但是,另一方面,诗人并没有因为花的凋零或人生的迟暮而垂头丧气,因为他问了一句"花落知多少",便不再追问下去。不像李清照那样"知否?知否?应是绿肥红瘦",搞得很激动很生气的样子。诗人没有大喜大悲,他只有轻轻的忧伤,淡淡的哀愁,用孔子的话说,就是"哀而不伤"。这种生命感觉很好,或许是因为长期从事传统中国文化研习的缘故,我特别认同这种温柔敦厚的传统中国式的人生体验,故此,《春晓》亦就成为我特别欣赏的诗歌。因为我认为:温柔敦厚才是人生的理想状态,亦是人生的正常状态和健康状态。《春晓》正是对这种人生状态的诗意呈现,诗人正是此种人生状态的显著代表。至少在创作此诗的那一刻,诗人真正做到了"乐而不淫,哀而不伤"。

以上,是我个人的诗歌经验及其对诗歌理想品格的看法。这种看法,在现代性已经普遍泛滥的现实背景下,是多么的不合时宜,于此,我有自知之明。但我依然坚持认为这是诗歌的最佳状态或理想境界,并且是诗歌未来发展的正确方向。

二

文学研究,既要研究创作者的创作心理和创作过程,亦要研究作品的思想内容和艺术特征,还要研究读者的阅读心理和接受态度。而人（包括作者和读者）是其中的关键，所以说文学是人学。作家的品性决定作品的品质，虽然读者常常依据自己的兴趣选择阅读的作品，但作品的品质对读者心性的塑造，亦是显而易见。因此，我的基本观点是：要写好诗，便先做好人；要做好人，就先读好诗。

　　文学即人学，这是老生常谈，稍具文学常识的人都能脱口而出，并且说三道四。对此，我亦有一些自己的思考。几年前，我便对文学伦理问题发生兴趣，试图基于自己的学科背景，做一项题为"传统中国语境中的文学伦理问题研究"，或者径直构建一门"文学伦理学"。研究工作虽然没有实质性地开展起来，但基本构想确已大体形成，其基本框架如下：第一，文学创作者的伦理问题。如在中国文学史上有"文人无行""诗穷而后工""女子无才便是德"等说法，这些皆有关创作者的伦理问题；中国文学史上明显的文人女性化倾向，如诗心即女心、男子作闺音等，亦有关创作者的伦理；还有，好色的男子热衷于创作拒色的文学，恐怕亦要从伦理的角度做出解释；作者的身体、疾病与创作之关系，亦与伦理问题有关。第二，文学创作题材的伦理问题。如爱情、情色和色情作为创作题材的限度与向度问题；人际五伦作为创作题材，朋友、夫妇明显多于君臣、父子、兄弟的原因问题；在男女两性关系中，写情人关系多于写夫妇关系的问题；中国文学中妻子形象缺失的问题；香草美人或美人幻像的形成原因问题；文学情感特征的个人性与社会性、真情与正情的取舍问题，皆需从伦理角度进行解释。第三，文学风格的伦理问题。文学风格千差万别，文学风格的个性化问题，民族性问题，时代性问题，从伦理角度予以解释，恐怕会有意想不到的效果。第四，文学欣赏中的伦理问题。如西方人说"一千个读者就有一千个哈姆莱特"，鲁迅先生说读《红楼梦》，革命家读出排满，道德家读出男盗女娼，才子佳人读出风花雪月，这是有关读者的接受心理问题，如果结合伦理学来研究接受美学，从伦理价值角度来研究读者的接受心理，或可深化我们对文学欣赏中诸多问题的理解和阐释。还有，社会舆论斥责色情艺术而读者偏偏热衷读禁书，这亦是从文学欣赏角度讨论文学伦理的重要话题。第五，文学功能的伦理问题。文学艺术到底是有益风化还是有伤风化？早期的东西方学者给出了不同的答案，柏拉图认为诗歌有伤风化，而将诗人赶出了"理想国"；孔子因为诗可以"兴观群怨"，而提出诗教；还有，真、善、美是人类共同的生活理想，文学艺术应当是求真、求善，还是求美？另外，当代学者叶舒宪等人提出的"文学治疗"说，等等，这些有关文学功能或价值的讨论，亦可以进一步从文学伦理的角度切入。

　　文如其人，亦是老生常谈，并且成为文学研究的基本准则，由此衍生的"知人论世"研究方法，虽然遭遇了新批评家提出的"感受谬见"和"意图谬见"的冲击，但至今依然还是我们讲授文学作品和开展文学研究的重要方法。前些年因为研究魏晋南北朝时期的"文人无行"说，对文如其人问题有过一些思考。我认为，学者谈论文如其人，多侧重于以人心论文心，即以作者的思想感情和品德情操作为理解作品思想内容和风格特点之依据，或者以作品的思想内容和风格特点推论作者的思想感情和品德情操，这是典型的"知人论世"，其重要性、必要性和正确性，皆毋庸置疑。但是，我觉得这只是文如其人的一个层面，它的另一个层面被普遍忽略了，即文学艺术家的身体、疾病与文学创作的关系。我深信作者的思想、感情和性格将对文学作品发生决定性影响，但我亦同时坚信作者的身体状态和疾病情况必然会对作品的特征发生重要影响。简言之，作品的思想内容和艺术风格，与作者内在的思想感情和外在的身体疾病，均有密切的对应关系。如此理解文如其人，才是全面系统的。比如说，李白的豪迈奔放与杜甫的沉郁顿挫，是否与他们的身体有关？尤其是杜诗的沉郁顿挫风格，或许与他长期所患疾病有关系。就像鲁迅先生那种如投枪如匕首的犀利杂文，亦许与他长期患肺病所形成的尖刻性格有关。还有，我深信王粲诗歌之"文秀而质羸"，一定与他"体弱"有关。美国临床心理学专家凯·雷德菲尔德·贾米森写过一部书，名叫《疯狂天才：躁狂抑郁症与艺术气质》，发现古今艺术家多患有躁狂症。另外，桑塔格的《疾病的隐喻》，研究欧洲18世纪的浪漫主义诗人，发现他们都普遍患有肺病，并且作为浪漫诗人，常常以患肺病为荣，以为没有患过肺病就不配做一个浪漫诗人，这实在是令人惊讶的事情。无独有偶，中国明清时期的江南才女，亦热衷于疾病的书写，普遍患有肺痨，亦视患病为"清欢"，以患病作为成就一位才女的必要条件。据此，我则进一步推论，是肺病成就了诗人，或者说，肺病状态中的人最有诗心，最易发生诗情。诗人进入创作境界，需要一种特别的精神状态，它既非激越飞扬的亢奋状态，亢奋状态只有呐喊，不是诗，必须等到激情（过分的高兴或过分的悲伤）稍趋平静，才是写作的最佳时刻。但亦非心如止水的平静状态，平静状态过于理性，适合做散文。一定是在不冷不热的中间状态，才是写诗的最佳精神状态。肺病正是促成这种中间状态的诗人病或富贵病。患有肺病的人，身体常常处于低烧状态。此种身体上的低烧状态，导致人的精神状态处在亢奋与平静之间，最易激发诗情，是写作诗歌的黄金时段。因此，不是说诗人都容易患肺病，事实上亦很少是做了诗才患肺病的；而是说肺病成就了诗人，身体上的肺病状态是诗歌创作的最佳身体状态和精神状态。这个问题很有趣，我曾经在一次面向医科大学研究生的讲座上讲过，可惜一直没有时间诉诸文字。我曾经有一个较大的计划，就是遴选古今中外数十位有代表性的艺术家做个案，研究他们一生中所患疾病与其创作之关系，进而归纳出其中有共性或规律性的东西。因为我深信，不同的疾病必然造成不同的心理，不同的心理必然影响艺术家对题材、手法的选择和思想、感情的表达，必然会有不同的艺术风格。可惜我不懂疾病心理学，故而至今尚未开展起来。

　　总之，无论是关于文学伦理学的建构，还是对于文如其人这个传统命题的重新思考，我关注的对象都是人，文学中的人，包括作者和读者。我尤其重视诗人诗心的健康，关注诗人的情操。诗人的情操决定作品的品质，作品的品质决定国民的素质。

　　诗人的情操和面目，在作品中是有迹可寻的。比如王之涣的《登鹳雀楼》和柳宗元的《江雪》，我比较喜欢这两首诗，它颇能代表唐人的精神风范，亦显示了盛唐人和中唐人在精神状态上的差异。我以为，理想的诗篇必须维持情感上的平衡，优秀的诗人或者负责任的诗人带领读者进入情感探险的体验，最终必须让读者回到安全状态，达成情感上的平衡。读者有情感探险的欲望，诗人有义务满足读者这个欲望。负责任的诗人不能把读者放置在悬崖峭壁上或刀山火海中，就撒手不管。他必须将读者带离险境，回到正常的生活状态或情感状态。《登鹳雀楼》和《江雪》，展现的就是人类情感的探险历程，亦体现诗人对读者的负责态度。"白日依山尽，黄河入海流"，诗人一下子便将读者带入一个雄浑壮丽、阔大无边的境界中，白日、高山、黄河、大海，无一不显其大，无一不呈其壮。而渺小软弱的个体生命，置身于如此场景中，犹如宇宙中的一粒尘埃。无限大与无限小，特别壮与尤其弱之间，构成巨大的反差，读者的心灵在如此巨大反差中倍感压抑，随之而来的便是恐惧和绝望。"千山鸟飞绝，万径人踪灭"，亦是一种类似的境界。千山、万径，宇宙空间如此寥廓，与人的渺小构成强烈对比。况且还是一个"鸟飞绝""人踪灭"的场景，一点生命迹象都没有的死寂之境。诗人把读者带入这样一个寥廓死寂的生命绝境，使读者陷入极大的孤独和深刻的绝望中。应该说，无论是前者的恐惧，还是后者的绝望，皆是陷入生命绝境中的情感高峰体验。区别亦是显而易见，前者是雄浑壮阔，是盛唐气象；后者是寥廓死寂，是中唐境界。读者渴望有此种生命中的情感高峰体验，但陷入此种恐惧或绝望中的读者又是无助的，他需要提升，渴求拯救。此时此境，负责任的诗人不会袖手旁观，他得将读者从悬崖峭壁上或刀山火海中拯救出来，方才完成诗人的使命。"欲穷千里目，更上一层楼"，这是王之涣对陷入恐惧中的读者的提升。"孤舟蓑笠翁，独钓寒江雪"，这是柳宗元对陷于绝境中的读者的拯救。有了诗人的提升和拯救，读者走出恐惧或绝望，情感得到平衡，又重新回到正常的情感状态和生活场景。当然，二者的区别亦是一目了然。当读者置身于"白日依山尽，黄河入海流"构成的雄浑壮丽之境，因大小、强弱的巨大反差而陷入恐惧中，作者以"欲穷千里目，更上一层楼"给予激励和提升，从受控到掌控，从被动到主动，积极进取，昂扬向上，确为盛唐人特有的风范和气度。当读者置身于"千山鸟飞绝，万径人踪灭"构成的寥阔死寂之境，沉陷于孤独绝望之中，"独钓寒江"之"孤舟蓑笠翁"的出现，让绝境中的读者看到了生命，亦看到了希望。虽然生命很微弱，希望亦很渺小。这是中唐式的提升和拯救，虽然不如盛唐的强大有力，但总算得到了安慰，重新获得了生命之光。到了中晚唐以后，在那些具有现代性的诗人那里，这种微弱的提升和拯救都没有了，有的只是把你引入到悬崖峭壁上，或者刀山火海中，便弃置不顾，撒手不管。或者说，古典美诗人将你托向空中，然后又将你轻轻放下；现代性诗人把你推向绝境，然后转身离去。这当是古典美诗人与现代性诗人的一个重要区别。

三

  我常常在想：诗人和常人到底有何不同？古典美诗人和现代性诗人到底有何显著区别？要用三言两语回答这个问题，并不是一件容易的事情。我想指出的是，在古代中国，"诗人"这个称号，是一顶很荣耀的、让世人艳羡的桂冠。在那时，人们欣赏诗歌，优待诗人，诗人的地位相当地高，能够得到社会各阶层人的尊重和喜爱，创作和欣赏诗歌是一个文化人最基本的素质和起码的修养。可是，在当代，写诗的人比读诗的人多，诗歌成为诗人自娱自乐之物。除了诗人自己，很少读者有兴趣和热情去欣赏诗歌。同时，"诗人"这个称号不再是让人称赏的桂冠，而是成为穷困潦倒、性格乖张、思想偏激、性情躁狂的代名词，被视为异类或者怪物。可以说，在中国历史上，诗人的处境，或许从来没有像当下这般难堪和尴尬。

  诗人的地位一落千丈和诗歌的影响今非昔比，其原因是多方面的，同样亦非三言两语道得清讲得明。我想，除了当代社会物质欲望的膨胀和诗性精神的失落这个外部原因，更重要的因素，还在于诗人情操的古今差异和诗歌品格的古今异趣。

  一般而言，诗性精神是人类的本质属性之一，是人类区别于其他动物的重要标志。从理论上讲，人人皆有成为诗人的先天条件，只不过在后天的生活实践中，有的人将先天的诗性完好地保存下来，有效地发挥出来，便成了诗人；而有的人或者未能将潜在的诗性充分地发挥出来，或者是被琐碎的日常生活泯灭了诗性，既不能写诗，又不能读诗，便成了凡人。从文艺心理学的角度看，诗人与常人确有差别，处于创作状态中的诗人，其心理、其情绪甚至其举止，确有与常人不一样的地方。如司马相如，据说他在创作的时候，是"意思萧散，不复与外事相关，控引天地，错杂古今，忽然而睡，焕然而兴"。[1]南朝史家姚察亦说："夫文者妙发性灵，独抒怀抱，易邈等夷，必兴矜露。"[2]颜之推说："文章之体，标举兴会，发引性灵，使人矜伐，故忽于持操，果于进取。"[3]或如陆机《文赋》所说：作家进入创作状态，"其始也，皆收视反听，耽思傍讯，精骛八极，心游万仞"。处于创作状态中的诗人，需要"收视反听，耽思傍讯"，以进入"神厉九霄，志凌千载"、"控引天地，错杂古今"、"精骛八极，心游万仞"的创作境界，故而呈现出"意思萧散"、自吟自赏、旁若无人的精神状态。这些与常人不一样的地方，是可以理解的，亦是真正的艺术创作必须具备的精神状态。但若因此而以无持操为特色，以偏激躁狂、乖张矜露为自我张扬之身份特征，则不免偏狭。鲁迅先生曾写过系列文章讨论"文人无行"问题，我因受其启发而研究传统中国文人的操行问题，写过一篇名为《魏晋六朝时期的"文人无行"说述论》的论文。[4]据我的考察，古代中国"文人无行"话题，起于两汉，广于魏晋六朝，是唐宋以来道德家口中的老生常谈，至现当代，仍是社会舆论批评文人的重要口实。

处于创作状态中的诗人有一种与凡人不同的精神状态，对此，我持"同情之理解"态度。如果走入极端，以"无行"相标榜，以躁狂矜露为能事，以偏激的心理和怪诞的行为有意彰显与常人的迥异，则不能苟同。前面提到美国临床心理学家凯·雷德菲尔德·贾米森写过一部《疯狂天才：躁狂抑郁症与艺术气质》，指出艺术家皆不免患有

---

[1] 《西京杂记》卷二。

[2] 姚思廉：《梁书·文学传》。

[3] 颜之推：《颜氏家训·文章》。

[4] 汪文学：《汉唐文化与文学论集》，贵州大学出版社2008年版。

躁狂症，以为此症是天才艺术家的通病，故以"疯狂天才"命名其书。现当代艺术家中的大部分或者皆有"疯狂"之特点，故意标新立异以示与常人之区别，从而彰显自己的艺术家身份，不仅在作品之思想和形式上标新，而且在行为和妆扮上立异。还有，在当代，诗人自杀，已经不再是令人惊诧的新闻。当然，自杀是需要勇气的，在常人普遍以为"好死不如赖活着"的情景下，诗人敢于因为某种思想上的信仰或者艺术上的追求，把好端端的鲜活生命给结束了，这种巨大的勇气值得尊重，但我则不能理解。拥有健康心灵的人，必然热爱生活，尊重生命。厌倦生活，乃至于决心结束生命，自绝于世，必定是心灵或心理上出现了问题。前一段去巴黎旅行，顺便去了近郊的奥维尔小镇。奥维尔因画家梵高而闻名于世，吸引着世界各地的游客参观，尤其是艺术家们远道而来访问。说实在的，我不喜欢印象派或野兽派画家的作品，就像不喜欢现代派诗歌一样，看不懂是其中的一个重要原因。对于像我这样于绘画毫无基础的人，看不懂的印象派，为什么还要去看呢？亦就是说，它的存在，对于我毫无意义，尽管它已经被渲染得价值连城。对于梵高，无疑我们必须崇敬，一位为着我们不能全然理解的思想、理想和信仰，而敢于自残身体，割下耳朵，举枪自杀，自杀不死而又拒绝治疗的勇敢心灵，虽然偏激，但值得尊重。我不能理解他的行为，就像我看不懂他的画一样。伫立于梵高兄弟墓前，徘徊于梵高自杀的那条田间小道上，静立于梵高生前最后日子居住的那间小屋里，除了敬重，我无话可说。从梵高开枪自杀的那棵树下，我捡回两颗坚硬的核桃，陈列在我的书柜里。夜深人静的时候，我久久地凝视着它，但一直未能看明白它为何如此坚硬。

  对六朝以来文人的"无行"举动，对于现当代部分艺术家的乖张举止和极端行为，我理解，我尊重，但不能苟同。我坚信：热爱生活，尊重生命，心灵健康，情感纯正的诗人，才能写出和平雅正的诗歌；亦只有和平雅正的诗歌，才有益于世道人心。说话阴阳怪气的人，其心理肯定有问题；同样，文章写得尖酸刻薄和险怪褊狭的人，其心理肯定是扭曲的、病态的。"文如其人"便是对这种现象的概括总结。儒家学者提倡温柔敦厚的诗教，孔子说："入其国，其教可知也。其为人也，温柔敦厚，诗教也。"意谓只有温柔敦厚的诗人，才能写出温柔敦厚的诗歌；只有温柔敦厚的诗歌，才能培育出温柔敦厚的国民。在我看来，诗人尽可以"发愤著书"，诗人亦应当"不平则鸣"，但诗人的心理必须是健康的，诗人的心灵应该是纯正的。

　　追求心理的健康，塑造心灵的纯正，应当是人类社会普遍追求的理想生活状态。那末，什么样的心理才是健康的？什么样的心灵才是纯正的？我以为，温柔的心理是健康的，敦厚的心灵是纯正的。温柔敦厚是人生的理想状态，亦是人生的正常状态。温，就是不冷不热。太热或太冷，都不是人生的理想状态，亦不是人生的正常状态。太热或太冷的感情，都是因为受到某种外界因素的强烈刺激，而导致的情感失衡状态。当外界因素的强烈刺激消失后，人的情感又回复到温柔敦厚的正常状态。所以，温柔敦厚是人生的正常状态。进一步说，外界因素的强烈刺激，无论是使人高兴的刺激，还是使人悲痛的刺激，它总是使人处于紧张、焦躁、不安的状态，但是，从内心深处的本能需求来说，人类总是更喜欢平静、安闲的生活，追求闲适、安逸的情感状态，传统中国人尤其如此。所以，温柔敦厚亦是人生的理想状态。在现实生活中，我们有时的确不免于金刚怒目，或者愤世嫉俗，或者悲痛欲绝，或者欢天喜地。但是，在通常情况下，我们是温柔敦厚的，是安静平和的。相对于紧张、焦躁、不安，人类从本能上更倾向于安静、和平、闲适。从人类文明的进程看，金刚怒目或者愤世嫉俗，都是刚性的、强硬的,因而亦是野性的;温柔敦厚是柔性的,是敦厚的,是经过文明洗礼的,因而亦是文明的,所以亦是人类所理想的。

总之,温的感情是柔性的,因而有弹性,有吸引力,有感觉温和、使人亲近的特点;温的感情是敦厚的,因而富于深度,富有远意,是有无限层次的情感。因温而"柔",因温柔而敦厚。温柔敦厚是人生的理想状态,亦是人生的正常状态。处于创作状态中的诗人,虽与常人略有区别,但诗人必须拥有健康纯正的心灵,诗人的心灵必须是温柔的,其情感必须是敦厚的,如此才能写出有益于世道人心的雅正纯厚的诗歌。顾随建构的以"诗心"之健康纯正为核心内容的情操诗学理论,正是在古典审美理想逐渐沦丧的背景下,对中国古典诗学理想品格的重构。

四

在艺术作品的社会价值问题上,我坚守这样一个观点:即任何艺术的创作,都必须有益于世道人心。我之所以推崇古典诗人和古典诗歌,就是因为他们秉持的温柔敦厚的人格理想和诗学品格,有益于世道人心,具有"经夫妇,成孝敬,厚人伦,美教化,移风俗"的社会价值和教化功能。对于现代性诗人和现代性诗歌,我保持谨慎的理解和节制地尊重,因为他们制造的紧张、怪异、变形、刺激,与我崇尚的和谐、均衡、纯正、典雅的古典美,大异其趣。虽然我们不能完全否认现代性诗歌对于世道人心的正面价值,但我固执地认为古典美更有利于人类身心的健康成长和纯正发展。

古典美的和谐、均衡、纯正、典雅,最有益于人类身心的健康发展。因此,无论是传统中国儒家提倡的诗教说,还是西方哲学家席勒高扬的审美教育论，其用以教化的艺术，均是体现古典美的古典艺术。但是，无论是东方的诗教说，还是西方的审美教育论，皆有浓厚的理想主义色彩，即理论上的合理性与现实中的可操作性的矛盾。但我依然相信，古典艺术教育是培育健全人格的最佳手段。我认为，如果一个人的身心长期沉浸在圣贤的道德境界里，或者古典美的艺术境界中，通过潜移默化的影响，他的心灵一定会逐渐变得健康起来，变得高尚起来。以提倡经典阅读而闻名的台湾台中师范大学王财贵教授，把经典阅读视为启发智慧、转移人心、培养人格的重要手段。作为新儒学大师牟宗三的弟子，虽然有很浓厚的新儒家的理想主义精神，但我对他提倡的少儿经典阅读运动，持肯定和认同态度。因此，在相当长一段时期，我一直在我的朋友圈和学生群里推广王财贵教授提倡的经典阅读活动。我建议我的学生以经典阅读为日常功课，虽不至于像古人那样于"四书五经"篇篇成诵，但至少要读熟读懂，或者精读一两种。我鼓励男学生熟读《孟子》，以《孟子》其文的"浩然之气"和孟子提倡的"富贵不能淫，贫贱不能移，威武不能屈"的丈夫气，转移我们的身心，涵养我们的心灵，培育我们的大丈夫气概。因为我们现在的男生，小男生居多，奶油小生居多，普遍缺乏丈夫气。我鼓励女学生熟读《诗经》，多读唐诗，少读宋词。宋词中普遍存在的那种悲悲怨怨、悽悽惨惨的情调，真的不利于人的身心健康。如果你的心灵长久地沉浸在这种氛围中，你亦会受到感染，变得哀婉低沉。我认为女孩子应该是阳光的，向上的，富有浪漫情趣，充满青春朝气。培育这种性情，应该多读唐诗，特别是初盛唐诗。像韩愈诗的险怪，李贺诗的鬼气，孟郊、贾岛、姚合诗的紧张和刺激，让人一惊一乍，心灵得不到片刻的宁静和安闲。偶尔看看可以，就像我们在平静的生活中偶尔需要寻求一点刺激，但不宜多读，不宜常读。因为经常性的刺激会让人神经紧张，心态变形。

我坚持认为，艺术教育是转移人心的最佳手段。转移人心，从灵魂深处改变一个人，培养人的高尚情操和高贵品格，手段或方式虽然很多，但最有效的手段，我认为是艺术教育或审美教育。要从根本上改变一个人，极不容易。靠反复的道德说教和政治宣讲，只能作用于人脑，让他记住一些概念、术语，或者规范、教条，但这些被记住的东西，并不能完全转化为行为，反而是很快被遗忘。艺术教育是从根本上改变一个人的重要途径，因为艺术教育不仅作用于人脑，更主要是作用于人心，有直指人心并进而从根本上改变一个人的效果。所以，真正的人格教育，不仅要入脑，更要入心；不仅要使之受教育，更是要使之被感动。能担当此任者，只有艺术教育。这当是中国古典诗学的现代价值，亦是传统儒家诗教说对当代国民教育的重要启示。

我们坚信：实现中华民族的伟大复兴，首先在于弘扬中华优秀传统文化，培育华夏族人健康健全的人格精神、纯正优美的心灵世界、均衡和谐的道德情操和端庄雅正的审美趣味。诗歌，尤其是古典诗歌，堪当重任。

参考文献

朱熹：《诗集传》，北京：中国书店1985年据世界书局影印本影印。
朱熹：《论语集注》，北京：中国书店1985年据世界书局影印本影印。
杨伯峻：《论语译注》，北京：中华书局1958年版。
焦循：《孟子正义》（诸子集成本），上海：上海书店1986年版。
张纯一：《墨子集解》，成都：成都古籍书店1988年据世界书局1936年版影印。
高亨：《周易大传今注》，济南：齐鲁书社1998年版。
杜预：《春秋左传集解》，上海：上海人民出版社1977年版。
朱谦之：《老子校释》，北京：中华书局1987年版。
王先谦：《庄子集解》，成都：成都古籍书店1988年版。
王先谦：《荀子集解》（诸子集成本），上海：上海书店1986年版。
朱熹：《楚辞集注》，上海：上海古籍出版社1979年版。
何宁：《淮南子集释》，北京：中华书局1998年版。
汪荣宝：《法言义疏》，北京：中华书局1987年版。
张少康：《文赋集释》，北京：人民文学出版社2002年版。
范文澜：《文心雕龙注》，北京：人民文学出版社1978年版。
詹锳：《文心雕龙义证》，上海：上海古籍出版社1989年版。

黄侃：《文心雕龙札记》，上海：华东师范大学出版社1986年版。

陈延杰：《诗品注》，北京：人民文学出版社1980年版。

王利器：《颜氏家训集解》，上海：上海古籍出版社1980年版。

严可均：《全上古三代秦汉三国六朝文》，北京：中华书局1995年版。

逯钦立：《先秦汉魏晋南北朝诗》，北京：中华书局1984年版。

仇兆鳌：《杜少陵集详注》，北京：中华书局1979年版。

韩愈：《韩昌黎全集》，北京：中国书店1991年据1935年世界书局本影印。

柳宗元：《柳宗元全集》，北京：中国书店1991年据1935年世界书局本影印。

关贤柱：《杨文骢诗文三种校注》，贵阳：贵州人民出版社1990年版。

姚际恒：《诗经通论》，北京：中华书局1958年版。

袁枚：《随园诗话》，北京：人民文学出版社1982年版。

刘熙载：《艺概》，上海：上海古籍出版社1978年版。

何文焕：《历代诗话》，北京：中华书局1981年版。

丁福保：《历代诗话续编》，北京：中华书局1983年版。

丁福保：《清诗话》，上海：上海古籍出版社1963年版。

唐圭璋：《词话丛编》，北京：中华书局1986年版。

徐调孚：《人间词话注》，北京：人民文学出版社1984年版。

王国维：《观堂集林》，北京：中华书局1959年版。

（民国）《贵州通志·艺文志》（点校本），贵阳：贵州人民出版社1989年版。

刘师培：《中古文学论著三种》，沈阳：辽宁教育出版社1997年版。

钱穆：《中国文学论丛》，北京：生活·读书·新知三联书店2002年版。

钱穆：《中国文化史导论》，北京：商务印书馆1993年版。

林语堂：《人生的盛宴》，长沙：湖南文艺出版社1988年版。

林语堂：《吾国与吾民》，西安：陕西师范大学出版社2002年版。

罗根泽：《中国文学批评史》，上海：上海古籍出版社1984年版。

朱东润：《中国文学批评史大纲》，北京：古典文学出版社1957年版。

朱自清：《诗言志辨》，上海：华东师范大学出版社1996年版。

闻一多：《闻一多全集》，北京：生活·读书·新知三联书店1982年版。

顾随：《顾随全集》，石家庄：河北教育出版社2014年版。

顾随：《顾随诗文丛论》（增定版），顾之京整理，天津：天津人民出版社1997年版。

刘咸炘：《刘咸炘学术论集》，桂林：广西师范大学出版社2007年版。

钱锺书：《管锥编》，北京：中华书局1986年版。

钱锺书：《谈艺录》，北京：中华书局1998年版。

朱光潜：《悲剧心理学》，北京：人民文学出版社1985年版。

朱光潜：《西方美学史》，北京：人民文学出版社1979年版。

朱光潜：《诗论》，上海：上海古籍出版社2001年版。

傅斯年：《中国古代文学史讲义》，长春：时代文艺出版社2009年版。

郭绍虞：《照隅室古典文学论集》，上海：上海古籍出版社1983年版。

宗白华：《艺境》，北京：北京大学出版社1989年版。

徐复观：《中国文学精神》，上海：华东师范大学出版社2004年版。

徐复观：《两汉思想史》，北京：九州出版社2014年版。

丰华瞻：《中西诗歌比较》，北京：生活·读书·新知三联书店1987年版。

唐君毅：《人文精神之重建》，桂林：广西师范大学出版社2005年版。

唐君毅：《中国文化之精神价值》，桂林：广西师范大学出版社2005年版。

牟宗三：《历史哲学》，桂林：广西师范大学出版社2007年版。

傅庚生：《中国文学欣赏举隅》，北京：北京出版社2003年版。

陈世骧：《陈世骧文存》，沈阳：辽宁教育出版社1998年版。

牟世金：《雕龙集》，北京：中国社会科学出版社1983年版。

王元化：《文心雕龙创作论》，上海：上海古籍出版社1979年版。

陈如江：《古诗指瑕》，上海：上海书店出版社1998年版。
潘光旦：《性心理学译注》，上海：上海三联书店2006年版。
蒋孔阳：《德国古典美学》，北京：商务印书馆1980年版。
朱狄：《当代西方美学》，北京：人民出版社1984年版。
高友工：《美典：中国文学研究论集》，北京：生活·读书·新知三联书店2008年版。
李泽厚：《李泽厚哲学美学文选》，长沙：湖南人民出版社1993年版。
叶嘉莹：《秋兴八首集说》，石家庄：河北教育出版社1997年版。
蒋寅：《百代之中——中唐的诗歌史意义》，北京：北京大学出版社2013年版。
蒋寅：《古典诗学的现代诠释》，北京：中华书局2003年版。
柯庆明：《中国文学的美感》，石家庄：河北教育出版社2001年版。
陆晓光：《中国政教文学之起源——先秦说诗论考》，上海：华东师范大学出版社1994年版。
张国庆：《中国古代美学要题新论》，北京：中国社会科学出版社1994年版。
康正果：《风骚与艳情》，上海：上海文艺出版社2001年版。
黄永武：《中国诗学——思想篇》，台北：台湾巨流图书公司1983年版。
龚鹏程：《汉代思潮》，北京：商务印书馆2005年版。
邓国光：《〈文心雕龙〉文理研究——以孔子、屈原为枢纽轴心的要义》，上海：上海古籍出版社2012年版。
闻黎明、侯菊坤：《闻一多年谱长编》，武汉：湖北人民出版社1994年版。
叶舒宪：《高唐神女与维纳斯》，北京：中国社会科学出版社1997年版。
叶舒宪：《性别诗学》，北京：社会科学文献出版社1999年版。
张三夕：《诗歌与经验——中国古典诗歌论稿》，长沙：岳麓书社2008年版。
萧华荣：《中国古典诗学理论史》，上海：华东师范大学出版社2005年版。

许结:《汉代文学思想史》,北京:人民文学出版社2010年版。

潘知常:《众妙之门——中国美感的深层结构》,郑州:黄河文艺出版社1989年版。

樊美筠:《中国传统美学的当代阐释》,北京:北京大学出版社2006年版。

袁济喜:《传统美育与当代人格》,北京:人民文学出版社2002年版。

江弱水:《古典诗的现代性》,北京:生活·读书·新知三联书店2010年版。

于迎春:《汉代文人与文学观念的演进》,北京:东方出版社1997年版。

谭德兴:《汉代〈诗〉学研究》,贵阳:贵州人民出版2003年版。

徐志啸:《北美学者中国古代诗学研究》,上海:上海古籍出版社2011年版。

彭锋:《生与爱——古代中国人审美意识的哲学根源》,长春:东北师范大学出版社1997年版。

聂振斌:《艺术化生存——中西审美文化比较》,成都:四川人民出版社1997年版。

陈国球、王德威:《抒情之现代性——"抒情传统"论述与中国文学研究》,北京:生活·读书·新知三联书店2014年版。

[德]席勒:《审美教育书简》,冯至、范大灿译,上海:上海人民出版社2003年版。

[德]歌德:《歌德谈话录》,朱光潜译,北京:人民文学出版社1997年版。

[日]青木正儿:《中国文学概说》,隋树森译,重庆:重庆出版社1982年版。

[日]兴膳宏:《〈文心雕龙〉论文集》,彭恩华编译,济南:齐鲁书社1984年版。

[日]小川环树:《风与云——中国诗文论集》,周先民译,北京:中华书局2005年版。

［日］笠原仲二：《古代中国人的美意识》，魏常海译，北京：北京大学出版社1987年版。

［墨］奥克塔维奥·帕斯：《双重火焰——爱与欲》，蒋显璟、真漫亚译，北京：东方出版社1998年版。

［法］波德莱尔：《波德莱尔美学论文选》，郭宏安译，北京：人民文学出版社1987年版。

"汪文学学术作品集"后记

十年前,出版个人学术论文集《汉唐文化与文学论集》,我写过一篇"后记",名为"读书·教书·著书——十三年学术研究和教书育人之回顾与展望"。整整十年过去了,如今又提笔撰写个人学术作品集之"后记",对二十三年之学术历程进行回顾和总结。十年一个轮回,十三年做一次反思,二十三年做一次总结,是巧合还是命定?这不好说。但这次总结与前次不同,前次只是一个阶段性的反思,故而简略;此次则是一个转折性的总结,所以务求详尽。以下,便是我对自己二十三年治学经历之回顾与学术工作之反思,以及今后研究方向的展望。

一

过去在大学里从教的时候,我对学生尤其是刚走进大学校门的新同学,特别强调大学四年的学习生活于人生发展的意义。我以为,大学四年的学习,奠定一个人一生的文化背景,确定其人生发展之方向,决定其人生发展的高度。因此,我常常建议我的学生:你必须学有所长,你必须在这四年做出你的人生规划，并根据自己的兴趣和人生规划学习。

其实，这亦是我的经验之谈。我是1987年上的大学，回顾大学四年的学习生活，我只记得做了两件事情：一是写小说，二是学习中国古代文学。大学一、二年级，我的主要工作是写小说。整整两年，我写短篇，写中篇，还写过长篇。记得当时写得很入迷，除了上课之外，几乎所有课余时间都用在了这上面。大学三、四年级，我的主要工作是学习中国古代文学。之所以放弃写小说转而专心学习中国古代文学，一方面是因为写了两年，没有作品发表过，不免有些丧气；另一方面则是因为我对中国古代文学这门课程产生了浓厚兴趣。杨树帆先生在"先秦文学"课程上讲的第一课是"先秦神话"。先生古今中外旁征博引讲述"神话"的定义、研究方法和研究动态，深深地吸引了我，使我放弃小说的写作，转而重点学习中国古代文学。就是这一节课，改变了我的学习兴趣，确定了我的人生方向。因此，在大学三、四年级这两年中，我把所有课余时间都用在了中国古代文学的学习上，整天就泡在图书馆里读书和抄材料，真是达到了如饥似渴的地步。不过，现在想来，前两年的写作训练亦没有白费，它在一定程度上培育了我的文字表达能力，养成了我勤于写作的习惯。

我大学四年就做了这两件事，但就是这两件事奠定了我的知识背景，决定了我的人生方向。我于1991年大学毕业后顺利考上中国古代文学专业的研究生。与现在硕士研究生的批量招生和规模培养不同，我们那个时代硕士研究生招生数量很少，三位导师带两个学生，就像师傅带学徒一样，完全是手把手地带着读书、写笔记和做论文。导师祁和晖先生，主要从事汉唐文学和巴蜀地域文化研究，精研杜诗。先生待我如子，对我关爱有加，其治学上开阔的境界和独特的视角，使我受益匪浅。在我的治学经历中，博览群书之习惯，跨学科的研究取径，多半得自于先生的教诲和启发。导师何宁先生，主要从事先秦两汉诸子之研究，精研《淮南子》，著成《淮南子集释》这样的名山事业。先生秉承乾嘉学派的治学方法，主张一辈子读通一部书。其治学之谨严、待人之宽厚，长者风范，仙风道骨，尤为后学所景仰。很长一段时间，我想做《法言》《人物志》等书之集释或笺注，就是受先生治学精神之影响。导师王发国先生，主要从事中国古代文学理论之研究，精研钟嵘《诗品》，其关于《诗品》之考证著述，尤为学界所推崇。我之所以还能做一些考证性的论文，就是直接受益于先生的教育。

作为一位学者，研究方向或者研究课题的选择，与个人兴趣和性格大有关系。记得我在硕士论文选题时，最先尝试的是做初唐诗研究。我大略花了半年多的时间，通读了初唐近百年的诗歌。但是，读完之后，我没有找到任何感觉，亦没有找到研究的切入点，并且发现自己不适合做纯粹的诗词研究。我认为，做纯粹的诗词研究，研究者应当具备较为发达的形象思维能力，具备诗性气质，最好是能够写诗，对诗歌写作本身有比较真切的体验和理解。我不会写诗，形象思维能力较差，这亦是我在小说创作的道路上走不下去的主要原因。自信抽象思维能力比较发达，并且愿意下功夫，比较适合做文化思想史方面的研究。因此，我最后以汉唐文化思想方面的课题作为硕士论文选题，写成"汉唐雄风共性论——唐人慕学汉人风范之历史文化心态研究"一文，有十五六万字。我是基于王勃提出的"唐承汉统"说，研究唐诗中以汉代唐的原因，探讨唐人慕学汉人之历史文化心态。这篇论文的写作，奠定了我侧重从思想文化角度研究中国传统文化的方向。

在我的学术生涯中，自谓对学术有浓厚的兴趣，有一定的学术精神和学术理想，既能做一些细密的考证，亦能做一点宏观的研究，与三位恩师的教诲有直接的关系。三年硕士研究生阶段的学习，坚定了我以学术研究为终身职志的选择,奠定了我侧重于从思想文化之角度切入中国传统文化研究的学术取向。所以,硕士研究生学业完成后,我便毫不犹豫地选择去高校从事中国古代文学的教学和研究工作,并且最终如愿以偿。

二

1994年我硕士研究生毕业,进入贵州民族大学中文系从事中国古代文学的教学和研究工作。我提交给时任系主任李华年先生审查的入职材料,是一本约有五万字的"读扬雄《法言》笔记"。先生对我关爱有加,使我记忆犹新的,是在我刚进校不久,先生与我的一次谈话。大意有两点:一是一定要把课程讲好,这是在高校立足的根本;二是一定要把学问做好,这是在学界立身之根本。二十余年的教学和科研实践,我算是没有辜负先生的期望。自信比较擅长讲课,亦还能够得到学生的欢迎。如果说有什么秘诀的话,那就是我喜欢将自己的读书心得和研究成果带入课堂,以培养学生的学习兴趣、学术想象力和创造力为教学目的,因而深受学生的欢迎。自信对学术研究有浓厚兴趣,有较强的学术精神和学术理想,二十余年先后出版十余种著述,在几个学术专题之研究上,提出了个人的学术见解,亦获得学术界的认同。大体做到以教学促进科研,以科研带动教学,使教学与科研相得益彰。

记得在1994年的夏天,因阅读冯天瑜先生的《中华文化史》而对"正统论"课题发生兴趣。书中零星讨论的"正统论"问题,引起我的注意,并意识到这是一个对中国古代政治文化产生过重大影响而又被学术界严重忽略的课题。于是搜集相关材料,撰成《中国古代正统观论纲》一文,于1995年5月在贵州省中华文化研究会召开的"传统文化与时代精神"学术会上交流,得到与会专家的认可,于是立意开展系统深入的专题研究。从搜集资料到完成定稿,历时五年,命名为《正统论——发现东方政治智慧》,于2002年交由陕西人民出版社出版。这是我的第一部学术著作,书中提出的"正统论是具有古代中国特色的权力合法性理论"的观点,至今依然自信是对"正统论"研究的重要补充。

从事人文社科的学术研究,学术积累不可或缺。但是,一个重要学术课题的捕捉,机缘亦是至关重要的。记得1998年2月,我在《读书》杂志上读到葛兆光先生的《知识史与思想史——思想史的写法之二》一文,其中关于"东汉博学通儒的知识主义倾向,使得当时知识阶层的知识取径大大拓展",进而"瓦解了儒家经典作为知识的唯一性",使"各种杂驳的知识就成了人们阅读的热门"一段文字,引起我的极大兴趣。联想到我曾经关注过的在东汉中后期知识界备受重视的"通人"群体,我意识到东汉中后期知识界盛行的尚通意趣对汉晋文化思潮变迁的重要影响。因此,从汉末魏晋六朝时期知识界盛行的尚通意趣的角度,研究汉晋文化思潮之变迁,成为我当时关注的重点课题。大约花了两年多时间,完成书稿的写作,命名为《汉晋文化思潮变迁研究——以尚通意趣为中心》,于2003年交由贵州人民出版社出版。葛兆光先生的这篇文章,是激发我写作这本书的重要机缘。如果没有这篇文章的启发,我不会想到写作这本书。书中提出的"尚通意趣是汉晋文化思潮变迁之关键"的观点,至今依然自信是解释汉晋文化思潮变迁的重要视角。

学术研究的开展和学术课题的捕捉,还与个人的人生经历有关。我出生在一个传统农村家庭中,少时于我影响最深,让我最感亲近的是祖父母。记得在小时候,祖父经常带着我走亲访友。在那时的农村,酒席是四方桌，什么身份坐什么位置，是有相当讲究的。通常的规矩是：祖孙同凳，父子不同席。这个规矩在乡下讲得很严，我多次亲眼看见村中的年轻人因为不懂得这个规矩，坐错了位置，而被人嘲笑。我一直不明白其中的原因，祖父亦未能给我做出明白的解释，好像亦没有人能够说得清楚。祖父享年七十有五，他是在一个特别阴冷的冬天的傍晚，突然中风倒地，就在那天深夜，他靠在我的肩头上离开了人世。祖父去世后，我一直想写点文字纪念那段影响我一生的人伦经历。天生稚拙而沉静的我，最终未能写出这篇纪念文字，倒是由此激发了我对祖孙关系和父子伦理的学术思考，并试图对"祖孙同凳，父子不同席"的礼俗现象做出解释，最终著成《中国古代父子疏离、祖孙亲近现象初探》一文，并将此作为我对祖父母的一种理性的追忆或怀念。这段人生经历和这篇论文的写作，激发了我对人伦关系的研究兴趣。大约从2002年秋天开始，我花了近两年的时间，对传统中国人伦关系进行通盘诠释，撰成《传统人伦关系的现代诠释》一书，交由贵州民族出版社出版。

在《传统人伦关系的现代诠释》中，我对中国传统社会的人伦关系，进行了饶有兴趣的现代诠释。虽然夫妇关系的探讨在书中占有较大的篇幅，但是，我仍感意犹未尽。因为在我看来，两性关系包括夫妇关系和情人关系。此书限于篇幅和体例，于夫妇关系有较详尽的讨论，而于情人关系则是语焉不详。因此，从那时起，我便萌生出写一部专门讨论两性情爱关系的专著的想法。于是，从2007年春开始，我花了近四年的时间，集中精力开展传统中国社会男女两性情爱关系的研究，著成《诗性风月——中国古典文学中的情爱》一书，交由中央编译出版社出版。应该说，这本书是顺着《传统人伦关系的现代诠释》一书的学术理路延伸出来的。实际上，此书的研究和写作已经大大超出我最初的设想，一不小心就写出了四十多万字，并且还意犹未尽，许多话题还萦绕在头脑里，欲罢不能，欲弃不忍。有些问题已经初步涉及，但是尚欠深入，或者未能做出令人信服的解释。

因此，由两性情爱关系之研究引申出来的"性别诗学研究"，进入我的学术视野，于是著成《中国古代性别与诗学研究》一书，于2012年交由台湾花木兰文化出版社出版。因研究性别诗学，而延展到对中国古代文学之古典美与现代性的思考，"中国古典诗学理想"课题又进入我的学术视野，于是便有了《温柔敦厚：中国古典诗学理想》一书的写作。

三

学术研究方向和研究课题的选择，还与个人的工作经历有关。我于2006年从中文系调到学校图书馆工作，主要从事地域文献的搜集、整理和研究，构建图书馆的馆藏特色；2010年又从图书馆调到文学院工作，主要从事以地域性、民族性和应用性为特色的中国语言文学学科建设。于是，地域文化、区域文学和地方文献的研究，又逐渐进入到我的学术视野。

众所周知，近代以来出版的中国文学批评史，基本上皆以中土主流精英的经典理论为研究对象，很少涉及地域文献，特别是边省地方文献中的文论材料。当然，代表一个时代文学思想之主体特色和重要成就的，主要还是文化中心地区的主流知识精英之观点。但是，撰写"中国文学批评史"，建构"华夏民族文学理论体系"，除了重点考察主流知识精英的文学观念，亦必须关注文化边缘地区的士子对文学的看法；除了重视中土主流人士之文学理论，亦应当兼顾边省少数民族民间艺术家的文学思想。如此"重写"的"中国文学批评史"和重建的"华夏民族文学理论体系",才是名副其实的。于是,辑录和校释贵州古近代地方文献中的文学理论资料,编著《贵州古近代文学理论辑释》一书,就是在这种背景下,基于这样的学术理念,利用在图书馆工作的便利条件做出来的。

因为编著《贵州古近代文学理论辑释》一书,接触到大量的贵州地域文献,尤其是其中关于边省地域影响文学生产和传播的史料,引起我的注意,于是撰写《地域环境对黔中明清文学创作的影响研究》一文,发表在《江汉论坛》2009年第5期,并被《中国社会科学文摘》2009年第9期转载。随后,便以这篇论文为基础,开展边省地域对文学生产和传播的影响研究,并于2012年以"边省地域对文学生产和传播的影响研究——以贵州明清文学为例"为题,申请并获得国家社科基金立项资助。此项工作,历时三年有余,著成《边省地域与文学生产——文学地理学视野下的黔中古近代文学生产和传播研究》一书,于2016年交由上海古籍出版社出版。

虽然我的学科背景是中国古代文学,但却时常保持着对文学人类学、文学地理学和文学伦理学等交叉学科的浓厚兴趣,特别是近年来渐成时尚的关于地域学或地方性知识的研究,虽然距离我的学科背景相当遥远,但还是深深地吸引着我。比如赵世瑜先生的《小历史与大历史:区域社会史的理念、方法与实践》一书,就使我大开眼界,恍然大悟:原来学问可以这样做,原来学问必须这样做。无论是作为方法论还是作为研究对象的区域社会史研究,其追求"回到历史现场"的治学理念,其"以民俗乡例证史,以实物碑刻证史,以民间文献证史"的研究方法,其"进村找庙,进庙找碑"的治学路径,的确在史学研究领域树立起一种新的研究"范式",具有相当重要的启示意义。

尤其是对于像我这样从事从文献至文献的中国古代文学研究者来说，确有耳目一新之感。

区域社会史研究尤其重视地方性资料的发现与整理，地方性知识的搜集与描述。实际上，区域社会史的研究就是通过地域性资料的解读和地方性知识的阐释，以建构地方经济社会的发展历史。贵州区域社会史研究，首先面临的突出问题，就是地方性资料的严重欠缺。贵州地域人文传统的欠缺和单薄，乃至出现"千年断层"现象；贵州文化长期以来一直处于被忽略、被轻视和被描写的地位，主要就是因为贵州地域文献资料长期以来没能得到有效的搜集、整理和传承。由于地方文献资料的严重短缺，必然出现人文传统的"千年断层"；地方文献的大量散佚，体认和建构地域人文传统缺乏必要的支撑，其文化形象就一直处在被忽略、被轻视和被描写的地位。因为缺乏足够的文献资料，所以不能建构起自我的人文传统和塑造出自我的文化形象，缺乏"我者"的自我"描写"，亦就必然陷入"他者"的"描写"之中，其"被描写"的地位就不可避免。在"被描写"的过程中，因为对象不能提供足够的文献资料，"被描写"的真实性、全面性和正确性就大打折扣，被歪曲、被忽略和被轻视亦就在所难免。基于这样的研究现状，沿着这样的学术思路，搜集、整理贵州地域文献资料，就成为我和我的研究团队特别重视的基础工作，于是编校《道真契约文书汇编》，整理严修《蟫香馆使黔日记》，主编"中国乌江流域民国档案丛刊""贵州古近代名人日记丛刊""中国西南布依族抄本文献丛刊"等大型地域文献，就逐渐地开展起来。

2012年，我负笈桂林，在胡大雷先生的指导下攻读博士学位，撰写题为"扬雄与六朝之学"的博士论文。游学胡门三年，其时先生正在主持国家社科基金重大招标课题"桂学研究"的研究工作。先生关于"桂学"的研究和学科体系的建构，深深地吸引了我，激发我建构"黔学"学科的强烈愿望。亦就是从这时起，我不再满足于做贵州地域文化课题的个案研究和贵州地方文献的个别整理，而是产生了更大的学术理想，就是力图建构具有特色的中国地域之学——黔学，建构以黔学研究、贵州精神和多彩贵州三位一体的当代贵州精神文化体系。

　　黔学能否成为"学"？这是首先必须解决的问题。我认为，"多山多石"的山国地理和"不边不内"的通道地位，以及"割川、滇、湘、粤之剩地"而构成的区域地理和因之而形成的"五方杂处"的地域文化，及其以"大杂居、小聚居"为特点的民族分布格局和因之而形成的"和而不同"的民族文化，使贵州的地理特征、地域区位、人文风尚、地域文化和民族性格皆自成一体，与其他地域相比，皆有相当明显的特殊性和独立性。所以，以自古及今与黔地、黔人相关的精神文化为核心内容，建构一门有别于其他地域之学的黔学，不仅是可能的，而且亦是有学理依据的。黔学的学科基础和学理依据，成为当时我特别关注的课题。

　　大体上说，贵州精神是灵魂，多彩贵州是形象，黔学研究是基石。三者相辅相成，相得益彰，是建构当代贵州精神文化体系的三大要素。所以，我以为，摆脱长期以来被轻视、被忽略和被描写的尴尬地位，重塑贵州人文形象，重建黔人的文化自信，增强贵州多民族的文化凝聚力和地域认同感，建构当代贵州精神文化体系，是当代贵州经济社会发展建设中必须面对和着力解决的问题。"贵州地域文化精神研究"和"贵州地域形象史研究"等课题，就是在这种学术兴趣之驱动下开展起来的。

四

回顾过去二十余年的学术经历，或是由于个人的学术兴趣，或是因为某种偶然的机缘，或者缘于个人的人生经历，或者由于工作之需要，我在几项学术专题上做了一些研究，积累了一些心得体会，养成了个人的学术习惯，发表了一些个人看法，提出了一些学术观点。就学术习惯而言，以下两点，于我而言是比较受益的。

其一，端正书写的习惯。我的这种习惯养成很早，是在小学三四年级的时候，至今依然保持。自认为个人在学术研究上有一点成绩，与这个习惯大有关系。

记得那是在四十多年前一个晚春的周末，我随了父亲去乡公所的医务室上班，父亲为乡亲们看病拿药，我闲着无事，就在乡公所的楼上楼下、室里室外闲逛。大厅左侧宣传栏上张贴的一些考试试卷吸引了我，那是当时乡村干部的时事政治考试试卷，经过红笔批改，还写有分数，现在我还记得第一道题目是"党的十一大总路线是什么"，第二道题目是"新时期的总任务是什么"。到底是出于什么目的，我至今依然没有想清楚，反正当时我产生了偷走这些试卷的强烈冲动。我装着若无其事的样子，楼上楼下、室里室外逛了一圈，在确认不会被发现的情况下，迅速扯下这些试卷，立即将它揉成一团，塞进裤裆里，偷偷地"跑"回家。那一年我八岁，小学三年级学生，这是我一生中干的第一件"偷鸡摸狗"的事情。回到家，我躲在房间里，仔细"研究"这些试卷，通过精心比照，花了两天时间，整理出一份"标准"答案。不知出于什么原因，我很入迷，反反复复地抄写、背诵这份试卷，持续了差不多两年，几乎是一天抄写一遍。至今在我右手中指指节上的那颗胡豆大小的老茧，就是那时握笔给磨出来的。现在想起来，这件在别人看来毫无意义的事情，对我后来的读书生活产生了重要影响，使我养成工整书写的学习习惯，养成做事认真和爱好整洁的生活习惯。

现在的年轻人都不再用钢笔书写，许多专家学者和年轻人一样，把电脑作为书写的工具。用电脑书写，有方便快捷、便于修改的好处。但是，长期以来，我还是坚持用钢笔书写，大到几十万字的学术专著，小到几千字的学术论文，我都坚持用钢笔在三百字的方格稿纸上一丝不苟地书写。只有这样，我的头脑才是清楚的，思维才是敏捷的，思路才是连贯的。朋友们都笑话我落伍了，但我还是固执地坚持着。我亦这样要求我的孩子和学生。亦许这种做法真的已经落伍，但我还是固执地认为：认真书写对年轻人的成长很重要。我甚至常常偏执地以学生的书写态度论定他的生活态度和工作作风。我以为：你不一定能成为书法家，但你必须提笔书写。一提笔写字，你就得认真。这是一种态度，是学习的态度，亦是生活的态度。

在如今这个信息化时代，资料的获取极其便利，网络环境下的资料搜寻更是方便快捷。再要求学生抄书和背书，的确有些不合时宜。不过，于我个人而言，抄书是有益的，背书是有趣的。从小养成的抄书习惯，一直保持到读研究生那个时候。如今的我已渐渐失去了抄书的热情，虽然为了进行专题研究仍在做一些资料摘录式的读书笔记。但是，我仍然要求我的孩子和学生，在读书阶段应当养成抄书和背书的习惯，应当养成认真书写的习惯。

其二，博览群书的习惯。这种习惯的养成，始于读硕士研究生那几年，至今依然保持。我始终认为，只有博览群书，才能触类旁通，才能博而返约。许多重要的学术突破，往往是在学科边缘之际或交叉学科之间。只有博览群书，才能捕捉到有价值的学术课题，才能触类旁通，进而提升研究之高度、扩展研究之宽度、掘进研究之深度。个人在学术上能够捕捉到一些有价值的课题，能够有一些心得体会和学术见解，多半缘于这个习惯。

我的专业背景是中国古代文学，研究方向是汉魏晋南北朝文学。但是，长期以来，我一直在做着所学专业以外的事情。比如，《正统论——发现东方政治智慧》一书，据说这项研究应该属于政治学的范畴。《汉晋文化思潮变迁研究》一书，据说这本书又属于思想史的范畴。《传统人伦关系的现代诠释》一书，按照学科分类，应当属于伦理学的范畴。《贵州古近代文学理论辑释》一书，这显然属于文献学的范畴。《诗性风月——中国古典文学中的情爱》一书，书名是责任编辑基于图书销售之需要而改定，实际上是关于传统中国文化语境中的两性情爱关系之研究，虽然书中引用了大量的古代文学材料，但本质上不是关于古代文学的研究，其学科归属很难确定。另外，目前正在着手的"两汉之际政治与文化的综合研究"，已经完成的"贵州地域形象史研究""贵州地域文化精神研究"等课题，其学科归属亦很不明确，或者大体可以归入历史学领域。

其实，我的学科疆界划分观念比较淡薄。当我对某个问题产生兴趣，认为它值得研究，并且手边又有一些材料可以利用，以为通过自己的努力又能够做得出来的时候，我便毫不犹豫地去做了，根本不曾想到它到底属于哪个学科门类，所以常常是一不小心就迈进了别人的地盘上去了。这样的做法，说得好听一点，是知识渊博，兴趣广泛；说得不好听一点，是没有专业方向，是杂家，因此亦就不成其为家。其实，从内心里我很尊敬和佩服那些一辈子只研究一本书或一个人的学者，就像我的老师何宁先生，一辈子就做《淮南子》研究，做成《淮南子集释》这样的名山事业；像我的老师王发国先生，一辈子就以钟嵘《诗品》为中心开展中国古代文学理论研究，做成《诗品考索》这样的不朽著作；或者像我的老师祁和晖先生那样，执着于杜甫诗歌的研究；像我的博士导师胡大雷先生，专注于先秦两汉魏晋南北朝文学和文献的研究，成为当代学界在该领域的领军人物。但是，我总是抑制不住自己的好奇心，因为博览群书，常常见异思迁，往往胡思乱想。有时亦扪心自问：耗上几年的时间去经营一些不断涌现出来的一个又一个"胡思乱想"，是不是代价太大？带着这样的疑惑，我曾专程去拜访一位我向来尊重的前辈学者，他的一番点拨让我茅塞顿开，豁然开朗。他说：学问之道当由博返约、由广入专。四十不惑。四十岁以前不妨博览群书，广泛涉猎；四十岁以后应当从事专门之学，以自成一家。遗憾的是，当我准备收住这些"胡思乱想"，打算专注于中国古代文学之研究时，我却离开了学术界，转行做了公务员。看来，此生只能做一个学术杂家了。

五

回顾过去二十余年的学术经历，总结过去的学术研究，反思已往的治学追求和学术理想，下述三个问题常常萦绕于心，这不仅是我过去二十余年的治学心得，亦可能成为影响我今后学术生涯的重要因素。

其一，学术创新与问题意识之关系。创新是学术研究之灵魂，没有创新价值的学术研究就是伪学术，就是制造学术垃圾。我深信，新材料的发现和新方法、新视角的运用是推动学术创新的重要途径。同时，新问题的捕捉，亦是促进学术创新的重要动力。比如，一条大家都耳熟能详的史料摆在面前，有的人匆匆读过，不曾有任何发现，而有的人却能从常见的材料中发现新问题、大问题，通过研究进而推动学术发展。这关键在于学者是否具备独到的学术眼光和敏锐的学术洞察力。有学术眼光和敏锐洞察力的学者，常常具有强烈的问题意识，因而能够在常见材料中捕捉到有价值的学术新问题，开展具有创新价值的学术研究。所以，学术研究之成败得失，往往与学术选题有特别密切的关系。一般而言，选题水平与学者的学术素养有关，与学者是否具备敏锐的学术洞察力有关。

学者必须具备强烈的问题意识。问题意识推动学术创新，在他人没有问题的地方发现问题，在他人信以为真的地方产生怀疑，这就是问题意识，这就是学术精神。我甚至以为，学者的学术生命应该由问题构成，一辈子解决几个学术难题，在几个学术大问题上有独特见解，便算是没有枉费此生。更进一步，就个人兴趣而言，我更追求对一个个具体的学术问题做深度的开掘，提出个人的独立见解，而不大乐于做面上的陈述，如文学史、文化史、思想史之类。当然，真正有价值的文化史或文学史之类的著作，必定是在著作者经历了若干个案问题之研究后所撰著。在问题研究中，我追求"一句话结论"的学术境界，即一部数十万字的研究著作，最终当能用一句话来概括结论，如此方才算有见解，有结论。即使这个见解有问题，这个结论有偏颇，亦略胜于通过数十万字的讨论而没有任何结论的著作。比如，在《正统论——发现东方政治智慧》中，讨论唐宋以来影响广泛的"正统论"，与以梁启超、饶宗颐为代表的学者以"正统论"为中国古代史学理论之观点不同，我提出"正统论是古代中国政治权力合法性理论"的观点，基本实现了"一句话结论"的学术追求。在《汉晋文化思潮变迁研究——以尚通意趣为中心》中，讨论汉晋文化思潮之变迁，得出"尚通意趣是汉晋间学风、士风、文风变迁之关键"的结论，亦大体实现了"一句话结论"的学术追求。在《扬雄与六朝之学》中，我用了近三十万字的篇幅，研究扬雄影响六朝之学的可能性，讨论扬雄对六朝之学的具体影响，提出"六朝之学始于扬雄"这个观点，亦算是得出了"一句话结论"。其他如《诗性风月——中国古典文学中的情爱》《边省地域与文学生产——文学地理学视野下的黔中古近代文学生产和传播研究》《温柔敦厚：中国古典诗学理想》，等等，亦大体实现了"一句话结论"的学术追求。总之，我并不反对其他形式的学术表述，仅是出于个人学术兴趣而偏爱以问题切入研究的学术表达，乐于以问题意识建构自己的学术生命，偏爱"一句话结论"的学术研究模式。

其二，学术高度与研究深度的统一。2012年，我负笈桂林，游学胡门。大雷先生以为：学术研究当是高度与深度的统一，即以某人或某书为出发点，研究一个时代、一种思潮或者一个流派，既有微观的研究以示其深度，又有宏观的展现以示其高度。大雷先生的用意，我能理解：传统中国的学问博大精深，过于宏观的论述往往流于空疏，过于细微的研究容易陷入琐碎。你必须成为某一局部领域的研究者，你必须是古代某位学者文人或专书的研究专家，你在学术界才有立足之地。宏观的研究应当从某人或某书出发，才能达到高度与深度的统一。

学术研究的深度与高度之统一，就是以小见大的问题。在《汉晋文化思潮变迁研究——以尚通意趣为中心》一书中，我从当时知识界流行的尚通意趣这个被一般学者忽略的视角，对汉晋八百年间文化思潮之变迁进行通盘诠释。虽然不是以专书或专人为出发点，但亦基本上做到了小题大做，算是既有高度亦有深度的作品。又如《扬雄与六朝之学》一书，就是基于高度与深度相统一的治学理念展开的。若专注于扬雄之研究，亦许有深度，但可能没有高度；若专注于六朝之学的研究，则有可能流于空疏，有高度而无深度。而研究扬雄与六朝之学之渊源影响关系，则或可能达到高度与深度的统一。

其三，阵地战或者游击战的问题。我常常将学术研究比喻成行军打仗。打仗有两种类型：一是阵地战，二是游击战。正规军一般打的是阵地战，虽然偶尔亦打游击战。学术研究亦是如此，以学术为职志之学者往往打的是阵地战，即以一两个学术问题为中心向周边延展，或者以一个问题为起点向前延伸。虽然亦偶尔对其他问题发生兴趣，打打游击，但其重点则主要是在一两个阵地上。

回顾过去二十余年的学术研究，我打的是阵地战，主要是在三个阵地上经营。一是以"正统论"研究为起点的学术阵地。在2002年出版的《正统论——发现东方政治智慧》一书，我从权力合法性理论的角度，对古代中国上层政治权力和政治秩序展开研究。为了全面认识古代中国社会的结构特点，必须对民间社会秩序和网络有一个全面的研究。于是，我又潜心于传统社会人伦关系的研究，著成《传统人伦关系的现代诠释》一书，这是学术研究的自然拓展。在本书中，我用一章的篇幅讨论传统社会的婚姻关系和爱情理想，但因论题、体例和篇幅的限制，许多问题尚未完全展开讨论，尤其是爱情理想和情人关系。于是，我又专注于传统社会情爱关系之研究，企图通过传统中国人的情爱生活视角，研究华夏族人的文化心理和诗性精神，著成《诗性风月——中国古典文学中的情爱》一书。传统中国人的情爱生活中有浓厚的诗性精神，传统中国人的诗学理想有明显的女性化特征，于是性别诗学又进入到我的学术视野，因而有了《中国古代性别与诗学研究》一书。再进一步，因对中国古代诗学之研究，古代诗学之古典美与现代性问题引起我的关注，于是就有了《温柔敦厚：中国古典诗学理想》一书。此研究阵地，将来可能发生的延展，目前尚难预料。

二是汉晋文化与文学研究领域。我在2000年前后有近三年的时间，着力于从汉末魏晋时期知识界普遍流行的尚通意趣之视角，对汉晋八百年间学术文化思潮之变迁，作通盘的诠释，撰成《汉晋文化思潮变迁研究——以尚通意趣为中心》一书，以为"魏晋之学始于汉末"，提出"尚通意趣是汉晋间学风、士风、文风转移之关键"的新说。因为讨论汉晋文化思潮之变迁，注意到扬雄在其中所起到的关键作用，故撰成《扬雄与六朝之学》一书，深化或部分修正了"魏晋之学始于汉末"的观点，提出"六朝之学始于扬雄"的新说。

  三是以贵州地域文化为中心的研究阵地。作为一位贵州本土学者，关注和研究本土地域文化，是责任和担当，亦是情理中事。我用了近三年的时间从贵州古近代地方文献中辑录文学理论资料，进行分类整理和诠释研究，著成《贵州古近代文学理论辑释》一书。因此项工作而涉猎较多的地方文献，在偶然情况下发现一批数量可观且自成体系的民间契约文书，于是又有近两年时间投入到契约文书的整理工作中，著成《道真契约文书汇编》一书。为了构建黔学学术体系，黔学文献的搜集整理成为我特别关注的问题。因此，我用了近两年的时间点校整理严修《蟫香馆使黔日记》，还持续主编"中国乌江流域民国档案丛刊""贵州古近代名人日记丛刊""中国西南布依族抄本文献丛刊"等大型地域文献。因为辑释贵州古近代文学理论资料，从地域角度思考文学的生产和传播，文学地理学研究进入我的学术视野，于是又有近两年的时间投入到边省地域对文学生产和传播的影响研究中，著成《边省地域与文学生产——文学地理学视野下的黔中古近代文学生产和传播研究》一书。因为力图集贵州文化、贵州精神和贵州形象三位一体建构当代贵州精神文化体系，于是关于贵州地域文化精神、贵州地域文化形象等课题进入我的学术视野，因此著成《贵州地域文化精神研究》和《贵州地域形象史研究》二书。如果说前两个阵地主要还是基于个人的学术兴趣,那末在这个阵地上的耕耘,除了学术兴趣外,还有基于重建乡邦文化的社会责任和学术担当。

以问题意识推动学术创新,以问题研究构建学术生命。追求学术高度与研究深度的统一,偏爱既有高度又有深度的学术研究。认真经营几个学术阵地,以一两个学术问题为中心向周边延展。以上三点,是我过去二十余年的学术追求,亦是我今后的学术理想。

六

在过去的学术经历中,我养成的一个习惯,就是每隔一段时间要做一次学术总结和研究规划。回顾过去的研究,分析其得与失;检点当下的工作,清理研究进展和思考问题;谋划未来的工作,规划读书方向和研究课题。总之,力图使自己的研究工作有目的地进行,有计划地开展。

回顾过去二十余年的学术经历,我的学术研究主要是打阵地战,侧重在上述三个阵地上工作。因为在学术研究上主张打阵地战,未来的学术规划,是接着做还是另起炉灶?我主张接着做。如果另起炉灶,重新开辟一个新阵地,则将面临诸多问题:一是知识储备不足,白手起家,做起来将会捉襟见肘,无法得心应手;二是我依然还对上述三个阵地保持着高度的兴趣,以为还有足够的空间可以耕耘;三是人到中年,精力有限,不想阵地过多,战线太长,只想在这三个阵地上持续耕耘下去。

首先,基于"正统论"研究建构起来的学术阵地,其延展之方向和结果,已经大大超出我最初的预料。从注目于中国古代政治权力合法性理论的研究(《正统论——发现东方政治智慧》),延展到探讨传统中国社会的民间秩序和人际伦理（《传统人伦关系的现代诠释》）；因不满足于当下人伦关系之研究对两性情爱关系的普遍忽略，而专题探讨传统中国语境中的两性情爱关系（《诗性风月——中国古典文学中的情爱》）；因对两性情爱关系之诗性特征的重视，而延伸到性别诗学之研究（《中国古代性别与诗学研究》）；因性别诗学研究之延展，而对中国古代诗学之古典美与现代性发生兴趣，于是又有关于中国古典诗学之理想品格的研究（《温柔敦厚：中国古典诗学理想》）。这是学术理路上的自然延伸和学术兴趣上的自然拓展，但是，从权力合法性理论之研究扩展到中国古典诗学之探讨，这是我最初没有预料到的。

  从目前个人的学术兴趣来看，此学术阵地仍将沿着中国古代诗学方向继续延展，一些相关的新课题，渐次进入我的学术视野，成为我当下特别关注、近期可能开展的研究课题。一是"想象的诗学——传统中国语境中的孤独诗学研究"。关注孤独诗学研究，始于2012年年初阅读台湾学者蒋勋先生的《孤独六讲》，比较详细的研究方案在2012年6月就已经写出来了。在孤独中想象，因孤独而回忆。孤独中的人，最擅想象，最喜回忆。孤独诗学的研究，实际上包括想象诗学和回忆诗学两个方面。这是一个有趣的学术课题，遗憾的是在很长一段时间都腾不出手来做。二是文学伦理学研究。十多年前，我便对文学伦理问题发生兴趣，试图以"传统中国语境中的文学伦理问题研究"为题开展专题研究，研究工作虽然没有实质性地开展起来，但基本构想已大体形成，研究思路亦比较明晰，问题清单已大体列出。基于文学创作者、文学题材、文学风格、文学欣赏、文学功能这五个层面建构一门文学伦理学，并以中国古代文学为例，开展传统中国语境中的文学伦理问题研究，是我当下特别想做的课题。

其次，在汉晋文化与文学研究阵地上，探讨汉晋文化思潮变迁发展之"内在理路"，提出"魏晋之学始于汉末"，起于汉末魏晋之尚通意趣（《汉晋文化思潮变迁研究——以尚通意趣为中心》）。据此延展开来，进一步探讨在尚通意趣之影响下，扬雄在汉晋文化思潮变迁中的关键作用，提出"六朝之学始于两汉之际，始于扬雄"的观点（《扬雄与六朝之学》）。这是学术研究向纵深发展的必然结果。

就目前的情况看，此学术阵地的拓展，以下两项课题引起我的极大兴趣。一是"两汉之际政治与文化的综合研究"。因深入研究扬雄的学术思想和文学创作的创新意义，注意到两汉之际，扬雄在思想和文学上的革新、刘歆在学术上的变革和王莽在政治上的改革，实为同一历史文化背景下的时代性大变革。因此，在"六朝之学始于扬雄"这个观点之基础上，"两汉之际政治与文化的综合研究"进入我的学术视野。该课题意在通过两汉之际政治、文化、学术、思想和文学的综合研究，揭示两汉之际在中国文化史上的重大转折意义，以为"两汉之际"实可与"殷周之际""唐宋之际"并列为中国古代历史上的重大转折时刻。二是"顾随诗学研究"。在对扬雄文学深入研究的过程中，我注意到扬雄在中国古代文学古典美之建构上的重要意义，由此而思考中国古代文学古典美之建构、解构与重构问题，认为中国古代文学之古典美建构于扬雄、理论阐释于刘勰、解构于韩愈、重构于顾随，于是"顾随诗学研究"课题进入到我的学术视野。发现顾随在中国诗学史上的价值，对顾随以诗心和诗情为核心的"情操诗学"理论进行初步探讨，以为其是中国晚清民国时期最具系统性和原创性的诗歌理论建构者，其"情操诗学"理论就是对沦落了千余年的中国古典诗学理想品格的重构或再造。

第三，在地域学研究阵地上，从辑释贵州古近代文学理论资料开始(《贵州古近代文学理论辑释》),逐渐侧重贵州地域文献资料的搜集和整理,于是便有对契约文书的关注(《道真契约文书汇编》),对日记文献的重视(《蟫香馆使黔日记》),对档案文献的偏爱(《中国乌江流域民国档案丛刊·沿河卷》),对民族文献的珍视("中国西南布依族抄本文献丛刊")等等。因辑释贵州古近代文学理论资料,从地域角度思考文学的生产和传播,文学地理学研究进入我的学术视野,于是便有对边省地域于文学生产和传播之影响的研究(《边省地域与文学生产——文学地理学视野下的黔中古近代文学生产和传播研究》)。因搜集和整理贵州地域文献资料,研究贵州地域文学和区域文化,构建具有特色的中国地域之学——黔学,就成为我在相当长一段时期特别关注的问题,于是便有关于贵州地域文化精神的研究(《贵州地域文化精神研究》),再有关于贵州地域形象的研究(《贵州地域形象史研究》)。

地域文化与文学的研究空间相当广阔,在贵州区域文化与地方文学这个学术阵地上要做的事情还很多。目前重点关注以下几项课题:一是地域文献的搜集整理,比如"中国乌江流域民国档案丛刊""贵州古近代名人日记丛刊""中国西南布依族抄本文献丛刊"等大型地域文献的搜集、整理和出版,还得持续下去。"中国西南苗疆走廊稀见文献资料丛刊""中国清水江、都柳江、盘江流域民国档案丛刊"等大型地域文献的搜集和整理,正在筹划中。二是黔学学术体系和学术品牌的营建,尚需进一步努力,一部名为"黔学十论"的著作正在谋划之中,重点解决"黔学"何以成为学,"黔学"能否成为学,"黔学"的学术体系和理论架构等基础性问题。三是有关贵州地域文化的几项专题研究,如"南明王朝与明清之际贵州社会格局和士人心态研究""苗族的历史记忆与文化心性——基于蚩尤传说的研究""山地爱情——

贵州山地民族的爱情文化解读""晚清诗学大背景下的郑珍诗学研究"等,亦渐次进入我的学术视野,成为我近期可能开展的研究课题。

如前所说,人到中年,精力有限,不想阵地过多,战线太长,主要还是打算在原有的几个学术阵地上持续耕耘。但是,基于当下我从事的文化和旅游工作,文化旅游课题应该亦必须成为我今后重点关注的对象。目前这方面的具体研究计划尚未形成,但是,诸如基于乡土文化的中国乡村旅游研究、贵州山地旅游文化品格之构建研究、贵州人文景观之文化构成与地域分布研究、基于文化线路的古苗疆走廊的人文资源和旅游价值的研究等课题,亦渐次进入我的学术视野,成为我今后学术工作的一个重要组成部分。

汪文学
二〇一八年五月二十日于贵阳花溪

图书在版编目（CIP）数据

温柔敦厚：中国古典诗学理想／汪文学著．－－贵阳：贵州人民出版社，2020.11
（汪文学学术作品集）
ISBN 978-7-221-16407-0

Ⅰ.①温… Ⅱ.①汪… Ⅲ.①古典诗歌－诗歌研究－中国 Ⅳ.① I207.22

中国版本图书馆 CIP 数据核字 (2020) 第 229653 号

温柔敦厚：中国古典诗学理想

汪文学 ／ 著

出 版 人：	王　旭
责任编辑：	刘泽海
封面题签：	李华年
封面设计：	陈　电
版式设计：	元典文化 ／ 温力民
出版发行：	贵州出版集团　贵州人民出版社
地　　址：	贵阳市观山湖区会展东路 SOHO 办公区 A 座
印　　刷：	深圳市新联美术印刷有限公司
开　　本：	787 毫米 × 1092 毫米　1/16
字　　数：	310 千字
印　　张：	26.25
版　　次：	2020 年 11 月第 1 版
印　　次：	2020 年 11 月第 1 次印刷
书　　号：	ISBN 978-7-221-16407-0
定　　价：	105.00 元

版权所有，盗版必究。
本书如有印装问题，请与出版社联系调换。